堂叔堂

刘庆邦——著

北 京 出 版 集 团
北京十月文艺出版社

以我之心，

紧贴人物的心，

在塑造一个个立体人物的同时，

再造一个心灵世界。

—— 刘庆邦

目录

第一章

叶落桃园

开篇的话

重风昆启万，敦本庆家昌。这像是一句五言诗，我试图读出其中的诗意。可我读来读去，实在寻找不出诗意在哪里。我愿意承认，这每一个字都是好汉字，都像是挑粮食种子一样挑选出来的，粒粒结实饱满，掷地有声。可惜每个字都是孤立的，字与字之间并没有建立起内在的联系，没有生发诗意。虽说每个字本身都有它的意思在，都可以单独阐释，但还是停留在说文解字意义上的意思，而不是诗歌的意思。还拿粮食作比，尽管每一粒粮食都是好粮食，如果没有融合，没有发酵，没有蒸煮，就不会变成酒浆。谁想从“粮食”中品出酒味儿，只能是徒劳。

那么，这些字是干什么用的呢？告诉朋友们吧，这是排列在我们《刘氏族谱》上的字，是我们刘氏家族的人起名字用的。一辈又一辈的人，都必须按照族谱规定的字严格执行，绝不允许有半点乱谱。除了我在开头写到过的十个字，后面以五言形式整整齐齐排列的还有不少字。我不知道这些字最早是谁挑选出来的，排列出来的。但我敢肯定，这些字的敲定，是有文化并对文字有深究的人干的。我还敢肯定，那个人就是我们刘家的先人。先人早已离我们而去，像仙人一样不可寻觅。但先人留下的这些字，不能不让我们这些后来者心生敬畏，并有一些神圣感。

有心的朋友可能注意到了，我提到的十个字中，有一个庆字。对了，庆字是我名字中间的一个字，我属于庆字辈。从庆字辈往上数，就是本字辈、敦字辈、万字辈等。本字辈是我的父辈和叔叔辈，敦字辈是我的爷爷辈，万字辈就是我的太爷爷辈。在我的记忆里，我还很小的时候，村里万字辈的太爷爷已寥寥无几。仅存的几位，也是老态龙钟，朝不保夕。反正我从未见过我的亲太爷爷。敦字辈的虽说比万字辈的多一些，但也处于整体性的衰落期，行将退出村里的历史舞台。比如我爷爷弟兄四个，大爷和四爷早就死了，在我尚未出生时就死了。我爷爷呢，在我还是一个少年的时候，他也死了。只剩下一个三爷。三爷也是满头白发，进入老境，只能做一些在生产队的场院里看场院的轻活儿。此时村里的中坚力量是本字辈的叔叔们。我粗略算了一下，属于刘姓本家的叔叔们有一百多位。在那个阶段，村里到处都是他们强壮的身影，粗喉咙大嗓的声音，还有旺盛的雄性气息，不仅犁地耙地、摇耧撒种、放磙扬场等一应庄稼活儿由他们承担，连生产队的大队长、小队长、会计、计工员，包括学习毛主席著作辅导员等，都由叔叔辈包揽。如我之辈的庆字辈，还远远排不上队。按长江后浪推前浪的说法，我们庆字辈那时还没有形成波浪，对本字辈的叔叔们还起不到任何助澜作用，而叔叔们的波浪正在滚滚向前的浪头上，的确把他们敦字辈的前浪推得够呛。可以说，在当时总路线、大跃进、人民公社三面红旗的旗帜下，在整个公社化、集体化时期，我的叔叔们在村里都是主导性的力量。如果说本是根本的话，那个时期我们刘楼村的历史根本上都是他们创造的。如果说本是一本书的话，书本里的主要人物和次要人物都是那些叔叔们。

四十多年来，我已经写了不少小说，在小说中也刻画了众多人物。每个人的生命有限，经历有限，写作资源也有限。有时我觉得，自己的写作资源已经使用得差不多了，好像没什么可写了。有一天蓦然回首，我竟然发现，那么多的叔叔，我一个都没有写过。真的，有的叔叔我可能在作品中偶尔提到过，但都是一些陪衬性的边边角角，从没有把写作的焦点对准其中任何一个叔叔，没有把其单独请出来，当成一个主要人物来写。

还有一点需要说明的是，在本字辈的那一辈人中，我父亲是第一个出生，排在打头的位置。其后陆续出生的本字辈的人，都是我父亲的堂弟。也就是说，所有本字辈的人，没有一个人是我的伯伯，统统是我的叔叔。为了把众多的叔叔相区别，在叫某个叔叔的时候，我往往要按他们的排行叫，或连他们的名字一起叫，比如本成叔、本生叔、本功叔等。

叶生叶落，月圆月缺；四季更迭，生命更替。在我们看来也就是一转眼的工夫，叔叔们开始走下坡路，一个接一个走到地平线下面去了。我几乎每年都会听到村里的堂弟们向我报告，说哪个叔叔走了，哪个叔叔也走了。他们走到哪里去了呢？他们从村里走到村外，最终走到坟地里去了。地上鼓起一个个圆圆的坟包，上面安着一个圆锥形的坟头，坟包代表着他们的身，坟头代表他们的头，每个叔叔都成了一成不变的“胖叔叔”。

不用说，我们村的时代，目前进入了由庆字辈的哥哥和弟弟们当家主事的时代。庆字辈的弟兄们表现得不是很好，除了少数人在村里留守，大多数都选择了逃离。不要说别人，我自己就是较早的逃离者之一。不过，只有脱离了村庄，我才有了故乡的概念，成了有故乡的人。同时，离开故乡我才知道，故乡是我们的根，人虽离开了故乡，根还留在那里。一如每个人都不能擅自改变自己的梦境，故乡还是最让我梦绕魂牵的地方。因此，每年清明节前夕，我都要回老家看一看。在墓园里扫墓烧纸的时候，大姐、二姐会把周边隆起的新坟指给我看，说东边的那座坟里埋的是哪位叔叔，西边的那座坟里埋的又是哪位叔叔。不管大姐、二姐指给我看哪个叔叔的坟，我都会马上想起那个叔叔生前的样子。恍惚之中，我似乎看见有的叔叔在坟中站起身来，在跟我打招呼。我还仿佛听见有的叔叔在对我说：听说你这孩子不是会写点东西嘛，你怎么不写写我们呢？

好吧好吧，我现在就着手写你们。每个人的一生都是一本书，都值得书写。可村里那么多叔叔，我不可能把每个叔叔都写到。我要挑故事比较多、有代表性的叔叔写，或者说挑我自己比较感兴趣的叔叔写。我所写到的叔叔，难免会有一些对逝者怀念的意思，但我不打算为任何一位叔叔立传，更不会为任何一位叔叔歌功颂德。我想通过叔叔们，写出人生的苦辣酸甜，写出人性的丰富和复杂，写出个体生命起伏跌宕的轨迹，写出艰难的尘世带给我们的命运感，并写出时代打在他们心灵上的深深的烙印。有写得不好、不对和对叔叔有冒犯的地方，请叔叔们不要生气，一定要谅解你们的侄子啊！

有评论家朋友知道了我要写关于叔叔们的系列小说故事，说我的小说写到这个份儿上，胡写都可以。这话让我吃惊不小，胡写？什么叫胡写？怎么才算胡写？这个我得想想，我得好好想想。我想，所谓胡写，是不是希望我放开想象，打破小说原有的规矩，突破小说原有的界限，写得新颖一些，给读者一些陌生感呢？我还想，朋友的话后面也许还有话，话后面的话，是不是嫌我以前的小说写得过于保守，过于老实，过于循规蹈矩，写的小说太像小说呢？我怎么办？要不咱也玩一把玄的，弄一把疯魔，胡写一下试试？我想来想去，不行呀，那一套咱不会呀，玩不来呀！我的体会是，每个人的写作，是跟这个人的天性联系在一起的，或者说是由天性决定的，怎么写，不怎么写，一出手就决定了，想改变是很难的。勉强改变，有可能会失去天性，同时失去自我。算了，饶了我吧，我真的不会胡写，请允许我还是老老实实地写吧！

加上我这次写的对象都是我的叔叔，我的长辈，我们同宗同族，血脉相连，我对他们是尊重的。我写了他们，已经过世的，有可能会在天上注视着我；尚未过世的，会在人间关注着我，我应该写得小心翼翼，更加严谨，更加诚实，怎么敢信口开河，胡说八道呢！

好了，开篇的话已经说得不少了，下面开始讲第一位叔叔的故事。

这个叔叔，我叫他大叔，他是我三爷的大儿子。

从小到大，直到十九岁外出到煤矿参加工作，我从没有见过这位大叔。别说见了，我连听说都没听说过，好像这位大叔压根儿就不存在。三爷有三个儿子，我只见过他的二儿子和三儿子。我目睹过三爷的二儿子娶新媳妇儿，也目睹过三爷的三儿子娶新媳妇儿。他们娶的新媳妇儿脸上都搽了粉，都穿了新衣服和绣花鞋，的确很新的样子。他们结婚后，仍和我们家住在同一个大院子里。三爷、三奶奶和他们的两个儿子、两房儿媳妇住在坐东朝西的四间草顶房子里，我站在我们家坐北朝南的堂屋门口，就可以看到他们的门口。有时关起门来，我都能听见叔叔和婶子吵架的声音。在那段不算短的时间里，我误以为三爷只有两个儿子，我擅自把他的两个儿子的排位上移，把老二排到了老大的位置，把老三排到了老二的位置。记得有时我把二叔喊成了大叔，把三叔喊成二叔，他们并没有纠正我。三爷和三奶奶还有一个大儿子，作为父母，他们肯定不会忘记，但他们表面上像是忘记了，因为我从未听到过他们提起大儿子的事。我母亲记忆力极好，她应该记得三爷还有一个大儿子，在对我们讲过去的事情时，母亲像是故意回避着什么，也只字不提三爷家大儿子的事。

这是为什么呢？若干年后我才知道，原来大叔十九岁外出当兵，在国民党的军队里当上了一个小军官。淮海战役之后，他在死人无数的战场上捡回一条命，跟随溃逃的国民党军队，跑到台湾岛上去了。他一到台湾，就与家人中断了联系，一中断就是三十多年。三十多年对大叔来说是漫长的，他时常隔着大海，向着大陆家乡的方向眺望。但天茫茫，海茫茫，他什么都看不到。他和家里亲人的隔断，像是生死之隔，阴阳之隔。要打通隔离，恐怕像打通生死和阴阳一样难。

按我们村大多数人的估计，大叔凶多吉少，十有八九是死在战场上了。乱飞的枪子儿又不长眼，谁碰上枪子儿都得死。既然大叔当的是国民党的兵，既然国民党是战败方，大叔死了就算了，别提他了。除了大叔，我们村还有一个姓范的年轻人，他也是在国民党的军队里当兵，也是大战之后生死不明，音信全无。三十多年后，大叔总算和家里亲人联系上了，总算又回到了故乡，可那个姓范的年轻人至今如灰飞烟灭，一点儿信息都没有。

我们老家离淮海的战场不是很远，我三爷就当过淮海战役的支前民工。他推着一种叫小土牛的独轮车，去前线为解放军送过粮食。事情就是这样有意思，三爷明知他的大儿子是在国民党的军队里服役，也明知解放军打的是他的大儿子所在的部队，他却心甘情愿地去给解放军的部队送粮食。国民党的军队之所以失败、共产党领导的解放军之所以胜利，这不能说不是一个小小的原因。你想啊，连当爹的都不向着儿子了，儿子哪有不失败的道理呢！三爷知道，国民党的军队战败后，在战场上的雪地里丢下很多尸体，根本来不及收拾就跑了。直到第二年的春天雪化、尸化时，哪里有腐化的尸体，哪里的麦苗就长得旺一些，高一些。三爷难免联想起他的儿子，他估计自己儿子的命运也不会好到哪里去。但他还抱有侥幸心理和一线希望，暗想自己的儿子也许还活着，也许跑到台湾去了。在这方面，三奶奶堪称是一个有执念的人，她坚定地认为，她的大儿子还活着。她的理由很简单，人在世上行走，只要没得到具体的、确切的不好的消息，就说明她的大儿子还在人世上活着，她不会掉泪，不会放弃对大儿子的思念。

老两口对大儿子的思念和念叨，只能在家里，或在夜间，都是在私下里进行，白天当着别人的面，他们守口如瓶，从来不提大儿子。哪怕三奶奶是在私下里念叨大儿子，三爷也顿时有所警惕，好像怕隔墙的耳听去似的。解放后，三爷家被划成贫农成分，三爷当上了贫协会的成员。在斗地主、分田地的时候，三爷表现得相当积极。听我母亲讲过，在批斗一个刘姓万字辈的地主时，因地主个子高，三爷个子低，三爷跳起脚来才能抽到地主的嘴巴子。三爷当然清楚，在那阶级斗争年年讲、月月讲、天天讲的年代，阶级敌人除了地主富农，后来还增加了反坏右。反是反动分子，或反革命分子；坏是坏分子；右是右派分子。按上面划定的标准衡量，如果三爷的大儿子还活着，而且是在台湾，当是黑五类之一的反动分子。而三爷家呢，当是反动分子的家属，简称反属。天哪，那可不行，万万不行！那不是从革命的骨干变成革命的对象了嘛！三爷所采取的办法就是两个字，不提。五年不提，十年不提，二十年不提，在人前关于大儿子的事半个字都不提。世上人来人去，如果一个人老不被人提及，时间一长，这个人就被淡忘了，遗忘了，跟消失了差不多，跟从来没存在过差不多。应该说三爷的不提取得了应有的效果。拿我来说，很长时间我都不知道大叔的存在。我母亲跟三爷的想法是一样的，她也是害怕家庭社会关系中多出一个反动分子来。在类似的事情上，我们的母亲已饱受折磨，变得格外敏感。这是因为，我父亲就在冯玉祥部下当过国民党的军官。虽说我父亲在抗战胜利之后就退伍还乡，并在 1960 年去世，但他还是被人说成是历史反革命分子，以致他的子女受到株连，受到歧视。我初中毕业后，曾两次积极报名要求参军。体检是合格了，一政审就把我刷了下来。

大叔第一次从台湾往家里写信是 1979 年，从他 1949 年离开大陆，时间整整过去了三十年。如果他离开大陆时还是一个青年的话，三十年后他差不多已经变成了一个老人。三十年的一万多个日日夜夜，大叔不会忘记他的家乡，不会忘记他的父亲母亲、兄弟姐妹，也不会忘记对大陆动态的关注。大叔定是从台湾的新闻报道中注意到了，大陆开始了改革开放，不再以阶级斗争为纲，变成以经济建设为中心。大陆把地主富农的帽子都摘掉了，每个人都是国家公民，处在平等的位置。大陆发布了《告台湾同胞书》，调子上开始出现了缓和的迹象，并向台湾同胞发出召唤。就是在这样的背景下，大叔试探性地给家里写了第一封信。后来大叔回忆说，为了写这第一封信，他不知流了多少眼泪，眼泪不知打湿了多少信纸。算起来，他的父亲母亲都七十多岁了，他不知父母还是不是在世。一般来说，农村人的岁数能超过七十就算不错，能活过八十岁的不是很多。他担心这一辈子恐怕不一定能见到父母了。一想到这里，他就禁不住流下泪来。当时台湾和大陆还不通邮，大叔把信寄给在香港九龙的朋友，由朋友转寄到大陆的河南省沈丘县刘庄店镇南面三里的刘楼村。在信封上，收信人大叔没写三爷的名字，写的是自己的名字，他的名字叫刘本德。我们村还有一个叫刘本德的，他是刚刚摘帽的地主家的儿子。队长从大队里把信捎回后，就交给了村里的刘本德。村里的刘本德确有一个舅舅在香港居住，他以为是舅舅给他寄的信。他拆开信，找识字的人把信念来念去，信上的话跟他一点儿关系都没有。于是，他把信退还给了队长。既然信已经拆开了，队长就把信交给一个在村里教小学的老师，让老师在吃饭场里把信念一念，看看这封信跟村里人到底有没有关系。老师念信时，三爷也在饭场里吃饭。三爷对这封信并没有很注意听，他不会想到会有人给他写信。但是，当他无意中听到写信人自我介绍说：我的大名叫刘本德，我的小名叫天增。天增？三爷听到“天增”二字，如在晴天里听到天边传过来的一声雷，他一下子愣住了。同时他的手不由得哆嗦了一下，手里的饭碗差点儿掉在地上。他对念信的老师说：你再念一遍，他是说他叫天增吗？老师把那段话又念了一遍，确认写信人的小名是叫天增，老师说，天是天地的天，增是增加的增。三爷的眼圈儿顿时有些发红，说话也有些喃喃，他说：天增是我的大儿子啊！又说：天增你这孩子，你真的还活着吗？

快，快把信念给他娘听听！三爷让老师拿着信跟他一块儿回家去了。

三奶奶生了病，正在床上躺着。听老师念了信，特别是听大叔在信里写道：娘啊，儿不能在娘跟前尽孝，都是儿的不孝啊！三奶奶一下子哭了起来。她还像儿子小时候叫儿子的小名一样，说：增儿啊，增儿啊，你真是小增儿吗？

老师是本字辈，他劝三奶奶说：三大娘，大哥有信儿了，这是天大的喜事，你应该高兴才是啊！

三奶奶不哭了，挣扎着从床上坐了起来，她说：我早就知道，俺大儿不会死。他娘还没死呢，他怎么能死！他不回来，我就不死！

大叔的信，在村里产生的效应是轰动性的，一时间，全村的家家户户都在谈论这件事。要是搁前几年，特别是在“清理阶级队伍”的时候，出这样的事情可不得了，一定会被村干部视为阶级斗争新动向，把大叔视为阶级敌人，反动分子，并把大叔的来信与蒋介石反攻大陆联系起来看待。说不定村干部还会把这件事向公社革命委员会汇报，还说不定革命委员会会派人对信件和三爷三奶奶进行审查。然而，山不转水转，三十年河东转河西，随着风向的转变，人们的看法像被新风荡涤过一样，很快变得跟以前不一样了。村里人没有再如临大敌，只是有些惊奇，原来村里还有这么一个本字辈的人，三十年没有一点信儿，现在终于有了信儿。村里年轻人说，以前没听三爷三奶奶说过他们还有一个大儿子呀，两个老人的嘴可真够严的。村里人估计，名字叫刘本德的大叔既然还活着，一定是在台湾做了官，发了财，混出了人样儿。当时生产队还没有解散，土地还没有分田到户，打工的潮流还没有兴起，人们还都在村里待着。听到大叔来信的消息后，人们纷纷到三爷三奶奶家里去了，好像大叔已经从台湾回来了一样，他们要看看大叔长什么样。来到三爷三奶奶家里，他们要求看信，要求把信的内容听一听。看到了大叔的信，他们像是看到了大叔一样。喜事让三奶奶的精神好了不少，她不在床上躺着了，要求吃饭，要求吃药，说一定要等到他的大儿子回来，跟他的大儿子见上一面。接着，三爷三奶奶就把已经分开家的全家人召集在一起，开始商量给大叔写回信的事。商量的结果，一是告诉大叔，他的爹娘都还活着，全家人都很好。二是希望大叔能赶快回来与家人团聚。三爷的二儿子也是读过初中的人，这封回信本应由他来写，但他不敢写，他说他现在是提笔忘字，写不成句儿。他又说，台湾使用的是繁体字，他不会写繁体字。家书抵万金，给大叔回信事关重大，没办法，三爷只好请那位念信的老师来写。

此时我已从河南的煤矿调到北京工作，大叔从台湾给家里写信的事，我很快就得到了消息。欣喜之余，我想三十年哪，都是中国人，都在一个地球上，中间只隔着一片海，却三十年不通消息，不相往来，这是多么悲哀的事情。好在这种悲哀总算到了该结束的时候。我还想到，一个人一辈子能有几个三十年呢，能活过两个三十年就算幸运，能活到三个三十年的总是少之又少。如果再过三十年，大陆仍闭门不开，三爷三奶奶肯定会成为逝者，再也得不到大儿子的信息，再也见不到他们的大儿子。大叔也是一样，他已经在台湾熬过了第一个三十年，肯定熬不到第二个三十年，只能在终生遗憾中离开人世。我当时已经开始学着写小说，每天都想发现新的小说题材。以三奶奶盼望大儿子归来的过程为线索，我能不能写成一篇小说呢？因为每个人的一辈子都活在盼望之中，不管干什么，其实都是在创造盼头。人有了盼头，就活得提精神，有劲头。而人一旦失去了盼头，就像霜打过的瓜园一样，瓜秧子很快就枯萎了，就没了生气。三爷三奶奶也是一样，他们心里定是装着对大儿子的盼头，才提着劲儿活了下来。小说还真的写出来了，题目只有一个字，叫《盼》。小说很快在河南的《奔流》杂志发了出来。

在三爷三奶奶的热切期盼中，大叔终于回来了。等大叔踏上大陆的土地时，时间又过去了九年，到了 1988 年秋天。大叔在台湾住在桃园县，他从桃园机场坐飞机，绕道香港，飞到郑州。从郑州下飞机后，他打了一辆出租车，不惜长途奔跑几百里，不惜花费好几百元的打车费，直奔家乡而来。听老家的人对我描述，大叔穿着西装，打着领带，手上戴着镶有红宝石的金戒指，气宇轩昂，完全是一副衣锦还乡的样子。是年，大叔已六十多岁，两鬓已有了白发。“少小离家老大回，乡音无改鬓毛衰。”大叔一见到三爷三奶奶，就按传统的礼仪，双膝跪地，给二老磕头。他说：爹呀，娘呀，都是儿子不孝啊！大叔喜极而泣，磕第三个头时，眼泪已经流得一塌糊涂。

三爷和三奶奶也哭了。三奶奶说：我的儿，赶快起来吧！你回来了，啥都有了！

三爷也说：你不能回来，这不能怨你，不能怨你。

三十九年还故乡，这在刘楼村的历史上是开天辟地第一回。大叔的真人还乡，乡亲们的反响比大叔第一次往家写信还要大。得到消息后，村里人纷纷到三爷家看大叔去了，上岁数的人去了，年轻人去了，孩子们也去了。三爷家屋里挤满了人，院子里拥满了人，连院门外的村街上都站了不少人。来看大叔的，除了一些上岁数的人经过自报家门后，大叔依稀还能辨出一点当年的模样，绝大部分人大叔都不认识。这些人需要说出他们的爹、爷爷，甚至是太爷的名字，大叔才能知道他们是谁家的后代。不断介绍，不断回忆，不断对号，屋里发出一阵阵感叹声和笑声。秋高气爽，天地澄明。这真是一幅生动的游子归来图啊，这真是难得的盛况啊！

大叔带回的有足够的香烟和糖果，男的来了有烟抽，妇女和孩子来了有糖果吃。除此之外，凡是去看望大叔的成年人，大叔发给每人十元钱。十元钱，在当时来说，在农村来说，可以买一篮子鸡蛋呢，不算少了。于是一传十，十传百，去看望大叔的人更多些。有的残疾人因行动不便，平日并不出门，听说去大叔那里能领到钱，也让家人把他带到大叔面前领钱去了。有的人外出打工并不在家，但他的父母谎称其走亲戚去了，也代他领了一份钱。一个傻女人直言不讳地向大叔伸手：给我钱！还有一个妇女，以为大叔不认识她，记不住她，她领了十元钱，转了一圈，又跟大叔要钱去了。大叔是没认出她来，但别人记得她领过钱了，指出：你不是领过钱了嘛，怎么又要领！这一弄场面就有些尴尬，有些不愉快。大叔认为，人一穷，就不太顾脸面了。他说：算了，不就是多给她十块钱嘛，没什么！

大叔从台湾归来的消息，迅速传遍十里八里。一些嫁出去的闺女听到消息，也从四面八方回娘家去看大叔。比如我姑姑，我的大姐、二姐和妹妹，都备了礼品，赶回刘楼看望大叔。这让大叔很高兴，也有些感动。少不得，大叔也要给她们一些钱。二姐对我说过，大叔给她的钱就不是十元钱了，而是五十元。二姐她们注意到了大叔手上戴的宝石戒指，问大叔他的戒指能值多少钱？大叔说，他的戒指是用美元买的。美元？啥是美元？她们问。大叔说，美元嘛，就是美国的钱。一美元能换八九块人民币。大叔的样子有些谦虚，说他的这枚戒指不值多少钱，也就是一两千美元吧。姐妹们在心里用乘法乘了一下，乖乖，这一个戒指就值一万多块钱哪！

总的来说，大叔第一次回老家给人的印象是台湾很富裕，大叔很有钱，这次回老家，大叔撒了不少钱。相比之下，大陆的人就显得有些穷酸，让大叔很是同情。

大叔第二次回老家是1990年秋天。如果说第一次一个人回老家带有探路的性质，第二次回老家就显得比较正式，比较隆重。之所以这样讲，是因为大叔带着家眷一块儿回来的。他不仅带了夫人，还带了大女儿和二儿子。在礼品方面，大叔带回了两台日本产的彩色电视机，还带回了不少金首饰。有点儿可笑的是，据说大叔还带回了一袋子面粉。不过这个说法我没能得到证实。大叔的夫人，也就是我的大婶子，是台湾本地的高山族人。大叔比大婶子大十多岁，大叔和大婶子结婚后，生了三个儿子，两个闺女，可谓儿女满堂。大叔虽说流落在异乡，但他在外乡生了根，开了花，结了果，过成了一大家子人，这也是他值得骄傲的地方。问题是，老家各方面的条件太差了，大婶子他们吃不惯，喝不惯；坐不惯，睡不惯；听不惯，看不惯，一切都不习惯，每一天都很难熬。特别是老家的茅房，他们觉得老家的茅房太脏了，脏得臭气熏天，简直不敢进去，每次进茅房他们都视为畏途。大婶子和堂妹的忍受能力还好一点儿，那个堂弟就不行了，他留着长发，一副现代青年的样子，一点儿都不懂掩饰自己，一点儿都不配合大叔，一天到晚不开眼，不开心，不开颜，甚至连口都很少开，表现的是抵抗的态度。堂弟在台湾土生土长，好像对所谓的老家一点儿都不认同，他仿佛在说：什么老家不老家，跟我有什么关系呢？堂妹在老家期间，也发生了一件事，她的钱被人偷走了，偷走的还是美元。她在老家并没有外出，她放在背包里的钱怎么会被人偷走呢？是谁偷了她的钱呢？这让堂妹很是不解，也很是不悦，对老家的印象不是很好。

好在大叔事先对大婶子、堂妹和堂弟有许诺，这次回老家看望老人只是一个方面，还有一个方面，是要带他们到北京旅游。结果他们在老家只强撑了两三天，我母亲就带他们到北京来了。

大叔他们到北京来，自然是奔我而来，我和妻子都热情欢迎他们。我们家虽然只有两居室，但我还是让大叔他们住在了家里。家里是显得拥挤一些，但卫生条件毕竟比老家好多了。大叔他们要在北京玩几天，让我给他用美元换一些人民币。有一个细节我记住了，大叔从身上往外掏美元时，先把自己的皮带从腰里解了下来。原来皮带是双层，是从两侧往背面对缝折叠起来，形成了一个夹层。把美元竖着一折，正好藏在夹层里。这样一来，美元就是大叔的皮带，也是大叔的腰，大叔在，美元在，贼人想把美元偷走不大容易。我想，堂妹肯定没有采用这种办法带美元，她的美元才被小偷偷走了。看来还是大叔有经验，有防范意识，善于保护自己的财富。

当时，北京有不少人想到国外淘金、发展，美元相当走俏。记得大叔给了我两千美元，我没出我所在的工作单位，美元就被同事们争相兑换走了。

大叔拿着换来的一万五千多元人民币，带领家人游览了故宫、颐和园、天坛、长城等名胜古迹，玩得很是高兴。接着，他们一行人乘车到南京去了，要在南京继续游览。

这次大叔回到台湾时间不长，也就是到了转过年的1991年春天，三奶奶就去世了，三奶奶享年九十一岁。三奶奶已经两次见到她的大儿子，临死前是欣慰的，没留什么遗憾。

大叔有遗憾，因为三奶奶去世时，他没能赶回来为母亲送葬。

到了1994年的冬天，三爷也去世了。三爷比三奶奶小三岁，去世时也是九十一岁。

在我们刘楼村的历史上，寿命能超过九十岁的，在三奶奶之前史无前例。两口子的寿命都超过九十岁，更是前所未有。可以说，三奶奶和三爷在我们村的人寿史上创下了两项纪录，先是三奶奶的单人纪录，后是三奶奶和三爷的双人纪录。村里人认为，他们两个之所以如此长寿，是与对大叔的盼望和大叔的回归分不开的。

可叹哪，在三爷去世的时候，大叔仍没能赶回见三爷最后一面。听我母亲说，三爷临死前，不断念叨大叔的小名儿，一再问大叔回来没有？家里人只能说快了，快回来了！台湾和大陆虽同属一个中国，但因为有这样那样的限制，大叔不是说回来就能回来，不是想回老家奔丧马上就能如愿。按老家的规矩，作为长子，在给三奶奶和三爷送葬时，柳幡应该由大叔扛，恼盆应该由大叔摔。大叔不能赶回，扛幡和摔盆只得由二叔刘本堂代替。大叔后来再回老家，只能在三爷三奶奶坟前长跪大哭。

2003年初春，我接到中国作家协会的通知，要我参加中国作家代表团，去台湾访问，与台湾的作家交流。接到通知后，我第一个想到的是大叔，觉得正好可以借机去台湾看望一下大叔。大叔回到大陆好几次了，我们作为在大陆的大叔的亲属，却从没有一个人去海峡对岸看望过大叔。有来无往非礼也，这不太应该。三爷和三奶奶当年年事已高，不宜远行。大叔的两个弟弟和弟弟的孩子们因经济条件不允许，也不可能去看望大叔。只有我有条件，也有机会，代表我们家族去看望大叔。这一年的三月五日，我母亲因病去世。大雪纷飞之中，我在老家刚办完母亲的后事，是胳膊上戴着黑色的孝标去的台湾。这时去台湾仍不能直飞，我们从北京飞到香港，从香港转机飞到了台湾的南部城市高雄。从高雄坐大巴车一路北上，过阿里山、日月潭等地，最终到达台北。在台北活动期间，我向作家代表团团长陈建功请了一天假，专程去桃园县看望大叔。见到大叔，大叔一眼就看到了我戴的孝标，知道我母亲去世了，神情有些黯然。我在大叔家靠后墙的供桌上，看到了三爷和三奶奶的大幅黑白遗像，遗像前面是烧香用的香炉。这表明大叔把三爷和三奶奶的魂灵请到了台湾，逢年过节就给他们烧香。听人说过，台湾对中华传统文化的坚守比大陆做得要好。大陆一个运动接着一个运动，又是“文化大革命”，又是“破四旧”，又是“批孔”，老是跟传统文化过不去，以致连祖先都不尊敬了。拿我们家来说，因为我们家是刘家的长门，三辈先祖的灵牌都在我们家的堂屋里供着，有重字辈的刘重車，凤字辈的刘凤来，还有昆字辈的刘昆刚，我们家跟祠堂差不多。然而“文化大革命”一来，那些灵牌，包括三座用檀香木精雕而成、用来放置灵牌的主楼子，都被拉到西地埋到地底下去了，弄得刘家的人后来过年时想给祖先磕头都找不到地方。

中午，大叔带我到外面的饭店吃了一顿具有台湾风味的饭。大叔的大女儿和大儿子也过来了，亲切地叫我大哥，陪我一块儿吃。在大叔家里，我没见到大婶子。吃饭时，我仍没见到大婶子。我只是礼节性地问了一句大婶子呢，没敢多问。大叔说：你大婶子在高雄上班，赶不过来。其实，对于大叔和大婶子的婚姻状况我是知道一些的。大叔有一个台湾朋友，过北京时曾托我给他用美元换人民币，他跟我说了大叔到台湾后的一些情况。大叔在台湾退伍后，长时间孤身一人，迟迟找不到对象。后来有人给他介绍了一个山里穷人家的农村姑娘，他答应给姑娘和姑娘家一大笔钱，比他小十多岁、才十几岁的那位高山族姑娘就答应了嫁给他，就成了我们的大婶子。婚前和婚后，大叔确实给了大婶子和大婶子的娘家不少钱，但与大叔当初的承诺还有一定距离。因此，大婶子一直对大叔有意见，说是大叔蒙骗了她。大婶子生下的几个孩子，大婶子都不怎么管，几乎都是大叔一手喂大的，带大的。后来，大婶子就一个人到高雄去了，说是在美发店当理发员。大叔和大婶子长期处于分居状态，没离婚跟离婚差不多。那次大婶子和大叔一块儿回大陆，不知大叔背地里跟大婶子说了多少软话，做了多少动员工作，才把大婶子拉到老家去的。大叔对大婶子的确有愧疚的地方，他拿不出那么多钱，以兑现他对大婶子的承诺。大叔退休后，名誉上虽被称为“荣民”，工资并不是很高。为了赚钱回大陆，大叔都过了古稀之年，还去工厂打工挣钱。更让我没有想到的是，大叔的朋友告诉我，大叔还捡废品卖钱。这么说来，大叔回老家送给乡亲们的钱，既有大叔作为“荣民”的退休工资，也有大叔打工和捡废品挣的钱。像大叔这般年纪，应是含饴弄孙、安度晚年的时候，可为了积攒回大陆的路费和其他花销，大叔还得以老迈之躯，辛辛苦苦挣钱，这不能不让人唏嘘！

转眼到了2008年，这年北京要举办世界瞩目的奥林匹克运动会。春节期间打长途电话给大叔拜年时，我顺便邀请大叔到北京看奥运。借用一句外交辞令，大叔愉快地接受了邀请，大叔说：可以呀，到时候我一定去！大叔问给我带点儿什么，是带酒还是带茶叶？我说什么东西都不要带，现在台湾有的东西，北京都有。说不定台湾没有的东西，北京也有。

奥运会开幕前夕，大叔像从全世界云集到北京的运动员一样，提前来到了北京。说了不让大叔给我带东西，大叔还是给我带了一盒台湾产的茶叶。大叔说：这个茶叶好呀，这是台湾的高山茶。我说好好，谢谢大叔！本来我想说，我冰箱里有西湖龙井，有信阳毛尖，这才是中国的好茶，但我没有说。大叔还带了一些小礼品，让我妻子挑选，那些小礼品有手表、手串、手镯等。自从使用了手机之后，妻子看时间都是从手机上看，已经不戴手表了。对于别的小东小西，妻子也看不上。可是，既然大叔大老远地把礼品带来了，妻子不挑一样也不好，不能扫了老人家的兴。于是，妻子要了一只电子手表。

大叔到街上转了一圈，回来一再夸北京的东西便宜，什么东西都便宜。他从市场上买回了一大块猪肉，还买回了一双皮鞋。妻子悄悄看了我一眼，意思是说，现在大家都在减肥，这么多猪肉什么时候才能吃得完呢！大叔把皮鞋拿给我看，说多好的皮鞋呀，才三十块钱就买了下来。大叔说，这双皮鞋他穿上有些小，就送给我穿吧。我明白大叔的心意，这双皮鞋他原本就不是为自己买的，而是特意为我买的。我一眼就看出来了，大叔买回来的皮鞋虽说也油光闪亮，有模有样，但根本不是皮鞋，而是塑料仿制品。这样的所谓皮鞋一点气都不透，穿上就烧脚，我是不会穿的。有句话我差点对大叔说了出来，我脚上正穿的皮鞋是花了六百多块钱买的，比大叔买的皮鞋贵了二十多倍，这才是真正的牛皮鞋，而且是名牌皮鞋。话到了嘴边，我没有说出来，只是笑了笑，对大叔表示了感谢。这说明，大叔对大陆的看法有可能还停留在他第一次回大陆的 1988 年，以为大陆的经济还是不够发达，大陆的人还是很穷。大叔有所不知，从 1988 年到 2008 年这二十年来，大陆已发生了日新月异、翻天覆地的变化，大陆的经济发展水平已经超过了台湾，个人收入也大大提高。从大的方面说，北京能举办奥运盛会，对国家的综合国力就是一个很好的证明。从小的方面说，国家的发展变化看人民的日常生活，穿着的变化，就是有力的说明。还有，我的工资收入，加上我的稿费收入，已远远超过了大叔的收入。

我在北京的郊区密云买有一套房子，妻子驾车，送我和大叔去密云，我们叔侄通过电视直播看奥运。中国运动健儿每天都能拿到金牌，大叔看得兴致勃勃，一再说厉害，厉害，太厉害了！我每天都和大叔喝酒，一块儿碰杯、干杯，为夺取金牌的运动员祝贺，给中国喝彩。高兴之余，我们谈到了祖国统一的问题。大叔对台湾的现状很是不满，希望大陆与台湾能早日实现统一。大叔有些悲观，说他年纪大了，可能看不到统一的那一天了。大叔谈到，从大陆到台湾的老一辈，都盼着大陆与台湾统一，而台湾的一些年轻人，包括他的孩子们，对统一不是很积极。之所以不积极，是他们担心，说不定什么时候大陆又要搞什么政治运动，经济上又会出现什么波动。

我买的房子在六楼，楼里没有安装电梯。大叔每次和我一块儿往六楼爬时，我发现大叔都气喘吁吁，有些费劲。我要扶大叔一把，大叔很要强，说没事儿，不让我扶他。我劝他慢点儿，爬两层，喘口气，歇一会儿，再接着往上爬。大叔说：没关系……我……我还行……，还是坚持一口气爬到六楼。我意识到，大叔已是八十四岁高龄的老人，这次回到大陆，下次还能不能回来就很难说了。奥运结束后，我还意识到，应该千方百计搞到一两张奥运比赛门票，带大叔去奥运场馆的现场看一两场比赛。这样让大叔在家里看电视，跟大叔在台湾看电视有什么两样呢！我有些懊悔。

五年之后的2013年冬天，我们敬爱的大叔在台湾的桃园与世长辞，自从2008年那次回大陆后，大叔再也没有回过大陆。这年的春节前夕，当大叔的大儿子刘庆国打电话告诉我大叔去世的消息时，我心里一酸，禁不住流下了眼泪。

大叔生前回老家时，每次都要到我们的老坟地里看一看，拜一拜。大叔亲口对我说过，等他百年之后，他的骨灰也要埋在我们的老坟地里。我不知道，真的不知道，大叔的这个愿望能不能实现？

第二章

情与理

这一篇讲我亲叔叔的故事。我父亲兄弟二人，我只有一个叔叔。

我爷爷奶奶一共有四个孩子，除了父亲、叔叔，还有大姑、二姑。大姑嫁到了蔡洼，二姑嫁到了洼张庄。您听听这村庄的名字，就知道我的两个姑姑都嫁到了“洼地”里。我们那里的人对蔡洼的评价是：蔡洼蔡洼，又菜又洼。姓蔡的蔡，怎么被说成了蔬菜的菜呢？当地人说一个人笨，或没本事，就用一个“菜”字概括，说那个人菜，菜死了，是个菜菇苔。村庄本来就洼，前面又加一个“菜”字，能有什么好呢！我大姑父被抓了壮丁，一去不回，杳无音信。我大姑到坑边砍柴火时伤了财主家的树根，被人家打了一顿。大姑一口气咽不下去，撇下两个孩子，年纪轻轻的就上吊死了。洼张庄被人编成了顺口溜：洼张庄，水趴趴，蛤蟆尿尿淹庄稼。二姑所嫁的丈夫是个做醋的，卖醋的。二姑父娶了二姑，又跟庄子里别的女人相好，着实让二姑吃了不少“醋”。两个姑姑的故事就不多说了，想起来还不够让我这个娘家侄子伤心的。再说，把姑姑写多了，就偏离了写叔叔的主题。

我叔叔曾当过抗美援朝的志愿军战士，赴朝鲜跟美国鬼子打过仗。听人说，说是志愿军，他磨磨叽叽并不愿意去。他说他没摸过枪，不知道怎样才能把枪放响，更不会打仗。动员他参军的村干部告诉他，放枪很容易，把枪的扳机一抠，枪砰的一声就响了。不会打仗也没关系，上了战场就会了。干部说，当志愿军是很光荣的。不光他一个人光荣，全家人都沾光跟着光荣。叔叔说他不想光荣。咦，这样的态度就不对了，有些事情需要你光荣，你就得光荣，不想光荣也得光荣。叔叔这才说了实话，说出了他的担心，他说他要是死在战场上怎么办？这个问题嘛，上了战场，不一定就死。当然了，他如果为保卫国家而牺牲的话，那就更光荣了。

叔叔参军走后，我们家得到了一块长方形的金属牌子，上面的字是“军属光荣”。光荣的表现之一，是到过春节的时候，村里的青壮男人排成一队，集体给我们家的人拜年，对着我们的家门口三鞠躬。

叔叔是幸运的，他在朝鲜战场上经历了那么多枪林弹雨般的战斗，并没有把性命丢在异国他乡的战场上，停战协定一达成，他就活着回到了家乡。他不但活得很健壮，而且一点儿伤都没受。回到家乡的叔叔有了一个新的身份，叫退伍军人。

叔叔既然回来了，年龄也不算小了，那就找对象吧，结婚吧，成家吧。在叔叔外出当兵期间，我的奶奶，也就是叔叔的母亲，生病去世了。给叔叔张罗找对象的事，主要由我母亲负责。我父亲呢，开始筹集建筑材料，准备为叔叔另盖两间房子，作为叔叔结婚用的新房。之前我们家只有两间半北房，还有土地改革时从地主家分到的两间草房。那两间草房是坐东朝西的西屋，在另外一个地方，被父亲用作养牛的牲口屋。在我们家的两间半堂屋里，住着爷爷、父亲、母亲、大姐、二姐、我和妹妹，还支着锅灶，实在没有了叔叔住的地方，叔叔只好临时住在牲口屋里，跟牛住在一起。

有媒人给叔叔介绍了邻村的姑娘，让叔叔去跟人家姑娘见面时，叔叔开始调皮捣蛋，显出诡异的一面。去见面嘛，相亲嘛，叔叔应该穿得好一些，周正一些。从部队退伍时，叔叔带回了不少东西，有皮帽子、皮大衣、棉军装、单军装、毛毯，还有搪瓷盆、搪瓷茶缸子，等等。倘若叔叔穿一身军装去相亲，那不是显得很威武嘛，说不定一见面就会给人家一个好印象，相亲就会取得成功。然而，叔叔好像对相亲并不感兴趣，甚至还有一些抵触情绪，他说相什么亲，开玩笑！去相亲时，他不穿军装，也不穿什么好衣服，而是专拣有补丁的旧衣服穿。头上呢，还戴了一顶烂了边子、散了篾子的破帽壳子，把自己弄得像一个稻草人，或者说像一个叫花子。叔叔的不可理喻就在这里，谁都不知道他是咋想的。或许他觉得这样装扮很好玩，可以吓人家姑娘一跳。或许他内心充满自信，想通过这样的穿戴考验一下人家姑娘，试试人家到底识不识金镶玉。反正叔叔的思维有些怪，有些不大正常，于情于理都不大正常。人家姑娘，还有姑娘的家人，可不愿意跟他玩这样的游戏，可不吃他这一套，人家认为他不太精，怀疑他是不是有点傻，是不是在战场上打仗见得死人太多了，精神受到了刺激。人家好好的姑娘，当然不会同意嫁给一个“稻草人”，姑娘的父母也不会同意将闺女嫁给一个“叫花子”，叔叔相了一次亲，又相了一次亲，都以失败告终。

叔叔从来都不听爷爷的话，一直跟爷爷对着干，爷爷让他上东，他上西；爷爷让他打狗，他撵鸡。爷爷对他一点儿办法都没有。我父亲作为叔叔的哥哥，虽说比叔叔大十来岁，叔叔也不愿跟我父亲合作。某些事情他当面答应了父亲，说好好好，一转脸仍是我行我素。应该说我母亲对叔叔的婚姻大事是很负责任的，可不知为什么，叔叔对我母亲像是不大认同，叔嫂之间的关系有些半生不熟。后来我想到，也许因为我母亲的娘家在外地，叔叔对我母亲就有些排斥。

两次相亲不成，叔叔又不愿意改变自己的行为方式，就没人再给叔叔介绍对象了。有人甚至在背地里说，吊着他，让他一辈子拉寡汉。

夏天来了，紫色的楝树花开了，明黄的丝瓜花开了。这天上午，二姐正带着我在我们家的院子里玩，只见从院子外面来了一个妇女。我当年才两岁多，记性还不是很好，我隐约记得，那个妇女穿一身黑衣服，头上顶着黑毛巾，像传说中的老猴精。有些细节是二姐后来告诉我的。

“老猴精”问：听说你们庄从外面回来了一个退伍军人，他是在这里住吗？

二姐答：是呀，他是俺叔。

你叔娶新媳妇儿了吗？

还没有。

那我给你叔说一个吧。

你是谁？

我是东南严庄的，我给你叔说的那个闺女姓严，她爹的名字叫严老敬，我不知道她娘叫个啥。

二姐说：这个事儿你得跟俺家大人说，俺爹俺娘到西地里干活儿去了，我现在就去把他们喊回来。二姐说罢，拉上我的手，我们就一路小跑到西地里去了。父亲没回来，母亲回来了，“老猴精”由母亲接待，母亲就让二姐和我到一边玩去吧。

后来我才知道，“老猴精”给我叔介绍的对象名叫严凤兰，那个口称“我不知道她娘叫个啥”的“老猴精”正是严凤兰的亲娘。这个事情来得就有些奇怪，一个当亲娘的，跑到外庄，登门为自己的闺女找婆家，这是怎么回事呢？一般来说，就算急着给闺女找婆家，也应该托一个媒人去牵线哪，她为何要隐姓埋名亲自出马呢？她这种做法，按现在的说法，有些推销的性质。怎么，她的闺女推销不出去了，眼看要砸在手里了？难道她的闺女有什么毛病，是豁子还是麻子呢？是瞎子还是瘸子呢？却原来，她的闺女曾经“销”出去过，“销”的对象还不错，是一个在镇上供销合作社当干部的人。那个干部把她的闺女试验性地使用了一段时间，发现她闺女好吃懒做，对自己的母亲也不好，就坚决地和她闺女离了婚，把她闺女退回娘家去了。是货都怕退，一退就难免产生负面影响。“老猴精”大概真的怕闺女砸在自己手里，怕托了媒人，媒人不给她的闺女添好言，就亲自上台，去我们家上演了那么一出亲娘为亲闺女说媒的戏。

我叔叔这头儿呢，大概觉得玩游戏玩得差不多了，出怪相也出得差不多了，如果再把恶作剧做下去，有可能真的找不下老婆了，真的要拉寡汉了。及至见到严凤兰，叔叔见严凤兰眼睛大大的，眉毛黑黑的，辫子长长的，眼前一亮，感觉不错嘛，相当不错嘛！这样的严凤兰，如果穿上一件长裙子，恐怕比朝鲜的姑娘也不差吧！至于说严凤兰好吃懒做，这没什么嘛！谁不爱吃好吃的呢！谁不想少干活儿呢！叔叔的怪异再次表现出来，人家给他介绍的黄花闺女，他不认真对待，一个浑身穿黑衣服的“老猴精”，把一个被人休过的女人推销给他，他却点了头。

这时候，我们家里的大事情都是由父亲操办。爷爷逢集到街上听小戏，背集在村里找人为他念唱书，乐得享受清闲。而我父亲呢，是个曾走南闯北见过大世面的人，也是遇事有成算的人，愿意把家里的事管起来。既然叔叔愿意娶严凤兰为妻，父亲为叔叔定的结婚的日子是在秋后。到那时，庄稼收完了，麦子种上了，天气凉快了，人们消停了，正好可以为叔叔举办婚礼。更重要的是，再过两三个月，父亲准备为叔叔盖的两间新房就可以落成。届时把新娘迎娶进新房里，岂不是两全其美！

然而，麦子刚刚收完，夏天还在盛头上，离秋后还差得很远，离叔叔第一次见到严凤兰也就十来天时间，严凤兰就迈开双脚，主动到我们村找叔叔来了。当然了，陪同严凤兰的人，也可以称为送亲的人，还是有一个的。这个人不是严凤兰的娘，是严凤兰的大弟弟。严凤兰的大弟弟背着一个用床单包成的包袱，就把他姐姐给叔叔送来了。他大概打听到了叔叔住在哪里，没把他姐姐送到我们家的堂屋，而是直接送到牲口屋里去了。

叔叔把严凤兰来到的消息对我母亲说了，母亲说：快让他们到堂屋里来吧，待在牲口屋里算咋回事！天快晌午了，我马上给他们做饭吃。

叔叔大概是“金屋藏娇”的意思，他说：我看在牲口屋里挺好的。这样吧，等你做好了饭，我给他们端过去。

母亲做的午饭是捞面条，做的菜是黄瓜拌荆芥。母亲把煮熟的面条在井拔凉水里一过，浇上蒜汁儿一拌，上面放上黄瓜菜，盛了堆尖一大碗，让叔叔给严凤兰的大弟弟端去。母亲特意跟叔叔交代说，严凤兰的大弟弟是送亲的人，是客人，这第一碗饭先让客人吃。叔叔说好的。

叔叔端着饭碗走出院子，刚转过墙角，他大概闻出面条的味道不错，停下脚步，竟自己先吃起来。他吃得狼吞虎咽，三下五除二，就把一大碗捞面条儿吃了下去。叔叔就是这样不讲规矩，不按规矩出牌。当他把空碗送到我母亲手里时，母亲有些怀疑，她说咦，吃得这么快！

叔叔笑了一下说：被我干掉了！

母亲不悦，说：他叔，这就是你的不对了，家里来了客人，这第一碗饭应该让客人先吃才对呀，这是最起码的规矩呀！

叔叔不笑了，说：什么客人不客人，规矩不规矩，谁先吃不是一样嘛！我吃完了，你再给他们盛就是了。

严凤兰的大弟弟吃过饭走了，严凤兰留下了。留下了，就算跟叔叔结婚了。因为没有举行婚礼，就没有放鞭炮，没有拜天地，没有撒喜糖，没有喝喜酒，一切的一切都省略了。

但是，计划中的两间新房还没有破土动工，总不能让一对新人跟那头黄牛住在一起吧。黄牛在屋里拉屎，在铺上撒尿，一点儿卫生都不讲，新娘怎么受得了呢！父亲赶紧把牛牵出来，把牛槽搬出来，把牛铺清理得干干净净。并弄来新土，撒上石灰，用板砖把地砸平砸实了，才让新郎新娘进去住。

叔叔结婚时间不长，就开始闹事。叔叔和婶子早上都睡懒觉，不下地干活。那时人民公社还没有成立，各家各户的地都是自家种。我们那里的种地人长期养成的习惯是，天不亮就起床，就顶着星光，踏着晨露，到地里干活，干一阵子活再回家吃早饭。母亲一大早就起来做早饭，做好早饭，把早饭盖在锅里，跟父亲一块儿下地干活，该锄地就锄地，该间苗儿就间苗儿。叔叔和婶子早上不下地干活，到了该吃早饭的时候，总应该到堂屋里跟全家人一块儿吃早饭吧？母亲派大姐去叔叔和婶子住的地方喊一次，又喊一次。叔叔还在床上没起来，他先说等一会儿，又说让我们先吃。等我们吃完了早饭，父亲母亲又下地干活去了，叔叔才出动了。他的办法是，脱下自己的汗褂子，把母亲蒸好的馍收拾收拾，统统收拾到汗褂子里，兜起来就走了。除了把馍兜走，他瞅见一只碗里有腌好的咸蒜薹，就连碗把咸蒜薹也端走了，到南边屋里和婶子一块儿吃。

我们那里的午饭，多是做汤面条，一做就是咕咕嘟嘟一大锅。馍可以用汗褂子兜走，汤面条又是汤又是水的，用汗褂子是兜不走的。加上汤面条做熟后，不能在锅里放得时间太长，时间一长面条儿就糗了。在吃午饭的时候，叔叔和婶子总该按时到锅灶前端碗吧？不，吃午饭有时他们也迟迟不到位。不知大姐看到了什么，她不愿再去喊叔叔婶子吃饭，母亲让她去，她眉一皱，嘴一噘，好像很为难似的。有一天中午，母亲又是满身柴灰满头汗地做好了午饭，让谁去喊叔叔他们两口子吃饭呢？喊他们吃饭是必须的，按时吃或不按时吃，是他们的自由。而母亲没有不招呼他们的自由。如果不招呼他们，母亲就输理了。母亲极其讲道理，极其遵守道理，她宁可不自由，也不能输理。母亲正好看见邻家有一位四爷从村街上往南边走，就托四爷顺便喊一下叔叔和婶子，让他们回家吃饭。

不一会儿，四爷转回来了，四爷满脸讥笑地对母亲说：你们只管吃你们的，不要管他们两口子。大白天的就光着个屁股，连一点儿脸面都不顾。牲口不在那里了，我看他们两个快把自己变成牲口了。四爷说着，可能连自己都觉得不好意思，脸膛儿一下子变得红通通的。

叔叔之所以如此表现，是想分家另过。想分家的一个主要原因，是嫌我的父亲母亲生的孩子太多了。他们已经放出风来，说我们才不帮他们养那些孩娃子呢！村里人看出来了，闹分家是严凤兰的主意，叔叔点灯，严凤兰加油；叔叔在外边点火，严凤兰在后面煽风。

在关于分家的事情上，说来父亲的观念是传统的，也是保守的，他认为，越是弟兄们在一起，越是家里的人口多，越显得和睦，兴旺，幸福。他主张要稳定，不要折腾；要团结，不要分裂；要谦让，不要争吵。作为弟弟的哥哥，父亲想对叔叔有所照顾，不愿意让叔叔早早地分出去。知道的，是叔叔婶子想分家，不知道的，还以为是父亲把他们分出去的呢，这让父亲在面子上也不大容易接受。所以，父亲对叔叔的捣蛋睁一只眼，闭一只眼，看见跟没看见一样，听见跟没听见一样，那是相当的宽容和息事。

父亲不会想到，他这样做无异于对叔叔的放纵，终于有一天，叔叔把事情推向了极端，闹到了不可收拾的地步。这天，叔叔和婶子还是不按时回来吃午饭。我们都吃完了，叔叔才来了。我们家喂有一头半大的猪，母亲正用糠糠水水在一个瓦盆里给猪拌食。人可以不按时吃饭，如果不按时给猪喂食，猪会持续提抗议。抗议的办法就是不断哼哼，甚至大声叫唤。一般情况下，等全家人都吃完了饭，用刷碗刷锅水给猪拌食比较合适，刷碗刷锅水浑浑的，里面还会有一点咸味，猪比较爱吃。可是，叔叔婶子还没有吃饭，还有小半锅面条在锅里盛着，母亲不能刷锅。那头一点都不顾脸面的蠢猪叫得声嘶力竭，实在难听。没办法，母亲只好把一些饭碗先刷出来，用没什么内容的刷碗水给猪拌食。叔叔走进院子，二话不说，搬起那块磨镰磨刀用的石头，朝猪食盆子砸去。石头的块头不小，恐怕有二十多斤重。叔叔一下子把猪食盆子砸碎了，里边的猪食溅了母亲一身一脸。叔叔的这一示威性的举动，显然是冲着母亲来的，石头虽没有直接砸到母亲身上，仍然波及了母亲。母亲吃惊不小，跟叔叔吵了起来。吵架是一个热闹，听见母亲和叔叔吵架，住在同一个大院里的人纷纷出来看热闹。从院口路过的人也驻足观看。叔叔用石头砸猪食盆，是一种情绪的发泄。而在对待叔叔的事情上，母亲已压抑很久了，也需要发泄，母亲说：我做给你吃，做给你喝，哪一点儿对不住你？你凭啥这样对待我？让大家评评理，你凭啥拿石头砸我！母亲叫着叔叔的小名，骂了叔叔：我看你就是一只喂不熟的混眼狗。

叔叔和母亲对着吵。

这时父亲站出来了，父亲没有批评叔叔，没有帮母亲说话，反而让母亲住口，不要再吵了。父亲说：你们这样吵，不怕人家看笑话吗！

母亲正在气头上，气得已经有些刹不住车，她连父亲一块儿吵，说叔叔这样不讲理，这样欺负人，都是父亲给惯坏的。

当着那么多围观的人，父亲面子上大概有些下不来，大概要显示一点什么，他做了一样不应该做的动作。他这个动作把母亲给惹了。须知母亲是个内心很要强的人，是不好惹的，父亲却把母亲给惹了。他竟然动手打了母亲。他打的是母亲的头，打得有些不管不顾，在打母亲时，母亲发髻上戴的银簪子把他的手给扎破了。说到这里，我有必要把父亲和母亲的婚姻简单交代一下。爷爷奶奶给父亲找过一个童养媳，因父亲长期在外边当兵不回家，人家童养媳就走了。在抗日战争期间，在父亲所在部队驻防的地方，有人给当军官的父亲介绍了我母亲。母亲见父亲一身军装，头戴大盖帽，显得挺威武的，挺精神的，就同意了。母亲当年十九岁，说起年龄来，母亲说她是属牛的。父亲说，他也是属牛的。既然都是属牛的，父亲正好比母亲大一轮，也就是大十二岁。大一轮就大一轮吧，那年头兵荒马乱的，闺女家的处境都是危险的，能嫁人就赶快嫁人。跟父亲结婚后，母亲才知道，父亲不是属牛，而是属鸡，不是比母亲大十二岁，而是大十六岁。母亲认为父亲没说实话，气得哭了一场。在这个事情上，父亲自知理亏，对母亲一直心怀愧疚。母亲跟随父亲当了两年太太，在新乡生下我大姐后，就带着大姐到了我们老家。老家的贫穷大大出乎母亲的预料，除了房子八下里漏雨，连做饭用的铁锅都漏水。母亲强烈要求父亲退伍还乡，要是父亲不还乡，她就走人。父亲退伍回家后，对母亲十分呵护。农忙时哪怕家里只煮一枚咸鸭蛋，父亲也要把咸鸭蛋切开，悄悄分给母亲一半。平日里，父亲连一句重话都不对母亲说，这日为了蛮不讲理的叔叔，父亲一时失去了理智，竟对母亲动了巴掌。母亲哪里受得了这样的委屈，她指着父亲说：好哇，你竟敢打我，我不跟你过了，我走！母亲说罢，抱起刚八个月大的妹妹，就走了。母亲的意思是要回到她的娘家去。

父亲定是收回巴掌就后悔了。他比母亲大那么多，年龄差距跟两代人差不多，平常爱护母亲唯恐不及，他怎么能动手打母亲呢！把母亲带到这么一个穷乡僻壤，穷得连兔子都不拉屎的地方，母亲不但没弃他而去，还跟他同心协力，共建家园，他怎么舍得打母亲呢！父亲不能让母亲走。母亲的娘家在开封附近的尉氏县，离我们老家有好几百里，那时又不通汽车，母亲得走几天才能走回家呢！母亲身上没带钱，她路上吃什么呢？喝什么呢？怎么住店呢？父亲一定得尽快想办法把母亲拉回来。

叔叔见势不妙，悄悄溜走了。

父亲有什么办法呢？他有了新的队伍，他的队伍就是他的孩子，他的孩子可以随时听候他的调遣。他对大姐、二姐和我说：快，快去把你们的娘给我追回来！

我们当然都不愿意让母亲离开我们，大姐、二姐和我跑着向母亲追去。我们追到村北一里外的北小桥上，把抱着妹妹的母亲追到了。我们有的抱着母亲的腰，有的抱着母亲的胳膊，有的抱着母亲的腿，顿时哭成一团。我们的哭声吓着了妹妹，妹妹哭得更厉害。见我们都哭了，母亲也哭了。母亲哪里舍得离开自己的孩子呢，哭过之后，母亲领着我们回家去了。

父亲维护团结的想法宣告失败，和叔叔分家势在必行。父亲郑重请了三爷和一个在乡里当干部的堂叔为分家的管事人，开始一五一十地为父亲和叔叔他们兄弟两个分家。管事人把我们家的土地、房屋、牲口、农具、家畜家禽和一应生活用品平均分成两部分，父亲和叔叔各得一半。我的意思是说，只有父亲和叔叔他们两个人才是分家的主体，父亲虽然有妻子和四个子女，可我们好像只是父亲的附带部分，连一点儿参与分家的资格都没有。特别是我们姐弟四人，分家的主持者对我们是无视的，我们连一只碗和一双筷子都分不到。更让人感到不可思议的是，我们家的家业，大部分是爷爷弟兄四个分家时分到的，是从太爷爷那里继承下来的，可是，主持者在分家时，把爷爷也排除在外，爷爷一点份额都没有。爷爷明明还活着，他的两个儿子把东西分得干干净净，爷爷靠什么生活呢？三爷和堂叔给爷爷的出路是，让爷爷轮流到他的两个儿子家吃住，一个月一轮换，或半年一轮换。之所以不给爷爷留生活资料，是不好衡量留多少合适，也不知道留给哪个儿子合适。一下子把家产分干净，也是我们那里分家的惯例，免得留后遗症，免得老人去世后再二次分家。管事人明明知道，分家后爷爷不会到叔叔家去吃去住，因为叔叔视爷爷为敌人，父子俩一直是反贴门神不对脸，到一块儿就干架，可他们还是要这么分。父亲也清楚，爷爷一定会选择继续跟他生活在一起。父亲作为爷爷的长子，他自愿承担起奉养爷爷的责任，不管出现什么样的情况，他绝不会对爷爷有半点儿不孝。

叔叔闹分家的事，大概刺激了我的记忆，给我留下了一些印象。一个人对童年往事留下的印象，回忆起来必须有线索、抓手或细节，我的抓手是一只竹筢子。竹筢子是排列在一起的竹钩子，是我们那里每家必备的一种农具。这种农具像是农人延长的手臂和手指，麦收时可用来搂麦穗，搂麦叶，秋凉时可以到树下搂树叶。我们家的竹筢子是父亲一次赶三月三庙会时买回来的，母亲用过，大姐、二姐也用过。然而在分家时，竹筢子却分给了叔叔。这表明，分家分得很细，一砖一石、一草一木、一鸡一毛等，都被列入了分家的清单。母亲不想让叔叔把筢子拿走，不想日后看见筢子在叔叔的老婆手里拉来拉去，母亲怎么办呢？她想到了我，试试我能不能在保卫筢子方面发挥一点作用。母亲悄悄安排我说：等你叔来拿筢子的时候，你就说筢子是你的，别让他拿走。他就是硬要拿，你就哭，使劲哭！这个任务对我来说有些重大，我说筢子是我的，这个我会说，但母亲让我哭，可能有一定难度。我从来没拉过筢子，对筢子一点儿感情都没有，我怀疑自己到时候能不能哭出来。结果我表现得还行，跟母亲配合得不错，没让母亲失望。记得我当时正睡在堂屋当门爷爷睡的小床上，小床里侧是用高粱秆编制的箔篱子，那只筢子就在箔篱子上方挂着。当叔叔来取筢子时，我就嚷起来，说筢子是我的，我还要玩呢，不许拿走，不许把我的筢子拿走！嚷着嚷着，我就哭了起来。哭是有惯性的，我一哭就有些收不住，哭得泪水横飞，嘴咧得像小瓢儿一样。母亲定是看出我有哭的潜力和能力，利用筢子的事情把我哭的潜力挖掘出来，把我哭的能力发挥出来。

我的大哭把父亲惊动了，把爷爷惊动了，把主持分家的堂叔也惊动了。须知父亲四十多岁了才有了我这第一个儿子，爷爷六十多岁了才有了他的第一个亲孙子，可以说我是穷人家的娇孩子，他们对我是很重视的。母亲利用的正是他们对我的重视，才让我配合她完成留住筢子的任务。母亲没安排大姐哭，也没安排二姐哭，母亲知道，大姐二姐怎么哭都没用，都不可能收到应有的效果，只有我的哭才是有效的。父亲除了让我别哭了，他倒不好说什么。爷爷不干了，站出来制止叔叔取走筢子，爷爷叫着我的小名，说我都哭成这样了，你怎么还好意思把筢子拿走！叔叔历来和爷爷对着干，爷爷不让他干什么，他偏要干什么。叔叔说，筢子分给了他，他就有权利把筢子拿走。三爷听见我的哭声过来了，三爷不但叫了叔叔的小名，还在小名前面加了一个小字，三爷说：不就是一只筢子嘛，你跟小孩子争什么！你今天要是敢把筢子拿走，我就用筢子拍你，跟拍一只蝇子一样！

叔叔的眼皮啪嗒了好几下，才放弃了取走筢子。他走的时候没有空手，把一架新窗棂子扛在肩上扛走了。两间新房没有盖成，父亲预备下的建房材料都分给了叔叔。除了窗棂子，还有梁、檩、椽子，以及苫房用的淮草等。

事情往往就是这样，兄弟们在一起，不见得稳定，分裂了，就稳定了。一家人分成两家人之后，各家干各家的活，各家吃各家的饭，各家睡各家的觉，一天到晚谁都看不见谁，就不会生气了，也不会吵架了。父亲和叔叔原本是同根生，分家以后，他们像是由一棵树分成了两棵树，一棵栽在村北，一棵栽在村南，各自守着自己的位置，树干不相碰，连枝叶都不接触。母亲和婶子呢，也像一个是河水，一个是井水，我吃我的河水，你打你的井水，河水井水两不串，两不犯。大人之间这样如同陌路，难免影响到我们小孩子。在村子里，二姐带着我，我们可以随便到别人家去玩。可是，我们从不到叔叔家去玩。我们一看到他们家的房子，像看到一块危险的禁地，赶紧就躲开了。在村街上走，我们看见别的叔叔，会叫一声，看见别的婶子，也会叫一声。而一旦碰见我们的亲叔叔或亲婶子迎面走来，我们不理他们，他们也不理我们，脸一扭，或眼皮一耷拉，就过去了，看见跟没看见一样。不，看见跟没看见不一样，一看见他们，我们心里顿生别扭，别扭得似乎连心口都堵了。我们和叔叔家就是这样，根系上越近，关系上越是远；血脉上越是亲，感情越是疏。后来叔叔和婶子生了孩子，我们也不跟他们的孩子在一块儿玩。

1960 年夏天，我们的父亲去世了。父亲去世时，父亲母亲已经有了六个孩子，大的才十几岁，小的才几个月。父亲的去世，对于母亲和她的孩子们来说，像是天也塌了，地也陷了。我们狠哭，狠哭，哭得天也昏了，地也暗了。

听见我们的哭声，村里众多的叔叔婶子们纷纷到我们家看望我们，劝慰我们，并帮助我们办理父亲的丧事。在这个时候，父亲唯一的一个亲弟弟，也是我们唯一的亲叔叔，应该摒弃前嫌，到我们家看一下吧。倘若叔叔在这样的关键时刻去看望我们，我想我们会感动的。就算叔叔不愿搭理母亲和她的孩子们，他总该和他一娘同胞的亲哥哥最后告别一下吧。我父亲一直很爱护他，从没做过半点伤害他的事，他对父亲有什么可记恨的呢！然而让人万万没想到的是——于情想不到的是，于理想不到的是，叔叔没去看我们，没去跟父亲告别，直到我们把父亲埋到老坟地里，我们的叔叔，他他他，连个面都没露。请相信我，我说的都是实话。要不是我的亲身经历，要是我不说，谁都不会相信，我竟然会有这样一位叔叔。天知道，这究竟是怎么一回事儿呢？

爷爷的悲哀，在于活着的儿子对他不孝，而对他百般孝敬的儿子却先他而去。爷爷一直以父亲为骄傲，为依靠，父亲的去世，对爷爷的打击之大可想而知。就在父亲去世后的第三年秋天，我爷爷也去世了。爷爷去世的前一天午后，我亲眼看见一只在我们那里被称为夜猫子的猫头鹰，驾着一股凉风，悄无声息地飞到我们家去了。猫头鹰的爪子抓在我们家中堂画的画轴上，两只张着的翅膀扶着墙，回过头来，两只大眼睛在骨碌骨碌转动，像是在搜寻什么。我刚要找一根高粱秆子把猫头鹰赶走，猫头鹰大概看出了我的动机，鬼魅一样飞走了。我从小就听大人说过，猫头鹰如果到谁家，谁家里是要死人的。病重的爷爷在屋当门的小床上躺着，已经不能吃饭。猫头鹰飞到我们家，是不是预示着爷爷要死呢？我把看到猫头鹰的事跟当队长的堂叔说了，堂叔吵了我，要我不要胡说。我知道堂叔对猫头鹰进宅的事是忌讳的，他越是不让我说，我越是担心爷爷会死。爷爷很喜欢我，我小的时候，他愿意把我揣在怀里赶集，给我买白馍吃。他去别人家请人家念唱书，也愿意带上我，让我给他拧胡子。我不想让爷爷死。

有经验的母亲开始征求爷爷的意见，看看爷爷还有什么最后的嘱咐，最后的要求。爷爷的要求是，要把他的藏书都放到他的棺材里去，他要用那些书枕头。母亲答应了，说他的书都给他带走。母亲问爷爷，要不要把叔叔喊来，跟他说说话，叔叔毕竟是爷爷的二儿子嘛！爷爷的头脑是清醒的，他的态度坚决而明确：不要跟他说，我不想看见他！我权当没有他这个儿子！

堂叔还是把爷爷病危的消息通知了叔叔，堂叔的意思，是让叔叔尽一尽当儿子的最后的义务。按我们那里由来已久的规矩，父母去世后，给父母送葬时，扛柳幡和摔恼盆的任务须由死者的儿子承担。爷爷的长子去世了，自然应该由叔叔顶上去代替执行。叔叔来到爷爷病床前，脸上似乎有一种掩饰不住的笑意，他好像早就预料到爷爷会有这一天，这一天终于到来了。他探头把爷爷看了看，没有喊爹，没有问爷爷的病情，对爷爷没说任何安慰性的话，上来就说：你以前不是很厉害吗，现在不厉害了吧！

爷爷的手在发抖，爷爷对叔叔闭上了眼睛。

叔叔说：我说你不会做生意，做一次生意赔一次，你过去不愿承认，现在应该承认了吧！

爷爷的一只手抬了一下，像是要把叔叔指一下，让叔叔走。可是，爷爷像是已经没力气把手抬高，只抬起一点点，就掉落下去。

叔叔像是要对爷爷的一生来一个总结，他说：反正你的红旗从来没有插到过敌人的阵地上，你从来没取得过胜利，都是失败。

母亲听不下去了，对叔叔说：咱爹都病成这样了，你跟他说这些干什么，你这不是故意气他嘛！

叔叔冲母亲把眼一瞪：我说这些怎么了，我说的都是实话。

当天夜间，在门外阵阵秋风中，我们的爷爷就与世长辞。

随后在埋葬爷爷的过程中，叔叔又做出了一件让人啼笑皆非的事，我不得不略记几句。四个壮年男人在我们家的老坟地里为爷爷打好了墓坑，按照礼仪的规定，我们家的人须到墓坑前给打墓坑的人送去一些吃的。这是慰劳人家的意思，也是整个葬礼的组成部分和程序之一。程序因因相袭，一成不变。程序规定，要给每个打墓坑的人送两个白馍，馍里要夹肉。程序规定，盛食品的容器不能用别的东西，只能用白柳条编制的五升斗。程序还规定，斗口上必须覆盖一个东西，这个东西不能是笼布，不能是毛巾，也不能是木盖子，只能是盖斗馍。盖斗馍跟白馍一样，也是用小麦面蒸成的，只不过它是圆形的，面积大到得能盖住五升斗的斗口。我敢肯定，这些程序的规定都是有来历的，有讲究的，可惜我缺乏研究，不懂其中的含义，说不出所以然来。我看见了母亲蒸出的盖斗馍，我估计，蒸一个盖斗馍恐怕要使用相当于六个馍的面粉。盖斗馍暄腾腾的，样子有些像过年时蒸的枣山。两者的区别在于，枣山上镶嵌红枣儿，盖斗馍上什么都不镶。我吃过白馍和枣山，却从没有吃过盖斗馍。只有在过年的时候，我们才能吃到白面做成的东西。在给爷爷办丧事期间，我们可以尝到盖斗馍的味道了。

给打墓坑的人送食品，三爷是指派叔叔去的。这也是叔叔应完成的任务之一。

叔叔倒是把食品给打墓坑的人送到了，可是，当叔叔抱着空斗和盖斗馍往回走的时候，走到半路，他大概闻到盖斗馍的麦香，前后看看无人，就拐进坑边的一片芦苇丛里，对着大面积的盖斗馍大吃大嚼起来。那么大一张盖斗馍，就算叔叔扯开肚皮吃，也吃不完。他大概觉得盖斗馍的味道确实不错，就把吃剩下的部分掰巴掰巴，掰成一块一块，放进五升斗里，拿回自己家，给他的老婆孩子吃去了。这就是我的叔叔，在有些事情上，他总是很有创造力，总能做出一些反常的、让人匪夷所思的事情来。听母亲多次说过，叔叔从小就不听话，行为就有些乖张。奶奶管不住他，就托四爷管教他。四爷也没什么有效的办法，他的办法就是打人。四爷趁叔叔不注意，或者在某个地方睡着了，走过去二话不说，操起硕大的铜烟袋锅子，在叔叔的光头上梆梆梆就敲那么几下子，把叔叔的头敲得很快就鼓起了几个枣核样的疙瘩。母亲的看法是，叔叔是生生被四爷打傻的。

爷爷已被放进棺材里。

叔叔拎着空斗回到了我们家。

谁家蒸的盖斗馍，应该由谁家的人吃，而且人人有份儿，平均分着吃。母亲一看盖斗馍没有了，马上问叔叔：盖斗馍呢？

叔叔没有任何不好意思，说盖斗馍被他吃掉了。

母亲不相信，说那么大一张盖斗馍，你怎么吃得完呢？

叔叔撒了谎，说他饿了，就吃完了。

这太不像话了，太不讲道理了，太不顾脸面了，怎么能这样呢？母亲向三爷告了叔叔的状，让三爷把叔叔管一管。

三爷也很生气，脱下自己的鞋，就要用鞋底子去抽叔叔。叔叔管不住自己的嘴，三爷准备抽一抽他的嘴巴子，让他的嘴长点儿记性。

叔叔不会让三爷抽到，见三叔要抽他，他拔腿就跑。他相信，三爷年纪大了，腿脚老了，是追不上他的。他并不跑远，回头见与三爷拉开了距离，三爷果真追不上他，他就停下了，样子似对三爷有些挑衅，仿佛在说：来呀，你追我呀，看看咱俩谁跑得过谁！三爷举着鞋底子再追他，他再跑。如此三番五次，弄得叔侄俩像做游戏一样，直到叔叔跑到了村外，三爷都没能追上他。

叔叔躲起来了，拒绝继续参加爷爷的葬礼。一切都准备好了，白花花的送葬人跪了一院子，主持葬礼的人都要喊起棺了，仍不见叔叔露面。这怎么办？爷爷的儿子不来，谁扛柳幡呢？谁摔恼盆呢？三爷和堂叔们商量了一下，决定不再等那个不孝的叔叔了，由我母亲扛幡，摔盆。这事在我们那里说起来真是天大的笑话，死者的二儿子明明还活着，而死者葬礼的大旗却要由死者的大儿媳来扛。死者身后明明有男丁，死者葬礼的大旗却要由一个妇道人家来扛。母亲定是意识到她责任重大，同时难免想起我父亲，要是我父亲还活着，哪里会把她推到前台呢？于是母亲哭得非常痛心，非常非常痛心，她哭得几乎瘫倒在地，拉都拉不起来。

爷爷去世后，我们家和叔叔家更疏远了。每当想起还有一个叔叔，我都感觉有些出乎意料似的。对了，我想起来了，叔叔家和我们家相联系的，还有一盘石磨。在分家时，别的东西都分清了，只有这盘石磨没有分。往上追溯，这盘石磨属于大爷爷家和我爷爷家共同所有，共同使用。到了父亲和叔叔们这一辈，石磨仍是共同财产。这就是说，石磨有大爷爷的儿子堂叔一份，父亲和叔叔没有权利分配这盘石磨。再说石磨也不好分，如果拆开分给东家一扇，西家一扇，石磨就失去了使用价值。倘若把石磨整体性地分给一家，那别的人家怎么磨粮食呢？父亲生前在我们家的堂屋对面盖了一间南屋，那盘石磨就支在我们家的南屋里。叔叔家也要把粮食磨成面，叔叔推磨只能到我们家的灶屋兼磨房里去推。我注意到，不管是夏天外面下着大雨，还是冬天下着大雪，推磨都是叔叔一个人推，婶子从来不帮他推。我们家推磨，差不多是全家人一齐上。叔叔推磨，从始至终都是他一个人。夏天他光着膀子，赤着脚，一个人就把磨推得呼呼的。石磨的上扇与下扇犬牙交错，粒粮不饶人，推起来是很沉的。这说明当过兵的叔叔还是有一把子力气的，推起磨来也是有耐心的。

叔叔和婶子的关系并不好，他们一天一小打，三天一大闹，日子基本上是在“战争”中度过的。我怎么会看到叔叔打婶子呢，因为他们的“战事”只是在家里进行还不够，还把“战火”烧到村街上去了。有一回，我看见叔叔在村街上把婶子打得披头散发，头破血流，仍不罢手。叔叔大概是推磨推惯了，他像抓磨棍一样抓住婶子的脚脖子，在地上推起磨来。他把“磨”快速推了一圈儿又一圈儿，一边推一边骂婶子。不知叔叔从哪里学来的骂法，他的骂极具个人特色，我们村的人没有第二个像他那样骂人，他骂的是：我操你的黑娘气，我就不信战胜不了你！

由于叔叔和婶子在村里人际关系恶劣，不管叔叔怎么揍婶子，怎么把婶子在硬地上推得团团转，村里没有一个人上前劝架。村里人愿意远看，也愿意近观，人们微笑着，都是看笑话的表情，都是欣赏的表情。婶子被男人推得肯定不好受，她肯定希望能有人站出来，制止一下叔叔野蛮的“推磨”行为。然而那些看“推磨”的男人和女人们才不会帮婶子说话呢，他们希望叔叔持续地把“磨”推下去，能把婶子身上的“面粉”或“豆浆”推出来才好呢！既然没人劝架，他们自己燃起的“战火”，最后还得靠自己熄灭。

叔叔的故事写到这里，已经不算短了，我回头看了一下，似乎已超出我通常写一个短篇小说的篇幅。通常写短篇，我一般写八九千字，超过万字的短篇就很少。这个短篇写到这里，一万四千字都多了，我还要不要继续写下去呢？真正有意思有分量的故事还在后头呢，激烈的矛盾冲突还没有写到呢，不继续写可是太可惜了。跟二姐说起叔叔的故事，二姐说他的故事太多了，写一部长篇小说都有使不完的材料。那么就请读者朋友们付出一点耐心，允许我把这篇小说写完整。我不会把它写成长篇，也不会把它写成中篇，字数还是控制在一篇短篇的字数范围内。但我也不会为“适履”而“削足”。

说话就到了“文化大革命”运动。大革命当然有大运动，一开始轰轰烈烈的造反运动，堪称是大运动。之后还有一系列的小运动，小运动包括学习毛主席著作、斗私批修、清理阶级队伍、一打三反、批林批孔、反击右倾翻案风，等等。“文革”到来时，我正读初中二年级，我是这些运动的见证者，或者说是直接参与者。我知道，在学习毛主席著作运动中，还有讲用、全家红等更细化的运动。何为讲用呢？当时的说法是，学习毛主席著作要活学活用，急用先学，立竿见影。你活学了，活用了，还要讲出来，讲给大家听，这就叫讲用。何谓全家红呢？一家人当中，只有一个学习毛主席著作积极分子，那称不上全家红。全家人都是积极分子，才称得上全家红。比如说吧，我二姐已经是大队、公社、县里和地区四级学毛著积极分子，她一个人红，只能是个人红，不能算是全家红。在二姐的带动下，我们全家都红了，才算是全家红。真不知道怎么回事，全家红竟然落到了我们全家人的头上。而且是全公社唯一一家全家红。后来我才知道，哪个公社都必须有全家红，这是县革命委员会交给公社革命委员会的政治任务，如果哪个公社挑不出全家红来，就是没有完成政治任务。当时天天讲突出政治和政治挂帅，完不成政治任务可不行，各公社千方百计也要完成政治任务。

当公社把我们家定为全家红时，我深感意外之余，心里难免有些忐忑不安。村里有的人在背地里说我父亲是国民党军官，是历史反革命，公社让我们当全家红，把我们推到风口浪尖上，那些人心里怎么能平衡呢，这不是明摆着让人挑刺嘛，遭人嫉妒嘛！如果替公社领导想想，他们要在公社范围内挑一个全家红，的确不是一件容易事。条件是，全家每一个人都得会讲用。讲用说的可不是普通的家常话，家常话谁都会说，猫呀，狗呀，吃饭了，睡觉了，可以张嘴就来，看见什么说什么。讲用者先要背诵毛主席语录，先要说伟大领袖毛主席教导我们说，然后再开始讲用。讲用的内容必须符合战无不胜的毛泽东思想，讲用的话是一些字话，政治话，甚至是抽象的话。这样的话不是每个人都能说。特别是一些大字不识的农村妇女，可能一辈子都说不出一句这样在台面上说的话。我曾在村里当过学习毛主席著作辅导员，有一段时间，我和别的辅导员按照上级要求，在村口设卡，凡是出村去干活儿的社员，必须背一段毛主席语录，如果不背，就不能出工挣工分。所背的语录，一般来说是比较短的，如：为人民服务。毫不利己，专门利人。还有下定决心，不怕牺牲，排除万难，去争取胜利等。别看语录这么短，让一些婶子背语录难得很，比让她们过鬼门关都难。为了能帮有的婶子渡过这一关，放他们下地挣工分，我只好在设卡处临时教婶子。我像教一只小鸟儿一样，掰着小鸟儿的嘴教语录。我想有的婶子就算是一只小鸟儿，我教上十遍八遍，她也应该能学会吧。可有的笨婶子不是牙咬了舌头，就是舌头碰了牙，死活都学不会。有的婶子鹦鹉学舌时倒是能学下来，可你让她背一遍时，她一放下舌头就忘了，干瞪眼说不出话来。这样的婶子们，让她们登台去讲用，那是不可能的。而我母亲虽说也不识字，但她有着很强的记忆力，一段毛主席语录，她听三遍五遍就记住了。母亲能连着背好几段语录呢。我大姐、二姐更不用说，她们都上过三年小学，可以读整本儿的毛主席著作。当时有一首歌是这样唱的：毛主席的书，我最爱读，千遍那个万遍哟下功夫。大姐、二姐真的称得上千遍万遍下功夫，她们不仅会背很多条毛主席语录，把称为老三篇的《为人民服务》《纪念白求恩》《愚公移山》都背得滚瓜烂熟。我们家的大多数成员都具备学习的能力和讲用的条件，公社在挑选全家红时，就把我们家选中了。设想一下，要是我父亲还活着，出于历史原因和政治原因，全家红是绝对不会让我们当的。别说当全家红了，不被说成全家黑就算不错了。因为父亲不存在了，他的历史问题和政治问题似乎暂时可以忽略不计。让我们当全家红，对我们来说是一个难得的荣誉，同时也具有政治任务的性质。政治压倒一切，当然很厉害。对于公社交下来的政治任务，我们不能有半点儿犹豫，半点儿推辞，只有接受的份儿，服从的份儿。

当了全家红，为了便于接受训练和到下面的大队讲用，我们全家住到公社去了，跟公社干部在一个食堂吃饭。公社每月发给我们每个人十五块钱生活费，我们每天都能吃到白馍和炒菜，生活真是好到天上去了。我们不用风里雨里下地干活了，按公社要求，生产队却要给母亲、大姐、二姐和我一天不落地记工分，记满分。

这样一来，我们村有的人坐不住了，睡不着了，他们开始互相串联，煽风点火。凭什么？凭什么？他们家的人凭什么吃好的喝好的？凭什么领公家的钱？凭什么给他们记满分？这太不公平了，太不合理了！说来村里真是有高人，高人的手段真够绝的，他们不但说服了村里的干部，还把我叔叔动员起来了。他们定是认真研究过了，认为堡垒最容易从内部攻破，自家人打自家人才最能打到痛处，才最有力量。他们说叔叔当过志愿军战士，是革命派。我父亲当过国民党军官，是反动派。只有革命派站出来，才能打败反动派。我们家的人不是在讲用吗，他们撺掇我叔叔也出来讲用，也斗私批修。通过叔叔的讲用，正好可以和我们家唱对台戏。现在想想，那真是一场闹剧啊，真是比荒诞还荒诞啊！不知他们在背后下了多么大的导演功夫，不知他们许给了叔叔什么样的利益，反正叔叔还真的把对台戏唱成了。叔叔不但在我们村讲用，还到全大队的社员大会上讲用。叔叔背诵的毛主席语录是千万不要忘记阶级斗争，他一开讲就向自己家的人发起攻击。他说我爷爷不务正业，热衷于听封资修一类的唱书。他说我父亲当过国民党军队的团长，往家里寄的钱都是银圆。他揭发我母亲当过反动军官的随军太太，是隐藏在人民内部的阶级敌人。在斗私批修阶段，他主要讲自己怎样利用在部队学到的本领，在夜色的掩护下偷东西。他爬到高树上，偷过别人家挂在树杈上的玉米串子。在打麦场上，他趁看场的人都睡着了，以匍匐前进的战法接近麦堆，以裤子做口袋，偷生产队的麦子。叔叔的讲用，赢得了听众热烈的掌声。

说心里话，我并不愿意让我们家当全家红，自己也非常不愿意讲用，每次讲用内心都别扭得很，都老大不高兴。为此，一位公社干部找我谈过话，曾严肃警告我：不要聪明反被聪明误！回想起来，我当时对讲用运动并没有清醒的认识，并不知道那是极左路线的产物，是自欺欺人和对群众的愚弄。我只是凭直觉感觉到，我讲的并不是自己想说的话，并不是真话，而是大话，套话，是别人要我说的话，是符合潮流的话。这有点像吃东西，吃东西是人的一种本能，说话也是人的一种本能。看见不好吃的东西，我们会不爱吃，对于自己不想说的话呢，本能上也不爱说。

我还想过，村里有的人反对我们当全家红，并抬出叔叔当枪使，和我们作对，是不是代表一种民意呢？他们的做法是不是更接近正义？或者说更接近真理呢？其实不是，根本不是。他们也没有那样深的思想水平，没有那么高的政治觉悟，还是出于狭隘的私利，出于人性中的嫉妒之心。

叔叔出来打横炮，最直接的受害者是我二姐。此前，公社已准备让二姐在供销社里当营业员，吃商品粮，连参加工作的表格都填过了。叔叔那么一胡闹，上级就要对二姐重新进行政审。政审者到县里和地区查找我父亲的档案，虽没有查到证据证明我父亲当过国民党军队的团长，二姐参加工作的事儿还是被否定了。这是二姐跳出农门往上走的唯一一次机会，这个机会如果能够落实，凭着二姐的心劲和智慧，说不定会有很好的前程。然而叔叔却把二姐的前程毁掉了，一辈子的前程都毁掉了。这是二姐心上的一个痛点，每每忆及此事，二姐都痛惜不已。至于我自己所受到的不利影响，我就不说了。

叔叔把他的侄女和侄子们害成这样，他还能怎样呢？还能怎样打着阶级斗争的旗号，跟我们这些失去父亲的孩子过不去呢？有一天下午，我听一个堂哥说，叔叔生病了，拉肚子拉得快不行了。婶子不管叔叔，像是在等叔叔死。听到这个消息，不知动了哪根弦，我想，我是不是应该带叔叔去看看病，利用亲情感化一下叔叔呢！我真的找了一辆架子车，把叔叔拉到大队卫生所去了。我经常去大队开会，还参加过大队的毛泽东思想宣传队，跟大队卫生所的年轻医生比较熟悉。医生马上给叔叔打了消炎针，接着又给叔叔输了两瓶液，叔叔的命就保住了。连婶子也不得不承认，要不是我把叔叔拉到卫生所去看病，叔叔就活不成了。我这样做，把叔叔感化了没有呢？他是不是有所回心转意呢？没有，叔叔对我们的“斗争”并没有停止。

我去煤矿参加工作离开家之后，叔叔竟变本加厉，攻到我们家里去了。我没有亲身经历叔叔的攻击，一些情况是弟弟后来对我讲的。叔叔在夜间潜入我们家的院子，爬到我们家门前一棵高高的椿树上，将一杆红旗绑到了椿树枝头的最高处。叔叔的用意显而易见，他套用的是战场经验，谁把敌人的阵地攻下来，并把标志胜利的红旗插到阵地的制高点，阵地就属于谁。

母亲早上一开门，就看到了椿树枝头飘扬的红旗，同时看到婶子带领她的孩子们堵到了我们家的门口。婶子倒没有冲母亲和弟弟喊什么口号，但她提出的要求跟喊口号的性质差不多，她要求重新分家。她的几个孩子也跟着要求：分家，分家，分家！

家早就分得一清二楚，连一分一厘未分配的东西都没有，现在又要分哪门子的家呢？母亲当然不答应，跟婶子吵了起来。身体已经强壮的弟弟，当仁不让地担负起了保卫母亲和家庭的责任，他以一夫当关的勇气，把婶子一家赶走了。

婶子的要求没有得逞，就到村干部那里去吵闹。婶子还向村干部告状，说我弟弟打了她，打了她儿子。

让人不能理解的是，村干部让我母亲破费点儿钱，堵堵叔叔和婶子的嘴，权当买个安宁吧。

母亲问：为什么？

村干部的解释一点儿都不让人信服，村干部说：你大儿子在外面当工人，能挣工资，你们家的日子比他们家的日子好过嘛！

说来说去，几经周折，母亲还是极不情愿地拿出了一百二十块钱，通过村干部给了叔叔。

这个钱不是我给母亲寄的，是母亲和妹妹喂了一头猪，妹妹天天下地割草，把猪喂了一年多，才卖了一百二十多块钱。母亲等于把她和妹妹辛辛苦苦喂猪挣的钱几乎全部给了叔叔。

我回家探亲时，才知道家里发生的事。我越想越觉得悲哀，竟在我们家的院子里号啕大哭起来。

我的哭声把院子里的人都惊动了，他们不知道我为何这样痛心。有人说我是心疼钱，有人说我是心疼母亲，还有人说是父亲的魂附在我的身体上了。他们的说法只能让我悲上加悲，痛上加痛，哭得更厉害。

谁能知道我为何哭得如此悲痛呢?

第三章

托媒

这个叔叔比我大十来岁，现在还活着，活得好像还不错。他是初中文化程度，平日里爱看看报纸。我不想让他看到我这篇小说，担心他看了会自动对号，会引起一些不愉快。所以我不能写他的真名，只能给他起一个代号，叫他刘本华。

刘本华在初中将要毕业那一年，空军部队到我们那里招兵，招飞行员。刘本华以优良的身体素质，合格的家庭政治条件，顺利地通过了体检和政审，成为空军部队的一员。

刘本华当上了飞行员，而且是到北京的空军部队当飞行员，这个消息带给我们刘楼村的效应是轰动性的。试想想，在刘楼村几百年的历史上，从来没有人当过飞行员，刘本华可是史无前例的第一人。有鸟在天上飞，那只能是飞行鸟，不算是飞行员。只有人开着飞行器在天上飞，才算是飞行员。我们那里形容办一件事比较难，往往会说比登天还难。那么，刘本华当上了飞行员，不是等于登上了天嘛！另外，在某种意义上，北京也被人说成是天。刘本华到北京当飞行员，不是一下子登上了两重天嘛！老天爷，这可怎么得了！

在这个堂叔去北京当飞行员之前，因年龄差距，我对他几乎没什么印象。直到他有一次回家探亲，我才对他有了比较清晰的印象。探亲期间，他保持着操练的习惯，每天一大早就外出跑步。社员们每天也早起，那是为了下地干活儿，为了割豆子，或是掰棒子。刘本华早起外出，单纯是为了跑步，为了保持飞行员所应有的健康体魄。他跑的距离不算近，每天都要跑十来里路。他跑的路线是固定的，从我们刘楼跑到五里之外的李楼，然后才返回来。跑步时，他脚上穿的是军用运动鞋，下面穿的是蓝色的军裤，上身穿的是雪白的背心，背心掖在军裤里面。刘本华这样的装扮和这样的晨练，在乡村田野的田间土路上是很显眼的，如果说他构成了一道风景，一点儿都不夸张。正干活儿的社员们看见他跑步，就会停下手中的活儿，看着移动的“风景”由远而近，由近而远。有的社员嘴里还不由得发出啧啧的称赞。

不同的看法还是有的，有人说刘本华当了两年兵，说话的腔调儿变了，不说老家的话了，撇开了京腔。比如我们的村子叫刘楼，村里人说起刘楼时，都会在楼后面加一个儿音，说成刘楼儿。刘本华撇京腔时把儿音去掉了，说成刘楼。在乡亲们听来，他把楼说成漏，漏风漏雨的漏，刘楼变成了刘漏。漏什么漏，喝稀饭漏豆子，难道他的嘴漏了吗！

探亲假结束后，刘本华又返回北京去了。人们估计，刘本华这一走，恐怕至少又得两年见不着他的面。

大大出乎人们意料的是，刘本华返回北京连十天都不到，他竟然背着被子回来了。

咦，这是怎么回事？他刚探完亲，不是又回来探亲吧？上次回来探亲，没见他背被子呀，这次回来怎么连被子都背回来了呢？不会是他出了什么问题吧？人们打探的结果，得知刘本华是犯了错误，被部队给开除了。他犯的是什么错误呢？据传是作风方面的错误，也叫男女关系方面的错误。至于他所犯错误的具体细节，人们就不知道了。也许他的档案里会有记载，可一般人谁会看到他的档案呢！

社会上大起大落的事情总是很少，大都是小起小落。而刘本华的经历堪称大起大落。您看嘛，他从地上飞到天上，不是大起是什么！他又从天上落到了地上，可不就是大落嘛！他的大落，连落到地上都不止，简直是落到了泥巴窝里，落到了粪坑里。一个本来前程无限宽广无限光明的人，却栽到男女关系的粪坑里，真是太丢脸了，太丢人了，他以后还怎么见人呢！村里人遂有些看不起他，有人说：你不是撇京腔吗，看你还撇不撇！

刘本华京腔倒是不撇了，不过他的样子有些无所谓，走起路来腰杆还是挺得直直的，鼻孔里喷出来的气还是傲气。他知道别人看不起他，他装作也看不起别人。

他毕竟是有文化的人，加上他哥哥是生产大队的大队长，回到村里务农不久，队里就让他当上了记工员。以前生产队里的工分是草纸印成的纸片，容易破损，不易保存。后来进行了改革，就不发工分了，改成用记工册子记工分。每到傍晚收工之前，记工员就拿着记工分用的册子，见哪块地里有社员在劳动，就去那里为每个社员记工分。刘本华担任的就是记工的角色。除了每天给出工的社员记工分，社员们往生产队里交拾到的粪肥，或交自家尿罐里积攒的尿水，都可以记工分，不同的分量记不同的工分。给粪肥和尿水称分量的当然是刘本华，记多少分的决定权也属于他。他利用职务上的便利，可以接近每一个男女社员。也是利用职务之便，他很快就与本村一个颇具姿色的少妇勾搭成奸。两个人做那种见不得人的事情，找一个背人的私密地方不行吗？没有，他们大概有些急不可耐，在露天的野地里就干开了，就野合上了。春日的一天傍晚，西天飞满了红霞。少妇担着尿罐子，到刚刚起身的麦子地里去交尿水，刘本华在春风荡漾的麦苗丛中等着她。他们大概提前约好了，少妇等别人都走了，是最后一个去交尿水。少妇刚把尿罐子从肩膀上卸下，刚把尿罐子里的尿水倒掉，刘本华就把她放倒了，放得仰面朝天，两男女在起起伏伏的麦苗地里做到了一处。

麦苗还不够深，可以埋住老鸹，还埋不住人。一个人平躺在麦地里，都不能完全埋住，如果上面再叠加一个人，就更埋不住了，只能是暴露无遗。

生产队的一个副队长，躲在一座坟后面吊着刘本华和少妇的线，当二人随着麦苗的起伏刚开始“起伏”，副队长飞奔过去，当场就把作奸的双方捉住了。刘本华的样子有些气恼，大概是恼副队长中断了他的好事。气恼归气恼，好事是不可能继续做下去了。

副队长有些兴奋，好像在与坏人坏事做斗争方面立了一个大功一样，他得意地宣称：我早就看出来了，他们两个交尿水收尿水是假，往“尿罐子”里尿尿才是真，怎么样，被我逮住了吧！一泡尿还没尿出来，就被我逮住了，真他妈的有意思！

在光天红霞之下，刘本华做下这样的丑事，应该够他喝一尿罐子的。说他当兵期间犯了男女关系方面的错误，那只是听说，村里人都没有看到。而这一次刘本华所犯的作风错误，是副队长亲眼所见，他想提起裤子不认账是不行的。大家估计，村里至少会召开一个全体社员大会，让刘本华在会上交代自己的错误，并做出深刻检查。之后，大家还要对刘本华进行批斗。平日里，社员们并不是很喜欢开会，不少会都寡淡无味，让人提不起精神。要是开刘本华的批斗会，应该比较有趣味，有意思，差不多等于看一场戏，很值得期待。

社员们盼来盼去，村里风平浪静，连一点儿开批斗会的迹象都没有，这是怎么回事呢？难道刘本华干坏事白干了？难道副队长煞费苦心地捉奸白捉了？有人着急，就到副队长家里去打听。这次有些气恼的是副队长，他气哼哼的，说以后遇到这样的事他再也不管了，有的人就是把“尿罐子”的罐底子捣掉他也不管了。你道怎的，原来跟刘本华做到一处的那个少妇家里是地主成分，她是地主家的儿媳妇。地主家的儿子在几千里外的四川当煤矿工人，一年到头难得回家一回，他老婆就跟刘本华好上了。这样一来，事情就跟家庭成分联系起来了，就跟阶级斗争挂上钩了。搞阶级斗争，首先要分清阶级，要以阶级划线，分清你是哪一拨儿的，我是哪一拨儿的。也就是说，要分清谁是我们的敌人，谁是我们的朋友，这个问题是革命的首要问题。这样一分，阶级阵线就弄清楚了。刘本华家里是贫农成分，当然是我们的朋友，是团结和依靠的对象。而地主家的儿媳妇呢，当然要划在阶级敌人的阵营里，不能团结，也不能依靠，只能打击。用阶级斗争的眼光这么一看，事情的性质就翻过来了，不是刘本华道德败坏，调戏妇女，而是阶级斗争无处不在，地主家的儿媳妇在利用自己的姿色，勾引贫农家的儿子，把贫农家的儿子拉下了水。要检查，只能让地主家的儿媳妇检查。要批斗，只能批斗地主家的儿媳妇。

看来阶级斗争的作用也具有两面性，它能挑起什么，也能掩盖什么。反正麦苗地里发生的事情没对刘本华造成什么影响，他该当记工员还当，该收尿水继续收。只是那位少妇不去交尿水了，改由她的婆妹子去交。

有媒人给刘本华介绍了外村的一个姑娘，那个姑娘各方面的条件还不错。对于刘本华被部队开除，还有刘本华回村后做下的风流事，那个姑娘应该有所耳闻。可不知为什么，那个姑娘竟没有计较，没有挑剔，同意了跟刘本华结婚。这也可能是由来已久的传统文化在起作用，人们对女孩子的失身总是不能容忍，而对男人做下的风流韵事似乎可以忽略不计。这同时也说明，这位堂叔在身材、长相、文化、见识、说话等各方面，的确存在一定的优势。这些优势让他在农村为我们找一个好婶子不成问题。

这位堂叔的岁数比我大那么多，如果后来我们两个不打什么交道，也许没什么有价值的故事可写。交道即故事。人与人之间有多少交道，就有多少故事。一般的交道，产生一般的故事。不一般的交道，产生不一般的故事。我不敢说我与刘本华的交道多么不一般，但我们之间发生的一件事确实让我刻骨铭心，终生难忘，不吐不快。接下来，我会主要讲讲这件事，也就是托媒的故事。

我 1967 年初中毕业后，没能上高中，就回乡当了农民。上高中的同学还是有的，全班只有五个。但升学已不是考试制，而是推荐和选拔制。推荐和选拔的条件是什么呢？首要条件必须是造反派。在“文化大革命”中，河南省的红卫兵组织主要分为两个派别，一个是“二七公社”，另一个是被简称为“河造总”的河南省造反总司令部。后来，“二七公社”被定为造反派组织，而“河造总”被定性为保守派组织。我在“文革”开始时站错了队（其实无所谓对错，政治游戏而已），站到了保守派的旗帜下，成了保守派的一分子。既然是保守派，上高中当然没有我的份儿。“文革”开始前，我对自己的学习充满自信，相信自己能够考上高中，说不定还能考上大学。“文革”一来，我继续求学的梦就破灭了。我认为我和刘本华不一样，他是犯了错误被部队开除的，我只是因为没赶上好时候。

回到农村，在走投无路、心情最苦闷的阶段，我尝试着写了一篇大批判稿，投给了县里的广播站。县广播站有自办节目，每天都会通过安在全县各生产队的有线舌簧小喇叭广播一些大批判稿。小喇叭我们家也安了一只，我听来听去，广播的大批判稿都是别的公社的人写的，我们公社连一个写批判稿的人都没有。不要以为我们刘庄店公社无人，有枣没枣打一竿子，我来写一篇试试。说来真够幸运的，我写的第一篇批判阶级斗争熄灭论的稿子就广播了。广播员用普通话播送道：现在播送，刘庄店公社部庄大队刘楼生产队贫农社员刘庆邦写的一篇广播稿。前面冠以贫农社员是必要的，这是我写广播稿的资格，如果不写上贫农社员，说不定还要对我进行一番政治审查，才能决定是否采用我所写的稿子。第一篇稿子广播后，我信心大增，写稿的积极性也提高不少。我如法炮制，又连着写了几篇稿子。请相信我没有吹牛，我写的每一篇稿子都广播了。广播了又能怎么样呢，广播又不是白纸，广播员的播音又不是黑字，广播了就过去了，没什么了不起的。后来我才知道，我写的稿子连续被县人民广播站广播之后，还是有一些积极效应的，人们在纷纷打听，谁是刘庆邦？刘庆邦是干什么的？

我有一个同学叫张丰丽，她的家在张庄，我们同属一个大队。张丰丽的哥哥在县里邮政局上班，他也听到了我写的广播稿，并记住了我的名字。有一次回家，他向张丰丽提到我写广播稿的事，问张丰丽是不是认识我。张丰丽说认识呀，我们是同学，在中学宣传队里我们还一块儿演过节目呢。那么张丰丽的哥哥就问张丰丽：他现在有没有对象？

张丰丽羞涩地笑了一下说：我也不知道。又说：可能还没有吧。

你对你这个同学印象怎么样？

你问这个干什么？

哥哥说：要是你不反对，我托人给你们俩介绍一下怎么样？

张丰丽的脸一下子红透，她没有说话，没有表示反对，只是低下了头。

机不可失，当哥哥的立即行动起来，开始请托媒人给他的妹妹介绍对象。他托人给妹妹介绍的对象是哪一个呢？这个您已经知道了，我就不用说了。而张丰丽的哥哥托的媒人是谁呢？是他的中学同学。他的中学同学是谁呢？不是别人，正是我的堂叔刘本华。张哥骑着自行车到刘本华家里去了，把为妹妹介绍对象的事托给了刘本华。刘本华满口答应，说没有问题，这个事包在他身上，让老同学尽管放心。

设想一下，如果刘本华把这个事情告诉我母亲，我母亲会很高兴，我也会很高兴。这是多么大的好事呀，这是多么大的喜事呀，我们没有理由不高兴。然而，刘本华却把人家托他给妹妹介绍对象的事截留了，截留后并密封起来，封得一点风都不透，好像人家从来没托过他一样。

这个事情刘本华一直把我瞒得结结实实，始终没漏过半点儿口风。但世上没有不透风的墙，这儿不透风，那儿透风；短时间不透风，时间长了总会透风。若干年后，我才一点一点知道了事情的来龙去脉，并逐渐连缀起来，清晰起来。

在“文革”期间，刘本华是村里的学习毛主席著作辅导员，我也是辅导员；他教村里的年轻人唱《打靶归来》，我教他们唱《大海航行靠舵手》和一些毛主席语录歌；我们还经常一起到大队去开会，见面的机会很多。可是，也许因为我听说了他在部队和村里所犯的错误，也许是我感到了他身上的傲气和戾气，我对他怎么也亲近不起来，尊敬不起来。出于礼貌，虽然我也叫他一声叔叔，但我们叔侄的关系夹生得很，他不愿跟我多说话，我也不愿意搭理他。有一次在放工回村的路上，我大声唱“洪湖水浪打浪”。刘本华在前面听见了我唱，就站下来听。一见他在听，我就不唱了。他等我走近，让我唱吧，唱吧，接着唱。我干吗要听他的呢？我干吗要唱给他听呢？我坚决不唱了。

我对刘本华这样抵触，还有一个原因，他竟在村里的一次全体社员大会上，对我二姐当众发难，诬蔑二姐偷了生产队里的棉花。实际情况是，我二姐是队里的妇女队长，还是学习毛主席著作积极分子，那天下午正摘着棉花下雨了，二姐为了招呼社员们保护堆在地头的棉花不受雨淋，就把自己的条子筐落在棉花地里了，筐里还有两把棉花。刘本华就以二姐的条子筐和筐里的两把棉花为证据，向二姐发起攻击。二姐历来公私分明，疾恶如仇，她当然不会接受刘本华的诬蔑，当场就与刘本华争辩起来。村里的干部，还有公社的驻队干部，当然也不会相信刘本华的指责，他们纷纷站出来为二姐辩诬，还二姐清白。通过这件事，使我加深了对刘本华的认识，认识到他是一个嫉妒心极强的人，他不能看到别人超过他，只要看到村里有人比他强，他就气不平，百样生法也要把比他高的人往下拉。对于这样的人，我怎能不心生抵触呢！我不相信我的内心有多强大，但我相信我人在成长，内心也在成长，我的心智足以与他抗衡。

大队成立了宣传队，宣传队从我们村抽了两个人，一个是我，另一个就是刘本华。可巧的是，张丰丽也到了宣传队。在中学宣传队时，我们在一块儿唱歌，跳舞，到处演出。回到各自的村庄，我们又一块儿到了大队的宣传队，这不免让人欣喜。要知道同学们毕业以后各奔东西，要想再见面是很难的。有的同学自从在学校门口分手，就再也没有机会见面，一辈子都没再见过面。而由于我们大队宣传队的成立，我和张丰丽又走到了一起。欣喜归欣喜，我们在大队集合见面时，男女同学之间的距离还保持着，互相连手都没有握一个，甚至连名字都没喊，只是互相看了一眼，她对我微笑了一下，我也对她微笑了一下。

刘本华是大胆的。有一天上午，我们在大队的队部排练，休息时，我看见刘本华走到张丰丽面前，不由分说，一把拉住了张丰丽的手。他拉住张丰丽的手之后，把张丰丽往一旁拉，像是要单独对张丰丽说点儿什么。刘本华的这个动作让我吃惊不小。对我来说，拉一个女孩子的手，可是一个重大的举动，我可不敢轻易去拉一个女孩子的手，更不敢去拉女同学张丰丽的手。我不能不承认，张丰丽各方面都很好，好到无可挑剔。正因为我对她的印象很好，我才对她格外尊重，不敢对她有半点触碰。刘本华轻而易举似的，一下子就把张丰丽的手拉住了，那意思是让张丰丽跟他走。在我看来，刘本华的手是不干净的，或者说他的手就是脏手，他那样的脏手怎么能拉张丰丽纯洁的手呢！

张丰丽怎么办？我注意到，张丰丽生气了，她甚至有些着恼，恼得脸都变了色。她奋力一挣，把手从刘本华手里夺了回去。

刘本华倒没有坚持再拉张丰丽的手，众目睽睽之下，他没趣地退回到自己刚才站的位置。

让我难忘的是，这时张丰丽看了我一眼。是的，张丰丽只看了我一眼，就耷拉下眼皮。只这一眼，就让我记住了，至今回忆起来仍如在眼前。人的心魂和人的眼神是相通的，或者说人的眼神代表着人的心魂，人的心魂有多丰富，眼神就有多丰富；人的心魂有多复杂，眼神就有多复杂。我看出来了，张丰丽看我的那一眼，内容丰富而复杂。至于有哪些丰富和复杂的内容，当时我并不是很理解。多少年后我才知道，在大队宣传队成立之前，张丰丽的哥哥已把给张丰丽介绍对象的事托给了刘本华。这个事情我虽说被蒙在鼓里，而张丰丽心里是清楚的。在这样的背景下，张丰丽的眼神里至少有两个意思，一个意思是说：虽说我哥哥把事情托给了他，我才不让他拉我的手呢！我才不向他妥协呢！另一个意思是对我说：你放心，我心里只有你。

全县有那么多大队，作为一个大队的宣传队，我们曾到县里参加过会演，表明我们的演出水平还可以。那次去县里演了哪些节目，我记不清了。我记得演出结束后，我们在县城的电影院看了一场电影。至于电影是什么名字，我也想不起来了。只记得在看电影时，我是和张丰丽坐在一起。座位与座位之间挨得很近，我的胳膊碰到了张丰丽的胳膊。我听到了张丰丽的呼吸，甚至感觉到了张丰丽的心跳。在整个看电影期间，我的眼睛虽然在看着不断变化的屏幕，心思却全在张丰丽身上，心里鼓荡得厉害。我的勇气一鼓再鼓，很想拉一下张丰丽的手。我想我要是拉了张丰丽的手，张丰丽不会像拒绝刘本华一样拒绝我，因为我感觉到了张丰丽对我的好感。然而我真笨，真傻，真无能，真懦弱，直到电影结束，电影院里的灯光亮起来，我都未能向张丰丽伸出手来。我的手攥在自己手里，手心都攥出了汗，却一点作为都没有。

之前，刘本华要是把张哥托他给我介绍张丰丽的事告诉我，情况肯定会大不一样。

为了迎接党的九大胜利召开，公社也成立了毛泽东思想宣传队，我和张丰丽又被选拔到公社宣传队去了。公社只从我们郜庄大队宣传队里选拔两个人，就是我和张丰丽。我们从刘庄店中学毕业的同学那么多，三届有一百五十多个同学，被选中到公社参加宣传队的，也只有我和张丰丽。从中学宣传队，到大队宣传队，又到公社宣传队，我和张丰丽一路同行，这不能说不是一种缘分。宣传队通知我们去公社报到时，搞得有些紧急，是通过公社广播站下达的通知。那天晚上，我正在家里的煤油灯下吃晚饭，听见我们家的小喇叭吱吱啦啦一响，接着就听见一个女广播员广播说：现在广播通知，现在广播通知，郜庄大队的张丰丽、刘庆邦两位同志，听到通知后，请立即到公社宣传队报到。这样的通知，一连广播了三遍。母亲和大姐、二姐都听到了广播，她们停止吃饭，都看着我，好像都在为我高兴。二姐说：张丰丽我知道，她不是你的同学嘛，那闺女不错。我没有把晚饭吃完，放下饭碗，背上我平常背的一只黄军挎，踏着夜色，就到公社宣传队报到去了。事后我想到，公社这样下达通知，等于给张丰丽和我做了一个宣传，一时间全公社的人都会知道，张丰丽和我被选拔到公社宣传队去了。而我们的那些同学们知道我和张丰丽去了宣传队，会不会产生点别的想法呢？一个男同学，一个女同学，在一块儿待得时间长了，会不会生情呢？产生这样的想法是自然的，也可以说是人之常情。后来就有一个同学告诉我，得知我和张丰丽一块儿去了公社宣传队，他估计我和张丰丽一定会恋爱，最终一定会结为夫妻。我没能和张丰丽结婚，他倒觉得不可理解。

都怪刘本华，刘本华要是把张哥托他给我介绍张丰丽的事告诉我，情况肯定会大不一样。

在公社宣传队期间，我们除了唱歌、跳舞、移植革命样板戏，我和张丰丽还有一个只有我们两个人表演的节目，那个节目是一个对口词，叫《兄妹下乡》。在这个节目中，我扮演哥哥，张丰丽扮演妹妹。在学校读书时，张丰丽比我高一年级，她是我的师姐。在这个节目中，她只能当我的妹妹。节目的内容，无非是广阔天地炼红心、战天斗地志如钢一类的大话。但我们演得很认真，很投入，把大话说得慷慨激昂，铿锵有力。我俩各自手持一本红皮的毛主席语录，一会儿把语录本贴在胸口，一会儿把语录本举过头顶，不断交叉换位，做出各种造型动作，配合得十分默契。平日里，我们谁都不好意思多看谁一眼，更不敢对视。

可在演节目时，目光互相躲避是不行的，如果没有目光上的交流，就不能实现演出的效果。张丰丽像是借助演出放下了顾虑，“妹妹”看我时的目光是信赖的，热切的，好像真的把我当成了哥哥。我呢，也好像真的把她当成了妹妹。实在说来，张丰丽的眼睛是很好看的。我说她的眼睛好看，不仅仅因为她的眼睛大，她的眼睛是双眼皮，而是因为她的大眼睛是有神的大眼睛，有情的大眼睛，羞怯的大眼睛。

在整个宣传队的节目单中，双人节目只有我和张丰丽演出的这一个，加上我们每次演出的效果都不错，我发现宣传队的同事们看我俩的目光有些异样，好像我俩除了舞台上的“兄妹”情意，还有别的什么情意。每个宣传队的队员都是感情丰富的人，每一个宣传队都是一个情场，情感纠葛的事情几乎每个宣传队都会发生。我们宣传队就发生过这样一件事，一个复员军人和一个女队员好上了，他们夜间一块儿外出被发现，第二天那个复员军人就被宣传队开除了。我敢保证，我和张丰丽各自守着自己的感情，都规矩得很。演出结束回到驻地，我们各自待在宿舍里，我没有找过她，她也没有找过我，我们更没有一块儿外出，什么授人以柄的事都没干过。

张丰丽的哥哥托了刘本华，让刘本华为我和张丰丽牵线搭桥，这个事情得到了张丰丽的默许，张丰丽肯定不会忘记，天天都会记在心里。

张丰丽一定很纳闷，甚至有些着急：这个刘庆邦，怎么一点儿动静都没有呢？怎么对我一点儿表示都没有呢？怎么，难道他看不上我吗？张丰丽应该不会怀疑刘本华，相信刘本华会把话过给我。在我们那里，讲究做媒人成人好事是积德，扒媒坏人家的事是缺德。张家哥哥把给亲妹妹做媒的事托给了刘本华，刘本华表面答应，背后拦截，其性质跟扒媒差不多，是很不道德的。张丰丽以自己的善良推己及人，不相信刘本华会做出那样不讲道德的事。她耐下心来，在等待我向她求爱。

说来这事也有点儿怨张丰丽，她哥哥托刘本华把她介绍给我，她为啥就不能向我透漏一点儿消息呢？倘若她把消息透给我，我会勇气大增，不顾一切向她示好。像我和张丰丽这样互有好感的青年男女，人们通常使用的说法是，中间只隔着一层窗户纸，窗户纸很薄，也就是一层薄膜，一捅就破了。如果把这层窗户纸捅破，一切豁然开朗，什么都有了。不把这层窗户纸捅破呢，还是一个在窗子里面，一个在窗子外面，什么事情都不会发生。

荒诞的事情发生了，张家哥哥托刘本华把张丰丽介绍给我，我却把张丰丽介绍给了别人。这个人是县里第一高中的1966届高中毕业生，他听到了我写的广播稿，知道了我的名字，步行十几里，到我家找我去了。他也喜欢看书，喜欢写东西，我们很谈得来，就成了朋友。我到了公社宣传队，朋友又到排练场找我去了。看我们排练时，朋友好眼光，一眼就看上了张丰丽。他对我说，在宣传队的女队员中，只有张丰丽最出类，问我能不能给他介绍一下。这个朋友的勇气真让我佩服，他看上了张丰丽，一点都不遮不掩，张口就对我说了出来。跟朋友相比，我的勇气真是差得太远了。我怎么办？我心里虽然也十分看好张丰丽，但我从来没对张丰丽表露过，我们之间并没建立明确的恋爱关系，我有什么理由拒绝朋友的要求呢？朋友托我给他介绍张丰丽，如同张哥托刘本华给我介绍张丰丽，都是托媒的性质。朋友这么信任我，把这样的人生大事托付给我，我不能让朋友失望。我犹豫了一会儿，答应给朋友介绍一下试试。

有一次下乡演出，到目的地安顿下来后，我抓了一个空子对张丰丽说：张丰丽，你跟我出来一下，我给你说点儿事儿。当张丰丽跟我出来时，我见她像是有些激动，激动得脸都红了，眼睛里似乎还有泪光。多年之后我想到，张丰丽一定是误会了，她以为刘本华把张哥请托的事说给了我，以为我要向她表露心迹。她仿佛在说：天哪，我终于等到了这一天！我对不起张丰丽，我让她失望了。在村外的一个麦秸垛旁边，等我把朋友的意思说给张丰丽时，她的神情顿时黯淡下来，不假思索地说：不行！我没问她为什么不行，只说：朋友把这个事托给我，我不跟你说一声也不好。张丰丽还是说不行。她又加了一句：我又不认识他。张丰丽想说的话大约应该是：我心里想的只有你，别人都不行！借这个机会，张丰丽应该问一下我：我哥托刘本华给咱们两个介绍，刘本华没告诉你吗？然而，张丰丽想说的话没有说，该问的话也没有问，她把大好的机会错过了。张丰丽呀张丰丽，你为何那样含蓄呢？为何那样要面子呢？为何那样不自信呢？

不要怨这个，怨那个，说到底还是怨我自己。站在刘本华的角度想一想，他或许认为，我们既然都到了公社宣传队，既然天天在一起，完全可以互相沟通嘛，可以自我介绍嘛，干吗还要用别人介绍呢？如果他们不互相自我介绍，达不成婚姻，只能怪他们没本事，没缘分。站在张丰丽的立场想一想，她或许认为，我作为一个男的，如果对她有心，就应该主动一些。她作为一个姑娘家，怎么好意思先开口呢！

之所以没有主动向张丰丽求婚，后来我给自己总结了三条原因。一是她比我高一年级，年龄上至少比我大一岁。按我的设想，我找的对象应该比我小一点，或者是和我同岁。张丰丽年龄比我大，这让我心理上有些障碍。我上面有两个姐姐，不想再找一个“姐姐”。第二条原因，是我的兄弟姐妹多，家里比较贫穷，穷得我连一双鞋都买不起。在宣传队里蹦蹦跳跳，我至少应该拥有一双从商店里买的有模有样的胶底鞋，可我只能穿母亲和姐姐给我做的老式的尖口布鞋。而张丰丽家里有人挣工资，她家里的物质条件要比我家好得多，这从张丰丽脚上穿的机器制成的鞋和洋线织成的袜子就看得出来。张丰丽这样的家庭条件，怎么能愿意跟我这样一个一文不名的穷小子受穷呢！第三条原因也不容忽视，从心理发生学的意义上说，也许这条原因是更主要的。在上学期间，我曾与同班一位姓马的同学发生过一场初恋。对于那场初恋，我以《心疼初恋》为题，专门写过一部中篇小说。怎样用几句话简单概括那场初恋呢？这么说吧，那场初恋害得我好苦好苦，不仅影响了我的精神，还影响了我的身体，我差点儿把小命儿搭进去。每个人一辈子只有一次初恋，初恋的能量总是很大，总是让人难以忘怀。说来不怕朋友们笑话我，我也没什么不好意思，不管是在大队宣传队和张丰丽在一起，还是在公社宣传队时和张丰丽在一起，我都没有把那场初恋放下来，脑子里时不时出现的还是那位初恋的形象。把话说白了吧，在我的情感生活中，张丰丽暂时还没有取代那位马姓同学的位置。还有，由于好弄热闹的同学们的起哄，我和马同学初恋的事闹得全校所有三个班级的同学们都知道了。毫无例外，张丰丽肯定也会知道。我的初恋也是早恋，在学校造成的影响是负面的。这样我就有些担心，一担心张丰丽对我的早恋有不好的看法，二担心她认为我是见一个爱一个的泛爱主义者，所以不敢轻易把爱情转移到她身上。

一个人的一辈子，说长也长，说短也短；说复杂也复杂，说简单也简单，在关键的节点，有时关键到只是一句话的事。一句话说出来了，就有可能功德圆满，喜事告成，万事大吉。初中毕业后，我和那位所住村庄相距较远的女同学就失去了联系，使我处在一种失恋状态，也处在一种精神空虚的状态。这时候，倘若刘本华把他应该说的一句话说出来，我会非常感谢他，说不定会视他为我的恩人。这时候，倘若张丰丽把想说的一句话说出来，对我将是极大的安慰，我会感激涕零，马上拜倒在她的脚下。这时候，倘若我自己鼓足勇气，把要说的话说出来，就会成就我和张丰丽的美满婚姻，一辈子都很幸福。就因为一句话没说出来，就把一切都错过了，丧失了，造成了终生遗憾。每每念及我和张丰丽的事情，我都有些讨厌自己，痛恨自己。

我在公社宣传队期间，大姐二姐看中了我们大队另一个村的一个姑娘，那个姑娘高高大大，勤劳朴实，是持家的好手。大姐二姐跟我打招呼后，托我们村里另一个堂叔当媒人给我介绍。既然两个很有眼光的姐姐都看好那个姑娘，我也没有多想，稀里糊涂地就答应了，就跟人家定了亲。我有一篇短篇小说《鞋》，主要就是写的那个姑娘。

直到这时，张丰丽才急了，才终于向我吐露了她的心事。一天下午，我们又要下乡演出，我和张丰丽用扁担抬着一只盛服装、道具的木箱子，在乡间土路上走。一根扁担搭在两人的肩上，张丰丽抬前头，我抬后头。春天来了，睡了一冬的麦苗正伸胳膊伸腿往高里长。一阵春风吹过，麦苗一路翻白，看去白茫茫的。有黑色的鸟儿在麦地里翻飞，它们起飞的时候看得见，一落入麦苗丛中就看不见了。走着走着，张丰丽放慢了脚步，突然对我说：我哥托刘本华给咱两个介绍，刘本华没跟你说吗？

这话让我感到惊奇，我说没有哇，刘本华什么都没跟我说过，我什么都不知道。

张丰丽说：你干吗订婚订那么早呢？这样说着，张丰丽就哭了起来。她在前面走，我看不见她的泪眼，我想她一定觉得很委屈，泪水一定流得很汹涌。

一切都明白了，一切也都晚了。好可怜见的张丰丽，我该怎样安慰她呢？我不知道说什么好，不知道怎样说才能起到安慰她的作用。我只是重复说：我真的不知道，刘本华真的什么都没跟我说，我要是知道的话……

走到一座小桥边，张丰丽停下了。我明白她的意思，她要到桥下的小河边洗一下脸，洗去她的泪痕，免得让宣传队里别的队员看见。我也站下了，我们把戏箱放在地上。张丰丽到水边洗脸时，我没有跟她一块下去，站在岸上的桥边等她。等她洗完脸上来，我们抬起戏箱继续往前走。一路上，我们没有再说一句话。

一晃几十年过去了，我每年清明节回故乡扫墓，都会看到刘本华。打工潮涌起后，村里的男人女人几乎都外出打过工，刘本华却没有外出过，天天在家里守着。他在大门口支起一张小桌，天天跟村里人打牌。他的家门口是进村的必由之路，我只要回村就能看见他。只要一看见他，我都会油然想起张哥托他给我介绍张丰丽的事，我想他也不会忘记。我喊他一声叔，只打一个招呼就完了，我们还是无话可说。

有时我真想问问他，当初他的同学，张丰丽的哥哥托他给我介绍张丰丽，他为什么不跟我说呢？但我终于没有问。有一句话说得好，过去的事情就让它过去吧！

第四章

到外面去睡

这个叔叔名叫刘本良，他的家庭条件和学习条件要比我们优越。他父亲是我们村第一个大学毕业生，在县里的高中当老师。当老师就可以领工资，口袋上可以别钢笔，手脖上可以戴手表。同时，他们家养的公鸡不用卖掉，母鸡下的蛋也不必拿到集上去换盐，换煤油，可以用来改善生活。家里有钱，就可以上好学校，学习条件就好。我们上小学都是在本村的学校上。学校只有三间泥座草顶的教室，教室的一角都裂缝了，只能用棍子顶着。课桌是用土坯支起来的窄窄的板皮，小凳子是各自从家里带去的，老师是只上过四年小学的另一个堂叔（这位堂叔值得另外专列一篇小说）。我们村的小学大约是在1958年大跃进时期开办的，成天在野地里玩耍的孩子，突然被赶进了学校。我的同学们年龄参差不齐，有的比我大一两岁，还有的比我大三四岁，同学当中堂叔和堂姑居多。我二姐比我大两岁，二姐和我同一天入学，都是从一年级上起。刘本良一天学都没在我们村上过，他被他爹带进了县城，一入学就是在县城里的小学上。我们听说了，县城里有电灯，电灯很明亮，刘本良晚上可以在电灯下读书。我们听说了，刘本良他爹天天吃白馍，刘本良也可以跟着吃白馍，不像我们一样天天吃用红薯片子面蒸成的黑馍。我们还听说了，县城里有澡堂子，还有电影院，到了星期天，刘本良他爹可以带刘本良去澡堂子里洗澡，洗完澡去电影院里看电影。这么说来，刘本良打一上学就高我们一等。可是，我们并不羡慕他。那时我们还没听说过“羡慕”这个词，不知羡慕是啥意思，所以就谈不上羡慕他。我们只是觉得，谁让人家刘本良的爹是县里的老师呢，星星跟着月亮走，儿子跟着爹走，刘本良去县里上学是自然而然的事。

平常日子，我们看不到刘本良。在夏天放暑假的时候，刘本良的爹，把刘本良带回村里，我们才能看到刘本良。刘本良和我们是不大一样，在整个暑假期间，我们差不多都光着膀子，身上晒得黑黑的，跟黑泥巴蛋儿一样。刘本良不光膀子，穿着一件跨栏背心。他的背心雪白雪白的，恐怕比秋天里刚开的棉花还要白。他的脖子细细的，头却大大的，大得脑锛儿向前凸着，似乎比我们的头都要大一些。因为刘本良是从城里回来的，我们试着走近他，想听他讲讲城里的故事。我们问他，电灯是用什么点亮的？他说电灯不用点，有一根线绳连着开关，一拉开关，电灯就亮了，再一拉开关，电灯就灭了。我们问他电灯有多亮，十只煤油灯的灯头加在一起能不能顶得上一个电灯？他的样子有些笑话我们，说煤油灯算什么，一百个煤油灯加在一起，也达不到一个电灯泡的亮度。我们听了禁不住惊呼：乖乖，电灯好厉害呀！我们问他看过什么电影，想让他讲一些电影给我们听。他没说他看过什么电影，更不愿意把电影讲给我们听。他说电影是看的，不是讲的，没法儿讲。我们认为他像是一个吃独食的人，自己吃了那么多好吃的东西，一点儿都不愿意分给我们尝一尝。

刘本良在我们面前优势明显，不过他也有劣势，也有不如我们的地方。比如说，我们都是玩水的好手，每个人都会用双脚在水面打砰砰儿，或在水底扎猛子，一个猛子可以从这岸扎到那岸。而刘本良是个旱鸭子，一点儿都不会浮水。他家屋子一侧后面是一座独木桥，桥下面就是一个水塘。夏天吃过午饭，我们一帮男孩子天天在水里扑腾。刘本良见我们玩得高兴，他也脱掉背心和裤衩，下到水里去了。他下水下得小心翼翼，而且只下到水浅的地方，水刚淹到他的有些发白的屁股，他就不敢往前走了。他像是有些怕水，我们玩水激起的水花一溅到他脸上，他马上挤眼，并扭过脸去。嘿，原来在城里上学的刘本良并没什么了不起的。见他这样胆小，我们很乐意逗逗他。于是，我们就用手撩起水来往他脸上泼水。我们不是一个人向他泼水，有一个人带了头，好几个人一起向他脸上泼水。我们把两只手对起来，对得像个小瓢，往他脸上泼的是水块子。我们泼的水比倾盆大雨还要大，倾盆大雨再大，也是自上而下往下泼，而我们泼的水是横着或自下而上往他脸上泼。对于我们这些在农村上学的孩子来说，在水里互相泼水是常有的事，几个人围泼一个人也是常有的事，我们对付泼水的办法，是把身子一缩，把头和脸埋在水里就完了。这叫以水避水。可刘本良不会潜水，他该怎么办呢？他用双手捂着脸躲避，躲不开水的冲击就哭了起来。刘本良没有骂人，只是咧着嘴哭。见他一哭，我们就停止了向他泼水。刘本良哭着上岸去了，他说：你们都是坏孩子，我再也不跟你们玩了！刘本良比我大三岁，这是这个堂叔留给我的最初印象。

暑假结束之后，刘本良又跟他爹到城里读书去了。我原以为刘本良在城里上了学，接着就会在城里参加工作。他爹就是这样，在城里读完了大学，就在城里当了老师，成了拿国家工资、吃商品粮的公家人。不料想，被称为史无前例的“文化大革命”一来，刘本良的学业就中断了，作为一个回乡知青回到我们村里来了。

据村里人说，刘爹对他的大儿子刘本良抱的希望很大，对刘本良的学习抓得也很紧。刘本良有时背书背不会，他就罚刘本良跪在硬地上背。他动不动就对刘本良大声呵斥，甚至揪耳朵，抽耳光。刘爹是一个有知识有学问的人，同时也是一个粗暴的人，他的粗暴性格没有因他的知识、学问而改变，好像还助长了他的粗暴。

像刘爹这样的性格，在“文革”中造反自然少不了他。他还是一个青年时，在我们村就造过财主的反，他常以自己造反的事迹为骄傲。据说他在“文革”初期造反造得也非常积极，把他们当权的校长造得够呛。可“文革”如翻烧饼，烧饼在热锅里翻来翻去，一会儿烙正面，一会儿烙反面。学校里的烧饼不知怎么翻的，反正刘爹从造反派被翻成了保守派。烧饼翻着翻着，武斗又开始了，刘爹被他的学生打得很厉害，有时他不顾尊严，竟抱着头往桌子底下钻。不是说翻烧饼嘛，他像是真的被人家整扁了，扁得像一只两面都被烤煳的烧饼。这样的“烧饼”，又像是人们常说的过河的泥菩萨，他连自身都难保全，哪里还顾得上管他的儿子呢！

出现这样的状况，我猜刘本良并不感到悲哀，相反，他会有一种解脱感，会感到暗喜。想啊，以前没人整治他爹的时候，他爹天天压迫他，整治他，像枷锁一样套在他身上。现在有人整治他爹，打他爹，他爹顾不上管他了，只能像解开拴羊的绳子一样把他“放羊”。也许在刘本良眼里，他爹就是“当权派”“走资派”，是革命的对象，打倒的对象。他个人没力量打倒他爹，别的造反派却把他爹打倒了。从他被解放的角度讲，或许他是欢迎“文化大革命”的。

我欢迎刘本良回老家，他回到老家，我就有了气味相投的朋友。想不起我俩是怎样打到一块儿去的，好像他在找我，我也在找他，一打就打到一块儿去了。又好像我俩谈到过一本小说，那本小说我看过，他也看过，小说如我俩接头的暗号一样，一对上暗号，彼此就成了自己人。别看刘本良是我的叔叔辈，他又长我三岁，我们之间连一点距离都没有。在一块儿玩时，我从不叫他叔，都是直呼他的名字，或者什么都不叫，叫他哎，哎，哎，你过来！这样一来，我们之间好像不是叔侄的关系，而是兄弟的关系。

我们在一起玩什么呢？玩刘本良从城里带回来的一支手电筒。手电筒仿佛代表着刘本良的优势，也代表着他从城里带回的电和光明。农村没有电，他通过手电筒，把电带到了农村。农村的夜晚漆黑一团，看不见光明。刘本良手中的电光劈开了黑暗，给农村带来了光明。刘本良似乎也意识到了拥有手电筒是他的优势所在，他对手电筒很是珍视。珍视的表现，是让他娘为手电筒缝制了一只圆筒状的布袋子，袋子两端缝上长长的背带，手电筒装进布袋子里，可以斜挎在肩头。他夜晚把手电筒挎在肩头，有时白天也把手电筒背出来，这就有一些炫耀的性质，仿佛在说：我是有手电筒的，你们谁都没有。我们那里有一个说法，说玩手电筒的人都是傻瓜。因为玩手电筒除了耗电，费钱，一点经济效益都没有。刘本良不在乎别人说他是傻瓜，他认为当傻瓜是有条件的，你们倒是想当傻瓜呢，你们有这个条件吗！类似刘本良大白天背手电筒，农村有的走娘家的小媳妇，愿意在背上背一把红油纸伞。油纸伞一般都是由娘家陪送的，它有装饰意义、实用意义，还有象征意义。它可以遮阳、挡雨，还象征着娘家的家境不错。刘本良身背一支手电筒，其象征意义也是有的，象征着他曾是在城里生活过的文明人。

手电筒是文明的工具，我们并没有为它派上文明的用场，用手电筒干什么呢，用它照麻雀。我们村有一座大门楼子，是村里最古老的建筑。村里人都把大门楼子叫成大过道，因为门楼子下面的过道比较宽阔，可以通过一辆马车。门楼子上筑有不少麻雀窝，夜晚有些麻雀在门楼子下面的檩上休息。刘本良打开手电筒往上一照，就把麻雀照到了。麻雀大概没经受过如此强光的照耀，它们一时傻掉了，变得有些呆头呆脑。它们并没有飞走，而是对着强光晃动脑袋，仿佛在说：这是什么玩意儿，怎么照得本雀有些睁不开眼呢！趁刘本良把某只麻雀指定的工夫，趁麻雀愣神儿的工夫，别的人手持弹弓，瞄准麻雀，叭的一下就把麻雀击中了。麻雀中弹之后，垂直落在了地上。打死麻雀，使我们得到了破坏的快乐，杀的快乐。是的，我们不能杀人家的鸡，也不能杀人家的羊，因为鸡和羊属于家禽家畜，都有主家，我们要是杀死了人家的鸡和羊，人家会找我们算账。而麻雀野生野长，都像没爹没娘的孩子一样，谁想欺负它们、消灭它们都可以。如果说打死的麻雀是我们的战利品，我们对战利品并不重视。当麻雀落在地上，我们像捡起一片树叶一样，拎起麻雀的翅膀看了看，随即就把“战利品”扔到墙角去了。

能消灭的麻雀都被我们消灭掉了，我们仍不愿分开，迟迟不想回家。与麻雀的战斗，使我们似乎成了战友，并结下了战斗的友谊，我们想在一块儿待得时间长一些。那么，我们还能干什么呢？还有什么让我们共同感兴趣的作为呢？这时刘本良提了一个建议，他的建议是大胆的，是有建设性的，很合我们的心意。他提的是什么建议呢？他说咱们别回家睡觉了，在家里睡觉没意思，就在外面睡吧！我们互相看了看，对刘本良的建议表示了同意，但接下来的问题是，秋天来了，天气凉了，树叶正纷纷下落，我们睡在哪里呢？身上盖什么呢？夏天我们可以睡在打麦场的场院里，身上什么东西都可以不盖，秋凉以后在外面睡，身上不盖被子恐怕不行，会把人冻坏的。我想到了，我上中学住校时，我娘为我做了一条被子，被子在学校里盖了三年，中学毕业后又背了回来。我本来想说，我可以从家里拿一条被子出来，但话到嘴边，我没有说出来。我担心我娘不同意我在外面睡，更担心娘不让我往外面拿被子。跟我一块儿玩的“战友”，还有一个叫河，一个叫金，他们两个也是我的堂叔。这两位堂叔也不敢表态，似乎也不能从家里拿出被子来。刘本良看出了我们的顾虑，他说：你们不用发愁，我从家里拿被子。咱们四个盖一条被子就可以了。

说干就干，刘本良打着手电筒回家，很快就把一条被子搭在肩上扛了过来。被子是粗布印花被子，被子的面积不小，厚度也可以，盖住我们四个人不成问题。被子有了，但我们睡在哪里呢？场院里肯定是不能睡了，因为收完麦打完场之后，场院很快被犁了起来，种上了喂大牲口用的茭草。茭草收割后，遍地都是茭草茬子，根本无法睡人。生产队里有饲养室，饲养室旁边有盛铡碎的麦草的小屋，我们到小屋里去睡行不行呢？我们看见过一些外地来的逃荒要饭的人，他们就临时性地在小屋的草堆里过夜。但我们知道，饲养员肯定不会同意我们在草屋里睡，他们对本村的人总是很厉害，会像撵马驹子一样把我们赶走。还有一个地方，是河边一座废弃的砖窑，砖窑前面有一个烧火时用的洞口，我们到洞口下面睡行不行呢？也不行。我们都听说了，那座砖窑已被一条巨大的蟒蛇所占据，蟒蛇大到头伸到河里喝水，尾巴还留在窑洞里。传说蟒蛇的吸力很大，轻易就能把一头猪和一个人吸进肚子里。既然那里是蟒蛇的地盘，我们可不愿意到那里去送死。我们经过讨论，决定就在门楼子下面的大过道里睡。尽管大过道里有穿堂风，我们也不怕，我们四个人火力都很壮，又有被子盖，不会冻着我们。我们把被子抻开，就要睡了，又发现什么铺的都没有。大过道的地坑洼不平，又凉又硬，我们总不能直接睡在硬地上吧，要是睡在硬地上，不把我们的屁股硌成两瓣子才怪。刘本良问我们：你们谁家有多余的席，去拿来一领。金说，他们家没有多余的席，只有一卷草苫子。刘本良说草苫子也可以，让金回家去拿吧。

金把草苫子抱来了，是一卷用谷草勒成的草苫子。谷草苫子的主要特点是涩，沾手涩手，沾皮涩皮。一般来说，如果下面铺草苫子，上面还要铺一领苇席或蒲席才能睡人，直接睡在草苫子上会扎得受不了。席是没有了，为了避免草苫子上的毛刺扎到我们的皮肉，我们的办法是不脱衣服，和衣躺在草苫子上。我们四个人分睡在两头，我和刘本良睡一头，河和金睡一头。在场光地净的时候，在一场秋雨一场寒的时候，我们终于可以不在家里睡了，终于可以从家里走出来了，终于可以睡到外面了，这是多么幸福的事情啊！多么值得欢呼的事情啊！

然而，我们没有欢呼，没有闹腾。刚躺下的时候，刘本良也没有开手电筒，没有说话。我们都静静的，像是在尽情享受一下在外面睡的滋味。

对于刘本良提出在外面睡觉，我能够理解他的心情。虽说他爹不在家，但家里有娘，有两个妹妹和一个弟弟，他觉得家里的人太多了。另外，他还有一个叔叔，是他的四叔，因四叔没有成家另过，也跟他们家的人吃在一起，住在一起。四叔没有成家，不等于四叔没结过婚。四叔结过两次婚呢，他娶的老婆都被他打跑了。刘本良的爹是个粗暴的人，他的四叔似乎比他爹更粗、更暴，粗暴起来有过之而无不及。我亲眼所见，刘本良小时候有一次在外面玩，他四叔喊他回家，他可能没听见，四叔过去，揪住他的一只耳朵，就把他往回揪。别的当大人的也揪过孩子的耳朵，一般揪一下就松手了。四叔揪耳朵的方法跟别人不一样，四叔揪住他的耳朵就不松手，把他揪得几乎脚不沾地，一直往家里揪。他疼得鬼哭狼嚎，四叔黑着脸，就是不撒手。刘本良现在都长这么大了，中学都毕业了，可四叔还把他当成一个小孩子看待，想骂就骂，想打就打。刘本良好不容易脱离了爹的压迫，回到家里，他可不想再接受四叔的压迫。他到外面去睡，差不多带有抵抗的性质，逃离的性质。县城也是城，刘本良从小学到中学，都是在城里住，他是在城里睡过觉的人。猛一下从城里回到乡村，他可能觉得不习惯，就通过到外面睡觉的行动，表达一下自己的叛逆。更深层次的原因，也许刘本良以为自己已经长大了，可以独立了，应该走出家庭，到外面去谋生。可那年月城乡界限非常分明，绝不允许农村人到城里去。别说到城里去了，连到别的农村都不行，只能固守在自己所在的村庄。而城里的知识青年可以到农村去，那是响应号召，是到农村接受贫下中农的再教育，是到广阔天地炼红心。刘本良无处可去怎么办呢？只能在家庭以外的地方睡一睡觉，象征性地出走一下。

我这样理解刘本良，其实是从我自己出发，从我的内心出发，首先理解的是我自己。推己及人，只有理解了我自己，我才能理解刘本良。“文化大革命”掀起时，我正读初中二年级，很快加入了红卫兵组织，被说成是毛主席的红卫兵。“文革”初起，我借革命大串联之机，跑到了北京、郑州、武汉、长沙、南昌、杭州、上海、南京等大城市。我打的是革命和造反的旗号，说是到处煽风点火，行的却是旅游之实，坐免费的车，吃不花钱的饭，看不收门票的风景。“文革”固然有种种弊端，已被彻底否定，但从我个人的角度讲，从一己的私利讲，我却是一个小小的受益者。大串联不仅让我吃到了不少好东西，从一个瘦子吃成了一个胖子，更重要的是，通过大串联，使我打开了眼界，增长了见识，开阔了胸襟。换两句不好听的话来说，大串联使我吃馋了嘴，跑野了心。

我再也不安心天天提着锄头锄地，握着鞭子打牛腿，拿着铁锨在土里刨食。我一心二心想摆脱泥巴的纠缠，到外面的世界里去。可是，我生在泥巴屋里，长在泥巴地里，泥巴紧紧地吸着我的腿，我能到哪里去呢？谁又允许我到哪里去呢？我想去当兵，当兵是摆脱农村的唯一出路。我连续两年积极报名，并参加了体检。体检是合格了，但政审把我审了下来。这不是我本人的问题，在“文革”中，我虽然不是造反派，而是保守派，站队站错似乎并不影响我当兵。当不成兵是因为受到了我父亲的株连，父亲当过国民党的兵，还带过兵，被说成是历史反革命。当时有一个说法，老子英雄儿好汉，老子反动儿混蛋。我老子既然反动，那么我就是混蛋。一个混蛋，怎么能允许你混进革命队伍呢！当时我的处境是走投无路的处境，心情几乎是绝望的心情。就是在这种情况下，同是回乡知青的刘本良一提出夜晚到外面去睡觉，就得到了我的积极回应。一上中学我就住校，睡的是一个屋几十个同学的大宿舍，过的是集体生活。大串联时，我几乎是“打一枪换一个地方”，住过大学生宿舍，也住过不错的宾馆，过的是流动性的生活，每天都很新鲜。现在被打回了老家，我还能到哪里去呢？豫剧《朝阳沟》里王银环有两句唱词：“我往哪里去呀？我往哪里走？”我觉得很对我的心境，一听就想流泪。是呀，我往哪里去呢？我只能往大门楼子下面去。我往哪里走呢？我只能往大过道那里走。通过在外面睡觉，假装走出了家庭，走到了外面的世界，以欺骗一下自己，也安慰一下自己。

我们躺下后，心里还兴奋着，一时并睡不着。村里有狗的叫声，还有夜鸟的叫声。穿堂风以集中的力量从大过道里穿过，把外面路上的尘土刮了过来。我觉出有颗粒状的尘土落在我脸上，我伸手一摸，觉得脸上有些沙沙拉拉。我们只安静了一会儿，就开始躁动。睡在那头儿的河与金，你捅我一下，我捣你一下，在被子下面乱滚乱动，并发出了笑声。刘本良把手电筒打开了，一根雪白的光柱直指大门楼子下面的屋顶。我们用手电筒照麻雀时，没有觉得屋顶有这么高，可当我们躺在地上再看屋顶时，突然发现屋顶竟然这么高，高得像是苍穹。人有时站着，有时躺着，躺着和站着的视觉差距竟如此之大。在高高的“苍穹”之下，我们仿佛受到了压迫，变得像秋天里的尘土，甚至连尘土都不如。

在外面睡觉是目的，同时也是过程。在这个过程中，得有点儿故事才行。我们那里不把故事叫故事，而是叫古戏。我们要求刘本良讲古戏给我们听。

刘本良把手电筒熄灭了，没有拒绝讲古戏。在我们四个人当中，他是年龄最大的，学历最高的，还在城里生活过，讲古戏非他莫属。他问我们：你们想听什么古戏？

他这样问，说明他肚子里的古戏很多，比我们打死的麻雀都多。想听什么古戏呢？我说：你讲什么都可以，只要是古戏就行。

他又问：你们是想听骚古戏？还是想听不骚的古戏？

对于什么是骚古戏，我们对这个概念不是很清楚。我们只知道，一些公羊没有骗过，看见母羊就往母羊身上跳，那样的公羊叫老骚胡子。我们还听说，有的女人作风不正，胡乱跟自家男人以外的男人睡，那样的女人叫风骚女人。刘本良所说的骚古戏，里面的角色是不是有些类似老骚胡子和风骚女人呢？好比人人都要撒尿，人人都有骚的念头。我们的回答是，想听骚古戏！

刘本良打了打痰腔，开讲。他说，有一个半大橛子（指近乎少年和青年之间的未婚男子），他哥哥娶了一个新娘子。他见嫂子长得漂亮，便打开了嫂子的歪主意。他的办法，是在嫂子用来撒尿的罐子周边涂了一圈红颜色，等嫂子夜里起来蹲在尿罐子上撒尿的时候，红颜色就沾在了嫂子的屁股上。第二天他对哥哥说：我嫂子可是有点儿不正经呀！哥哥问：何以见得？他说：你晚上看看我嫂子屁股就知道了，可能有人在我嫂子身上做了记号。到了晚上，哥哥与嫂子行房前，果然看见了那圈红颜色。哥哥难免想，自己老婆这么隐秘的地方沾有红颜色，连自己的弟弟都知道，可见老婆与别的男人有染，的确不正经。于是他就审问老婆，打老婆。老婆不明就里，说不出原因，哭哭啼啼，很是委屈。这时半大橛子趁机和嫂子套近乎，声称他知道哥哥打嫂子的原因是什么，只要嫂子答应他一个条件，他保证哥哥不会再打嫂子。他提的条件是什么呢？是跟嫂子好一好。嫂子犹豫了一下，为了不让自己男人再打自己，便答应了弟弟提出的条件。弟弟得了好处，才向哥哥做了解释，说调皮的事是他干的，其实嫂子正经得很。哥哥听了弟弟的解释，果然不再怀疑老婆，与老婆和好如初。半大橛子当然不是只得一次好处就完了，他要嫂子答谢他，一次又一次跟嫂子要好处。他从嫂子那里得到的好处多着呢！

噢，这就是骚古戏，这个古戏够骚的，真的很好听！亏得我们在外面睡，要不是在外面睡，哪里会听到这么有味道的古戏呢！这样的古戏不仅对我们的心理有启蒙作用，对我们的生理也有开发和推动作用。须知我们四人都是半大橛子，都有得好处的欲望。虽说我们上面都没有嫂子，但在想象中，似乎我们也有了嫂子，也可以跟漂亮嫂子把好事做一做。这样的想象，使我们下面的东西蠢蠢欲动，在裤裆里支起篷来。就其硬度而言，我们的东西或许比不上刘本良手里那支铁皮壳子的手电筒，恐怕也差不多吧。把我们的“手电筒”一开电门，恐怕也能大放“光明”。

第二天，我们听说，村里有一个地主家的孩子，被人家五花大绑从外面押送回来。之前他在村里挨了批斗，被关押在由牲口屋改成的队部里。半夜里，他扁着头从窗户上面的缝隙里钻出来，连夜跑到外地去了。他跑到火车站想扒火车，结果被公家的人捉住，当作“盲流”，像押解罪犯一样押送回来。打马骡子惊，地主家孩子的岁数和我们差不多，他的遭遇难免让我们吃惊。亏得我们没有盲目往外面跑，倘若我们不带证明信往外跑，说不定也会被人家当成“盲流”抓起来，押回来。我们只是在外面睡一睡，并没有走出我们的村庄。我们的行动没有妨碍到谁，跟阶级斗争也挂不上钩，所以没有人提出异议。村干部也没有把我们看成小集团，也许认为我们就是爱玩，是不甘寂寞，只要不怕冷，只要不怕硬地硌屁股，想在外面睡就在外面睡吧。

村里有一个姓普的男孩子，晚上老是往我们身边凑，也想加入我们在外面睡觉的队伍。他虽然没有正式提出申请，但看得出来，他对我们在外面睡觉很是眼热，很是向往，一副巴结不及的样子。我们的睡觉队伍虽说没有章程，门槛还是有的，不是谁想加入就能加入。像那个地主家的孩子，我们绝对不会允许他加入我们的睡觉队伍。姓普的男孩子虽说家庭成分是贫农，政治上没什么问题，我们也不会批准他加入我们的队伍。我们四个都姓刘，他姓普，谁让他是外来户呢，谁让他是外姓人呢！一笔只能写一个刘字，我们老刘家是刘楼村的大姓，对外姓人总是有些排斥。有一天晚上，我们都睡下了，都准备听刘本良讲骚古戏了，那个姓普的男孩子还不走。我们撵他一次，又撵他一次，他装作走了，却躲在一个墙角后面，头一伸一缩地看我们。听骚古戏，是我们才能享受的待遇，绝对不能让他享受。金起来骂了他的姐，让他滚蛋。如再不滚蛋，就把他的蛋子儿挤出来。他这才走了。

听了骚古戏，我们骚动得睡不着觉，还爬起来去听过人家的房。村里有一个叫三儿的年轻人刚结婚，据说天天趴在新媳妇儿身上不下马，干好事干得很来劲。我们到他家的窗外听他的房，听不见他跟新媳妇儿说话，只能听见他家的床有些响。他家的床响得吱吱哇哇，像是新媳妇儿在说话，在叫床。这时，刘本良把手电筒打了出来，电光炽白的光柱穿过窗棂子，一下子指在一对新人的婚床上。我们都看见了，当电光刚照在婚床上时，红花儿被子还高高鼓着，新郎和新娘还是叠加的状态，他们正在大幅度地做动作。他们一发现有电光在照他们，就停止了动作，新郎从新娘身上下了马。为了躲避电光的照耀，新郎把被子往上拉，把他和新娘的头都盖在被子下面。不用说，新郎和新娘一定是赤身裸体，一丝不挂。我们真想冲进屋内，把他们的被子扯开，给他们来个大曝光。可是他们家的门从里面闩得紧紧的，我们不可能把门打开。窗外天气凉了，月光照在地上像下了霜一样。我们舍不得离开，希望能看到一点儿什么。刘本良给我们讲的骚古戏不管有多骚，那还只能是古戏，不是真人。新郎和新娘都是真人，他们在被子下面干的是真的骚事，我们能把真的骚事看到一点儿也好呀！

还好，三儿把头露出来了，叫出了刘本良的名字，他说：刘本良，你瞎照什么，谁不知道你有一支破手电筒！你再瞎照，我把你的手电筒一撅两半截儿！

刘本良不说话，他以电光为棒，在三儿的脑门上敲打了好几下，电光的刺激把三儿的眼泪都敲了出来。

三儿又把头蒙上了。

几天之后，我们村又发生了一件事。我有一个堂哥，因迟迟找不到对象，堂哥的爹想了一个办法，让堂哥到南边的湖北去，装作到湖北找到了工作。听人说，湖北人喜欢种藕，每年秋后都会雇人帮他们在泥里水里刨藕。堂哥的爹让堂哥到种藕的地方去，看看能不能找到一份刨藕的活儿。为了避免堂哥被人家当成“盲流”抓起来，他不让堂哥去坐火车，让堂哥步行到湖北去，走到什么时候算什么时候，只要在外边就行。堂哥的爹，当然也是我的堂叔，这个堂叔也有很多故事，我在叔辈的系列故事中会写到他。堂哥一到外边去，堂叔就开始到处宣传，说他的儿子到外地工作去了，快给他的儿子介绍对象吧！当年越是封闭，越是不让人到外面去，人们对外面的世界越是向往，在外面干事的人越显得条件优越，堂叔之所以把堂哥往外面撵，就是在给堂哥创造条件，让人们误以为堂哥在外面找到了工作。你别说，村里不见了堂哥的影子，果然有人开始为堂哥介绍对象。结果怎么样呢？堂哥走了十天都不到，就原路走，原路回来了。为堂哥介绍对象的事刚见了一点眉毛，连见眉目都说不上，堂哥就出现在堂叔面前。堂哥半路上被人家揍了一顿，是被揍回来的。原来堂哥在半路上饿得实在受不了，就扒了人家的一块生红薯充饥。当地的村民把他当成了小偷儿，把他痛揍了一顿。揍过他之后，还没收了他的铺盖卷儿。他走的时候，穿了两条裤子，外面的那条裤子是一条新裤子，人家也给他扒走了。

我们在外面睡觉的四个人，也到了该找对象的年龄，也都没有对象，但我们没有贸然外出。我们要是外出的话，结果恐怕不会比堂哥好。我们在外面睡觉，不是走，只是睡。我们的行动不是虚拟，跟虚拟也差不多，不过是自欺而已。

树叶落光了，冬天来了，天空飘起了小雪。这样寒冷的天气，大过道里肯定是不能睡了，我们的睡觉队只能解散，各自回家里去睡。

在这个冬天里，刘本良当上了大队的团支部书记，还当上了大队的学习毛主席著作辅导员。他外出不再背手电筒了，换了新的行头，背上了毛主席语录袋。他的毛主席语录本是袖珍型的，用红细布缝成的语录袋也很小，斜挎在身上显得不那么协调，跟一条大汉背一副扑克牌差不多。除了背毛主席语录袋，每天下地，他都要扛一杆红旗。把红旗往地头一插，干活儿之前，他掏出毛主席语录贴在胸前，先带领社员们办三件事。所谓三件事：一是敬祝伟大领袖毛主席万寿无疆，万寿无疆！敬祝林副统帅身体健康，永远健康！二是集体背诵一段毛主席语录。三是共唱一首革命歌曲。刘本良在做这些郑重其事的事情时，跟那个在被窝里给我们讲骚古戏的堂叔判若两人。

我呢，也被抽到公社毛泽东思想宣传队唱歌跳舞去了，移植革命样板戏《红灯记》和《沙家浜》去了。我的形象不够高大，嗓子也不够洪亮，在样板戏中只能演一些配角。比如在《红灯记》当中，我只能演日本宪兵队的宪兵，似乎连配角都说不上。

我在宣传队期间，大姐二姐看中了我们大队部庄生产队的一个姑娘，请托刘本良给我介绍。大队的队部在部庄，刘本良的姥娘家也在部庄，他去部庄比较多，跟部庄的人比较熟。刘本良一口答应，说这个事儿包在他身上。不知刘本良帮我说了什么好话，人家姑娘同意跟我见面。我去姑娘家，隔着一层箔篱子跟姑娘说了几句话，我装模作样地问了人家的家庭成分，我们很快就定了亲。

第二年夏天，我抓到一个煤矿到我们公社招工的机会，到煤矿参加了工作，当上了煤矿工人。第一次回家探亲，我就跟刘本良给我介绍的那个姑娘退了亲。事后，我觉得有点儿对不住那位姑娘，对刘本良也心怀歉意。有一次回老家，我在村街上碰见了刘本良，我喊了他本良叔，向他表达了我的歉意，请他原谅我。我原以为，本良叔会生气，会批评我一顿。不料本良叔微笑了一下，好像比我还不好意思，他说：这没什么，那闺女上学太少了，她确实配不上你。

恢复高考后，刘本良没有参加高考，在村里娶妻生子，正儿八经地当起了农民。据说仍在县里教高中的刘本良的爹曾动员刘本良复习功课，参加高考，但刘本良没听他爹的话。死猫扶不上树，他爹骂了他是没出息的死猫，就不再管他。

直到打工大潮兴起，刘本良加入了打工的队伍，外出的愿望才得以实现。我不知道他打的是什么工，是到小煤窑挖煤，还是去建筑工地搬砖和泥。反正他外出不只是睡觉，还要在外面吃饭，在外面干活儿。

然而不幸得很，也可怜得很，有一次他遭遇了车祸，天性善良的本良叔死在打工返乡的途中。

尊敬的本良叔，请接受我向您的在天之灵一鞠躬！再鞠躬！！三鞠躬！！！

第五章

大力士

人类自古以来就有智力崇拜，谁的智力超群，我们就崇拜谁。我们崇拜老子、孔子，就是智力崇拜。我们崇拜诸葛亮，也属于智力崇拜。除了智力崇拜，同时还存在着体力崇拜。对于传说中开天地的盘古，我们首先崇拜的是他的体力。像三国时期的关云长、张飞，也是因为体力过人，才能成为刘备打江山的左膀右臂。当然了，关张的武艺也很高强，关云长的青龙偃月刀，张飞的丈八蛇矛，都要得好生了得。可是别忘了，一个人的武艺，必须以这个人健壮的体魄和超强的体力为基础，如果体力不行，武艺是谈不上的。试想想，一个人如果连大刀都扛不动，何谈耍大刀呢！

我个人认为，一个人智力如何，很大程度上是天生，主要是遗传基因在起作用。同样，一个人的体力如何，也主要是先天决定的，不是依靠后天的锻炼就能变成一个大力士。智力发达的人，故事总是多一些，世界上的许多精彩故事，都是智力超常的人创造的。而力大无比的人，能拔常人所不能拔，推常人所不能推，举常人所不能举，抛常人所不能抛，他们的故事也很容易吸引人。很多故事就是这样，因为别人能干的，你不能干，就成了故事，你就愿意听一听，看一看。

能被人们称为大力士的人总是很少，三乡五里，三十乡五十里，恐怕都很难找到一个。如同历史上出一个诸葛亮很难，出一个关云长也很难。情人眼里出西施，找到一个美女比较容易，想找到一个大力士，就不那么容易。

幸好，我们村就出了一个名副其实的大力士，他是我的堂叔之一，名字叫刘本一。

刘本一何以被称为大力士呢？细节最能说明问题，请允许我举几个小例子。在夏天的打麦场里，几个年轻人比赛掀石磙，看谁能把横卧在地上的石磙掀得站立起来。有的年轻人双手扳定石磙的下沿，脸憋得像下蛋母鸡的红脸一样，都不能把石磙掀起来。刘本一走过去了，他不用两只手，用一只手轻轻一掀，像掀一个冬瓜一样，就把牛腰粗的石头磙子掀得站立起来。基干民兵在野地里用假手榴弹练习投弹，看谁能把手榴弹投到河堤下面的靶子那里。投弹者离靶子也就是四五十米，投到靶子那里就算合格。参加投弹的基干民兵，有一半人投不到靶子那里。特别是一些女基干民兵，能把手榴弹投出十几米就算不错。轮到刘本一投了，他一投，好嘛，竟把手榴弹投飞了，投得找不见了。怎么说呢，他投出的手榴弹像一只射出去的飞鸟一样，不仅飞过了靶子，飞过了河堤，还飞到河对岸去了。有人以为完了，刘本一投出的手榴弹一定落在水里去了。民兵队长刚要批评刘本一浪费了一颗手榴弹，刘本一说，不会吧。他跑上河堤，用手往对岸一指：看，在那里！养鱼塘里放干了水，逮完了鱼，男人们下到塘里往岸上甩塘泥。塘泥晒干后，拉到地里可以当肥料用。创一铁锨塘泥，一般人能把又黏又沉的塘泥甩到岸上就算不错，而刘本一呢，不知是调皮捣蛋，还是故意炫耀，他竟把满满一锨塘泥甩到岸边的一棵椿树上去了。椿树上有一蓬老鸹窝，一只母老鸹大概正在窝里孵蛋，又黑又臭的塘泥碰到老鸹窝上，让母老鸹吃惊不小。母老鸹从窝里飞出来了，啊啊叫着像是在提抗议：这是谁干的？谁干的？我没招谁，没惹谁，干吗把泥巴往我们家里扔，谝你的力气大是不是！要再这么干我就骂人了！像这样的例子太好玩儿了，也太多了，可以说不胜枚举。例不过三，例子就举到这里吧。这个这个这个……有的例子不举有些可惜，我还是再举一个吧，最后一个。夏天收麦，麦秧子装了满满一太平车，车上堆得像一座小山。三头牛拉着一车小麦往场院里拉，当走到一条小河边，由于使牲口的人没引导好方向，车走得太靠河边了，车有些倾斜，眼看连车带牛带麦就要翻到河里去。倘大车翻到河里去，那就糟糕透了，不但整车麦秧子会翻扣到河里，恐怕连宝贵的耕牛都会被砸伤，甚至砸死。亏得在车后掌舵磨车的是刘本一，他用肩膀扛住大车的一侧，硬是把满载的大车扛上了正轨。朋友们看看怎么样，我这个堂叔是不是很厉害，是不是比牛还牛。机器的功率都是按马力计算，我不知道这个堂叔的力量顶得上多少个马力。

刘本一这么大的力量，他的体形是不是有些特殊呢？我观察过，他的体形并没有什么特别之处。他的个头不是很高，属于中等偏上的身材。他的体形可以用两个字概括，那就是匀称。他不高不低，不胖不瘦，一切都恰到好处。他的背堪称虎背，但腰不是熊腰。熊腰过于粗了，他的腰没有那么粗。他的腰更像是一匹骏马的腰。他的手不是那种手指又粗又短的手，他的手掌和手指都长长的，像是大猩猩的手。现在的人写小说，很少描写人的面貌，好像写人的面貌显得不够抽象，是传统的、过时的写法。我倒是想再“传统”一把，把刘本一的面貌简单描写一下。他的眼睛不像龙眼，不像凤眼，不像猴眼，也不像羊眼，像是猪眼，而且是狼猪的猪眼，目光炯炯，欲望和进攻性都很强的样子。他的鼻子大大的，两个鼻孔张得圆圆的，像是有着很大的排气量。他的牙齿短短的，齿锋稍稍向口腔里倾斜。这样的牙齿看上去有极强的像野犬一样的咬合力，一旦咬住什么，不咬碎就不会撒嘴。最有特点的是刘本一的体毛。他的体毛几乎遍布全身，不但胸口上、胳膊上、腿上都长有浓密的体毛，连他手指头上和脚指头上都长有体毛。他的体毛不是一味的黑，而是有些发黄。他的体毛有些卷曲，像是雄狮的毛。他的胡子就不一样了，刚扎出的胡须根根直立，像是老虎的胡须。听我二姐说过，刘本一的胡楂子一不小心碰到了一个闺女的胳膊，竟把那个闺女细皮嫩肉的胳膊划出了几道血口子。

刘本一的形象不但像一个大力士，还像是一个武将。倘若生在冷兵器时代，刘本一把盔甲一穿，兵刃一拿，应该跟吕布差不多。就算他敌不过“三英战吕布”时的吕布，至少能敌得过关羽或张飞吧。其生也晚，刘本一生在有了枪的热武器时代，是不是有些生不逢时呢？他那一身的力气，是不是没有了用武之地呢？是不是白白浪费了呢？

有一句话怎么说的来着？想起来了，叫天生我材必有用。是的是的，天生了大力士刘本一也是有用的，土地改革运动一来，土改工作队的队长就看中了他的气力，就把他派上了用场。工作队没让他赤手空拳，很快把他武装起来。工作队发给他的不是红缨枪，而是一杆步枪。刘本一本来就剽悍无比，有枪在身，更显得威风八面，天下无敌。乡里分派给他的职务是民兵大队的队长，让他分管全乡的治安工作。乡里是用其所长，在那个阶段，刘本一的确发挥了应有的威力，工作上也做出了一定成绩。在剿匪反霸和镇压反革命分子过程中，刘本一不但常常带头参与抓捕行动，在枪决死刑犯时，他还亲自担任行刑的枪手，对死刑犯执行枪决。有一回，两个民兵抬猪一样抬着一个土匪往刑场走时，土匪不甘就范，大骂不止。刘本一走过去，照土匪耳门上就是一耳光。他没有左右开弓，只甩了那么一个耳光子。好耳光子不用多，他一耳光子既封了土匪的嘴，也封了土匪的眼，就把土匪抽蒙了。

力气大的人总是胆大。在枪毙死刑犯时，有的执行者离犯人比较远，犯人预判性地把头一低或一偏，就把子弹躲过了。这样就得打第二枪，第三枪，或者用刺刀解决问题，既费事，又浪费子弹。刘本一从来不干这样没有效率的事，他枪毙人时总是离犯人比较近，枪口子差不多抵住了犯人的脑把子。如此一来，他保证能够做到百发百中，枪响人亡。那时候，乡一级政府都有权批准枪毙人。在枪毙的对象比较少时，都是由刘本一一个人负责执行，从行刑的准确度和高效率来讲，他堪称是一个行刑的劳动模范。

据传说，人刚被枪毙后，人的脑子还是热的，脑细胞还是活的，吃了可以治病，可以治多种病。于是，就有人拿着破碗去刑场，等着取死刑犯的脑子。那些人或是趁热给自己吃，或是拿给家里的病人吃。可一旦枪响，一旦犯人的脑子暴露出来，有的人却害怕了，不敢上前去挖脑子。这时刘本一若看见前去取脑子的是一个他认识的人，他就会把犯人的脑壳子端起来，把犯人的脑子倾壳倒进取脑子的人的破碗里。

一个人老是杀狗，狗看见他会吓得浑身哆嗦，连最凶的狼狗都不例外。一个人老是吃蛇，他身上也会有一种特殊的气味，蛇一闻到他的气味，立刻瘫痪，连逃都不敢逃。刘本一也是一样，他的威风横扫乡里，所向披靡，已经形成了一种威望，一种震慑性的力量。人们一提起那个小名儿叫胡闹（一不小心说出了堂叔的小名，恕我不敬）的刘本一，无不有些胆寒，有些色变。有的男人正打老婆，老婆说：你再厉害，我看你也厉害不过刘本一。男人听到刘本一的名字，不由得愣了一下，就住了手。有的小孩子不听话，哭闹不止，以前当娘的都是用老马虎吓唬小孩子，说再哭我就把你喂老马虎。自从刘本一当了干部，娘再吓唬小孩子就换成了刘本一，说你要是再哭，我就把你交给刘本一，让刘本一摔死你！我们一群小孩子，到村西的义地里去看死孩子，有人突发一声喊：刘本一来了！我们吓得赶紧向村里逃窜。通常我们怕的是鬼，刘本一并不是鬼，而是一个活人。可不知为什么，我们对刘本一比对鬼还要害怕。

刘本一具有这样震慑性的力量，对开展工作是有利的。乡里有一个叫田马庄的村庄，小偷比较多，老是有小偷在夜间出来偷庄稼，放大枪都吓不住小偷。乡里派刘本一去了，刘本一只端着膀子在村里转了一下，一句话都没说，就把小偷吓住了。小偷们赶紧互相转告，说小心，刘本一来了，刘本一来了！在他们心目中，刘本一何止是一个管治安的治安员，简直就是一个杀人不眨眼的魔王。果然，当天夜里再没有小偷出动，庄稼地里平安无事。

类似发生在田马庄这样的事情，我是听别人说的。而发生在我们村的一件事情，却是我的亲听亲见亲历。1958 年大炼钢铁初始，我们村有的人不愿把铁家什交出来。当时大食堂已经成立，国家号召大炼钢铁。可我们村的土地里只有黄土，只有泥巴，没有铁矿石，炼钢铁拿什么炼呢？总不能拿人的大腿炼吧！办法是有的。人有多大胆，地有多大产。只要心里有了钢，黄土也能变成钢。把各家的铁锅、铁盆、铁鏊子，包括锅铲子、铁火锥、铁钉等集中起来，送到炼铁炉里，不就可以炼成铁块子嘛。既然共产主义已经到来，既然不用各家各户自己做饭吃了，还要那些铁家什干什么！可有的人像是舍不得“砸锅”，也舍不得把那些用出了感情的东西交出去，把东西东掖西藏。拿我们家来说吧，大姐舍不得把我们家的一只尚好的、洗脸用的铁盆交出去，就把铁盆扔到村西的水坑里去了。这时刘本一从乡里回来了，在月光下的村子中央召开动员大会。这里不能不说到刘本一讲话的声音，他的嘴巴像是一只高音喇叭，而他硕大的头颅像是一只与喇叭共鸣的音箱，他的声音显得特别洪亮。村里人评价说，刘本一讲话跟吵大架一样。是的，不是吵小架，是吵大架，他不会小声讲话，一开口就像吵大架。只要他一开口讲话，全村的人听得见，外村的人听得见，似乎连聋子都听得见。张飞在当阳桥大喝三声，吓死了曹将夏侯杰，喝退了曹操百万雄兵。刘本一不必大喝，他只需讲讲话，村里人就乖乖地把应交的东西交了出来。我跟着母亲，也在月亮地里听刘本一讲了话，至于刘本一讲了什么，我一句都记不起来，只记得当时耳朵嗡嗡响，好像连耳膜都要被震破了。在刘本一讲话期间，连一个说话的都没有，在清冷的月光下，村民们像一块块沉默的石头。

连村里的普通村民都对刘本一害怕得噤若寒蝉，那么村里的地富反坏右分子对刘本一的害怕程度就可想而知。村里有一个地主分子，姓范，名字叫范鹤楼。长江边儿有一座著名的黄鹤楼，他的名字叫范鹤楼。姓范的范仲淹写过《岳阳楼记》，范鹤楼也爱写几句诗。在一本我爷爷拿回家的唱书某页的天头，我读到过范鹤楼写的一首诗，因诗通俗易懂，我至今还记得：春游芳草地，夏赏绿荷池。秋饮黄花酒，冬咏白雪诗。说到这里，我得先说说我爷爷。我爷爷可是一个奇特的人，他的奇特在于他爱听唱书，也就是爱听故事。一个庄稼人，好好种地就是了，可我爷爷不爱种地，却酷爱听故事。如果是一顿美食，一个故事，让他选其一，他一定会选听故事。如果是一个美女和一个动人的故事让他选呢，他还是会选择听故事。好多人是吸烟上瘾或喝酒上瘾，我爷爷是听故事上瘾。拿刘本一和我爷爷作比，刘本一以力气大闻名，我爷爷则是以爱听故事闻名。我爷爷不识字，范鹤楼识字，他让范鹤楼为他念唱书听。书不是爷爷的，可能是范鹤楼的，或是别人的，可爷爷听了唱书还不够，还把唱书带回家里来了。他大概觉得，仅仅是听唱书，总是有一些虚的感觉，而把唱书抓在手中，好像把故事也抓在手中了，他才觉得踏实。就是因为爷爷把书拿回家了，我才看到了范鹤楼写在书页上的诗。范鹤楼除了会念唱书，还会说评词。他把唱书背下来了，背得抑扬顿挫，加上自己的表情和手势，就变成了说评词。爷爷除了爱听范鹤楼念唱书，当然也爱听范鹤楼说评词，他觉得说评词带有表演性，也带有艺术性，更好听一些。秋后的一天，麦子种上了，庄稼人闲下来了，爷爷找到范鹤楼说：晚上说段评词给大家听吧！

自从家里的成分被划成地主后，范鹤楼被斗得经常胆战心惊，再也没说过评词。他把我爷爷叫二哥，说二哥，不敢哪！

爷爷问他怕什么？

范鹤楼说：万一让刘本一知道了，他不要了我的命才怪。

爷爷以贫农的身份向范鹤楼打了包票，说不会的，刘本一是我的堂侄，他要是找你的碴儿，我跟他说一声就是了。

范鹤楼还是不敢答应。有一次村里批斗范鹤楼时，刘本一以手掌作刀，砍过范鹤楼的后脖梗子，一下子把范鹤楼砍得趴倒在地上，弄了个嘴啃泥。想起那次被砍，范鹤楼难免心有余悸，他说：刘本一可是厉害得很哪！

爷爷唉了一声说：山高不压太阳，儿大不压爹娘，他再厉害怎么着，长辈的话他还是要听的。他要是敢不听我的话，我就让他爹骂他。

范鹤楼低下了头，不说话，他的头微微有些摇。

这时爷爷将了范鹤楼一军：你不能这样，贫下中农让你出来说评词，是看得起你，你不能在贫下中农面前推三阻四端架子。

事情上升到了阶级斗争的高度，范鹤楼被将不过，勉强答应了爷爷的要求。

范鹤楼说评词是在一座古旧的大门楼子下面进行，那天晚上听到敲小铙钹的声响，我也去听了一会儿。范鹤楼把一只长条板凳竖着斜立起来，一扇黄铜小铙钹吊在上方的一条板凳腿上，说一会儿评词，就用一根竹筷子把小铙钹叮叮敲几下。去听评词的多是一些像我爷爷那样敦字辈的老头儿，也有个别老太太，他们听得都有些入迷，连自己的嘴巴何时咧开的都不知道。我爷爷眯缝着眼，手捻长长的胡须，更是听得如痴如醉，享受无比。我不喜欢听范鹤楼说评词，只喜欢听他敲小铙钹。我也想把小铙钹敲几下，我相信，要是让我敲的话，一定比他敲得响。他老是捏着筷子不撒手，我没得到敲击的机会。至于范鹤楼讲的是什么故事，我也没记住。只记得他老是说到一个叫李元霸的人物，说李元霸手持两把各四百斤重的铁锤，是打遍天下无敌手的第一好汉。听范鹤楼讲李元霸，我想到的是刘本一，李元霸怎么了，他难道比我堂叔刘本一的力气还大吗！

范鹤楼只在大门楼子下面说了两回评词，第三回“且听下回分解”还没来得及分解，就被刘本一知道了。他给范鹤楼安的罪名是“二流子”，去范鹤楼家把“二流子”捆起来，就把“二流子”抓走了，送到乡里去了。范鹤楼被越送越高，越送越远，最后就被送到新疆的劳改农场劳动改造去了。据说范鹤楼到新疆劳改农场后就没了音信，活不见人，死不见尸，连是死是活都不知道。范鹤楼生有一个儿子，三个闺女。他儿子小时候揪马尾玩，被马的后蹄踢到肚子，踢飞了，踢死了。他的三个闺女先后嫁人。至此，范鹤楼一家在刘楼村彻底消失，村里找不到他们家的房子，地里找不到他们家的坟。我敢说，要不是我在这篇小说里提到差点成了诗人的范鹤楼，现在村里的年轻人都不知道他曾在刘楼村存在过。

因我爷爷不爱种地，不善持家，也曾被村里对爷爷不友好的人讥讽为“二流子”。这“二流子”不是那“二流子”，爷爷没有因“二流子”而获罪，更没有因“二流子”被流放。不过，爷爷对范鹤楼一直心怀愧疚。爷爷后来把范鹤楼称为范先生，他反省说，要不是他逼着范先生出来说评词，范先生就不会被抓走，说不定能平安地度过后半生。都是他害了范先生。爷爷一辈子不能释怀的事情很少，对范先生的愧疚，让他在临死前都不能释怀。

刘本一怎么样呢，他是不是一直手握钢枪叱咤风云呢？没有，他很快就被人拉下了台。俗话说英雄气短，刘本一算不上什么英雄，只是力气大一些而已。要说气短，他是力大气短，他的一口盛气只维持了七八年，就泄了气。一个人的角色说转换也快，他以前是斗人的，打人的，很快就转换成被人斗，被人打。在1959年初春的挖河工地上，天上下着雨夹雪，地上都是冰碴子。民工们白天“大干苦干拼命干，为了共产主义早实现”，晚上还要参加批斗会。批斗谁呢？其中一个批斗对象就是刘本一。我母亲当过县里的劳动模范，她也参与了挖河，并且目睹了批斗刘本一的场面。母亲说，那种吓死人的批斗会，她根本不敢上前，远远地在一边站着，都吓得心里直打哆嗦。说是批斗会，其实就是打人会。一声把刘本一拉上来，人们就像疯了一样，二话不说，就嗷嗷叫着冲上去，对刘本一拳打脚踢起来。参加批斗刘本一的民工，不只是我们村的人，更多的是外村的人。不知刘本一怎么有那么大的民愤，一百只脚往刘本一身上踢，一千只手往刘本一脸上抽，好像谁踢不到，抽不到，就不能平愤，不能解恨。

别忘了，刘本一可是一位外号叫作“推倒山”的大力士，要是他能站起来反击，一个人打倒一大片不成问题，冲出包围圈也不成问题。范鹤楼口中的盖世英豪李元霸，不就是一个人面对百万雄兵，杀得尸堆成山、血流成河嘛！可是不行啊，虎落平阳变成狗，刘本一一变成被批斗的对象，就跟阶级斗争挂上了钩，就跟阶级敌人差不多，他哪里敢有半点儿反抗呢！这样说起来，他还不如一条狗，当一条狗被多条狗撕咬的时候，狗出于保护自己的本能和本性，一定会对别的狗以嘴还嘴，以牙还牙。而刘本一作为一个人就不行，他徒有一身的力气，一点儿都不敢使用，只能是双手捂头，顾头不顾腚地任人痛揍。

有的人大概对刘本一恨之入骨，欲把刘本一置于死地而后快。有的人也许对刘本一并没有多大仇恨，他们也想浑水摸鱼，把刘本一“这条鱼”整死。他们把鞋脱下来了，以鞋底子做武器，往刘本一身上抽。人比动物的高明之处，在于人会借力，从石头、棍棒、刀子、火枪等那里都能借来力量。鞋底子当然也是人们可借用的力量之一，用鞋底子抽刘本一，比单纯用巴掌抽刘本一得力多了。这还不够，鞋底子的面积有了，但压力和压强都不够。打人的人还有更高明的办法，他们在鞋脸子下面的空当处塞进了一块砖头，或一块砂姜头子。这种办法叫绵里藏针，也叫柔中寓刚，这样一弄就厉害了，差不多等于在用砖头或砂姜头子在击打刘本一，既增加了击打的硬度，也增加了击打的强度。

加了暗器的鞋底子击打在刘本一身上时，他马上感觉出来了，暗暗叫了一声不好，意识到有人在暗算他。这样的“暗器”如果连续击中他的头部，恐怕也能把他的头击打开瓢，跟挨了被称为炸子儿的枪子差不多。刘本一上有父母，家有老婆孩子，他可不想死。他尿了，禁不住喊叫起来：饶命啊，饶命啊！

我们村挖河民工队的队长叫刘本生，他也是我的堂叔。刘本生也看出有些人的鞋脸子下面暗藏的玄机，看出了那些人动了杀机，欲把刘本一打死。他大概不想眼看着同宗族的堂弟被人家活活打死，他说大家别这样，别这样，不能把人往死里打，给他一个重新做人的机会吧！他伸展着双手，像是对打人者有所阻拦，对身处险境的刘本一有所保护。

墙倒众人推。在刘本一即将被众人推倒之际，有人帮他说话是难得的，他像落水的人看到了救命的漂浮物一样，说大哥，快救救我，救救我！喊着，伸着头往刘本生的怀里拱。

打人也是一种激情，激情一旦涌上来，想遏止也难。刘本生弯腰护住了刘本一的头，打人者打不到刘本一的头，就打在了刘本生身上。刘本生受疼不过，拼命大叫了一声：别打了，我又没犯错误，你们打我干什么！

刘本一在乡里干得正横枪跃马，春风得意，怎么突然间就被人拉下了马呢？怎么就成了坏分子呢？就沦为被批斗的对象呢？个中原因我不是很清楚。问过大姐、二姐，她们说得也不是很具体，她们的判断也是“可能是”。归纳起来，共同的看法是说刘本一打人太多了，奸污妇女太多了，做人做事过于恶道，得罪人太多了。结论是，刘本一占便宜占在他的一身力气上，吃亏也是吃在他的一身力气上。人嘛，有所得必有所失，有占便宜的时候，也有吃亏的时候。

刘本一打人的事就不必说了，他打人打在明面上，不管是他打折了人家的腿，还是打断了人家的腰，人们都看在眼里，记在心里。而他奸污妇女的事都是在背地里进行，奸完了提上裤子走人，跟无事人差不多，人们很难说得清。倒是听我母亲跟我讲过，他在台上整人时，有的男人把自己的女人献出来，对他施行过美人计。对于美人计，他明知是计，却顺水划桨，从不拒绝。他看到一些美人，人家并没有对他施美人计，他也愿意打人家的主意。那些美人慑于他超人的力气和强大的威力，被他一捏就有些发软，也不敢拒绝他。有道是兔子不吃窝边草，他看到窝边的草好也想吃。我有一个堂婶子，是从小当童养媳长大的。堂婶子思想积极，会说几句跟形势的话，乡里重点培养过她，她也到乡里工作过一段时间。有时在乡政府李楼开完会，堂婶子和刘本一一道回村。半道的路边埋有一座新坟，坟里埋的是刚刚被枪毙的人。二人走到坟旁边，刘本一故意吓唬堂婶子，喊声不好了，鬼出来了！拔腿就跑。堂婶子冷不防，被吓得大惊失色，也跟着跑。刘本一跑了一阵不跑了，站下来等堂婶子。等堂婶子走到跟前，他嬉皮笑脸地对堂婶子说：有我呢，你不用害怕。我是一杆枪战曹兵无人阻挡，连鬼看见我都吓得吱哇乱叫。

堂婶子的丈夫比刘本一小，堂婶子把刘本一叫二哥，说二哥，你不能吓唬我。

按我们那里的规矩，当弟弟的可以和嫂子开玩笑，在嫂子身上摸一把揪一下都没关系，当嫂子的都不许生气。而当哥的和弟媳就不一样了，二者都要自重，要保持一定距离。堂婶子叫了刘本一二哥，意在提醒当哥的要注意了，要保持距离。虽说刘本一只是堂哥，堂婶子只是堂弟媳，但毕竟没有出五服，大伯子哥和弟媳之间的规矩还是应当遵守的。可刘本一不守规矩，他对堂婶子说：我是跟你乱着玩儿呢！说着，又是胡噜堂婶子的头，又是拽堂婶子的头发辫子。这还不算，又往前走时，他竟然从堂婶子背后，双臂一下子扣住堂婶子的脖子，趴在堂婶子背上。他叫了堂婶子的大名，说：我试试你能不能背得动我！

刘本一那么大的身量，那么重的重量，堂婶子哪里背得动他呢！堂婶子生气了，叫了刘本一的名字，让刘本一松手，下来！

刘本一没有松手，他往上一蹿，往前一使劲，就把堂婶子压倒在地。幸亏是在路上，幸亏不远处正有人朝这边走过来，不然的话，不知道会发生什么样的事呢！

倘若不是刘本一对堂婶子心怀不轨，说不定堂婶子会一直积极下去，会当上乡里的妇女干部。刘本一在半路上对堂婶子动手动脚，使堂婶子有些害怕，也有些灰心。她想，山难改，性难移，人当了干部，不一定就能学好。有的人当了干部，不但没有变好，反而更坏了，比不当干部危害性还大，危害的范围还广。刘本一就是这样的人。从那以后，堂婶子称病在家，再也不去乡里参加任何活动。

堂婶子跟我母亲走得很近，有什么秘密话都愿意跟我母亲说。堂婶子把上述这些细节跟我母亲讲了，我母亲又跟我讲了，我才把这些细节写进了小说里，才使小说显得比较充实。

刘本一的地位一落千丈，重新回到了原点。干部不能当了，他一生的力气还存在着。那些过剩的力气往哪里使呢？怎么继续发挥作用呢？这个问题我先不回答，我给朋友们三分钟时间，想让朋友们猜一猜。一、二、三，三分钟过了，朋友们猜不到吧？我告诉你们吧，刘本一回到村里也没闲着，他的力气大都用在偷盗上了，好玩儿吧！

在夏收和秋收季节，到了后半夜，他就出动了。他像是夜行动物，或像一个独行侠，随黑潜入夜，如入无人之境。出动时，他腰间扎一根被称为大带子的黑色腰带，很少穿多余的衣服。猫不穿鞋，老虎不穿鞋。刘本一夜间出动时，一般也不穿鞋，他的脚直接踩在地面上，就可以避免鞋底和地面摩擦发出声音来。我在前面说过，刘本一腿上长毛，脚指头也长毛，跟武侠小说里所说的飞毛腿差不多。他“飞”起来嗖嗖嗖，一道黑影一闪，眨眼就不见了。他外出偷盗时不挑担子，也不拿筐子，只往肩上搭一条麻袋就够了。说起来，刘本一称不上是大盗，只能算是小偷。因为他从不抢银行，也不偷别人的钱财，只是偷粮食而已。不过偷起粮食来，让他临时从地里扒红薯，或者钻进棒子地里掰棒子，他是不干的。等人家把红薯扒出来，堆成一堆，或者把豆子打好了，堆在场院里，他再往麻袋里装也不迟。

有朋友问了，他这么干，就不怕别人发现他吗？就不怕别人抓住他吗？须知农村人整起小偷来是很厉害的，卸掉胳膊打断腿的事不是没发生过。刘本一才不怕呢，他对自己的力气充满自信。有人是艺高人胆大，他是力气大人胆大。他把别人都比成老鼠，却把自己比成猫。在他看来，老鼠算什么呢，恐怕一百只老鼠加起来，也斗不过一只猫吧。

他夜里去北庄偷红薯，把红薯装了半麻袋，背起来刚走，被两个看秋的人发现了。他们发一声喊，一起向刘本一追去，一个人抓住了刘本一的胳膊，另一个人抱住了刘本一装红薯的麻袋。刘本一不慌不忙，左边一肘子，右边一脚，就把两个人打倒了。两个人在地上尚未爬起，刘本一已扬长而去。

刘本一去西庄的场院里偷豆子，他也是把颗粒饱满的黄豆装了半麻袋，背起来刚走出场院，就被看场院的人发现了。看场院的人多一些，有四个，个个都是青壮男人。他们冲上去，迅速把负重的小偷包围起来，要来个人赃俱获。刘本一的威猛无敌再次表现出来，他把半麻袋黄豆当成流星锤一样的武器，谁敢上前，他就用武器锤谁。结果，一个被锤到了头，顿时晕头转向。另一个被锤到了腰，整个人被锤得飞了起来，重重摔在地上。其他两个人见状，知道遇见了李元霸一样的厉害角色，再也不敢恋战，眼睁睁看着贼人把黄豆背走。

朋友们可能注意到了，刘本一所偷的都是外庄的粮食，而不是我们村的粮食。村里人估计，因为本村的人都认识他，他不想让本村的人认出来，就只偷外庄的粮食。这说明，即使是当小偷的人，也是要面子的。

刘本一这么干，使他们家的日子比别人家好过许多。有的人家连饭都吃不饱，孩子饿得黄皮瘪瘦。他们家呢，除了吃不完的粮食，有时还到集上割猪肉割羊肉吃，几个孩子都吃得肥头大耳。除了吃得比别人家好，他们家还扒掉了三间破旧的草房，翻盖了四间外包青（外面是青砖，里面是土坯）、瓦剪边（房顶半坡瓦）的新房。不用说，他把一部分偷来的粮食换成了钱，买了砖、瓦、梁、檩等建筑材料，才盖了新房。

村里人，包括村干部，大都知道刘本一家的粮食和钱来路不正，但大家怵于他巨大的力气，都不敢惹他，对他有些无可奈何。

另外，刘本一弟兄五人，除了刘本一是个大力士，其他四人身体都不弱，加起来被称成为“五虎将”。家有“五虎将”，在乡下足可以称霸一方，别人谁敢在“老虎头”上蹭痒呢！

刘本一家的日子过得这样红火，这样显眼，连他的亲兄弟们都对他有些眼气。还有，刘本一老是偷人家的东西，他们是知道的，也让他们觉得有失光彩。也许老大和老三、老四商量过，决定在适当时候把老二教训一下。一天下午，我正在我们家院子里玩，忽听得南边大堂屋那里传来吵大架的声音，马上和二姐跑过去看热闹。大堂屋原是一户地主家的房子，土改时被村里没收后，做过扫盲班的学校，做过会议室，也做过生产队的仓库。我们跑过去一看，见刘本一弟兄四人正在那里吵大架，打大架。我们听不明白他们为啥吵，为啥打，反正他们干起来了。也许他们不需要什么理由，想干就干一架。大堂屋里当时没放什么东西，四间高大的屋子显得空荡荡的。老五到外地当兵去了，是老大和老三、老四联合起来，跟老二一个人打大架。他们一齐上去，有人勒住老二的脖子，有人抱住老二的后腰，有人拽住老二的胳膊，企图把老二掀翻。然而，老二左冲右突，又蹦又跳，三个人却不能把老二撂倒。他们在打大架的同时，一直在吵大架。他们吵得昏天黑地，声音真是大啊，在回声很大的大堂屋里，他们喊叫的声音在大堂屋里像滚雷一样撞来撞去，几乎能把房顶撞破。他们的架打得真是大啊，真是吓死人啊！我们看电影时看过战斗片，那些片子战斗得再激烈，都比不上他们打大架激烈。我和二姐，还有一些小孩子，都吓得有些哆嗦，哆嗦得心瓜子似乎都快要掉出来。

眼看“三英”一样的三兄弟制服不了一个刘本一，在迫不得已的情况下，老三才使出了一个狠招儿，亮出了他的撒手锏，他的一根食指一下子从内壁抠住了老二的腮帮子。老三是个铁匠，经常打铁，使他全身的力量不断往手上集中，久而久之，他的手似乎也变成了铁，手像铁钳子，手指头像铆钉。这一招儿类似牵牛牵住了牛鼻子，如果刘本一再不老实，再挣扎，老三就会把他的腮帮子撕豁。撕豁，从嘴岔子那里一直豁到耳门那里，使老二的腮帮子变成招风的腮帮子，使老二的大嘴岔子变成喝稀饭漏豆子的嘴岔子。再厉害的人也有薄弱环节，刘本一包在牙齿外面的腮帮子，就是他的薄弱环节。当老三的手指，绕过老二的牙齿，抠住老二的腮帮子时，老二感觉到了老三的恶毒，他真想一口咬住老三的手指，把老三的手指嚼嚼当脆骨吃。可他的嘴张了好几下，都咬不到老三的手指。就在他的牙齿找老三手指的工夫，三人终于把他撂倒了，把他猛揍了一顿。揍完他之后，三兄弟就走了，很快就走了，走得一个不剩。

三兄弟把老二揍得不轻，过了一会儿，老二才从地上爬起来。刚从地上爬起来的刘本一似乎又成了一条汉子，又开始大喊大叫起来。他腮帮子一侧的内壁一定是被老三抠破了，嘴角儿流出了鲜血。他一边往地上吐着血，一边仍在大叫。他对自己的评价升级，把自己说成是铁猫。

他说：你们三个打我一个，算什么玩意儿。你们一百个老鼠，也吃不了我一个铁猫！

人都得生病，都得死，“铁猫”也得死。刘本一死得很早，在壮年时期就死了。他的病是胃出血，大口大口喷过几次血之后，人就不行了。

刘本一死后，我们村儿再也没出过像刘本一那样的大力士。以后也许永远都不会出那样的大力士了。

第六章

不再喊他老师

小学一年级到四年级，为初级小学，简称初小。五年级到六年级，为高级小学，简称高小。我不知道现在是不是还这么说，反正我们那时候是这么说的。

和我同时代上学的农村学生，大多只上到初小就不上了。在履历表的学历一栏里，他们不能笼统地填小学，填初小才算准确。拿我们村的学校来说，就只有初小，上高小只能到三里外的镇上的学校去上。村里和我同班的同学有三四十个，其中只有十多个同学去镇上读高小，二十多个同学只上完初小就完了。特别是那些女同学，她们连一个到镇上读高小的都没有。不知是谁对她们实行了一刀切，一刀下去，把她们都切掉了。这样一来，到镇上读高小的是清一色的男同学，也就是乡下人所说的破小子。这样也好，破小子们夏天去上学，还没走到河边，提前就把裤衩脱掉了。等走到桥上，扑通一下子就跳到水里去了。

在村办学校教我们读书的先后有两位老师，第一位是我的堂叔，第二位也是我的堂叔。第一位堂叔在三兄弟中排行老三，没当老师前，我都是喊他三叔。巧了，第二位堂叔也是三兄弟中的老三，我也是先叫他三叔，后叫他老师。这两位老师都是只有初小学历。

先来说说第一位老师，这位老师的名字叫刘本孝。如果我没记错的话，我们村的小学是1958年开办的，我是1958年入的学。其实在解放初期，我们村就办过学校，学校办在村东的一座奶奶庙里，我大姐就在那个学校上过学。学校有两位老师，一位男老师，一位女老师。男老师家住小李庄，是我的表哥。女老师是我们村范姓地主家的儿媳妇。不知怎么搞的，表哥跟他的同事搞到一块儿去了，还把女老师搞大了肚子。当老师这么干，怎么还能教化他们的学生呢！学生跟着他们能学什么好呢！这事闹得满村风雨，村干部一生气，就把学校解散了。

三四年过去，大跃进就来了。随着各方面都在大跃进，人们生孩子也在大跃进，生孩子的节奏越来越快，孩子越生越多。眼看该上学的孩子满村乱跑，跟猪羊差不多，老是不办学也不行。这时候，刘楼村的小学才重新办了起来。这样的小学不是国家办的，被说成是村办小学，或民办小学。办学需要老师，老师只能就地取材，于是刘本孝就当上了我们的老师。也许刘本孝还上过私塾，他教学使用的是私塾那一套方法。他要求我们背书，不会背就罚跪，跪在硬地上接着背。人的记忆能力和背诵能力，不是罚跪就能罚出来的。有的同学跪得时间不算短，连膝盖都跪疼了，还是背得磕磕巴巴，像羊吃楝枣子一样，老也嚼不碎。对这样的同学，刘本孝还有进一步的办法，打板子。他备有一块特制的木板，是专门打学生用的。他不打学生的头，也不打学生的屁股，只打学生的手。他命学生自己伸出手来，用板子在学生的手板上啪啪地打。除了打学生的手心，有时候还打学生的手背。他可能认为，学生的手心肉厚，不容易打疼，收不到应有的效果。而手背上的肉薄一些，一打就差不多打到了骨头，疼痛感会强烈一些，可以收到比较好的效果。

我有一个堂姑叫刘素勤，她平日里说话舌头就不利索，背书时舌头跟脑子更连不到一起，更不听使唤，挨板子就挨得勤一些，也多一些。有段时间，刘素勤的手背被打得都肿起来了，按同学们的说法，她的手肿得像气蛤蟆一样。刘素勤哭了，把肿了的手藏在衣服襟子下面，不愿再去上学。刘素勤的娘见闺女的手被打成那样，心疼了，不干了，吵吵嚷嚷到村干部那里告了老师刘本孝的状。

挨打的学生不止刘素勤一个，告老师状的家长可能也不止刘素勤的娘一个。干部们经过商量认为，社会既然到了新社会，再用旧社会那一套教私塾的办法体罚学生是不合适的，于是他们把刘本孝替换下来，不让他当老师了，换成另一个叫刘本魁的堂叔当我们的老师。

我回忆了一下，刘本孝当我们的老师，好像连一个学期都不到。因为他当老师时间比较短，我叫他刘老师还没叫顺口呢，很快又改口，重新叫他三叔。

看见刘本孝用板子打别的同学，我也有些心惊。不是吹牛，我连一次板子都没挨过。他要求背的书我都会背了，他干吗要打我呢！

刘本魁当老师的风格与刘本孝显然不大一样，这是因为他们两个性格不一样，观念也不一样。刘本孝不爱说，不爱笑，成天板着脸，好像把脸板得跟黑板一样才是当老师的样子。刘本魁面带微笑，彬彬有礼，一副很亲和的样子。更重要的是，刘本魁观念更新比较快，能够跟上时代前进的步伐。当上老师后，他就买了牙刷、牙膏和茶缸，开始刷牙。在他之前，村里可能连一个刷牙的都没有，是他第一个在村里操起了牙刷刷牙。他刷牙不是在家里刷，而是在学校里刷。我们闻着牙膏又甜又香，还有一股薄荷的味道，很想把牙膏尝一尝。他还是一个有趣味的人，爱美的人。他当老师的时间是春天，柳树刚发芽，桃树刚开花。学校门前有一块空地，他带领我们把地刨起来了，把土整细了，在黑色的土壤里撒进了花的种子。我们不知道他是从哪里找来的花的种子，也不能确定撒下的花种能不能发芽儿，能不能开花。我们对花的种子都很关心，在老师的安排下，每隔一两天就为种子浇一遍水。我们浇着浇着，种子发芽了。浇着浇着，种子长叶了。再浇着浇着，花儿就开花儿了。花团锦簇，姹紫嫣红，学校门前就出现了一个花坛。让人欣喜和难忘的是，老师带领我们开的花坛是五角星的形状，这样一来，等于我们用鲜花组成了一个大大的五角星。学校前面不远处是一个水塘，水塘外沿是一条纵贯南北的官路，去赶集的人从官路上走，一抬眼就把我们的花坛看到了，他们说快看，花儿，花儿！所有的人好像都喜欢看花。我们学校的三间教室泥座草顶，看去有些破旧。但因为有了每天不断盛开的鲜花，像是对我们的学校有所装点，把我们的学校变得美丽起来，可爱起来。哪怕是星期天，我们也愿意往村子东边的学校里跑。

当然了，我们的新老师不再体罚学生跪地，他顶多罚不听话的学生站一站。他彻底抛弃了打学生所用的板子，把板子换成了教鞭。他的教鞭长一米左右，是用白蜡条子做成的。白蜡条子密度高，柔韧性好，若抽在人的手上或头上，恐怕比用板子打人还厉害。不过，新老师不用教鞭抽人，是用来指教写在黑板上的生字和算术题。

村东有一条河，河边有高高的河堤。春天进行课外活动时，老师带着我们去河堤的内沿种蓖麻。到夏天蓖麻结籽后，老师又带着我们去摘蓖麻。如果天气太热了，老师还允许我们男生下到河里洗个澡。洗澡的同时还可以把水弄浑了摸鱼。

学校的北面，原是生产队里的一块菜地，菜地里种茄子，种黄瓜，也种辣椒。老师跟村里的干部商量，以教学生爱劳动的名，把那块菜地要了过来，带领我们在那块地里种甘蔗。我们都知道甘蔗是甜的，种甘蔗种得兴致勃勃。在课余时间，我们为甘蔗浇水，还为甘蔗施肥，比赛看哪个同学不怕脏，不怕累。我们种的甘蔗长得真好啊，高高的，壮壮的，密密的，像一片小树林一样。鸡走进去，看不见鸡。人钻进去，看不见人。一阵风吹过，甘蔗的叶子哗啦啦响。在我们听来，似乎连甘蔗的叶子发出的声音都甜蜜蜜的。然而到了秋天，当甘蔗收获后，老师没让同学们吃甘蔗。按我们的希望和设想，老师至少会给每一个同学发一根甘蔗吃。我们虽说没有刷牙，但我们的牙齿都很好，会把每一口甘蔗里面的甜汁都嚼得干干的。结果老师连一根甘蔗、半根甘蔗都没有发给我们，统统卖给了前去收甘蔗的人。

老师给我们的报酬还是有的，他用卖甘蔗的钱买了布，在镇上的缝纫店给每位同学缝制了一顶天蓝色的帽子。老师小时候长过秃疮，头上没有头发，他一年四季都戴着帽子，连睡觉时帽子都不取下来。他自己爱戴帽子，愿意让他的学生向他看齐，也戴帽子。老师要求，每天上学，或是到校外参加集体活动，都必须戴上帽子。那时还没有校服一说，农村的学校不可能给学生做统一的校服。可我们却有了统一的校帽，应该说这也是老师的一个创造吧。记得学校是有少年先锋队的，我就是少先队的中队长嘛。可不记得我戴过红领巾，可能是因为家里穷，买不起红领巾吧。那时不是每个学生都是少先队员，老师不会给每个学生发一条红领巾，只能发一顶帽子，发帽子可以把每个参与种甘蔗的同学都照顾到。是呀，如果给每个同学发根甘蔗，嚼出几股甜水来，甜甜嘴就完了，谁会看得见呢！发帽子就不同了，同学们排着队往那里一站，或是喊着一二一的口令走在村街上，头顶是天蓝色的一片，那是何等好看，何等显眼。村干部看见了，学生家长们也看见了，他们说这个老师不错，比前一个老师当得好。

我也听见有的家长在私下里议论，说这个老师把甘蔗卖了钱，给学生缝制帽子，包括买粉笔、哨子、手摇铃、罩子灯、黑板擦等教具，只花了一小部分钱，大部分钱都装进老师的腰包里去了。老师秋天买了长围巾，冬天穿上了四个兜的棉制服，他们说，看这个老师现在穿得有多阔。

出于对老师的尊敬，我不愿意听他们说这些话，也不相信他们说的这些话。我认为他们是在说我们老师的坏话，我几乎拿眼睛瞪他们。说实在话，老师对我很好，他当老师不久，就让我在班里当班长。在我的同学中，有的是我的堂叔，有的是我的堂姑，也有的是我的堂哥，他们的岁数都比我大，没有一个比我岁数小的。但是，老师没让别的同学当班长，却让我这个岁数最小的学生当了班长。老师有一只银色的哨子，哨子里面有一颗软木做成的珠子，一吹哨子，珠子就快速滚动起来，发出嘟嘟的声响。哨子后面有一个鼻子，鼻子里拴有一根线绳，老师有时把哨子挂在脖子里，有时把哨子挂在手腕上。哨子是老师发号施令用的，需要同学们集合，老师一吹哨子，同学们马上集合；需要宣布某项活动开始，老师一吹哨子，活动就开始了。这只哨子同学们都想吹一吹，但不是谁想吹就能吹的。除了老师，班里还有一个同学有权利吹哨子，那个同学是谁呢？就是我，刘庆邦同学。上操的时候，老师就把哨子交给我了，让我用哨子吹着节奏，带领同学们跑步。老师对我这么好，我怎能不维护他的声誉呢！

老师兴趣广泛，称得上多才多艺。他会吹笛子，把一支横笛吹得婉转悠扬，全村人都听得见。他会唱戏，学校放学了，他一个人在教室里大声唱戏。他唱得最多的是越调《收姜维》里诸葛亮的戏，把“四千岁你莫要羞愧难当，听山人把情由细说端详”唱得有板有眼，声情并茂。他教我们唱过评剧《小二黑结婚》里的一段唱腔：“清凌凌的水来，蓝莹莹的天，小芹我洗衣到河边……”他还会写诗，他写过一首讽刺诗，我至今记得清清楚楚。诗是这样写的：“春天不是读书天，夏日炎炎正好眠；秋有蚊虫冬又冷，收拾收拾过新年。”遗憾的是，老师在教我们读诗时，把“炎炎”读错了，读成了“淡淡”。老师读“淡淡”，我们也跟着读“淡淡”，一时间，班里响起一片“夏日淡淡”之声。这说明，我们的老师识字是有限的。

另外，老师织渔网和捕鱼的技术也不错。他用织渔网的梭子织的不是小眼撒网，而是大眼撒网。也就是说，他只捕捞大鱼，不捕捞小鱼。别人往水塘里撒网，一般是“推小车”式的撒网，撒得离岸边比较近。老师撒网是“撒天网”式的撒法，他扭转腰身，嗖的一下子把网向水塘中央撒去，网在运行中充分张开，张得圆圆的，在网坠脚的作用下迅速罩入水中。撒网撒到这种水平，给人以艺术化的感觉，很值得欣赏。从撒网的水平来说，我敢说老师在全村首屈一指，没人比得过他。有一年暑假期间，天下大雨，发了大水，发得沟满河平。老师到村东的河里去撒鱼，喊我帮他拿着鱼篓拾鱼。老师刚结婚，还没有孩子，没人帮他拾鱼。他让我帮着拾鱼，是对我的信任，我非常乐意。大雨虽然停了，但路上又是水又是泥，根本无法穿鞋。老师挽着裤腿赤着脚在前面走，我赤着脚在后面紧跟。东河里浑水滚滚，几乎漫过堤岸。看着快速滚动的大水，让人几乎有些眩晕。我不知道这样的大水里有没有鱼，也不知道老师能不能撒到鱼。我当然希望老师能撒到鱼，撒到的鱼越大越好，大到竹子编的鱼篓装不下才好呢！那样的话，我这个拾鱼的人才有鱼可拾，才能有一份成绩。然而，由于流水太急了，老师一把网撒到水里，水流很快就把网冲击得绞在一起，并向下游拽去。老师拉紧网纲，要用很大的力气才能把网拉出水面。每当老师收网时，我都赶紧凑过去，准备拾鱼。说来有些让人失望，老师沿着河岸，撒了一网又一网，网网都是空的，除了一些绿色的杂草和一些黑色的木棍，连一块银色或金色的鱼都没有。老师大概看出了我的失望，对我说：可能因为水流太急了，水也太深了，还没等网落下去，鱼就跑掉了。尽管那次没拾到鱼，还是给我留下了难忘的印象。

我们村有两个大学毕业生，他们一毕业，就被分配到县城里当老师去了，一个教高中的数学，一个教初中的语文。仍留村里上过学的人，我们的老师可能是文化水平最高的。也可以这样说，在那个阶段，刘老师堪称刘楼村的文化高地，遇到什么与文化有关的事，村里都是去“高地”找刘老师帮助。这样一来，刘老师就不仅是我们小学生的老师，好像也是全村人的老师。有人从外面寄来了信，收信的人都是拿着信去找刘老师，让刘老师念给他们听。收信人往往连信封都不拆开，拿着信封就找刘老师去了。念完了信，给寄信人写回信，也是刘老师的事。刘老师问写什么，收信人说不出写什么，让刘老师看着写吧。刘老师当场把信写完，并念给人家听，得到人家的点头认可，才把信交给人家。镇上邮电所门口，有职业的念信人和写信人，请人家念信和写信是要花钱的。而让刘老师念信和写信，一分钱都不用花。不但不用花钱，刘老师自己还要搭上信纸。每年的春节前夕，是刘老师最忙碌的时刻，也是刘老师家最热闹的时刻，因为几乎全村的每户人家都要请刘老师写春联。我们那里不说写春联，说是写对子。不管哪家多么贫穷，日子多么难过，年还是要过的，门对子还是要贴的。他们从镇上买回红纸、绿纸，红纸是为大门上写对子，绿纸是为灶屋门上写对子。刘老师的毛笔字写得很好看，称得上是书法作品。到刘老师家求写对子的人来人往，使他们家提前有了喜庆的气氛，过年的气氛。我去刘老师家看他写对子，他鼓励我写一下试试。我不敢写对子，也不会写对子，只能在裁成方块的纸上写一个字的门签子，有的写一个“福”字，有的写一个“春”字。我的字写得很稚嫩，但老师夸我写得不错，还说写得多了就熟练了。

一个村庄总得有识字的人，总得有文化人，不然的话，整个村庄就会死气沉沉，没有灵气，没有力量。刘老师所显示的就是文化的灵气，文明的灵气和知识的力量。在一段不算短的时间内，刘老师可说是我们村文化人的代表，他的地位和受人尊敬的程度，跟一位乡贤差不多。相比之下，一些村干部都不如他有威信，不如他吃得开。比如村里有人家娶媳妇，办喜事，总是要请主持婚礼的司仪，开宴席时总是要请陪客的人，而人们对司仪和陪客的人总是很挑剔，要挑懂礼仪的人，有头有脸的人，讲道德的人。人们挑来挑去，挑的人不是村干部，而是我们的老师。弄到后来，刘老师成了司仪和陪客的不二人选，办喜事的人家需要排队才能请得到他。除了婚礼和婚宴，有的娶了我们村姑娘的新女婿头一回到岳丈家走新客，也是请刘老师当陪客。我多次看见过刘老师当陪客的情景，他穿得周吴郑王，帽子戴得端端正正，颇有些先生和绅士的风度。他请客人入席时，身子稍稍前倾，一手在前一手在后，很像在舞台上的动作。客人坐定之后，刘老师手中的筷子像是指挥棒，用“指挥棒”指挥一切，调动一切。他把筷子指向大鱼，客人才能叼大鱼；他把筷子指向大肉，客人才敢吃大肉。我是一个馋嘴的人，说句不嫌害臊的话，看到老师和客人们一块儿吃香的，喝辣的，我嘴里几乎流了口水。我对老师有些羡慕，也想吃大鱼大肉，心想，我得好好学习，长大后争取也能当陪客。

回忆起来，刘老师的心理出现波动，并导致他在人们心目中的地位逐年下滑，是从他去了一趟南京之后开始的。他有一位堂叔，曾是国民党军队的军官。解放后，堂叔留在南京，在一家机械制造厂当技术员。堂叔的儿子虽说也上过两三年学，但连一封信都不会写。每次写回信，他都是让刘老师替他写。刘老师除了替其堂叔的儿子写信，他还以自己的名义给堂叔写信，跟堂叔建立了联系。联系越来越多，趁着放暑假，他就到南京走了一趟。等他从南京回来，新的学期就开始了。那个学期我已经读到了小学四年级。从南京归来的刘老师兴奋得像是换了一个人一样，像到大城市镀了金一样，开学头一课他没给我们讲新课，而是大谈他去南京的见闻。他说去南京看到了长江，长江的江面非常宽，宽得雾蒙蒙的，一眼望不到边。他说过长江时他乘坐了轮船，那轮船真是大呀，大得远看像一座楼，近看像一座山。往船上一坐，船哞地叫了一声，开起来稳稳当当，连一点儿波浪的翻滚都感觉不到。他说南京到处都是高楼大厦，楼高得都碰到了云彩，把脸仰到脊梁上都看不到楼顶。他说南京的绿化搞得非常好，马路两边的树木在高处扯了手，像搭起了凉棚，人在“凉棚”下走，连一点儿太阳都晒不到，凉快得很。他说南京的汽车一辆接一辆，那叫一个多，多得根本数不过来，数到一百数不过来，数到一千一万还是数不过来。他用下雨前搬家的蚂蚁队伍形容南京的汽车队伍，问同学们都看见过蚂蚁搬家吗？我们齐声回答：看见过！他又问：你们数得清蚂蚁到底有多少吗？我们答：数不清！老师说：对了，你们数不清蚂蚁有多少，就数不清南京城里的汽车有多少。刘老师还跟我们讲了他乘坐公共汽车时看到的一幕。汽车刹车时，一个男的没站稳，撞到了一个穿裙子的女同志身上，差点儿把女同志撞倒。女同志以为男的是故意对她耍流氓，生气地骂了男的一句：德行！讲到这里，刘老师停顿下来向我们发问：你们猜那个男的怎么说？这样的故事我们都爱听，觉得比课本上的课文好听多了。我们的小眼睛都瞪得滴溜溜的，等着老师说下文。老师把这样有趣味又有难度的问题让我们回答，我们可回答不上来。其实老师并不指望我们回答，他只是卖个关子而已，只是为了让我们加深印象而已。他说：你们回答不上来吧？告诉你们吧，那个男的说，对不起，不是德行，是惯性。

这一堂课，老师没讲什么课文，讲的都是关于南京的故事。讲到最后，老师向我们提出了他的希望，希望我们以后一定找机会到南京看一看。他没有希望我们到北京看一看，是希望我们到南京看一看。他没去过北京，眼界大概只到南京，所以才希望我们到南京看一看。

老师的话，对我们小学生来说启蒙作用是很大的，我不知道别的同学记住老师的话没有，反正我是记住了，牢牢记住了。后来“文化大革命”一开始，我就利用大串联的机会，串到了南京，并拜访了老师的堂叔和堂婶子，也是我的堂爷爷和堂奶奶。堂爷爷带我去澡堂洗了热水澡，堂奶奶送给我一件高领秋衣，还送给我一件罩裤。作为回报，我则拿出韶山纪念章和毛主席纪念章送给他们。当时红卫兵争抢和收藏纪念章成风，我对纪念章也很珍爱。把两枚串联路上刚得到的纪念章送给他们，对我来说有割爱的性质，我以为他们也会很喜欢。不料他们不收，让我自己留着吧。我拿出二十斤全国流通粮票送给他们，他们倒是欣喜地收下了。这些都是多余的话，就不再细说。

刘老师对村干部说，他可以为村里买抽水机。抽水机当然好，农村要实现机械化，抽水机当是机械化的一部分。以前天旱时为庄稼浇水，我们那里采用的还是原始的办法，用橛杆子从井里提水，用水筲往地里挑水，或是用绳子拴起一只五升斗，两人从两边甩动绳子，从水塘里往庄稼地里擢水。到了大跃进年代，浇水虽说改成了人推水车、驴拉水车或人摇水车，但浇水的效率还是有限。而抽水机就不一样了，据说机器一开，抽水机就像一条张开嘴巴的巨龙一样，水柱子会立即从“巨龙”嘴里喷射出来。村干部只是听说过抽水机，还没看见过抽水机，更没有使用过。既然刘老师说他有路子可以买到抽水机，不妨让他买一下试试。他去哪里买抽水机呢？当然是去会制造抽水机的城市，当然是去有堂叔在机械厂工作的南京。当时我们村四百多口人，只有一个生产队。生产队主要通过卖粮食筹集了款项，派刘老师去南京买抽水机。不知道刘老师往南京跑了多少趟，他终于把抽水机买了回来。买回抽水机的同时，他还从南京请来了一位操作抽水机的年轻技术员。抽水机试抽水那天，可以说是我们刘楼村的一个盛大节日，全村的男女老少都跑去看，把抽水机围得里三层，外三层，比村里谁家娶新媳妇去看新媳妇的都多。那天我也去看了，我爬到附近的一棵柿子树上，以鸟瞰的方式看到了抽水机抽水的全景。原来抽水机由两部分组成，一部分是一台卧式的小型柴油发动机，另一部分才是安了胶皮管的抽水机，一条传送带把发动机和抽水机连接起来，传送带的快速转动带动抽水机的转动，水塘里的水就被抽了出来。被抽出的水柱扬得很高，真像传说中的巨龙扬着脖子喷水呢。当“巨龙”喷水的瞬间，人们禁不住一阵欢呼，说乖乖，抽水机厉害，厉害！

开天辟地第一回，我们村响起了机器的马达声，用上了抽水机，功劳属于我们的老师。是他第一个把带有马力的机器引进了我们古老的刘楼村。据说刘老师的父亲买牲口很在行，村里需要从南乡买牛买马，都是派他父亲去。到了刘老师这一辈，村里不再买牲口，开始买代替牲口的机器。既然刘老师第一次买机器成功，既然刘老师善于和城里人打交道，再有买机器的事，都是刘老师出马。此后若干年，刘老师几乎成了村里和城里人打交道的“外交官”，成了对外采购员，他又陆续为村里购回了轧花机、榨油机等机器。当刘老师从南京为村里买回榨油机时，我已经初中毕业，回乡当了农民。当农民期间，我在油坊里干过一段时间，当过操作榨油机的榨油匠。据说以前从芝麻里榨油很难，需要用木杠子压，用人头一样大的油锤使劲砸，才能一点一点榨出油来。而用机器榨油就省事多了，也简单多了。我们使用的榨油机全称叫液压榨油机，叔叔们用大锅把芝麻炒熟，包成饼子，摞在液压机下面，我一下一下摁动液压机的操纵杆，为芝麻饼子施压。随着压力不断加大，清亮亮的芝麻香油就呼呼地打圈流了出来，流进下面的油槽里，再流进盛油的容器里。那些日子，我的头发棵里，汗毛眼里，都充满了油分子。我的衣服油腻腻的，似乎一拧就能拧出油来，使我成了一个“香人”。我们不仅用本村生产的芝麻榨油，周边的村庄得知我们村有了先进的榨油机，也纷纷把芝麻拉到我们村，花钱让我们帮他们把芝麻榨成油。这样一来，我们村就不只有农业，还有了副业，有了卖粮食以外的经济收入，使生产队里的集体经济有所壮大。同时，我们的刘老师不只占据了村里的文化高地，还占据了村里的机械化高地，他对村里的机械化开端有着建设性的功劳。

刘老师这么做，对生产队有好处，对他自己也有利益。他当的教师叫民办教师，不是公办教师。当公办教师是有工资的，刘老师一分钱的工资都没有，队里只给他记工分。他的工分是全体社员中最高的，每天都是满分，十分。而且，不管是星期天，还是放假；不管是下大雨，还是下大雪，工分照记不误。只是当时工分的分值太低了，一年算下来，一天的工分才值三毛多钱，一个月的工分呢，才十来块钱，真是太少了。刘老师去城里买机器呢，花的是生产队里最大的钱，大钱装在他的腰包里，完全由他支配。除了买机器，他坐汽车，乘火车，坐轮船，住旅馆，一切往返路费都是公家出。他外出期间吃饭所花的钱，当然不是花自己的，由队里按天数给他发放补助，每天补助一块钱，节约归己。同时，他当老师每天的工分照记。这样算下来，只要外出，他每天就可以挣到两份报酬。而外出的报酬要比只当老师只挣工分的报酬多出三倍。这还不算，既然他外出为公家办事，总要拉关系，总要送礼，总要请人家喝酒吃饭。这方面的费用伸缩性就强了，回旋的余地就大了，他说花了多少钱，就是多少钱，自己写个说明条子，签上自己的名字，就可以从买机器的大钱中扣除，或是拿到生产队的会计那里报销。这样的好事，精明的刘老师怎么能不干呢！当时社会上流传有顺口溜，描述几种吃香的行业，叫听诊器、方向盘、营业员、采购员。刘老师虽说不是专职的采购员，但他确实干过类似采购员的工作。

俗话说心无二用，刘老师在“采购”方面花心思多了，在教书方面就不再上心，教书的心一天比一天下行。当时社会上对教师也有说法，说老师是把盐，人人都知道咸，家家离不了，就是不值钱。刘老师不甘心自己只是一把盐，不甘心自己不值钱，他千方百计要把自己变得“值钱”起来。一班几十个学生在学校等他，都是“嗷嗷待哺”的样子，他到外面去寻找和实现自己的价值，那学生们怎么办呢？刘老师采用的办法无外乎两种，一种是，若时间不长，他就给学生放假；另一种是，若外出时间比较长，他就找别人替他代一代课。

我初中毕业后，刘老师就让我为他代过课。回想起来，那是我唯一一次当代课老师的经历。我当代课老师时间不长，也就是一两个星期。那段经历让我对自己有所认识，认识到自己不适合当老师。我的主要弱点是，在课堂上严厉不起来，或者说做不到持续严厉。当有的学生在课堂上调皮捣蛋时，我也拉下脸子严厉过，大声点名批评过某些学生。可是，当我看到被我严厉批评过的学生脸上寒寒的有些害怕时，我就禁不住想笑。或许觉得自己还行，一旦严厉起来还是能镇住学生的，还是有些威信的。或许看到被我批评过的学生刚才还在课堂上张牙舞爪，出了怪样儿出怪声，受批评后变得老实起来，有些可怜巴巴，我的心就软了，心说好小子，原来你也害怕批评啊！这样想着，我脸上可能有了些许笑意。别以为小学生什么都不懂，他们猴精猴精，对事情是敏感的，观察和捕捉能力也是很强的。我的笑意很快被他们发现了，有个学生把我一指，说老师笑了。他这样一说，班里的同学就都笑起来。我想绷住自己，把笑意绷回来，把严厉恢复起来。不料我有些管不住自己，越绷效果越差。须知那些学生差不多都是我的堂弟，我没当代课老师时，他们愿意跟着我在水塘里扎猛子，在野地里疯跑，猛一下让我站在讲台上当他们的老师，于我于他们都不大适应。一个堂弟见我严厉不起来，竟离开座位，跑到讲台上，抱住了我的腰，盯着我的脸说：哎，笑了，笑了！堂弟这样做，属于蹬鼻子上脸，有些过分。可我有什么办法呢，只能让他松开我，回到自己的座位上去。

刘老师大概知道了我管不住学生，之后没再让我替他代课。

在我人生最无望、最苦闷的时候，曾走了一趟姥娘家。姥娘家在开封附近的尉氏县，离我家有三四百里。那时县与县之间不通公共汽车，即使通汽车我也无钱买票，只好让母亲帮我借了表哥的一辆旧自行车，骑自行车去姥娘家。那年我已经十八岁，是第一次走姥娘家。刘老师听说我要去姥娘家，托我给他家买一只风箱，并给了我十块钱。我母亲从姥娘家带回过一只风箱，那只风箱风膛大，拉风好，且坚固耐用，全村人都知道。刘老师让我帮他家买风箱，我没理由拒绝。姥娘家也很穷，我在姥娘家住了几天，只得到一件礼物，是大姨的闺女、我的表姐送给我的一枚毛主席纪念章。纪念章上，毛主席头戴大檐草帽，正在麦子地里视察。我存有不少纪念章，但都没有这枚纪念章大，我对这枚纪念章很是喜欢。我把十块钱交给大姨父，他帮我买了一只风箱。我把像木箱一样大体积的风箱绑在自行车的后座上，在乡村土路上骑车走了两天多，把风箱给刘老师带了回去。让我万万没想到的是，刘老师问我，我把钱交给卖风箱的人时，人家给我写收据没有？我想起来，大姨父是让人家写了收到十块钱的收据，当大姨父把用窄纸条写的收据交给我时，我并不是很重视，不知随手把收据放到哪里去了。刘老师问起收据来，我说有收据，马上给他找。可我翻遍了衣兜和随身背的黄军挎，并打开风箱的闭合板往风箱的风膛里瞅，都没有找到收据。我发现刘老师看我的目光里似有所怀疑，好像风箱并不值十块钱，我把剩余的揣进了自己的腰包。刘老师怀疑的目光让我有些受不了，我像是受到了侮辱，急得汗都出来了。朋友们替我想想，我去姥娘家一趟，什么东西都没给母亲和兄弟姐妹带回，只辛辛苦苦为刘老师买回了风箱，他不说感谢我，却在怀疑我，这让我的心灵怎能不受到伤害，怎能不心伤！我认为自己并不是那种小心眼儿的人，但这件事情给我留下了深刻的印象，我什么时候都不会忘。多年之后我想，刘老师之所以怀疑我通过买风箱得到了好处，是他为生产队里采购东西时得好处得惯了，以己度人，不知不觉间对别人就有所怀疑。风吹炉火旺，风箱当然很好使。但从给刘老师买风箱的事情开始，我对他的为人就开始了怀疑，少年时代对他建立起的尊敬开始打折扣，而且折扣越打越多。

随着农村开始分田到户，城里人开始下海经商，刘老师在三尺讲台上再也站不住了，他要到更大的舞台上去，去挣更多的钱。他毅然放弃了老师的岗位，也像城里人那样开始下海。他先是参与建砖窑烧砖，为家里人扒掉了草房，建起了砖瓦房。可能是嫌烧砖周期太长，见钱太慢，后来他又贷款买了机器，开始做人造肉的生意。所谓人造肉，其实是豆制品。用机器把黄豆打成面粉，榨出里面的豆油。把挤出油分的面粉轧成面片，把面片再粉碎，再加工，制成筒状的长条，人造肉就出来了。当时农村人还不能经常性地吃猪肉、牛肉、羊肉等，就用人造肉代替一下。把人造肉煮在大烩菜里，或者跟别的青菜放在一起炒一下，挺好吃的。刘老师正是看到了农村人对新生活、新食物的新需求，不失时机地用机器造起了人造肉。刘老师对机器生钱的期望值很高，按他的预想，人造肉大概跟造票子差不多，财源会滚滚而来，他很快就会发大财。然而，刘老师不但没能发大财，连小财都没发成。相反，他还蚀了本，赔了钱。他没能发财的具体原因我不是很清楚，我只是听别的堂叔说，他是从银行贷了三千元款买的人造肉机。他虽说没能用人造肉机赚到钱，但贷款到期还是要还的。人家上门催他还款，催了一次又一次，他一拖再拖，就是拿不出钱来。人家给他下了最后通牒，再不还款，就要把他抓起来，强制执行。他说好好好，他去借钱。催债的人前脚刚走，他后脚开溜，就躲了起来。那段时间，他东躲西藏，连夜里都不敢回家，当年当教师的尊严和颜面再也找不回来。欠债的事是铁打的，躲过初一，躲不过十五，拖得时间越长，滚得利息越多，到头来还得还。无奈之际，他求了他一个表哥，让表哥出面把他的三个儿子召集在一起开会，强制性地把他的债务平均分摊到三个儿子头上，才把贷款和利息还清了，他才敢重新在村里露面。

人活一口气，气有时往上走，有时往下走。人的气一旦往下走，整个人就会显得落魄，甚至猥琐。对于刘老师后来的所作所为，他教过的学生似乎都对他有了看法，不愿再叫他老师，纷纷改口，换成他没当老师之前的叫法。和他平辈的，叫他三哥；比他低一辈的，叫他三叔；还有人直呼他的名字，说刘本魁如何如何。叫法的改变，好像把他当过老师的那段历史给抹去了。

上面来了政策，说民办教师可以转正。他提出申请，要求转正。可是，他早就不当老师了，村里连学校都没有了，谁会同意为他转正呢？上面又来了政策，说以前当过民办老师的人每月可以领补贴。他要求领补贴，也没得到批准，人家说是找不到他当过民办老师的证据。有一次我回老家，他要我写一份证明，证明我曾是他的学生。我不能不承认，我的确当过他的学生。然而，我的证明也未能帮他领到补贴。据说他很生气，到县里的教育部门跟人家闹了一通。

不知从何时起，我也不叫他老师了，叫他三叔。按理说，只要是给你当过老师的人，终生都是你的老师。可出于复杂的、深层的心理原因，如果我继续叫他刘老师，会显得突兀，于我于他都有些别扭，不如叫他三叔更顺口，也更自然。

第一位给我们当过老师的三叔早就去世了，第二位给我们当老师的三叔已经超过了八十岁，至今还活着。三叔老态日显，耳朵聋得厉害，不管是叫他三叔，还是叫他别的什么，他似乎都听不清楚了。

第七章

大哭而去

这个堂叔的名字叫刘本沈。在讲刘本沈的故事之前，我有必要先简单介绍一点他爹的情况。因为他的人生遭际跟他爹是有联系的，人们对他爹的看法对他是有影响的。

他爹有两个外号，一个是“二懒王”；另一个是“三掉腰”。“二懒王”里面带一个懒字，比较好理解，大家一听就明白了。“二懒王”兄弟二人，他哥是“懒王”，他只能屈居第二。“三掉腰”是什么意思呢？是指他的腰比较长，比较细，也比较软，走起路来像水蛇一样掉来掉去，就成了“三掉腰”。这个外号当然不仅仅是指他的体形和走路的姿势，还有一些别的意思，是相对女人而言。什么意思呢？有一个词叫“吊膀子”，“三掉腰”跟吊膀子的意思差不多。村里有一个少妇，少妇的丈夫在外当兵，“三掉腰”就跟少妇好上了，致使少妇怀了孕。那时候妇女对所怀的孕没办法，只能咬着牙，等孩子在肚子里一点一点长大，然后生出来才算拉倒。少妇一把孩子生出来，就把孩子弄死了。她端个洗衣盆，把死孩子放在盆里，上面盖一些破衣烂衫，盆里还放一把锅铲子，到西边的水塘边洗衣服。她洗衣服是假，处理死孩子是真。她用锅铲子在水边泥软处挖了一个坑，就把死孩子埋掉了。她埋得泥一层，水一层，以为可以遮人耳目，事情就算过去了。不料人世间有些事情可以瞒得过人，但瞒不过狗，可以瞒得过狗的眼睛，却瞒不过狗的鼻子。村里有一只狗，定是嗅到了气息，从水边把死孩子扒了出来，叼到了少妇的家门口。狗仿佛在对少妇说：你把孩子弄丢了，给，我替你把孩子找回来了！少妇一见大惊失色，赶紧把死孩子藏起来，通知“三掉腰”想办法处理。

“三掉腰”责无旁贷，他用铁锨挑了一只粪箕子，把死孩子放在粪箕子里，蹚水出村，走进一片高粱地深处，用铁锨挖了一个深坑，把他的孽种埋掉了。地上鼓起一个土包，他还双脚上去，把土包往实里平里使劲踩了踩，心说：这下总算可以了吧，可恶的狗东西再也扒不出来了吧！

好多事情的神秘性和有意思就在这里，或许那只狗不许掩盖事情的真相，坚持要把真相揭露出来。或许那只狗天生具有正义感，代表的是正义的力量。它硬是循着气息和踪迹，把“三掉腰”埋得结结实实的事实给扒了出来。让人不可思议的是，它这次没有把死孩子叼到少妇门前，也没有叼到“三掉腰”门前，更没有把死孩子吃掉，而是叼到了村街的十字路口那里去了。它像是要对村民开一个新闻发布会，摆出事实对大家说：你们看看吧，这就是“三掉腰”和那个女人干的好事，想瞒天过海，我坚决不答应，他们的阴谋万万不能得逞！

有一句俗话，说是好事不出门，坏事行千里。这句俗话还应该延伸一下，叫好事记不住，坏事记千年。行千里也好，记千年也好，这句俗话用在“三掉腰”身上是合适的。从那以后，“三掉腰”就与睡人家女人那件坏事联系在了一起，坏事的标签像是贴在了他脸上，不管他走到哪里，也不管过去多少时间，只要人们一提起他，随即想到的就是那件坏事。他也许干过不少好事，但人们记不住他干过什么好事，一件坏事似乎把他干过的所有好事都抵消掉了。一个人干了坏事，如果坏事形不成故事，流传能力还是有限的。而一旦形成了有情节、有细节的故事，人们口口相传，那力量就大了，影响就广了。“三掉腰”干的坏事，由于那只狗的参与揭露，就使坏事有了故事性，有了很强的故事性，甚至有了传奇性，谁听了都很感兴趣，都愿意把故事接过去，再把故事对别人讲一讲。这件故事的阴影影响了他的名誉，后来使他的儿子也受到了影响。

下面我就集中讲一讲他儿子刘本沈的故事。

刘本沈长我两岁，是我的同班同学。因我们年龄比较接近，我不记得喊过他叔叔，都是喊他的名字。刘本沈学习不太好，他只在我们村的小学读完了初小，连镇上学校的高小都没考上，就不再上学了。一个才十二三的少年，还不能参加生产队的劳动，不上学他能干什么呢？他可以拾柴，放羊，挖野菜，割草，还可以拾粪。他虽说不能通过参加生产队的劳动挣工分，拾了粪，交到生产队里，也可以挣到工分。庄稼一枝花，全靠粪当家。拾粪，可以说是我们那里由来已久的、最普遍的、最日常性的劳动。人只要有两只手，只要能捡树下的落叶，就可以拾粪。不，哪怕人只有一只手，也负有拾粪的责任，照样可以拾粪。所以我们那里人人都会拾粪，都要拾粪。大人拾粪，小孩子也拾粪。男孩子拾粪，女孩子也拾粪。然而，大概因为拾粪的人太多了，粪也太宝贵了，要拾到粪是很难的。人吃到肚子里的东西，那叫饭。饭在肚子里从上往下走，走走停停，拐了一道弯，又一道弯，直到走出后门，排出体外，那才叫粪。人们吃了饭之后，都是把屁眼子夹得紧紧的，憋了又憋，迟迟不愿意把肠子里面的东西排出来。在他们看来，饭就是福，吃饭就是吃福，把福吃到肚子里，怎舍得轻易排出去呢！如果有人刚吃了饭就去解大手，人们会很快得出判断，说他是一个没福的人。实在憋不住了，他们一般也不会把臭东西拉到外面，赶紧往家里跑，拉到自己家的茅坑里。有时在村街上看到某个男人或女人，脸色发红，头上冒汗，一路小跑往家里赶，不用说，那是急于回家排泄。既然这样，在外面哪里还能拾到人粪呢！你说猪粪？谁家养的猪或拴着，或在猪圈里圈着，猪拉的粪只能属于猪的主人，谁会让你拾走呢！你说狗粪？那段时间，狗被说成是阶级敌人的帮凶，人和狗的矛盾成了敌我矛盾，村里不让养狗了，哪里有狗粪可拾呢！你说牛粪？牛把式赶着牛在路上走时，牛把粪拉在路上的情况倒是有。可牛一旦把热气腾腾的粪拉在路上，人们像看到刚出笼的热气腾腾的蒸馍一样，很快就把牛粪抢走了。有的人没带铁锨和粪筐，怎么拾牛粪呢？这难不倒见粪亲的人，他脱下脚上的两只鞋，用鞋底把牛粪一夹，捧着就捧回家里去了。

我这样不厌其烦地说粪，朋友们可能都听烦了，字面上也显得不够雅致。这没办法，上什么山唱什么歌，谁让我也当过农民呢，谁让我对拾粪的生活那么熟悉呢！我说来说去，其实还是在替刘本沈说话，是说一个失学的少年拾粪不容易，挣工分不容易。刘本沈成天扤着粪筐漫地里转来转去，人眼几乎瞅成了粪眼，粪筐里常常是空空如也，一无所获。下雪天，他在麦秸垛旁边和同龄的伙伴大谈理想。伙伴说，他将来当了大官，天天吃白馍蘸蒜！刘本沈的理想是，他要是当了大官，村东边这条路上的粪都归他一个人拾！朋友们听听，我这个堂叔的理想有多大！一个仍在上学的堂叔跟刘本沈说笑话：我送给你一样好吃的东西，你吃不吃？

啥东西？刘本沈问。

米田共。

啥是米田共？我没吃过。

你当然没吃过，那么好吃的东西，你怎么能吃过呢！你只回答我，你到底吃不吃吧？

刘本沈皱着眉头想了一会儿，按他上的有限的学和识的有限的字理解，米，应该是大米的米，或小米的米；甜，应该是放了糖的那个甜，是甜蜜的甜；供嘛，应该是过年时给祖先上供的供。这样加起来，就是米甜供。米甜供，味道应该不错。他答应把米甜供尝一尝，问人家带来了没有？

那位堂叔没掏出米甜供来，却顺手折下一根树枝，在地上的土垃窝里画了一个上下结构的繁体字，上面是一个米字，中间是一个田，下面是一个共。画完之后他问刘本沈：这个字你认识吗？

刘本沈看了看，摇头。米田共三个字他都认识，加在一块儿他就不认识了。

连粪字都不认识，你还想吃呢，我看你连粪都吃不到嘴里！

刘本沈气得满脸发黄，骂了对方的娘，说：你才吃粪呢！

刘本沈拾不到粪，情急之下，在拾粪的问题上犯了一个错误。他听人说，去东河水边挖一些黄胶泥，把泥巴搓成长条，表面撒一些土，做成人粪模样，可以以假乱真，换取工分。他如法炮制，试着做了半筐人造粪。可能因为他造假的技术水平还不行，没有在人造粪表面涂一层真粪的涂层，他一去交粪，就被负责称粪收粪的一位副队长发现了。副队长不仅严厉训斥了他，骂他一个小鸡巴孩儿就弄虚作假，把他的粪筐扔进了生产队的大粪窑子里，还当场宣布罚他十分！

他当天一分都没挣，还要倒罚他十分，这个分从哪里出呢？当然是从他爹干活挣的工分里出。生产队的男劳力如果干得好，一天三场劳动可以挣满分十分。他爹以懒出名，大家给他评的工分是每天九分。这样，他爹干一天活儿等于白干还不够罚的，第二天还要追扣他一分。越是没面子的人越要挣面子，他爹少不了做姿态，把刘本沈拉到村街上痛骂了一顿，痛打了一顿。我不要你了，你去死吧！

在我的印象里，刘本沈并不是一点儿长处都没有，在有些方面他还是给村人留下一些正面记忆的。比如：刘本沈爱听戏，也爱学唱戏。听说哪里有唱戏的，他就跑去听。一边听，他一边用心记。有的戏听了几遍，他就学会了。他会唱大红脸、二红脸的戏，还会唱黑脸和坤角戏。我有一个堂哥，听了戏也很来劲，也想学着唱几句，但他就是拉不成腔，唱不成句，只能像牛吼一样吼那么几嗓子。每听到堂哥在我们的大院子里“牛吼”，我都禁不住想捂耳朵。而刘本沈就不一样，他唱得有板有眼，有腔有调，我的耳朵眼子一点儿都不拒绝。

我们那里有一个村庄叫曹洼，曹洼办有一个戏班子。刘本沈曾要求到曹洼的戏班子去学戏。在他之前，我们村有一位叫刘本运的堂叔，就去曹洼学过戏。他学的是武生，主要是练武把子，翻没底子跟头。刘本运嗓子不行，学戏没学出啥名堂。倘若刘本沈去学戏，说不定能学出名堂来，可以登台演出，演一演《三哭殿》里的唐王李世民。可是，他爹坚决不同意他去学戏。别看他爹在男女方面很风流，在学戏的问题上却很传统，很保守。他还习惯把唱戏的人说成戏子，说戏子跟剃头的、修脚的、吹响器的人等一样，都会被人看不起。他不能因自己的儿子学戏而被人看不起。一个人喜欢什么，可能意味着那个人在那个方面有天赋。刘本沈的爹生生地把刘本沈的天赋给扼杀了。

一个人有某种爱好和才能，你不让他表现也难，是草种子总要发芽儿，是花种子总要开花儿。刘本沈唱戏的表现机会是每年的大年初一。

我们村有一个敦字辈的人在县里高中当老师，每年的大年初一，他都要组织村里的年轻人表演节目，给过年的村民增加一些欢乐的气氛。可以说刘本沈每年都盼着过年。他盼过年不是盼吃好吃的，穿新衣服，而是盼着过一把戏瘾，在乡亲们面前风光一番。我们村里有一个瞎子，会拉弦子。每年的大年初一，人们放过了鞭炮，互相拜过了年，吃过了第二顿年饭（年初一吃四顿饭，起五更吃饺子，早饭是第二顿饭），人们就开始陆陆续续往村中央的一块空地那里集中，准备看节目。这时，刘本沈会不失时机地一手拉着瞎子，一手替瞎子拿着弦子，出现在众人面前。刘本沈每年都唱曲剧，他唱，瞎子为他伴奏。瞎子是他的堂叔，他们两家住得很近。之前他和堂叔经常演练，他们互相配合得很好，堪称是一对好搭档。我听刘本沈唱过《卷席筒》里的唱段："小苍娃我离了登封小县，一路上我受尽饥饿熬煎。二解差好比那牛头马面，他和我一说话就把脸翻……"后来不让唱传统戏了，我还听他唱过《收租院》的唱段："收租院好比那鬼门关，穷人进去出来难……"唱曲剧跟哭差不多，最适合唱苦戏。刘本沈唱的都是苦戏。他唱得很投入，也很动感情，眼里几乎含了泪。他唱罢，那位高中老师说：好，鼓掌！说着带头鼓起掌来。也有人不愿意鼓掌，说大过年的，应该唱点儿喜庆的戏，光唱这些苦戏干什么！

说话到了1966年，“文化大革命”就开始了。革命从镇上的中学闹起，由一帮正读初中的学生娃子煽风点火，才逐渐波及乡村。是年，放过暑假刚开学，我刚从初中二年级升到初中三年级，三年级的老师还没给我们讲几堂课，校长就召开全校师生大会，动员我们加入红卫兵组织，积极投入史无前例的“文化大革命”运动。校长的动员等于引火烧身，我们很快就造起反来，开始斗校长，斗教导主任，斗出身不好的老师。一时间，学校的所有墙上都贴满了大字报。墙上贴不下了，我们就在校园的树与树之间扯了绳子，把大字报粘在绳子上。秋风一吹，满校园大字报翻飞，像下了大雪一样，煞是壮观！

因这篇小说主要是写村里的事，是写堂叔刘本沈的故事，我们在学校闹革命的情况就不多说了。

对于我们村的“文化大革命”，我没有深度参与，但还是参与了一些。我们村和我一起在镇上中学读书的同学一共有四个，其中有两个是我的堂叔，一个是我的堂哥。“文革”伊始，我们四人结队去北京进行了革命大串联，并接受了毛主席的检阅。从北京回来，使我们觉得革命的责任在肩，除了搞好学校的革命，还有责任把我们村里的革命推动一下。在村里，我们没有把革命的矛头对准村干部，而是对准了那些已有定论的地富反坏右分子。在地富反坏右分子当中，我们柿子拣软的捏，专斗那些没有多少反抗能力的地主婆。我在《大力士》那篇小说里，提到过一个地主分子叫范鹤楼，范鹤楼被发配到新疆劳动改造去了，我们就斗他的老婆。村东有一个场院，场院里有两间放太平车的车屋，我们把地主婆叫到车屋里，对她进行斗争。我们问她，全国正在开展轰轰烈烈的无产阶级“文化大革命”，她知道不知道？她说知道。我们告诉她，“文化大革命”就是要横扫一切牛鬼蛇神，她正在横扫之列，必须老老实实接受横扫。我们问她是不是地主婆？她说是哩。我们又问她是不是阶级敌人？她说是哩。阶级敌人，就交代你的罪行吧！她低下头，不再说话。

刘本会是我的堂叔，他比我低一年级。他问地主婆：你是不是盼着蒋介石反攻大陆？说！

地主婆不再说话。

你是不是想变天，想把新社会变回到旧社会去，让贫下中农吃二遍苦，受二茬罪？

地主婆还是不回答。

你不老实交代是不是？企图顽抗是不是？敌人不投降，就叫他灭亡，顽抗没有你的好果子吃！

这时刘本会拿出一根绳子，把地主婆的双手背剪到后面，开始捆地主婆。

地主婆没有任何挣扎和反抗的表示，一切很顺从的样子，刘本会想怎么捆就怎么捆。

捆住了地主婆的胳膊和手，刘本会把绳子的另一头搭在头顶的屋梁上，通过拉动绳子，把地主婆往屋梁上吊。我不知道刘本会跟谁学的这一手，他操作得似乎得心应手，很是熟练。平生第一次，我看到把人往梁上吊，看得我有些目瞪口呆。地主婆被吊得胳膊掀起来了，头垂下去了，只剩下两个脚尖踮着地。地主婆没有呻吟，没有求饶，而是闭上了眼睛。她像是活够了，吊死她她就不活了。她个子矮矮的，脚裹得小小的，整个人也显得小小的，跟一个小孩子差不多。地主婆的二女儿叫范艳丽，是我上小学的同班同学。这样算起来，地主婆的年龄比我母亲大不了多少。我不记得这件事最终是怎么收场的，深深刻在脑海里的是地主婆被吊在屋梁上的场景。我想，这是我一生中的一个罪过。我虽说没有动手捆绑地主婆，也没有动手拉绳子吊地主婆，因我参与了斗地主婆，仍构成了我的一个罪过。我们在青少年时期往往就是这样，容易听风就是雨，容易受人煽动，被人利用。等我们学会了独立思考，学会了反思，已经晚了，罪过已经犯下了，一辈子都洗刷不清。

此后，我就背起一个黄军挎，里面装着一本红皮的《毛主席语录》

和学校开具的介绍信，到南方进行革命大串联去了。串联走到哪里都有人接待，都是白吃白喝。我的串联有不串白不串的意思，有投机的意思，也有海阔凭鱼跃、天高任鸟飞的意思，反正我一家伙在外串了两个多月，元旦是在湖南的湘潭度过的，春节是在上海度过的，串了个不亦乐乎！

由于我外出串联，对村里后来“文革”开展的情况不是很了解，一些情况是陆陆续续听村里人讲的。在我外出串联期间，全国的“文化大革命”运动已经掀起了高潮。按当时广播和报纸上的说法，全国人民被彻底发动起来了，山山水水，村村寨寨，处处风起云涌，红旗招展，连一个死角都没有。国家之大，地域之广，可能有雨下不到的地方，可能有雪下不到的地方，但“文化大革命”的大潮无处不到，连床底下，灶膛里，磨眼里，都燃烧着熊熊的革命烈火。刘楼村的人也坐不住了，睡不着了。大雨欲来，有一窝蚂蚁搬家，别的蚂蚁也纷纷搬家。天气燥热，有泥巴狗子在水塘里跳跃，别的泥巴狗子也跟着跳跃。半夜里，他们开始互相串门，串门就等于串联。他们不能到外地串联，只能在本村串联。他们串联也是响应毛主席的号召，也是革命行动的一部分，没有人敢阻止他们。他们一串一串，就串到本村的小学校去了；他们一联一联，就联到小学老师的周围。通过交流信息他们得知，省里的头头，县里的头头，公社里的头头，都被打成了走资本主义道路的当权派，都被打倒了，都被造反派夺了权。在这种革命的形势下，那么刘楼村怎么办？刘楼村也是革命热土上的一个村庄，总不能无动于衷吧？总不能死水一潭吧？总不能被革命的大好形势所抛弃吧？他们情绪激昂，都摩拳擦掌，跃跃欲试。通过讨论，他们很快达成了共识，他们也要革命，也要造反，也要揪出村里的走资本主义的当权派，把权力从当权派手里夺下来。那么，村里的走资本主义当权派是谁呢？当然是刘本功。刘本功不是生产队的小队长，而是全生产大队的大队长。一个大队管五个村庄，也就是管五个生产队。刘本功不仅管外村的生产队，刘楼生产队的一切事情更是他一个人说了算。队长前面带一个大字，走资本主义的当权派不是他又是谁呢！说干就干，揪他，批他，斗他，要把刘本功打翻在地，再踏上一只脚，叫他永世不得翻身。

在批斗刘本功时，小学老师却不愿意出面，只愿当出谋划策的幕后指挥。他们也没有成立战斗队之类的造反组织，只是有所分工而已。比如让张廷修和刘本会负责把刘本功揪到批斗会现场，让刘本沈负责在批斗会上喊口号。批斗刘本功是一个激动人心的热闹，听说要批斗刘本功，村里许多人都去看热闹，连一些小孩子也去了。我弟弟当时正上小学，他也去看了热闹。我弟弟回忆说，他只记得刘本沈带头在会场里喊口号。刘本沈高举着拳头，一遍又一遍地喊打倒刘本功的口号，喊的声音很大。

人们回忆说，被批斗的刘本功一直黑着个脸，一点儿都不服。张廷修质问他：刘本功，你是不是走资本主义道路的当权派？

刘本功一见张廷修，眉头就皱了起来。张廷修平日里游手好闲，三十多岁了还没找到老婆。张廷修偷过生产队的庄稼，夏天偷看女人洗澡，还弄过队里的母牛，是典型的二流子，二赖子。张廷修的小名就叫赖货。他一直看不起赖货，一见赖货就反感。这样的人来批斗他，岂不是泥巴狗子要翻天嘛！他说：我听毛主席的话，跟党走，一直走的是社会主义道路。我不知道什么叫资本主义道路。

为了打掉刘本功的威风，刘本沈马上喊口号：打倒走资本主义道路的当权派刘本功！

他一喊，大家都跟着喊，会场上的拳头举成一片。

张廷修揭发刘本功说：外面一来干部，你就从队里的仓库里弄面，弄油，在家里烙油馍吃，这是不是走资本主义道路呢？

刘本功说：人家上级干部来检查工作，队里总得管饭吧，总不能让人家饿着肚子走吧！

你是打着管干部吃饭的幌子，你们一家跟着吃油馍。贫下中农平常能吃到油馍吗？你跟着吃油馍，就是走资本主义道路！

那好，下回上面再来了干部，让干部到你家吃饭去。

到我家吃饭可以，我也到队里的仓库里弄面，弄油，我也给干部烙油馍吃。

那你算不算走资本主义道路呢？

一句话就把张廷修问住了，场面出现了僵局。

刘本沈赶紧出来救场，他振臂高呼：打倒死不悔改的走资本主义道路的当权派刘本功，刘本功不投降，就叫他灭亡！

刘本沈除了喊口号，他也站起来揭发刘本功。他提到，有一次他到地里拾麦，刘本功追着他，用脚踢他的屁股，把他的尾巴骨踢得疼了好几天。刘本沈上纲上线（阶级斗争为纲，路线斗争为线），说他是革命群众，刘本功踢他，就是踢革命群众，就是压制革命群众，就是反革命。现在到了该向走资派刘本功算总账的时候了，刘本功应立即交出权力，接受革命群众的监督。

刘本功对刘本沈一向没有好看法，他说：那是的，还没有开始拾麦呢，你就抢先跑到地里拾起来，不踢你踢谁，难道踢走路的？

一个正在挨批斗的当权派，气焰仍然如此嚣张，恐怕不应该吧。看来只喊口号已不能灭掉走资派的嚣张气焰，有人喊着让刘本功低头，低头！也有人喊着打他，打他，让他尝尝造反派的厉害！场面躁动起来。

刘本功把腰杆挺了挺，说：我不是刘万荣（我们村被斗死的地主），现在也不是土地改革的时候，我看你们敢动我一指头，谁动我一指头，我就叫谁吃不了兜着走！

刘本功这样说话是有底气的，在场的有他的弟弟、儿子和侄子，他们都虎视眈眈，盯着造反派们的一举一动。如果张廷修、刘本沈一类的造反派真的敢打刘本功，他们不会答应，一定会站出来保护刘本功。别看刘本功的弟弟和侄子平日里和刘本功也有矛盾，但到了动手打架的时刻，宗族和亲情的作用就会显现出来，他们一定会站到刘本功一边，和造反派对着干。那样的话，就有可能发生武斗，会打得一塌糊涂，局面难以收拾。农村的“文革”难以开展，难就难在这里。别看有的人在暗影里喊打喊得起劲，要是让他第一个动手打刘本功，他是万万不敢的。刘本功几句话，就把人镇住了，就把场面控制住了。说到底，刘本功是打不倒的，权威还在刘本功那里，压倒性的气势也是在刘本功那里。眼看批斗会进行不下去，刘本沈只得再喊口号，想利用口号把局面挽回一些。然而，人们对口号的响应已不像刚开始那般热烈，显得有些稀稀拉拉。

春夏秋冬轮着过，刮了北风刮南风。“文化大革命”像在农村刮过去的一阵风一样，很快就过去了，人们该种地还种地，该喂猪还喂猪，该喝稀饭就喝稀饭，该吃面条就吃面条，一切恢复了正常。刘本功还是大队里的大队长，刘楼生产队还是归他管，我们村里的一切事情还是他说了算。

那么，既然“革命”了一场，难道在我们村一点儿痕迹都没留下吗？痕迹还是有的，还是可以找到一点的。我所说的痕迹不是指用石灰水刷在墙上的“无产阶级文化大革命万岁”“打倒走资本主义道路的当权派”“革命无罪，造反有理”等之类的斑斑驳驳的大字标语，是指留在人们心上的痕迹。留存在谁心灵上的痕迹最重呢？数来数去，当然是刘本沈。可以说，“文革”之痕像刀子刻树一样刻在刘本沈心灵的树干上，随着树越长越高，越变越粗，刻痕也越来越被放大。刻痕使他后来的日子越来越不好过，以致影响到他的后半生。我之所以在“堂叔的故事”系列中把刘本沈列为一篇写出来，并不是因为刘本沈有多少精彩故事，刘本沈本身相当平淡，没多少故事值得写。我更感兴趣的是刘本沈所遭遇的时代背景和人性背景，通过写刘本沈，写一写乡村的“文革”，看看“文革”给乡下人带来了什么。

“文革”后期，一些造反派分子被说成是“跳梁小丑”。这种说法比较文雅，类似于书面语。我们村没有这样的说法，也没人把刘本沈说成是“跳梁小丑”。但是，不使用这样的文辞，并不等于没有这样的看法，并不影响把一些人当成“跳梁小丑”看待。刘本沈后来在村里所受的“待遇”，无异于“跳梁小丑”的“待遇”，村里的干部可把他整惨了。是的，刘本功不必直接整他，甚至刘本功连授意都不用，那些队长、副队长都明白刘本功的意思，他们替刘本功整治刘本沈就行了。世上就怕人整人，人整起人来，总是有很多办法。比如：在“赤日炎炎似火烧”的条件下锄豆子，刘本沈跟别的社员一起，刚从地这头锄到了地那头，队长一检查，提出刘本沈锄的地像“猫盖屎”一样不合格，必须重锄。要是不重锄，就不给他记工分，一天都算白干。刘本沈不敢犯犟，别人都到地头的树荫下休息去了，喝水去了，他只能顶着太阳重锄一遍。比如：某天下大雨，下得水天泥巴地，社员们终于可以消停一下，不用再下地干活。这时，队里的一头牛生病了，需要派一个人，陪同饲养员，把牛牵到镇上的兽医站，让兽医把牛的病看一下。这样的活儿，队长通常是派给地主分子去干，让地主分子冒着大雨去踏泥巴。可这一次，队长却把活儿派给了刘本沈。刘本沈此时已结了婚，正和新婚不久的妻子在大床上睡觉。队长把这样的活儿派给他，让他觉得有失面子，很是抵触。他说，这样的活儿不都是派给地主分子干嘛，怎么派到他头上来了？队长披着蓑衣在门外说：少说废话，让你去你就得去！你要是不去，以后队里啥活儿都不让你干！队长说罢，转身就走了。刘本沈无奈，只得穿上蓑衣，光着脚，挽起裤腿，踏着泥巴去饲养室帮饲养员牵牛。再比如：以前去各家各户的茅池里淘大粪都是由两个地主分子干，有几天，其中一个地主分子生病了，队长就把臭活儿派给了刘本沈。队长这么干，用意太明显了，这不是成心恶心他嘛，不是故意把他往地富反坏右分子堆里推嘛！他不就是造过几天反嘛，造反时不就是喊过几句口号嘛，不管怎么说，他家的成分还是贫农成分，队里怎么能把和他的矛盾按敌我矛盾处理呢！这一次，刘本沈哭了，哭得一把鼻涕一把泪。哭过之后，他采取软抵抗的办法，称他也生病了，发烧了，让爹去队长那里替他请假。队长对刘本沈的爹印象也不好。前面说过，作为“三掉腰”的刘本沈的爹，因在村里名誉不好，对刘本沈也造成了不好的影响。刘本沈一有不是，队里的干部，还有村里人，就愿意从他爹身上找原因。他们把“三掉腰”说成是刘本沈的“根儿”，说刘本沈的“根儿”就不好，啥“根儿”出啥苗儿，刘本沈哪里会好得了呢！队长的意思是：你儿子生病了，你就替他淘！

队长这样说，有些出乎“三掉腰”的意料，他说这个这个这个……这不太合适吧？

这没什么不合适的。我知道刘本沈是在装病，装病可以，让他好好装吧，十天内别想挣工分。你也一样，你今天要是不去淘粪，十天内也没工分可挣！

“三掉腰”连叹了几口气，只得捏着鼻子，把去跟地主分子一块儿淘大粪的活儿接受下来。

队长说到做到，在十天内果然没有给刘本沈安排任何活儿。人都愿意闲着，不愿意干活儿。但人靠干活儿活着，别人都下地干活儿，你没活儿可干，也不好受，也很受煎熬。不干活儿就挣不到工分，分的粮食就少，这是一个方面。另一个方面，你年纪轻轻，就不下地干活儿，要你有什么用呢，你跟一个废人，一个死人，有什么区别呢！刘本沈的娘，还有刘本沈的老婆，都去找过队长，让队长给刘本沈安排点儿活儿干吧。队长说，这事儿他不当家，让她们去找刘本功。她们都知道，当年不知轻重的刘本沈造过刘本功的反，喊过打倒刘本功的口号，得罪过刘本功，谁都不敢去找刘本功替刘本沈讲情。

十天之后，刘本沈终于又可以下地干活儿了，又可以挣工分了，可接着问题又来了，记工员每天只给他记八分。按队里的评分标准，一般情况下，男劳力每天记九到十分，女劳力每天记六到八分。以前，刘本沈每天可以得九分，停工十天之后，他被降了一分，只能得八分。这就是说，刘本沈一天所挣的工分，既达不到一般男劳力的记分标准，连地主分子和地主子弟的记分标准都达不到。他的工分只能和妇女的工分平起平坐。问题的严重性还在于，他的工分不是只由村干部确定，而是由全体社员大会评定的。这表明，并不是队里的干部跟刘本沈过不去，队里的社员群众对他的评价也不高。沟平大家填，墙倒众人推。这样一来，刘本沈的脸往哪里搁呢？他在乡亲堆里还怎么混呢？他怎么在刘楼待得下去呢！要不是当初心血来潮，参加什么“文化大革命”，喊什么“打倒刘本功”的口号，他哪里会如此被动呢，真是风雨难料、世事难料啊！

刘本沈老婆的娘家有一个亲戚在新疆工作，刘本沈向老婆提出，能不能去新疆找那个亲戚，让亲戚帮他安排一个工作。刘本沈待在刘楼，会一直受到压制，将永无出头之日。树挪死，人挪活。刘本沈挪一个地方，说不定倒是一个出路。于是，刘本沈的老婆回娘家讨来了那个亲戚往家里寄信的信封，一家人经过秘密商议，秘密筹备，在一天夜间，刘本沈像潜逃一样，秘密奔遥远的新疆而去。我在一篇小说里写过，我们村有一个地主分子叫范鹤楼，因为会说评词，被说成是“二流子”，押送到新疆劳动改造去了。范鹤楼肯定不想去新疆，但事情由不得他，他不想也得去，他去新疆的性质是发配。而刘本沈是自愿去新疆，并没有人要发配他。要说发配的话，是他被逼无奈，自己发配自己。两相比较，范鹤楼如果是被硬发配的话，刘本沈算是软发配。

说起来，刘本沈去新疆走的是一步险棋。险分为两个方面：一险，在新疆的那个亲戚原是一个劳改犯，因刑满劳改到期，那人就留在当地生活。反正新疆地广人稀，开块地就可以种庄稼，有庄稼就能活人。刘本沈贸然去找人家，人家能不能接纳他，当是一个未知数。二险，当时不许人口外流，弄不好刘本沈会被公家人当成“盲流”抓起来，遣送回原籍。这二险如果遇到其中一险，刘本沈外出谋生都不会成功。还好，刘本沈还算幸运，他一去，村里人就看不见他了，队长本来要派他去工地挖河，也派不到他了。咦，那个造反派到哪里去了，难道扎翅膀飞走了？半年过去了，一年过去了，消息才逐渐透露出来，原来刘本沈逃到新疆去了。

刘本沈从新疆来了信，称他不但在新疆落住了脚，还扎下了根，一切都很好，让他老婆赶快到新疆找他。

刘本沈的爹不放心让儿媳一个人去新疆，他护送儿媳到新疆去了。他去了新疆，也没有再返回。

从我们老家到新疆万里迢迢，路上要走几天几夜。关于公爹送儿媳去新疆的过程，村里有一些不太好的传说。有些传说可以说，有些传说不宜说，我这里不说也罢。

大约又过了一二年，刘本沈的娘、弟弟、弟媳，还有妹妹，全家都到新疆去了。设想一下，要不是“文化大革命”，要不是刘本沈造反埋下了祸根，说不定至今他们全家还在刘楼住着呢！还在刘楼繁衍生息呢！

人和房子是互相依存的关系，有人居住，房子就活着，没人住了，房子想存活也难。有一个秋天，我从北京回老家看望母亲。在连绵的秋雨之中，我看见刘本沈家的房子前墙倒了，上面的椽子和麦草披散下来，风雨飘摇，显得十分破败。

再后来，村里重新规划排房，重新分配宅基地，刘本沈家的房子被彻底推倒，彻底铲除。他们家不仅没有了房子，连祖上传下来的宅基地都没有了，都被别人家盖上了房子。如果说房子和宅基地是痕迹的话，刘本沈一家在我们村连一点儿痕迹都没有了。

人说物质是实的，精神是虚的。作为实的房子和宅基地，刘本沈一家在刘楼的痕迹是不存在了。可有一种精神痕迹，却不那么容易消除，这就是“文革”留在刘本沈心上的痕迹。这种痕迹恐怕要留在他心上一辈子，不管他走到哪里，也不管时间过去多久，都不会消除。这么说来，虚的东西反而比实的东西更厉害。

听母亲跟我讲，十多年之后，刘本沈一个人回过老家一次。他穿得很排场，头发梳得很光，皮鞋擦得很亮。他回乡的意思很多，有衣锦还乡的意思，有寻根问祖的意思，有找回自己的意思，也有重建自我的意思。自家的房子是找不到了，他提着礼品到刘本功家里去了。分田到户后，大队解散了，刘本功不再当大队长了，但刘本功当上了村里的支书，村里的大权还是在刘本功手里掌握着。当刘本沈来到刘本功家的堂屋，当刘本沈把一盒高级香烟拆开，抽出一支递向刘本功时，让刘本沈难堪的一幕出现了，刘本功不伸手，不接烟。平日里，刘本功的烟瘾很大，可以一支接一支抽，但他今天拒绝了刘本沈递给他的烟。不但不接烟，他还耷拉着脸子说：你是谁？我不认识你呀！

烟递不出去，刘本沈又不好马上把烟放回盒里，就那么在手里捏着。他的心在抖，身上在抖，捏烟的手也在抖，抖得白色的烟卷几乎掉在地上。在见到刘本功之前，他曾一再给自己打气，说不要害怕，见到刘本功不要害怕。可不知为什么，一见到刘本功，他还是不由自主地害怕起来。他说：大哥，你真的不认识我了吗？我是刘本沈呀！他还报上了自己的小名：我是银河呀！

噢，是你呀！听说你不是发财了嘛，不是混抖了嘛，还回来干什么！

我是回来向大哥道歉的。那时候我年轻，不懂事，做了一些对不起大哥的事，请大哥一定原谅你弟弟呀！他继续把烟往刘本功手里递，央求似的说：大哥，接着吧，接着吧！

刘本功还是不接烟，说：你这次回来，是不是还要打倒我呀！

在身体发抖和脑子混乱当中，刘本沈说了一句不该说的话，他说：哪能呢，我这次回来，主要是想请大哥给我批一块宅基地，我想在老家盖几间房子。

刘本功断然拒绝：开玩笑，刘楼早就没你这个人了，你还要什么宅基地！实话跟你说到底，阳宅没有，阴宅也没有！刘本功一指刘本沈放在地上的礼品，说：把你带来的东西都带走，不然的话，我马上给你扔到粪窑子里！

刘本沈给刘本功带的礼品都是新疆的特产，有大枣、核桃、葡萄干，还有两瓶酒。他还能说什么呢，既然刘本功把阴宅都说到了，话已经说到了死地里，他再说什么都是白搭。他想把掏出的烟再装回去，因手抖得厉害，烟盒里的烟也太满，他把烟卷都弄弯了，折断了，连烟丝都撒了出来，仍不能把烟卷装回去。算了，他把折断的烟，连同烟盒，一块儿装回了口袋。为避免刘本功真的把他带的东西扔到门口的粪窑子里，他把那些东西也提走了。

刘本沈再次走了。走到村北的小桥上，他停了下来，向村庄告别似的回望。望着望着，他悲从心来，痛从心来，竟哭了起来。他哭得声音越来越大，变成了号啕大哭。刘本沈会唱曲剧，他所唱的都是一些苦戏。这一次他不是在唱，的确是在哭。他哭的不是别人，是他自己。

这个堂叔自从那次离开我们的村庄后，就再也没有回来过。

第八章

适者

2018年的农历十月初四，我从北京回到河南老家，到母亲坟前烧纸，为母亲“送寒衣”。“十月一，送寒衣”，这是我们那里由来已久的规矩。立冬节气已过，树叶纷纷下落，天气一天比一天冷。我们必须及时为母亲送上保暖的衣物，避免母亲在漫漫的寒冬受冻。我们的母亲去世至今已经十五年了，十五年来，每年的十月初一之后，我都会抽出时间，专程回老家办这件重要的、带有仪式性的事情。

上午十点左右，当我回到我们家院子门前，见院子的大门已经打开，大姐、二姐和弟弟已先我一步，从不同的出发点赶到了家。他们有的在打扫院子，有的在灶屋里烧水，有的在整理烧纸用的纸筐。听见我到了门前，他们停下手中的活儿，都到门口接我，帮我从车上往下拿东西。每年的清明节和十月一，既是我们到坟园里祭祀的日子，也是我们兄弟姐妹团聚的日子。我们都是提前打电话约好时间，定下哪一天回家，到时在家里集合。平日里，我们家院子的大门上着锁，院里院外阒无人迹。我们一回到家，看院子里爷爷栽下的石榴树，看越来越茂盛的竹园，院子里顿时布满阳光，充满生机。村里别的人家的游子和嫁出去的闺女，清明节和十月一也会回到老家，到逝去的亲人坟前烧纸。但他们都是零零星星，今天你来了，明天他走了，碰不到一起，形不成集体行动。而我们每次去坟园都是集体行动。加之我们往坟地里走时，一些在家留守的堂弟和堂弟妹们会加入我们的队伍，使我们的队伍迅速壮大。如此一来，我们的烧纸行动就有了规模效应，甚至显得有些隆重。当然，我们通过烧纸送钱时，不只是给父亲母亲送，从曾祖父的坟，到祖父辈和叔叔辈的坟，每一座坟前都会送到，一个不落，人人有份儿。鞭炮响过，大姐二姐会说：我们给你们送钱来了，都起来拾钱吧！

村里人说起来，说村里别人家的兄弟姐妹差不多都是四分五裂，很难聚到一块儿。像你们兄弟姐妹这么亲的，团结得这么好的，全村恐怕找不到第二家。我在喝酒时对大姐二姐和弟弟妹妹说：母亲生前，我们是团结在母亲周围。母亲去世了，我们是团结在母亲的灵魂周围。他们的眼圈儿发红，都认同我的说法。

上午到坟园里烧过纸，中午在院子里吃过午饭，我向姐弟们提了一个建议：咱们一块儿去看看刘本山叔吧！

刘本山，就是我在“堂叔的故事”系列中所要写的又一位堂叔。

我的建议不是随机性的临时起意，还在北京没动身回老家时，我就有了这么一个计划，这次回老家，我们兄弟姐妹几个要一起去看望一下刘本山叔。什么事情一旦有了计划，就显得比较郑重。我也的确想把集体性地去看望刘本山叔作为一件郑重的事情来做。

以前回老家时，只要时间允许，我都会去登门看望一下大叔刘本山。在刘本山八十岁那一年，我用相机给他和婶子照了相。第二年再回家时，我就把放大的照片送给了他们。听说刘本山叔很以此为骄傲，谁去他们家串门，他都愿意把照片拿出来加以炫耀，说这是刘庆邦给我照的相片，等哪天我死了，你们看看我的相片，就能想起我是谁了。不管以前多少次看望刘本山，都是我一个人去的。这一次我要和大姐、二姐和弟弟（妹妹在开封看孙子，没能回老家）一块儿去看望刘本山。要知道，我大姐、二姐都是年过七十的人，我和弟弟也都跨入了老年人的行列。如果我们四人也算是一个团队的话，我们的团堪称是一个老人团。一个由兄弟姐妹组成的老人团，前去看望他们的一个远门子堂叔，这种情况恐怕并不多见。在刘楼村的历史上，恐怕也是第一次吧！

我们并不是有意去创造什么历史，而是真心实意要对刘本山叔表达我们对他的尊敬和祝福。

刘本山叔这年九十四岁了，婶子也九十二岁了，他们老两口双双创下了刘楼村人寿史上的最高纪录。我在以前的文章中说到过，我的三爷和三奶奶都活到了九十一岁，他们是当时村里的人寿最高纪录。到了刘本山和婶子这里，他们超过了三爷和三奶奶的岁数，创造了新的人寿纪录。而且，他们的纪录还在刷新过程中，谁也不知道他们会把纪录刷新到什么时候。全村本字辈的堂叔有一百多个，比刘本山岁数大的和岁数小的都有，目前那些堂叔大都过世了，仍然在世的恐怕连十分之一都不到。我母亲与刘本山叔同岁，都是属牛。刘本山把我母亲叫大嫂，他多次对我母亲说过：大嫂，好好活着，好好享福。过去咱这一垡儿人受罪太多了，咱们也该享享福了！然而，我们的母亲没享上多少福，老人家七十五岁得了重病，七十八岁那年就离开了我们。

一个人活到了九十多岁，跟成了仙差不多，是值得尊重的。我们对长寿老人的尊重，往往是对生命的尊重。说到底，人的生命不过是一种时间的容器，里面盛的时间越多，这个容器就越大。有道是有容乃大，生命的容器里容纳的时间量大，也应是“乃大”的一种吧！

姐弟们一致同意我的提议，说是应该去看看刘本山叔。说去就去，我们起身，立即行动。我们心里都有一个想法，这个想法促使我们去看刘本山叔有了一种紧迫感。但这个想法在心里怎么想都可以，不便说出，说出来就不好了。刘本山叔家和我们家原来同住一条村街，他家住村街西，我们家住村街东；他们家住在后面，我们家住在前面。他们家的人下地干活，或到村南边的水井那里打水，必经我们家的院子门口。在吃饭的时候，整个一条村街的人都集中在一个饭场，每次吃饭都跟开会一样热闹。后来村里推行排房化，重新分配宅基地，刘本山叔一家就搬到村东南的第三条村街上去了。村里的每条村街都修了水泥路，我们沿着村后坑边的水泥路，向刘本山叔住的地方走。路边杂草丛生，显得有些荒芜。树上叶子还没落尽，有的发黄，有的发红，像是干在树枝上的花朵。天气一点儿都不冷，阳光照在身上暖洋洋的，给人一种十月小阳春的感觉。我们走得很慢，大姐、二姐走走停停，指指点点，好像每走一步，每到一处，都能引起很多回忆。大姐说，刘本山叔多次对她说起我们的母亲，用刘本山叔的原话说：我活这么大岁数，刘楼人老几辈的人都在我心里装着，摸摸指甲盖儿，我就知道谁吃几个馍。你要问我最佩服哪一个？跟你说吧，能让我服气的人不多，不是刘本功，不是刘本成；不是刘本堂，也不是刘本生，数来数去，让我心服口服的人只有一个。是谁哩？那就是俺大嫂，是您娘。大嫂当过县里的劳动模范，那可不是吹的。那可不是开玩笑的，汗珠子掉到地上摔八瓣儿，那可是您娘干出来的，拼命拼出来的。刘楼的哪个女人中？哪个女人都不中，只有大嫂中。刘楼的女人哪个敢跟大嫂比，哪个都不敢跟大嫂比，一比就掉底子。就因为大嫂的娘家不在咱县里，大嫂比本地生的女人都厉害。别说女人了，就说刘楼的男人吧，哪个敢跟大嫂比。别说别人了，我都不敢跟大嫂比。队里的副队长我当过，队长我也当过，队里的男劳力我跟谁都敢比高低，就是不敢跟大嫂比高低。也不是说大嫂的力气有多大，她干起活儿来就是心劲儿大，就是对自己狠，就是能咬牙。我早就总结出来了，天底下不管啥重活儿，难活儿，都是一咬牙的事儿。你把牙咬住了，活儿就能拿下来。你要是咬不住牙，就得趴下，变成糖稀。大嫂不管在啥时候，不管遇到多大艰难困苦，都能把牙咬住。您爹死后，您娘参加男劳力干活儿，完全把自己当成一个男劳力使唤，一点儿都不吃照顾。到挖河工地上抬河泥，全刘楼就去一个妇女，就是大嫂。装满湿泥的大泥巴兜子，一兜子好几百斤，全凭人的肩膀头子从河底往河岸上抬。我的乖乖，大方子泥巴不饶人，那可是要命的活儿。有的男人，仰脸时跟着喊口号，大干苦干拼命干，共产主义早实现，一低头眼泪就下来了。大嫂在挖河工地上从头干到尾，直到把平地挖成了河，我从来没看见她掉过眼泪。所以我跟你们说，你们兄弟姐妹几个给您娘立碑是对的，我完全赞成。我的看法，立碑这个事儿不是随便是个人就能立，得先立下功德才行。大嫂是有功德的人，给她立碑一立就立住了。别人想立碑，我看立不住，恐怕风一吹就倒了。我跟我的几个孩子说了，等我百年之后，你们千万不要想着给我立碑，我可没资格立碑，可没法儿跟你们的大娘比。那天没事儿，我到南地里转悠，转着转着，就转到大嫂的石碑楼子跟前去了。我在大嫂跟前站了好大一会儿，我跟大嫂说：我是本山哪，我也快不沾了。等哪天不沾了，到了阴间，我再来好好跟大嫂说话。

听了大姐转述的刘本山叔说的话，我心生感慨，觉得本山叔说得挺好的。我说：现在村里最有发言权的人是刘本山叔，最有资格对村里人做出评价的，也是刘本山叔。如果我们给母亲立的是石碑的话，刘本山叔代表的是一种口碑。凭他对母亲的这些评价，我们也应该去看看他，谢谢他！我还说：刘本山叔犁地耙地样样在行，摇耧撒种样样精通，称得上是庄稼人里的全把式。现在的年轻人大都只会到城里打工，不会种庄稼，更谈不上全把式。刘本山叔很可能是全刘楼村最后一位全把式了。因在村街边走边说，我不可能详细说明为什么称刘本山叔是全把式，但一说起他是全把式，我脑子里就浮现出他作为全把式的诸多细节性情景。

刘本山的爹是被土匪打死的，他爹惨死那年，他还是个几岁大的小孩子。他们家只有他一个男孩儿，为了让他能够撑门立户，传宗接代，在他还没有犁把子高时，他娘就让他跟着临时雇用的短工学干活儿。他不想干活儿，只想玩儿。他娘骂他，打他，逼着让他干。他娘说，他要是不学种地，收不到庄稼，就没饭吃，他长大后就娶不到老婆，他这一门儿就得断子绝孙。没办法，刚拿得住筷子，他就得拿起鞭杆，用鞭子打牛腿。习武有童子功，读书有童子功，刘本山是在种庄稼方面练就了童子功。在我的记忆里，生产队里每年不管是耩麦子，还是耩豆子，当耧把摇耧的必定是刘本山。有一个人在前面引着一头牛，人开走，牛开走，刘本山摇耧播种就开始了。耧斗子里装满了金色的种子，耧斗子下面有一个铃铛。摇耧一启动，铃铛就哗啷哗啷响起来。耧腿像是在跳舞，跳的是摇摆舞，向左边摇一下，又向右摇一下。铃铛像是在为耧的舞蹈伴奏，它紧跟的是舞蹈的节奏，伴奏得天衣无缝，恰到好处。那么，这场音乐舞蹈的指挥和操纵者是谁呢？当然是刘本山。刘本山腰里扎着大带子，把自己收拾得腰身紧凑。他光着脚丫子，踩在松软的土地上，像是踩着地毯。他全神贯注，眼睛微微塌蒙，盯着耧的一举一动。耧在摇动，他在摇动；耧在前行，他在前行。仿佛他和耧已经融为一体，他是耧的一部分，耧是他延伸的腿脚和手臂，耧就是他，他就是耧。他耩过地之后，种子是看不见了，土地上留下一道道线。那些线笔直笔直，像是用米尺量着在纸上打下的格线。几天之后，等麦苗或豆苗出来后你再看，嫩绿的庄稼苗不稀不稠，排列得整整齐齐，像是要进行一场新的舞蹈。

在所有的庄稼中，有一种庄稼种起来难度最大，技术要求最高。什么庄稼呢？芝麻。芝麻不能像麦子和豆子那样用耧耩，也不能像栽红薯那样移苗栽，种芝麻的办法是撒，全凭人的一只手往地里撒种子。撒芝麻可不像往地里撒粪，粪撒得不均匀没关系，雨水一淋，粪肥的作用力自然就散布开了。撒芝麻也不像往院子里撒粮食喂鸡，不管你撒得多稠多稀，鸡都不会计较，鸡的嘴巴都会把粮食一粒不剩地捡起来。有的人种了一辈子庄稼，别的庄稼都敢种，就是不敢撒芝麻，担心把芝麻撒得太稠了，撒成了蚂蚁窝；又担心把芝麻撒得太稀了，撒成了白板。我们那里否定一个人时常说的一句话是：你能得不轻，你会撒芝麻吗？不会吧！我们村里每年负责撒芝麻的是谁呢？当然还是刘本山。准备种芝麻的地整好了，整得又软又细，踩上去噗噗直冒阳光。这时刘本山出场了。他的左胳膊在胸前往里拐着，架起的胳膊窝里搂着一个木制的方升子，升子里盛的是筛选出来的芝麻。他甩动右臂，每走三步，右手就从升子里捏一撮芝麻，扬手撒向土地里。他走的是大步，每一步的步幅是相等的，可以说不差分毫。他右臂甩动的频率和幅度也是一样的，后一个动作像是前一个动作的复制。远远看去，地里不像是一个人在撒芝麻，而像是一个机器人在撒芝麻。是的，刘本山在撒芝麻时真像是一个机器人在劳动，这不仅表现在他的每一个动作都准确无误，还表现在他的心无旁骛。这时节，他心里只有土地，只有芝麻，只有土地和芝麻的结合，路上有人唱大戏他都听不见，天塌下来他都不管。可是，刘本山肯定不是一个金属或塑料制成的机器人，他是一个有血有肉活生生的庄稼人。他撒芝麻之所以撒得如此出神入化，是他长期实践的结果，是他的经验的积累，也有天赋的成分在里头。在我看起来，刘本山叔把撒芝麻艺术化了，恐怕比天女散花也不差吧！

农民除了以种庄稼为主业，还有一些粮食加工性的副业，比如用黄豆磨豆腐，用芝麻榨油，用高粱酿酒，用红薯里面的淀粉下粉条，等等。这些副业生产都带有一定的手艺性，对一个人的聪明才智要求更高。有的人吃了一辈子黄豆，也吃了一辈子豆腐，也知道黄豆与豆腐之间有一道桥梁，走过那道桥梁，黄豆就可以变成白豆腐。可是，你让他自己走过那道桥梁就难了，他缩手缩脚，可能一辈子都走不过去，只能借助于会磨豆腐的能人从桥那边把豆腐拿过来。无疑，刘本山就是这样的能人。他除了在种各种庄稼方面是行家里手，在粮食的衍生产品方面也能做出花儿来。我说他是我们村的最后一个全把式，也包括他在副业生产中所展现的高超技能。举一个下粉条的例子吧。中国人都吃过粉条，但粉条形成的过程，就不一定人人都见过，都知晓。不是吹牛，本人多次见过制作粉条的全过程，对粉条生产的工艺流程了解得一清二楚。如果生产粉条的过程是一台大戏的话，我对大戏的情节、细节、主角、配角，包括敲边鼓的、拉弦子的，都了如指掌。为避免过于琐碎，也是为了避免拉长篇幅，下粉条的全过程我就不详细写了，我重点只写写掌勺者的表演。粉剂子和好了，醒好了。火点燃了，风箱拉响了，锅里的水也似开未开，温度恰到好处。这时候，掌勺者该出场了，可以往热水锅里下粉条了。好比锣鼓打过了，边鼓敲响了，弦子拉起来了，跑龙套的也上台分列两边，站好了位置，主角该登台亮相了。“主角”刘本山上台时并没有摆架子，没有摆姿势，他笑了一下，好像还有些谦虚，他问：你们谁来？谁敢来呢？别人都对刘本山笑着，目光里颇有些众星捧月的意思，“众星”仿佛在对“月亮”说：这个不是谁想来就能来的，还是您来吧！刘本山这才把当仁不让的劲头拿了出来，说那好吧，你们都不来，我就来！他接过打下手的递上来的长把子漏勺，右脚一撩，蹬在锅台上，宣布下粉条开始。别人把做好的粉剂子往漏勺里一放，他右手操起一把木槌，一下接一下往粉剂子上捶去。粉剂子又白又胖，刚放进漏勺里显得有些僵。刘本山几槌打下去，粉剂子就变得有些软，有些柔，化成春风杨柳一样的细条状，纷纷从漏勺的漏眼里流出来，往冒着热气的锅里流去。木槌子打在粉剂子的屁股上啪啪响，刘本山把节奏掌握得非常好，似乎比钟表的跳动都准确。每击打一下，粉剂子似乎都在说舒服，舒服。舒服的结果，它们洗浴一样跳进汤泉般的热水里去了。当刘本山用木槌往漏勺里击打粉剂子时，漏勺难免有些晃动，有些闪。那么漏勺一闪，粉条们的腰肢就一闪，闪得像雾又像风，真是好看。每次看刘本山叔下粉条，都看得我目不转睛，有些向往，我想，等我长大了，我也要学下粉条，也要掌勺，在众人面前露一手。可惜呀，我一次粉条也没下过，一次勺也没掌过，就离开家乡，跑到外地去了。我不知道村里现在还有没有人下粉条，但我敢说，刘本山叔英雄迟暮，肯定是掌不动勺了。

我多次去看望过刘本山叔，对他住的地方是熟悉的。他和婶子住的是两间坐西朝东的小土屋，外间支锅灶，箔篱子隔起的里间是放床睡觉的地方。每次去他家，我都见他家门口放着一片矮脚凳，凳子上坐着一帮老太太。没错儿，老头儿只有一个，那就是刘本山，其余都是老太太。那些老太太家的老头儿都去世了，她们找不到人说话，就集中到这里说话。人是信息动物，他们需要到这里互相交流一下信息。人也是群居动物，他们需要走到一起，共同抵抗一下晚年的孤独。核心当然是刘本山，主说人也主要是刘本山。谁让他的岁数最大呢！谁让他是刘楼的活历史呢！谁让他爱说爱笑呢！谁让他一开口说笑话就能把人的大牙小牙都笑掉呢！花儿谢了，庄稼熟了，不需要再传粉。他们也有不说话的时候，一个两个沉默得像土块子。就算是土块子，他们也愿意待在一块儿。我以为他家门前跟以往一样，一去就会看到一些婶子辈的老太太。不料我们走到他家门口一看，小屋的木门上着锁，门前空空如也，一个人都没有，好像连一个蚂蚁都看不到。咦，这是怎么回事呢？我们想找一个人问一下，举目整条村街，从北到南，都望不见一个人。我们见街东有一家的大铁门开着，就进去打听。尚未开口，见一位老人独自在院子里的一张矮脚小椅子上坐着。我们一看，这不正是我们要找的刘本山叔吗！我们都有些欣喜，一齐走上前去，叫着本山叔，本山叔，我们来看您来了！

本山叔神情木然，好像一点儿都不感到惊喜。他的牙齿掉光了，腮帮子有些松垂。他的眼皮耷拉下来，几乎遮住了眼睛。我们看不见他的白发，因为他戴了一顶没有帽檐的黑色绒帽，把头顶和两个耳朵都包住了。他抬起眼皮把我们看了看，像是把我们认了出来，说：你们姊妹几个都来了吗？

二姐说：是哩，您是咱刘楼的老寿星，我们姊妹几个来看看您！

别看绒帽子包着本山叔的耳朵，他的听力好像还不错，他说：我今年九十四了，明年就九十五了！

我拿出一个红包递给他说：我们祝本山叔健康长寿！

本山叔一点儿都没有推辞，接过红包，装进了棉衣口袋。他脸上活泛起来，开始跟我们说笑话，说是哩，人越老越瘦。他们都说我长瘦长瘦，我也不少吃，就是不长肉，不瘦咋办哩！

这个寿不是那个瘦，我们听出本山叔是故意把寿瘦混淆，以他惯常的诙谐，在跟我们说笑话。我们都笑起来，院子里顿时笑语喧哗，喜气洋洋。

这个院子是刘本山大儿子的院子，他的大儿子听见笑声从堂屋里出来了，招呼我们到堂屋里坐。

大姐问到婶子，说怎么没看见婶子呀？

刘本山的大儿子说，他娘信了主，今天是礼拜天，他娘到别人家做礼拜去了。

关于村里一些妇女信奉天主教的信息，我以前回家时也听说过一些，知道信主的妇女越来越多，信主的队伍越来越大。据我所知，本山婶子以前并不信主，不但不信，别人动员她信时，她还有些警惕，有些排斥。不知别人是怎么动员的，她现在也信了主。这表明天主还是有一定动员力量的。信主和做礼拜，在我们村都是前所未有的新事物，让一个从事写作的人颇感兴趣。每次听到这样的信息，我都想去她们做礼拜的场所看一看，看能否搜集到一些写作的素材。但我随即想到，我的想法是出于私心，我的写作属于俗事，而她们的信仰近乎神圣，我贸然前往造访，会不会干扰到人家的礼拜仪式呢？会不会让人家受惊呢？所以我想想就放下了，一次都没去过。我还有一事不解，村里信主的都是妇女，连一个男人都没有，这是为什么呢？是不是男人都比较自信，只相信自己呢？

在刘本山大儿子家的堂屋里，我们跟本山叔聊了一会儿。以前跟他聊天，他跟我聊得最多的是“两大”，一个是大跃进，一个是大食堂。我不用跟他提什么话头，只要一开口，他必定跟我说这两个大里面的故事。在老人的记忆仓库里，储存的东西肯定很多。但当他从仓库里往外拿东西的时候，并不是拿到哪个算哪个，而哪个最大，最闪光，最难忘，他就拿哪个。这表明人的记忆是有方向性和筛选性的，越是到老，筛选出来的东西就越少。还有，老人说话我行我素，总是爱重复。有些话他不管自己以前说过多少遍，也不管别人爱听不爱听，他只管说他的。其实他是说给自己听的，别人听不听都无所谓。我分析，他之所以爱拿大跃进和大食堂说事，一是他在大跃进年代躲过一劫，保全了自己的性命；二是他在大食堂眼看就要断顿的时刻，偷偷打开了大队的仓库，弄出了一些红薯片子，使得我们刘楼没有饿死人。我觉得他讲的大跃进和大食堂的故事都挺有趣味的，也挺有意思的，不妨讲给朋友们听一听。

我试着以刘本山的口吻，并试着用我们老家的方言，来讲一讲大跃进和大食堂的故事，看看是不是更有味道一些。

先讲关于大跃进的故事。

大跃进一年，大麦刚黄梢儿，小麦还没有奓芒，公社就通知我去李楼开会。我一听，头皮一麻，知道坏了，一定叫我去报产量。别的地方报产量的事我听说过，啥是报产量，就是日空儿，就是吹大气，一个比一个吹得大，差不多能把天上的日头吹下来。有一个队长年轻，留的是东洋头，他鼓着肚子吹，报了个亩产小麦四百斤。他大概觉得四百斤已经不低了，实际亩产能达到二百斤就算不错。谁知道呢，后面报产量的队长，舌头底下垫砖头，层层往上垫，都比他报得高。结果怎么样呢，年轻队长当场挨斗，一头好头发差点儿被勒光，回家拉血饼子，差点儿丢了小命。报产量的事临到我头上，吓得我心里直叫娘，我可不能去挨斗啊，不能去送死啊！我是队长，不去开会又不中，鸡拴住了膀子，怎么扑棱都扑棱不掉。怎么办呢，先剃个光头再说，省得人家勒我的头发。我的头发本来并不长，剃头的半个月到村里来一回，我每回都剃光头。这回赶上我奶奶死了，我要给奶奶守孝，一百天都不能剃头。到大队通知我去开会的那一天，我已经两个多月没剃头，头发一抓就是一大把。我心说这可不中，壶留把子让人抓，人留辫子让人拽，我的头发这么长，人家勒着可怪方便，一勒就能把我勒个面朝天。不中，我得先把头发剃光再说。正好剃头的又来了，我让剃头匠把头发给我剃了吧。剃头匠也知道我正给奶奶守孝，他说时间不到呀，不够一百天哪！我没跟剃头匠说那么多，只说头发长了刺挠得慌，你只管给我剃了吧。剃头匠下刀子之前，我在心里跟奶奶说：奶奶，您别怪孙儿不孝呀，我也是没办法呀！这样一说，我的眼泪都快下来了。

把头发剃光了，我才敢去开会。头皮太光了也不好，太阳一照会反光，太显眼，头上趴个虱子都看得见。我把我的破帽壳子戴上了，不光盖上了我的光头，还盖住了我的脸，我的眼，等于把我自己藏到了破帽壳子下面。我的意思是别让公社派来的工作员看见我，别让我第一个报产量。没想到的是，我到会场一看，去参加会的队长都戴着帽壳子。天气越来越热，眼看就要收麦，戴帽壳子是需要的。一般来说，在太阳下面戴着帽壳子，到了屋里就应该摘下来。可是呢，队长们到了屋里也不摘帽壳子，像雨后出了一大片白蘑菇一样。这帮老毛兔子，我猜他们的心思跟我一样，都怕第一个报产量，都想把自己藏起来。

公社的工作员老成大概看出了问题，他说：屋里一没太阳，二没下雨，你们都戴着帽壳子干什么，都给我摘下来！

老成一声令下，别说摘帽子了，叫你脱裤子你也得脱。一摘帽子不当紧，坏菜，我刚剃的光头一下子露了出来。我真怕我的光头晃了老成的眼，恨不能把光头缩到肚子里。老成说：开始报吧，看谁先打头一炮。

头一炮可不好打，弄不好就会打在自己头上。没一个人说话，每个人的嘴上都像打了锔子一样。我低着头往两边瞅了瞅，见他们的脖子都缩得比老鳖还厉害。

怕鬼就有鬼，痒痒就有虱，老成还是点了我的名，说刘楼的刘本山，要不你先报吧！

我的天哪，我对奶奶不孝，奶奶不保佑我，就把我推了出来。要是知道光头也能招麻烦，我还不如把长头发留着呢！事到临头，我装死也不中啊！我肚子里像有一万个蚂蚱在蹦，都在帮我出主意。你有千条计，我有老主意，反正你就是打死我，我也不能第一个报产量。我说你叫我咋说哩，在总路线、大跃进、人民公社三面红旗的指引下，今年的小麦长得可是太好了，我敢说，人老八辈儿都没有今年的小麦长得好。

但是，要说亩产多少，我一时还真有点儿说不好。不怕大家笑话，这会儿我正在掰着手指头算哩，光掰手指头不够用，我正想把脚指头也掰上。成社长您看这样中不中——我知道他不是社长，我是给他戴高帽儿——您让别的队长先报着，我算好了马上就报。

老成说：我看你的头剃得怪光，你不是在耍滑头吧！

我说那可不敢，谁耍滑头谁是小舅子！

听见我赌咒，别的队长笑了一下。

老成说：那好吧，让刘队长再掰一会儿脚指头，别的队长先报吧。他又点了小李庄李队长的名，让李队长先报。见李队长有些吭哧，像从老鳖肚里抠砂姜一样难抠，老成又补充了一句：不要太保守哟。

李队长吭哧了一会儿，总算把产量报了出来，他没有保守，他说：我估计小李庄今年的小麦亩产能达到两千斤。

打镲子（开玩笑），两千斤哪，恐怕把麦根子、麦秆子、麦叶子、麦糠都算上，一亩地也打不了两千斤！我一听不由得倒吸了一口凉气，亏得我没先报，我要是先报，非打家伙不可，因为我心里打的盘子是报一千斤。

好，小李庄生产队今年亩产小麦两千斤。老成让会计记上吧，下面接着报。看样子，老成一点儿都不兴奋，对李队长所报的产量好像并不是很满意。

看老成的脸色行事，接着各队报的产量都是一千斤一千斤地往上加。日空儿谁不会日呢，反正日空儿跟日梦一样，日来日去都是日自己。轮到我报，我报了个亩产五千斤。老成刚要让会计记下来，我说等等，不对，我还少报了一斤，亩产应该是五千零一斤。

老成说：你报的产量有整有零，看来你很讲究实事求是啊！

我说那是哩，我算了半天，一就是一，二就是二，一斤一两都不能少报。

只报了亩产两千斤的李队长怎么办呢？老成的意见是，大家帮助他一下吧！

大家都明白，帮助他，就是斗他，打他，撞他的蒜瓣子。你们那时候还小，可能不知道撞蒜瓣子是咋回事。是一圈人把一个人包围起来，你推一把，我踹一脚，把中间的人撞得东倒西歪。好比一个人一开始是一头整蒜，撞着撞着，整头蒜就撞成了蒜瓣子。再撞来撞去，蒜瓣子就会变成蒜泥。人不是蒜，谁都禁不起撞。李队长淌浆了，喊着别撞了，别撞了，我重新报产量，小麦亩产两万斤，三万斤……

别人也喊：你不要装蒜，想重新报，已经晚了，你刚才是干啥吃的？撞死你个丈人！

我没动手，我吓得有点儿麻爪子。我知道，要是我先报产量，挨打的肯定是我。李队长先报了产量，等于他在替我挨打。老天爷，我不能眼看着这群疯狗活活把李队长打死呀！我大喊了一声：别撞了，省点儿劲，别闪了自己的手脖子。你们把蒜瓣子撞完了，别人撞什么！听我这么一喊，那帮兔孙才住了手。我把躺倒在地的李队长拉起来，李队长哆哆嗦嗦对我说：刘大哥，这个队长我是不当了，就是扒我家的祖坟，我也不当了。我小声对他说：不要胡说，让别人听见了，还得撞你的蒜瓣子。

都把产量报这么高，打下小麦交公粮吧。队里套上大车，用布袋装上小麦摞在大车上，车上插着红旗，小学生喊着口号，把打下的小麦全部交到了公社粮站。大食堂里连一个白馍都没蒸，小麦连上磨都没上磨，扫吧扫吧，全都交了公粮。我跟你们说，你们可能不信，那一年队里连小麦种子都没留。常言说：种粮不能断种，栽树不能断根，这谁都知道。可打下的粮食不够交，咋弄哩，只能顾前不顾后，顾头不顾腚，走一步说一步。

小麦都交上去了，瞎话还得继续说，日空儿还得继续日。开会时每个队长都在说，我们队是大囤尖，小囤流，粮食多得吃不完啊！席张庄的一个队长吹大气，说他们队里的食堂天天蒸白馍吃，白馍暄腾得很，一捏两头放屁。我心说，你就吹吧你，啥白馍放屁，是你在放屁，两头都在放屁。既然席张庄的粮食那么多，社员们生活那么好，老成说，那明天就到席张庄参观一下吧！

第二天上午，我们到席张庄去参观。我们一看，席张庄的粮食茓子可真大呀，那是可着一间屋子茓成的粮食茓子，里面靠墙的地方，扁着身子才能通过。粮食茓子可真高呀，把手举起来才能够到上面堆的小麦。这么一大茓子小麦，恐怕一万斤都不止吧。围着粮食茓子参观时，我悄悄把粮食茓子摁了摁，摁到一个顶手的东西，里边像是拐着一个胳膊肘子。我猜到了，这个粮食茓子是假的，只有上面铺着一层小麦，下面充填的不知是什么东西。我听见别的队长在小声说：假的，假的，蒙人的。有一个队长傻帽儿，他掀开上面铺了一层小麦的布单子，从茓子里掏出一把麦秸，说什么粮食茓子，下面是个麦秸垛。这个队长把假的粮食茓子揭露出来了，席张庄作假的人会不会挨斗呢？我们都看着老成，看他往哪儿领导。没想到老成把那个说实话的人一指，说噢，出了个怀疑派，斗他！

这次斗他，不撞蒜瓣子了，让他坐飞机。坐飞机的办法，是两个人掀起他的胳膊，掀高再掀高，掀得像两只翘起的飞机翅膀一样。胳膊掀高了，他的屁股就得撅起来，撅得像屋山一样。他的头呢，就得低下去，低得像蛤蟆要拱泥一样。这还不算，另外一个人勒住他的头发，勒得他的脸朝天仰着，差不多仰到了后脖梗子上。老成让他坦白吧，为啥要当怀疑派？

他说：我坦白，我坦白，我不是人，我连个畜生都不如，我再也不当怀疑派了。我说实话吧，我看到的粮食茓子都是真的，那一茓子都是小麦，连一根麦秸都没有。

打马骡子惊，我在心里赶紧记住怀疑派这个新说法，琢磨怀疑派是啥意思。对啥事都不相信，喜欢挑个眼儿，要个小聪明，就是怀疑派。我对自己说，我可不能当怀疑派，宁愿当一个信子，傻子。你说雪是黑的，我说对对对，雪黑得跟锅烟子一样。你说锅烟子是白的，我说那不假，锅烟子白得能当粉搽。

斗完了怀疑派，老成对我说：刘本山，明天去参观你们刘楼的粮食茓子。

我说好，欢迎大家到刘楼参观指导！

回到刘楼，我马上找了几个男劳力，指挥他们连夜造粮食茓子。食堂里有一个饭厅，饭厅里有各家各户搬去的桌子、椅子和板凳，我让他们把那些东西摞在一起，搭起架子，里面塞上麦秸，用茓子一圈一圈往上茓。在造粮食茓子时，我见有的社员在偷偷地笑。我说你笑什么，是不是想当怀疑派，小心斗你小子，让你坐飞机！我把脸子一抹，他们就不敢笑了。刘楼的粮食茓子造得比席张庄的粮食茓子还要高，还要大。刘楼没小麦当脸面怎么办呢，我让他们在茓子最上方铺了几床借来的被子，被子上面铺的是一层稻子。

第二天，老成带着参观团到刘楼来了，我说欢迎欢迎，热烈欢迎！我给他们说笑话，打预防针，说我相信你们中间没有一个怀疑派，都是啃屁股派。有人问啥是啃屁股派？我说屁股就是腚，啃屁股不就是肯定（腚）嘛！他们都笑了，说对着哩，我们都是肯定派。他们围着粮食茓子转了一圈，连一个动手摸粮食茓子的都没有，一片啧啧称赞之声。有一个队长说：刘队长，你们刘楼有这么多稻子，我看天天可以吃大米干饭肉浇头。我说那是哩，要不咋说人民公社是天堂哩！

再听刘本山叔讲关于大食堂的故事。

粮食茓子怪大，里面装的东西就是不能吃。桌子腿能吃吗？不能吃。麦秸能吃吗？不能吃。牛能吃麦秸，人不能吃麦秸，因为人没长嚼麦秸的牙，肚子也不是消化麦秸的肚子。说来说去，人还得吃粮食，吃了粮食才能活命。粮食茓子上铺的那一层稻子，要是打成大米，别说吃大米干饭肉浇头了，恐怕连塞牙缝子都不够。

熬着撑着撑到了 1960 年春节，大食堂离断顿就不远了。大过年的，哪有不放炮的呢？那一年过春节，连一个放炮的都没有，没有放鞭炮的，也没有放散炮的，全村冰天雪地，死气沉沉，人跟死光了差不多。过年哪能不吃点猪肉呢？别说吃猪肉了，想吃猪屎都没有。过年哪能不吃口白馍呢？那年大初一，别说白馍了，连黑馍都没有。半晌午了，开饭铃才敲响。各家各户的人踩着冰碴子，到食堂里只领回了几块蒸红薯。你们可能还记着哩，地主分子范鹤楼的老婆，就在那一年的初一上吊死了。她男人死了，她有五个孩子。那天早上她把几个孩子都打发到食堂去吃红薯，自己就在家里的二檩子上挂了脖子。她是觉得活不下去了，不吊死也得饿死，干脆自杀算了。当时村干部对她很有看法，早不死，晚不死，非在大年初一死，这不是给人民公社抹黑吗！死就死，不管她。死了怎么着，连个棺材都没有，秫秸箔一卷，就埋了。庄东边的路上，不断有要饭的，扶着老的，扯着小的，往南乡走。他们傻呀，哪里知道，越往南走，人饿得越厉害，饿死的人越多。人走着走着，走不动了，往地上一坐，一歪，人的眼珠子还睁着，人已经饿得断了气。他们路过咱刘楼，进村要饭的也不少。他们斜撒（颤抖）着腔，走过一户又一家，说行行好吧，可怜可怜我吧，给一口吃的吧！谁不想行好哩，谁不知道行好得好哩，可刘楼的人拿啥行好哩，俺连自己的命都快保不住了，总不能端碗清水给你喝吧。肚里没本儿，难咽清水，你不喝清水还好些，喝了清水死得快些。好咧，快走吧，你们看哪里能逃个活命，就到哪里去吧。

你们知道，咱村有个姓普的哑巴，那人多铁（也有人说是特别二字的合音）呀，平时干活儿多舍得下劲哪，他的嘴不会说话，好像把说话的力气也用到了干活儿上，干起活儿来比一头骡子都厉害。大饥荒一来，他饿得就瓤了秆子，两条腿变成了三条腿。那天他拄着一根柳树栽子（柳木棍）找到我，啊啊地跟我诉苦。他揪起自己的棉裤腿，让我看他的腿。我一看，乖乖，因为缺吃的，他已经得了浮肿病，小腿肿得明溜溜的，跟用糖稀吹的假腿一样。我跟他说笑话：普哑巴，你叫我看你的腿干什么，是谝你吃得胖怎么着！你别看哑巴又哑又聋，他看着我的嘴，就知道我说的是什么话。他拄着棍子也站不稳，一屁股坐在冰地上，用大拇指摁自己的腿。他一摁一个深坑，深坑迟迟不能弹起来。我明白他的意思，他表示他的腿不是胖，是肿。他还张着嘴，用一根手指头一下一下往嘴里比画。哑巴的意思再明白不过，他是跟我要吃的。我在队里当队长，他以为吃的都归我管着。我上哪儿给他弄吃的哩，你有嘴，我也有嘴；你有牙，我也有牙，你没啥吃，我也没啥吃；你没啥嚼，我也没啥嚼，你饿死，说不定我也活不成。但是我对他说：我知道你饿得慌，你别着急，咱们想想办法。我把他从地上拉起来，让他回家把自己放到床上睡去吧。

得浮肿病的不止哑巴一个，过罢年，村里不少人都得了浮肿病。您爷，包括您大爷（指我父亲），都得了浮肿病，腿都是一摁一个坑。浮肿是饿出来的病，得了浮肿病可不得了，说得不好听一点，得了浮肿病，如果吃的再跟不上，离没命就不远了。咋办哩，不能眼看着饿死人哪！

还不到正月十五，食堂里的伙食长找我，说大哥，红薯也吃完了，今天中午再蒸一顿，明天就没啥可蒸的了。我问真哩吗？他说那还有假，不信你跟我到红薯窖里看看。我说我不去看，我怕我头一晕，眼一黑，从红薯窖里出不来。我马上找村里几个干部商量，得让食堂里的烟火继续冒下去。食堂里冒烟，人才能出气。要是食堂里不冒烟了，不做饭了，人没饭吃，靠什么出气呢！我说咱刘楼不能饿死人哪，饿死谁都不好，以后祖祖辈辈说起来都不好听，咱们这些当干部的都是罪人。他们都同意我的说法，说是哩是哩，饿死人将来落骂名。我说落骂名是一个问题，还有一个更严重的问题是，不光别人会饿死，咱们这些人也得饿死。谁都不是乌龟，不会吃风屙沫。如果食堂灭了火，断了炊，我敢说出不了三天五天，人就得饿死一大片，到时候埋都埋不及。听我这么一说，他们的脸都寒了下来，一个两个像霜打的茄子一样。我让他们说吧，怎样才能保大家的活命。他们你看我，我看你，都不说话。我说：谁都别看谁了，每人脸上就那一层薄皮，扒下来还不够吃一顿呢！我只好点了仓库保管员的名，让他说说吧！他说他没啥说的。我说：你也不用多说，你就说仓库里还有没有粮食吧？我这么一问，别的干部眼睛一亮，都盯着保管员的嘴，好像他的嘴就是仓库，只要他一张嘴，就有粮食露出来。保管员有些害怕，他说你们都看着我干什么，难道你们要吃我吗！你们不是不知道，仓库里放的是有一些红薯片子，可是仓库门上锁着两把锁，还贴着封条，红薯片子弄不出来呀！

我之所以把村干部叫到一起商量，因为我心里有数，知道仓库里放的有红薯片子，而且一多半是发过霉的红薯片子。把湿红薯削成片子，摊在地上晒干，就变成了干红薯片子。红薯片子怎么会发霉呢？这还是大跃进跃出来的。比方说吧，东南地里有一大片红薯，红薯长得不赖，每一棵都结七八十斤。公社骑着自行车的干部检查团到红薯地边一看，一个干部手往地里一指，要求一天之内把红薯全部出完，削成红薯片子。我看天阴得滴溜溜的，眼看就要下雨，这时候出红薯，削红薯片子，不是找着让红薯片子淋雨发霉吗？我刚说了一句天上没有太阳，不适合晒红薯片子，那个干部就劈头盖脸把我像爽秫叶一样爽了一顿，说我对大跃进的精神还是吃得不透，什么是大跃进，大跃进就是要打破常规，跟老天爷对着干。好好，对着干，对着干。结果可好，刚开始削红薯片子，天就下起了雨。白花花的红薯片子，雨一淋就是一个黄点，不发霉才怪哩！等太阳出来了，本来应该是白红薯片子，都变成了黑红薯片子。别看红薯片子发霉了，还算是粮食，也能哄哄肚子。保管员说红薯片子弄不出来，这个情况我也清楚。大跃进一来，有人岗着（吹着）共产主义已经实现，要办集体农庄。办法是，把三个庄合并成两个庄。这三个庄就有咱刘楼，还有马桥和小李庄。把小李庄的人一分两半，一半迁到刘楼，一半迁到马桥。小李庄腾出来，办青年突击队，和养猪场、养羊场、养鸡场。这场那场倒是办起来了，结果是养猪猪瘟，养羊羊死，养鸡鸡飞，啥都养不成。还有两个庄，只有一个粮食仓库，仓库放在了刘楼。仓库是土地改革时没收的地主家的房子，号称大堂屋。大堂屋又高又大，里面很宽敞，很适合盛粮食。大门上锁着两把锁，锁上的钥匙由两个仓库保管员拿着，一个保管员是刘楼的，另一个保管员是马桥的。只有两个保管员都来到仓库门口，仓库的大门才能打开。这还不算，还有一条更麻缠，那就是两扇大门对缝的地方，用一条白纸斜着贴了一个封条，要揭开封条，两个生产队的队长必须同时到场。一切都等不及了，必须想办法打开仓库的门，把里边的红薯片子弄出来。

保管员说，他没办法，反正犯错误的事他不干。

我说：别吭气了，你没办法，我有办法。你们把犯错误的事都推在我身上，坐监我一个人去坐，还不中吗！人命关天，我不能见死不救。今天后半夜，我以拍三下巴掌为号，你们都到仓库门口集合，等着从仓库里往食堂里弄红薯片子就是了。

我的办法是，找一截铁丝砸成铁片子，插进另一把锁的屁股门子里一捅，就把锁捅开了。门上贴的封条怎么办呢，我把一条毛巾弄湿，捂在封条上的下半截，把封条和封条下面的糨糊都浸湿，然后轻轻一揭，把两扇门的其中一扇轻轻一推，门就开了。往外倒腾红薯片子时，因为害怕，也是因为天冷，每个人都浑身哆嗦，哆嗦得跟筛糠一样。我说弟兄们把骨头放硬一点，不要散了架子。我一开口，也哆嗦得收不住，差点把一口牙哆嗦到肚子里。

过了几天，马桥的队长和保管员过来，要跟刘楼的人平分红薯片子。打开仓库的门一看，他们惊得眼珠子都快要掉下来，咦，红薯片子怎么只剩这么一点儿！我说这我可不知道，门上落着锁，还贴着封条，连个苍蝇都进不来，红薯片子怎么会少呢，是你们记错了吧！他们说不对，这里边肯定有鬼。我说，你们说有鬼，那你们就问鬼去吧！

霉红薯片子不能煮茶，只能磨成面蒸馍。用霉红薯片子面蒸出的馍又黑又苦，不能在嘴里品，一品就想吐。得赶紧用舌头扁扁，咽到肚子里去。食堂的馍小得像火柴盒也好，吃馍像是吃苦药也好，别管咋说，刘楼的食堂没有断顿，刘楼的社员总算有口饭吃。

还有一个事儿，你们可能不知道。秋天队里收豆子的时候，老师带着小学生到地里搞复收，拾豆子。小学生拾的豆子拿到学校里去了，在学校的操场里晒，打。豆子打出来后，老师问我怎么处理，是不是交到队里。我没让他们交，说先放到学校里吧。学校没有茓子，他们就把豆子放到课桌的抽屉肚子里去了。后来有一段时间，反瞒产反得厉害，角角落落、鼠鼠洞洞都搜到，但谁都想不到去学校搜，那些豆子成了漏网的豆子。在最紧要的时候，那些豆子用上了。人为啥会得浮肿病呢，是因为吃不到豆子。我让食堂的炊事员把豆面和红薯片子面掺到一块儿，擀成面条，下汤面条儿给大家吃。大家吃了汤面条，得浮肿病的人就好了，反正刘楼没饿死一个人。

刘本山再次提到我父亲，说我父亲虽说是1960年夏天死的，但不是饿死的，是拉肚子拉死的。再说那个时间大食堂已经解散了。

我说是的，父亲去世的时候我已经记事了，我们从来没说过父亲是饿死的。

再次讲完了大跃进和大食堂的故事，本山叔突然有些悲观，他说：你们这次回来看我，再回来就不一定能看见我了。

我赶紧说：不会的，不会的，您一定能活到一百岁。

真的吗？

我说没问题。我看您的身体状况，不但能活到一百岁，还能超过一百岁呢！等再回来的时候我们再来看望您！

第九章

生气

人活一口气，有这口气，表明人还活着。用手放在人的嘴巴和鼻孔那里试试，没气了，就等于人已经死了。

都是一口气，气与气的性质不大一样。有大气、正气、静气、和气、善气等，也有小气、邪气、躁气、戾气、恶气等。所谓一个人的气质如何，很大程度上就是以这个人气的质量判断出来的。对气的质量的判断虽说是综合性的，但好的气质起码是正常的，而不好的气质往往是负面的，非正常的。

人活在世上，总有气不顺的时候，总有生气的时候。一生气就不是好气，气就会变质。偶尔生一下气，尚无大碍。倘若老是生气，生气，生气，就有可能影响到身体，导致人的身体由气质性变质变成器质性变质，甚至危及人的生命。

把人气死的故事是有的，最著名的例子当数《三国演义》里诸葛亮三气周瑜的故事。周郎少年得志，威震四海，那是何等厉害的角色。但老谋深算的诸葛亮，抓住了周瑜气量狭小、刚愎自用的弱点，一而再、再而三地招惹周瑜生气，硬是把周瑜气得满口吐血，活活给气死了。

看到这个故事时，我心里是打了问号的，不大相信一个大活人会因生气而死。气是软东西，既不是石头，又不是刀子，怎么能夺人性命呢！我想，这个故事有可能是罗贯中虚构出来的，为了在对比中塑造诸葛亮和周瑜的性格形象，也是为了让故事精彩，夺人眼球，他就编织了这么一出有点儿夸张的故事。

然而，这几年我回老家，每每听村里人说起，刘本常是被气死的。如果只听一两个人说，我不一定往心里去。后来跟我说这个话的人越来越多，越来越具体，而且众口一词，都认为刘本常是被气死的，我才有所留意。他们说，刘本常受的是窝囊气，气窝在肚子里出不来，越聚越多，越变越硬，最后伤到了肝，得了肝癌，人就死了。当我详细了解了刘本常受气和生气的全过程，就改变了以前的看法，相信人的生命的确会因为生气而丧失。

刘本常是我的又一位堂叔，比我大三岁。别看他比我大这么多，却是我的同班同学。从一年级到六年级，我们都是同学。学习这个事情有时让人难以明白，一个人生得早，吃饭早，说话早，脑子也应该开化得早，在学习方面比岁数小的同学应当好一些。可不知为何，刘本常的学习成绩并不见得比我好。我在班里当少先队的中队长，他连小队长都没当过。结果，他只上到高小毕业，连初中都没考上，就回到村里当农民去了。这样一来，我们就成了两条道上跑的车，我天天在镇上读中学，他天天在村里拾粪，互相之间没了交集，连见面的机会都很少。我星期天回家，偶尔在村街上碰见他，也是他不理我，我不理他。我们之间并没有什么矛盾，只是无话可说而已。他不大愿意承认我是他的同学，好像那一章已经掀过去了，无须再提。但他有一个意识是明显的，他意识到他比我长一辈，是我的叔辈。既然是叔辈，当然不可超越，他就有了辈分上的优势。在说到我时，他一般都用“那孩子”或“这孩子”代指，使用的是叔辈的口气，端的是叔辈的架子。对于刘本常这么说，我没有任何反对，内心也不反感，因为我的确是他的侄子辈嘛！

我的愿望是一直把学上下去，上到哪里我都乐意。不料“文化大革命”来了，我连初中都没上完，就被打回了老家。在我回老家当农民的初始阶段，我对刘本常仍没有留下什么难忘的印象。对于我中断学业回乡，他好像一点儿都不感到惊讶，好像一切都很正常。他早就回家当了农民，我为什么就不能当农民呢！

刘本常发生变化，并引起我的注意，是他结婚成为新郎之后的事。有些人的婚姻，对结婚者的改变很大，几乎带有再造的性质。结婚不仅使有的人成了新郎，变成了丈夫，变成了男人，还好像一切重新开始，从此获得了新生。打个比方，没结婚之前的半大橛子，好比是一块湿泥巴做成的生坯子，一摔就烂，水一泡就碎。结婚之后，其对象仿佛为他提供了一座烈火熊熊、温度极高的砖窑，他投身砖窑，很快就烧熟了。生坯子经过煅烧，经过洗礼，就变成了一块结结实实、板板正正的青砖。这种变化是本质性的改变，有着脱胎换骨的性质。据我的无意观察所留下的记忆，刘本常的变化就是在娶妻之后开始的。

刘本常兄弟二人，他是他们家的老二。他娶的新媳妇，我们称为二婶子。村里凡有人结婚，全村的男女老少都会去看，是凑热闹的意思，也是同喜捧场的意思。我们那里还把叔叔新娶的婶子叫花婶子。花婶子的称谓，是在婶子当新娘子的特定阶段，过了那个阶段，或是婶子生了孩子，就不叫花婶子了。那个意思好比是一株花树，花婶子代表的是鲜花盛开的时节。“鲜花”谁不爱看呢！刘本常娶花婶子那天，我也去看了，而且参与了闹洞房。洞房的婚床上放有两只用红色的高粱篾子编成的枕头，我们把其中的一只枕头扔来扔去。当有人把枕头像传球一样传到我手上时，不知怎么搞的，我把枕头一扔，竟扔到了花婶子头上。须知枕头可不是皮球，枕头发硬，砸到人的头上会疼。花婶子一定被砸疼了，她大声哭了起来，一边哭还一边骂人。闹洞房本来是喜庆事，花婶子一哭一骂，顿时大煞风景，我也觉得很没趣。一般来说，当新娘子的人要做好被闹的思想准备，就算闹洞房的人闹得有些过头，新娘子也应该忍耐一下，保持新娘子应有的风度，不能当场咧着嘴哭，更不能骂人。而刘本常家的花婶子如此表现，就显得不够懂事，不太成熟，像没经过驯化一样。我很快就听人说了，花婶子结婚时还不满十八岁。花婶子的爹娘死得早，她是跟着哥嫂长大的。她一天学都没上过，成天价在地里放猪放羊，拾柴割草，还跟男孩子打架，跟一个野孩子差不多。虽说她嫁人成了新娘，但她的野性未脱，遇事还是想哭就哭，想骂就骂，一切由着性子来。她的野性不仅在别人闹洞房时初露端倪，去娘家回门之后，还有一系列让村里人传为笑谈的表现。傍晚，她家的扁嘴子（鸭子）该回家了，却不回家。扁嘴子大概对她有些认生，她在水塘西边撵，扁嘴子往东边游；她跑到水塘东边撵，扁嘴子又往西边游。她骂了扁嘴子的娘，一急之下，不顾秋水已凉，扑通一声扑进水里去了，双脚打着砰砰儿，在水里撵扁嘴子，终于把几只扁嘴子撵上了岸，并撵回了家。更有甚者，她还跟村里的小伙子比赛摔轱辘，也就是摔跤。她跟人家摔跤的方式，是两个人的胳膊交叉着搂在一起，搂得胸口贴着胸口，肚子贴着肚子，就那么在麦苗地里或是旱垡子（冬天不种庄稼，来年春天再种，也叫春地）地里摔。摔跤有胜有负，胜的时候她压在小伙子身上，负的时候小伙子压在她身上。我见过她和一个叫刘本房的小伙子摔跤。第一盘，她把刘本房摔倒了。我看得出来，刘本房的倒地是假装的，目的是想和她再来一盘。果然，第二盘他们互相纠缠了一会儿，刘本房就把她压在了身子底下。看他们摔跤，我有些跃跃欲试，也想和花婶子摔一跤。但因为她是婶子辈，我是侄子辈，搂在一起恐怕不合适，我就把想法放弃了。这表明，花婶子在男女方面不够敏感，甚至愚钝得缺乏性别意识，把自己混同于一个男人。

刘本常怎么办？娶到这样一个野头野脑的老婆，对刘本常来说无疑是一种考验，既考验他的胸怀，考验他的智慧，又考验他驯化女人的能力。他不会允许自己的女人把野性保持下去，动不动和另外一个男人抱在一起摔跤，那成什么体统！俗话说，当面教子，背后教妻。不知刘本常使用了怎样的手段，也不好想象他在背人的地方怎样教训妻子，反正过了一段时间之后，花婶子变得收敛起来。还拿一棵花树作比，花婶子这棵花树上的花朵开始打蔫儿，几近凋谢。有人再跟她提出摔一盘，她脸上出现的是羞怯的表情，说不敢哪，他叔不叫。她说的他叔，指的是自家的男人刘本常。她说不叫呢，就是不允许。

比起二婶子的变化，二叔刘本常的变化更大些。他的变化主要体现在他在生产队的劳动上。以前在队里干活儿，他不显山，不露水，山是平山，水是静水，一点儿都不突出。社员们评分时，给他评的是九分，离满分还差一分。结婚当了丈夫后，他像换了一个人一样，突然变得“丈夫”起来。男劳力用架子车往地里拉粪，不等队长拉响吊在高树上的上工铃，他就拉着架子车出发了。等上工铃拉响，别的社员陆续上工，他已经装了满满一车粪肥，向地里拉去。这第一车粪肥，是他自己装，自己拉。别的社员上工后，就有了分工，装粪的专门装粪，拉粪的专门拉粪。装粪的往刘本常的架子车上装粪时，他总是嫌装得不够满，说装，装，再装点儿。有的不愿下力的拉粪人，老是担心车子装得太满，拉起来太沉，往往不等装车人发话，拉起架子车就走了。刘本常和这样的人相反，装车的人发了话，说可以了，走吧，他还是不走，要求装车的人再装，再装。直到人家把架子车装得堆着尖，满得不能再满，他才把架子车拉走了。如此满载的粪车拉起来当然沉重，可他不怕沉重，不但不怕沉重，好像他追求的就是沉重，越沉重他就越满意。他把车襻套在肩头，两手驾辕，奋力向前拉去。他身子前倾，头低向地面，几乎是四肢着地，像是把自己变成了一头拉车的黄牛。黄牛不会说话，在拉车期间，刘本常也不说话。好像他只在心里和自己说话，给自己加油。又好像他把说话的力气都用在拉车上了，没有多余的力气跟别人说话。刘本常这样拼命干活儿，等放工铃响后，他总该可以歇歇了吧？不，别人收工，他不收工，队长给他放工，他不给自己放工，他还要再拉一车粪才回家。他如此跟自己较劲，如此跟自己过不去，心里怎么想的呢？他的动力源泉来自哪里呢？我没有跟他就这些问题交谈过，就算跟他交谈，我估计他也不一定说得清楚。我只知道，结婚是他人生的分水岭，结婚之后，他就像换了一个人一样。也许他对二婶子是喜欢的，也许他要给二婶子做一个榜样，并对二婶子负责，才一下子顶天立地起来。村里有的小伙子不是这样，娶了媳妇之后，他就把力气都用到媳妇身上去了，一夜犁三遍耙三遍都不够，把自己折腾得像个瘦猴儿。刘本常没有沉湎于夫妻生活，而是从夫妻生活中获得了争气要强的动力，超越了夫妻生活。社员们再给刘本常评分时，一致给他评了十分。有人说，给刘本常评十一分或十二分都不算多，因为十分是最高分，是上限，只能给他评这个分数。当时不兴评劳动模范，要是评劳模的话，公社的劳模，县里的劳模，估计非刘本常莫属。

后来我参加工作到煤矿去了，刘本常在村里的出色表现我就看不到了。村里分田到户后，我听说他拜师学艺，当上了木匠。学一样手艺，当然要比只会种地活泛一些，你种地种得再好，只能是土里刨食，学会了木匠活儿呢，还可以在木头里刨食儿。木匠像锔缸、锻磨、星秤等手艺人一样，被称为老师儿。当了老师儿的人可以受请去给盖房的人家砍房梁，去给待嫁的女儿做嫁妆，是受人尊敬的。有一年秋天我回家探亲，见刘本常正在我们家的大院子里为堂叔家做木工活儿，我叫着本常叔，赶紧掏出一支烟给他抽。他平日里不抽烟，但那天满脸笑着接过了我递给他的香烟，他说：我知道这孩子带回来的都是好烟，这支烟我得留着。他把烟卷儿放在鼻头闻了闻，就夹在一只耳朵上了。我见到的许多乡村木匠都是这样，他们一边的耳朵上夹着半截铅笔，另一边的耳朵上夹着一支白色的烟卷儿，铅笔仿佛标志着他们以笔为尺的精确精神，烟卷儿似乎代表着他们的待遇。之前刘本常的耳朵上只夹有铅笔，这次他的另一只耳朵也派上了用场，夹上了烟卷儿。如此一来，他就更像一个木匠的形象了。可惜那时候我还不趁一台照相机，要是有照相机的话，我有可能会给他拍一张照片。我不知道刘本常一辈子照过相没有，他去世后，我曾去他家看望过二婶子，反正我从没有看见过他的照片。

刘本常在生产队里干活儿很卖力，在自家责任田里干活儿当然也不差。但相比之下，他在队里卖力是表现给别人看的，为的是能得到好评，挣到高分。在自家地里干活儿呢，他是干给自己看的，是干给土地看的。或者说，他在队里干活儿干的是过程，为自己干活儿盯的是目的，为的是让庄稼长得好，产量高。

麻烦在于，一些事情并不是以自己的愿望为转移，不是他想把庄稼种好就能种好，不是他想产量高，就能多打粮食。比如说，他家在村东有一亩多地，他在地里种的是玉米。玉米在我们那里叫棒子，棒子挺棒的，是高秆作物，也是高产作物。把一季小麦收割后，接着再种一季棒子，那是相当划算。让刘本常不悦的是，跟他家挨边的一块地里种的不是庄稼，栽的是桐树苗子。桐树是速生树种，成材快，见钱快。焦裕禄当年在兰考提倡栽的泡桐，跟我们老家的桐树是一样的。桐木可以打箱子，做棺材，还可以做成提琴、琵琶、古筝等乐器，奏出美妙的乐章。在责任田里栽桐树苗子的是我的一个堂弟，叫刘庆林。刘庆林在乡里的文化馆上班，干的是文化上的事，他没有兴趣也没有工夫打理庄稼之事，就图省事地栽了一地桐树苗子。如果说刘本常种的玉米是一支队伍，刘庆林栽的桐树也是一支队伍。两支队伍立正一比，桐树苗子的队伍居高临下，就显出了强势，而玉米苗子的队伍呢，就明显处于弱势。据说一棵树有多高，它的根就有多深。它的树冠有多大，它的根须所及的范围就有多广。这就是说，别看桐树和玉米在地面上并不掣肘，并不交手，但不等于它们在地底下不互相踢脚，不互相使绊子。

这天下午，刘本常去地里看他的棒子，刘庆林去地里看他的桐树，二人在地头遇上了。刘本常把刘庆林叫孩子，说你这样干不中啊，桐树苗子拔地劲拔得太厉害了，不光拔你家的地劲，还拔俺家的地劲，把俺家的棒子拔得都不好好长了。

刘庆林说：不会吧，看不出来呀！

人得凭良心说话，咋会看不出来哩！你再看看，你家的桐树一棵比一棵长得粗，一棵比一棵长得高；俺家的棒子一棵比一棵长得细，一棵比一棵长得矮，这都是因为，桐树把棒子地里的营养都吸到桐树身上去了，棒子才变成了这样。照这样下去，一棵棒子别说结两根棒穗子了，我看连结一根棒穗子都够呛。

你不要说我，你不是在你们家的地里也栽了梨树嘛！

我就知道你会这样说，我的情况跟你的情况可不一样。我是在路边的那块地里栽了一些梨树，可是，梨树园子西边是大路，北边是小路，南边是我盖的看园子的小屋，东边是俺家的菜地，加上我给梨树园子的一圈都搭了墙头，跟别人家的地八不挨，九不连，根本不会拔人家的地劲。我可不像你，你把桐树苗子往地里一戳，一圈儿都是别人家的地。你家的地和别人家的地界搭界，边挨边，地底下的血管子都通着。你家栽的桐树跟抽血机差不多，抽血机一开，就把别人家地里的血抽走了，都抽到桐树身上去了。

你说得太夸张了吧，我听着跟编小说一样。刘庆林有些不耐烦，沿着他家的地头，向东边走去。

刘本常跟着刘庆林，继续跟他讲理。他肩头扛着一把铁锨。

太阳从西边照过来，照在桐树叶子上，也照在棒子叶子上。棒子的叶子显得有些黄皮寡瘦，它们仿佛一致央求刘本常说：爹呀爷呀，快救救我们吧，别再让我们跟桐树做邻居了，桐树快把我们欺负死了！而桐树的叶子像是镶了一道金边，棵棵兴高采烈。它们当然与主人站在同一立场，仿佛一致声援刘庆林说：跟他干，跟他对着干！

你和你爹都领着工资，吃着国家的饭，旱涝都不怕。你们也得替别人想想，给别人也留口饭吃。

你说怎么办？

我劝你把桐树起出来，卖了它。以后别在庄稼地里栽树了。

你以为我会听你的吗？地是我的，我当家，我想种什么，就种什么。这是我的主权，也是我家的内政，谁都无权干涉！

你这样说话，就是不讲道理，就是只管自己挣钱，不管别人死活！你把别人逼急了，兔子急了会咬人，棒子急了也会咬人，小心别人把你的桐树锯掉。依我看，你的桐树都是侵略分子！

刘庆林站下了，回头盯住了刘本常，他眉头拧紧，目光有些锐利。他冷笑了一下，又冷笑了一下，一字一句地对刘本常说：现在不是从前，阶级斗争的年代已经过去了。现在是以经济建设为中心，提倡一部分人先富起来。谁敢动一下我的桐树试试，我让谁吃不了兜着走！

过了一段时间，北方来了一股冷空气，风刮得有七八级。没刮风之前，刘庆林家的桐树苗子还在地里站着，还是立正的姿态。不料大风一刮，那些桐树像被机关枪扫射过一样，纷纷倒下。

村里的干部马上给刘庆林打电话，说他家的桐树被大风刮倒了，让他回去看看吧！

刘庆林立即骑上自行车赶到地头一看，顿时傻了眼。他也像被大风刮过一样，也像中了弹一样，一时缓不过神来。他看到了，他家的桐树绝大部分都倒了，只有个别没倒的，也是垂头丧气，无精打采。如果说每一棵桐树都是一个人的话，那些桐树人已是血流成河。桐树折断后，也会散发出浓烈的腥气，那种腥气是在青春期的桐树被斩断后散发出来的，恐怕比人的血腥还要浓烈，还要恐怖。刘庆林把桐树断裂处查看了一下，发现茬口处一半是光茬，一半是毛茬。很显然，是有人用锯子在桐树根部对桐树下了毒手。下毒手的人恶毒之处在于，他并不是一下子把桐树锯断，而是锯一半，留一半。在没刮风之前，桐树看上去还好好的，枝还是枝，叶还是叶。其实这时候桐树已经从根本上受到伤害，已是半死不活的状态，经不起一点风吹雨打。大风呼呼的，几乎刮了一夜，桐树哪能不倒呢！他还看到，刘本常家的棒子一棵都没倒。尽管有的倒下的桐树苗子砸在棒子棵子上，棒子也没倒。因为成片的桐树倒下了，棒子的高度就显现出来。刘庆林难免想起刘本常那天在地头跟他所说的带有威胁性的话，刘本常是木匠，他手里有锯，大锯、小锯和手锯都有，锯桐树的事肯定是他干的。

刘庆林回到乡里，马上给他爹打电话汇报情况。他心疼，又心伤，打电话时几乎带了哭腔。他盘算过，这些桐树苗子生长两三年就可以连根刨出，拉到镇上卖钱。不说卖多大的钱吧，卖几千块钱应该不成问题，反正比种庄稼强多了。他在文化馆工作，一个月才挣三十多块钱，一年才挣四百来块钱。要是把桐树苗子全部卖掉，所挣的钱恐怕比他十年的工资加起来还要多。桐树苗子一被毁掉，他的计划就落空了，这让他怎不心疼！他家是富农成分，从小就被村里的小孩子骂成富农羔子，一直受人欺负。现在好不容易把家里的富农帽子摘去了，他也当上了乡里的干部，可还是有人在欺负他，明着不敢欺负了，却在暗地里对他家的东西下黑手，这让他怎不心伤！

他爹听了他说的情况，一连说了三个太，一是太不像话，二是太过分了，三是欺人太甚！他爹的意思是，锯别人家的树苗子，这是毁青行为，是破坏行为，不能发生了就完了，一定要把破坏者揪出来，一定要有一个说法。

刘庆林说，他估计这事儿是刘本常干的。

他爹问他有什么证据？

他家里有锯。

家里有锯，并不能构成证据。

那天他还让我把桐树起出来，卖掉，不然的话他就把桐树锯掉。

他真的说过这样的话？

绝对说过，我记得清清楚楚。我当时就对他说，谁敢动我的桐树，我就让他吃不了兜着走。我还对他说，阶级斗争的年代已经过去了，我们家受欺负的历史再也不会重演！

这样联系起来看，他的确有作案的嫌疑。这样吧，事情既然已经发生了，你也不用难过，不用生气，这个事情我来处理。

刘庆林的爹叫刘本清，是我的又一位堂叔。这位堂叔有好多故事，也值得在“堂叔的故事”系列中专列一篇，把他好好写一写。既然在这篇小说中不可避免地提到他，此后就不一定专门再写他。既然不打算再专门写他，为避免材料浪费，请允许我节外生枝，把他的情况简单介绍一下。说节外生枝，其实并不是很准确，因为所生的“枝”还是在“情节”之内，并没有偏离主题。我给这篇小说起的题目叫《生气》，生气是相对刘本常而言，也是相对刘本清而言。是刘本清生气在前，刘本常生气在后，你生气他也生气，生气才成了连锁反应，气才越生越大。

刘本清是我们村有史以来所出的第一个真正的大学生。之所以说他是真正的大学生，因为在他之前，已经有一个敦字辈的堂爷上了大学。堂爷家里是贫农成分，他能上大学，是进修的性质，带有照顾的成分，算不上真正的大学生。而刘本清家里被划成了富农成分，他是全凭出类拔萃的学习成绩考上的大学。他解放前就开始读书，到解放后才考进了大学。据说他们那一代读书人，家里的成分大都是地主、富农，如果按成分画线，不让他们上大学，大学就招不到学生，大学教育就有可能断档。要等到贫下中农的子女能够上大学，得有一个过渡期。在过渡期间，还得让地主、富农家的子女上大学。刘本清考上的是郑州大学，读的是中文系。他大学毕业后，就被分配到我们沈丘县第一中学当老师。他娶的妻子是农民，好像识字很少。他妻子娘家的家庭成分也不好。每逢暑假和寒假，他都要回到村里来。在我的印象里，他回家后一点儿都不活跃，很少在村里走动，更不参加村里的任何活动，一向只在家里待着。我偶尔在村里碰见他，喊他一声本清叔，他嗯了一声就完了。我猜他连我是谁家的孩子都不知道，更不会知道我的名字。但他从来没问过我，似乎连一句话都不愿意跟我说。我看他的神情冷淡得很，也压抑得很，像是用一种自我封闭的办法把自己封闭起来。他爹是富农分子，他娘是富农婆，在村里“只许老老实实，不许乱说乱动”。他的表现呢，好像在与他的父母保持一致，以避免为父母惹麻烦。我想他既然在省会读了那么多年大学，肚子里肯定是有学问的，对很多事情是有想法的，有看法的。可他一直沉默着，什么都不说。我们村的小学老师，出于对刘本清的佩服，曾去县里的第一中学看望过刘本清。他回头对刘本清更是佩服得不行。他说刘本清的办公室里有一个很大的书架，上面摆满了古今中外的文学名著，那些名著刘本清都读过，都吃到他心里去了，由此可见刘本清的学问有多大。听小学老师说刘本清有那么多书，我对刘本清的办公室充满向往，真想去他的办公室看看，试试能不能借回一两本书读读。然而，“文化大革命”来了，刘本清把自己的书从书架上卸下来，装到一辆平日装粪土的架子车上，装了满满一架子车，拉到废品收购站处理掉了。这个消息我也是听小学老师说的，他觉得很可惜，我听了也觉得很可惜。不管多么著名的文学名著，离废品的距离竟那么近，一成废品就跟鸡毛猪毛放到了一起。鸡毛可以做掸子，猪毛可以做刷子，我不知道书可以做什么，难道用来烧锅不成！

在“文革”期间，刘本清就知道我是谁了。我以“贫农社员”的名义，写了一篇大批判稿，被县里的广播站广播了。在大批判稿里，我捎带着点名道姓地批判了他爹。我批判的是“阶级斗争熄灭论”，为了给批判稿提供论据，以证明阶级斗争并没有熄灭，我就把他爹给拎了出来。有一次，他爹指着生产队的一盘石磨和支撑石磨的磨腿说，原来石磨和磨腿都是他家的。这个例子我是听当政治队长的堂叔说的，我在批判稿中举这个例子，是为了证明阶级敌人人还在，心不死，时刻都想着向贫下中农反攻倒算。批判稿一连播送了三遍，我相信身在县城的刘本清一定会听到。他听到后，一定会对我不满，甚至会记恨我。我有些心虚，等他再回家的时候，我不知怎样面对他。我想到，他也许会生气地质问我，为什么点他爹的名字。要是出现那样的情况，我应该站稳贫农的阶级立场，与他针锋相对，把他顶回去。谁让他家是富农成分呢！我想象的情况没能出现，当年夏天，学校还没有放暑假，我就得到一个机会，到煤矿当工人去了。

1975年夏天，我们老家发大水，洪水长驱直入，淹没了庄稼，冲倒了房屋，到处一片汪洋。我从豫西的煤矿回豫东的老家看望母亲，有一段要一路蹚着齐腰深的黄水，才回到了我们的村庄。那段难忘的经历，我后来写过一篇题目叫《灾变》的短篇小说，发表在《十月》文学杂志上。对于那场洪灾，身处洪灾前沿的刘本清参与了抗洪救灾，并奉命写了一篇报告文学。那是我在一本报告文学集里第一次看到他所写的东西，得知读过大学中文系的他的确有一些文才。他所写的内容，是我们刘庄店公社粮店的职工奋勇保卫仓储粮食的事迹，题目叫《筑起金堤御洪涛》。我虽然觉得“金堤”的说法有些夸张，整个内容还是不错的，有一定的文学性。此时，我已经从基层单位调到矿务局宣传部搞新闻报道，我隐隐觉得，刘本清有可能会成为我在写作道路上的一个竞争对手。

果然，随着“四人帮”被粉碎，随着国家工作重心的转移，随着地主、富农的帽子被风一吹，刘本清很快起势。他不在学校教书了，被调到县里的文化局当创作员，开始从事剧本创作。也就是说，他不再当老师了，开始走上了另外的道路。消息传到村里，我们村的人纷纷估计，刘本清很快就会当上文化局的副局长，接着还会当上局长。当上局长后，刘本清的前程还不算完，说不定还能当县长呢！风轮着刮，水轮着转，刘本清被压抑得太久了，终于熬到了出头之日。

话绕得有点远了，我得赶紧把话头牵回来，再回到与锯桐树与刘本常相关的话题上。

任何事情的发生都有一个契机，或者说有一个节点。刘庆林的桐树被锯所发生的节点，正是其父刘本清命运的转折期，也是刘本清人生的上升阶段，他“提刀而立，为之四顾，踌躇满志”。听儿子一说家里的桐树林子被毁，他的气轰的一下子就生了出来。他的气不打一处来，是从多处来，是综合性的。有人暗地里毁树，他认为不仅是冲着桐树，不仅是冲着他儿子，还是冲着他，至少是不给他留面子。一些想法正占据着脑子里的活跃位置，他难免会想，因家庭成分是富农，以前他们家的人在村里老是受歧视，受欺负。现在形势转变了，大家一律平等，怎么有人还在欺负他们呢！是不是有人欺负他们欺负惯了，不欺负就有些着急呢！这不行，这样的情况再也不能继续下去了，他有责任帮助那些人转变观念，让那些不知天高地厚的人知道一下他是谁，让那些不懂事的人学会懂事。许多事情就是这样，一旦和社会、历史、政治挂起钩儿来，事情就容易闹大。刘本清当时当事脑子很热，他像是不怕闹大，而是怕闹不大。只有把事情闹大，才能显示出他的地位和力量。

刘本清不必自己出面，他只需打打电话，在幕后指挥一下，就把事情给办了。办大事的人都是这样，他们不必出头露面，更不必冲锋陷阵，只在背后动动脑、动动嘴就行了。要知道，刘本清虽说还没当上局长、县长，但他有不少学生已经掌握了一定的权力，那些学生的权力跟他的权力差不多，可以为他所用。恰好，刘本清有一个学生在我们乡当副乡长，他就把电话打给了副乡长。副乡长当然注意到了刘老师上升的势头，很乐意为刘老师效力，他请刘老师放心，他一定会好好处理这件事，并及时向刘老师汇报，最终让刘老师满意。

别看副乡长之类的官不大，在乡下搅动风浪的往往是他们，耀武扬威、为非作歹的也是他们。很快，副乡长就带领乡派出所的民警，开着警车，带着手铐和警棍，到我们刘楼抓人。他们没怎么侦查，只向刘庆林和村干部简单问了一下情况，就直扑刘楼，开始了抓捕行动。刘本常是锯桐树的重点嫌疑人，他首当其冲，第一个被戴上银手[redacted]的就是他[redacted]堂弟刘庆彪，他家的地跟刘庆林的地搭边，他也对刘庆林在庄稼地里栽树表示过不满。除了刘本常和刘庆彪，乡里下来的捕快还抓走两个人，一共抓走了四个人。乖乖，一次抓走了四个人哪，这在刘楼村的历史上前所未有。以前刘楼也被抓走过人，一次也就是一个两个。这次一家伙抓走了四个人，等于突破了原有的纪录，创造了新的纪录。看看看看，坏了吧，事儿闹大了吧，不得了吧！一时间，刘楼鸡飞狗跳，女哭男叫，像遭了劫难一样。我们那里流传着一首儿歌：太阳落，鬼下坡，哇子（灰鹤）叫唤鬼吆喝。有娘的，娘扯着，没娘的，钻到磨眼里，也叫鬼找着。乡里下来的人虽说不是传说中的鬼，但他们给刘楼村的人所造成的恐慌，恐怕跟鬼下坡也差不多。

四个锯树嫌疑人被抓到乡里后，乡里采取各个击破的办法，分别对他们进行审讯和拷打。别的人我就不多说了，反正他们都被修理得够呛，都吃了不少皮肉之苦。刘本常被视为主要嫌疑人，所受的审问和拷打比其他三个人要多一些，我主要把他的情况说一说。一些具体情况我是后来听二婶子跟我讲的。刘本常被抓进一间有门无窗的黑屋子后，负责审案的两个人二话没说，先用刘本常的汗褂子蒙上刘本常的头，把刘本常揍了一顿。

你们为啥打我？你们不能冤枉好人！刘本常说。

为啥打你，因为你的皮发痒了，不打你你就不舒坦。好了，老实交代你的罪行吧！

我什么罪都没犯过。

看来你还是不老实，再不老实，我们就把你的头拔下来当尿罐子！

你们就是拔我的头，我也不能拿屎盆子往我自己头上扣，反正刘庆林家的桐树不是我锯的！

看看，我们还没问到锯桐树的事，你就说到了，看来你心里是清楚的。好了，把锯桐树的经过一五一十地交代出来吧。你交代清楚了，我们对上级也好有一个交代。

我敢赌咒，我真的没动刘庆林家的树。我虽然对他在地里栽树有意见，但锯树的事我不会干。不信你们到刘楼打听打听，我刘本常走得正，站得正，不三不四、让人家嚼舌头根子的事从来找不到我头上。

一个人对另一个人说：少跟他废话，干脆给他来点直截了当的。他们的直截了当，是拿电警棍捅刘本常。他们不是用棍子打刘本常，而是拿棍子里面的电流击打刘本常，不仅击打刘本常的肚皮，还击打刘本常的裤裆。

刘本常吃惊不小，咦，这是什么刑罚？他被汗褂子蒙着眼，看不见人家使用的是什么刑具，施行的是什么刑罚。他以前不但从未领教过这种刑罚，连听都没听说过。电流一击，他禁不住一跳，跳得像一只受惊的猴子一样。这样击过三次，他跳过三次之后，人就不行了，倒在地上哆嗦成一团。他不仅手在哆嗦，脚在哆嗦，连嘴唇都在哆哆嗦嗦，牙都包不住。

人家讥诮地问他：怎么样啊，是不是很舒坦哪？

刘本常几乎哭了，他说：你们不能这样对待我啊，我真是一个良民哪！他问：是不是刘本清指使你们这么干的？刘本清家以前是富农成分，他跟贫下中农有仇。他这么干，不是向贫下中农反攻倒算吗？不是跟过去的还乡团一样吗！

闭嘴！什么他妈的贫下中农，这样的说法早就过时了！手持电警棍的人这一次把棍头子捣到刘本常的嘴上去了。

刘本常闭嘴不及，电流不仅击打在他的牙齿上，还击打在他的舌头上。他的门牙倒没被击掉，只是舌头顿时陷入麻木状态，木得像含了一块木头一样，咽不下去，也吐不出来。

说来刘本常真够坚强的，人家把他关了三天，审了三天，也打了三天，他没有被屈打成招，始终不承认刘庆林家的桐树是他锯的。我分析，他之所以能在危难时刻不失理智和意志，之所以宁死不屈，无外乎三种原因。一、锯桐树的事确实不是他干的，是另外有人所为。二、他是一个重视自己名誉的人，要是承认桐树是他锯的，今后他在村里就无法做人了。三、要是承认了桐树是他锯的，并在口供上按了手印，随后他就得赔刘庆林钱。钱不是小钱，他可赔不起。综上所述三种原因，他才把牙关咬住了。

当然了，刘本常要保住自己的名誉和财产不受损失，他所付出的代价也不小。车轮战似的逼供，把他折磨得站不能站，走不能走，整个身体几乎被摧毁。他的身体不是桐树苗子，整治他的人没有对他开锯，没有把他的身体锯成两半截。但他的感觉，身体跟挨了钢锯差不多，上气已经不接下气。乡里审讯无果，让他滚蛋吧！他自己滚不成，是二婶子拉着架子车把他拉回了家。

回到家里，他才软了，他的委屈才涌上来了，哭得鼻涕一把泪一把，他说：我受不了啊！我冤枉啊！！我生气啊！！！

二婶子哭着劝他：他爹，你再咬咬牙，咱就过去了。你千万别生气，生气坐下了病，罪还得你自己受。

那不中，这口气无论如何我也咽不下去。人活一口气，神争一炷香，我一定要出这口气。冤有头，债有主，我不找别人，只找刘本清算账。他啥时候回来，我就去骂他，他走到哪里，我骂到哪里，看他还能把我怎么样！

刘本常不光对二婶子这么说，见到谁他都这么表态，一定要和刘本清干一场。另外三个也挨过打的人，都站在刘本常的立场，对刘本常的表态表示支持。他们几乎达成了共识，并结成了统一战线，要骂得刘本清没脸见人，在刘楼村待不下去。他们都准备好了，单等刘本清回村，一起向刘本清开火。

刘本清一定是得到了信息，杀桐事件和抓人审案事件发生后，他没有再回到刘楼。他自己不回去，还打电话让妻子到县里居住去了。第二年清明节前夕，他回老家为父母扫墓，连村子都没敢进。他悄悄地到坟地里为父母烧了纸，很快就悄悄地走了。等刘本常得到消息，准备去坟地里堵他，骂他，他已经坐上小汽车，消失得无影无踪。

刘本清是悲哀的，他一时意气用事，等于断了自己回故乡的退路。判断一个外出谋生的人的一生是否成功，可能有多种标准。我个人认为，有一个标准是不可忽视的。那就是，一个人离开故乡后，看你还敢不敢回去。如果敢回去，故乡的人也不反对你回去，说明你在故乡为人还可以，起码没有得罪人。如果人家欢迎你回去，说明你有好口碑，那就更好了。如果有故乡回不得，那就有些糟糕，人们评论起来会刨分，很难说得上是成功的人生。这个标准其实不是我说的，孔子在《论语》里早就有所论述。孔子在回答子贡关于何以谓之士的请教时，其中一个标准是："宗族称孝焉，乡党称弟焉。"

刘本常见不到刘本清，骂不到刘本清，他的一口气出不来，还只能在肚子里憋着。他的气像一棵树，在肚子里扎下根后，就不断生长。"树"越长越粗，越长越高，以致枝繁叶茂，撑得他的肚子有些疼。他的气又像是一块石头，石头在他肚子里滚疙瘩，好像也是不断生长的状态，以致越长越大，越长越沉，压得他几乎喘不过气来。他的气色在脸上也显现出来，脸开始发暗，发灰，发黑。他端起饭碗似有些发愁，吃得一点儿都不香。坑边的竹子，通过在地下蔓延，在他家的院子里发出一棵竹笋来。若搁以前，像这样的竹笋，他手起锨落，一下子就能把竹笋斩断。现在不知怎么了，他累得气喘吁吁，满头大汗，都不能把竹笋砍断。

见他这样，二婶子担心他的身体出了毛病，劝他去医院看看。他断然拒绝去医院，说他的身体他知道，都是刘本清给气坏的，过一段时间就好了。时间过了一段，两段，他的身体不见好转，反而越来越差。二婶子再劝他去医院时，他跟二婶子发开了脾气：别人气我，你也气我，你是嫌我生气生得还不够吗？你是嫌我死得慢吗！

接着又发生了一件让刘本常气上加气、雪上加霜的事，很快断送了刘本常的性命。

麦子成熟了，外面开来了大型收割机。有一条从大路拐向田间的小路，因路口一边是民房，一边是刘本常家梨园的墙头，前面有着宽幅度切割器的收割机开不到地里去。蚕老一时，麦熟一晌，麦子熟了可不等人，必须及时收割。急于收麦的人嗷嗷乱叫，找来村支书刘本功处理问题。收麦事大，刘本功劝刘本常把墙头扒掉吧，想垒等收过麦子再垒起来。

刘本常不同意扒掉墙头，他说墙头垒在他自家地里，跟垒在他的领土里一样，他想扒就扒，不想扒就不扒，谁都无权干涉他！

刘本功说，收麦如救麦，救麦如救火，大家一急，把你的墙头推倒，你脸上就不好看了。

我看谁敢动我的墙头，有我在，就有我的墙头在，谁动我的墙头，我就跟谁拼命！刘本常这样来劲，与他因桐树事件挨打受气是有内在联系的。他无辜受了刘本清的气，好像占了理，又好像从此挂上了免气牌，别的人再也不能给他气受。

刘本功认为，队里当初分地时留的田间路没有这么窄，是刘本常所垒的墙头侵占了公家的路面，他派人把刘本常家的那块地重新丈量一下。这一量不要紧，证实墙头的确垒在了公家的路面上。真理到了刘本功这一边，刘本功一声令下：把墙推倒！

众人一起上去，呼隆一声就把墙推倒了。砖墙是向里倒的，倒掉的墙头砸到了刘本常家正在挂果的梨树，也砸烂了树园子边所种的部分蔬菜。

有一句话，说是墙倒众人推。这句话的意思，并不是真的指众人把一段墙推倒，明着指墙，实际上是指人，是指一个人的倒下往往是众人合力而为。而这一次，这句话确实可以用来描述众人把墙推倒的情景。

那么，众人把墙推倒跟人没有什么关系吗？关系是有的。几乎在众人把墙推倒的同时，刘本常也昏倒在地。是的，众人并没有推他，他却倒在了地上。是无形的手把他推倒的。

二婶子马上把刘本常拉到了医院。经过检查，医生说没治了，让二婶子把人拉回去吧。原来刘本常的病已是肝癌晚期。

不久，刘本常就去世了。他去世的时候还不到五十岁。

刘本清后来的情况怎么样呢？既然我在一篇小说里写到了两个堂叔，我有必要再把刘本清的情况简单说一下。前面说过，他从学校调到了县文化局，有可能先当副局长，再当局长。这是因为，当时的新任县长家里曾是地主成分，与刘本清同病相怜，有共同语言，愿意把刘本清拉巴一下。加上县长对刘本清的才华也很重视，想让刘本清的才华在适当岗位得到更大发挥。然而，还没等把刘本清提拔起来，县长就被提拔到漯河市当市长去了。说来这个当了市长的人很够意思，他又把刘本清调到漯河市的文化局去了，意思是准备让刘本清到市里的文化局当局长。然而，又是然而，刘本清连副局长都没当上，市长就得癌症去世了。

刘本清仕途不顺，郁郁寡欢，郁郁而终。他去世的时候年纪也不是很大。

本文即将结束，还有一个悬念没有解开。刘庆林家的桐树到底是谁锯的呢？谁才是集体屠杀桐树苗子的凶手呢？三十多年过去了，这个悬念一直在人们心里悬着，也在我的心里悬着。这个悬念关乎名誉，关乎仇恨，也关乎历史，我可不敢随便想象，不敢把锯树的事落实在具体的真人头上。这个悬念也许永远都解不开了。

现实中的悬念可以解不开，可小说中的悬念如果解不开，好像小说没完成似的。没办法，请原谅我吧，这篇小说我只能写到这里了。

好在太阳是悬着的，月亮是悬着的，地球也是悬着的，人也是悬着的。既然一切东西都是悬浮的，悬念也应该是一种常态吧。

第十章

又见大烟

一

以前我使用过一个概念，叫解放前。见别人这么用，我也这么用，对这个概念并没有深究过。现在想来，这个时间概念是模糊的，宽泛的，笼统的，没有明确的时间所指，只是一个政治概念而已。使用这样的概念，有以我画线的意思，也有否定一切的意思，是不科学的，也是不负责任的。这篇小说一开始，我不能再随便使用解放前了，给定的具体时间是晚清和中华民国交替的时期。那个时期战乱频仍，社会动荡，哀鸿遍野，民不聊生，是一段非常混乱、非常糟糕的历史时期。听老辈儿的人讲，那些年差不多年年遭灾，不是淹了，就是旱了，再就是蝗虫来了。淹起来大水漫灌，一片汪洋，人都变成了鱼鳖虾蟹。旱起来遍地冒火，寸草不生，人想吃根草都找不到。蝗虫飞起来，像起了满天乌云一样，把太阳都遮住了。人们刚一仰脸，就被天上飞过的蝗虫拉了一脸屎。蝗虫对庄稼实行的是“三光”政策，吃得穗儿光、叶光、秆光。蝗虫吃庄稼，人只好吃蝗虫。人们拿着布袋，到地头的排水沟里，把过路的蝗虫一兜就是一布袋。他们把蝗虫倒进锅里炒熟，再装进布袋里摔一摔，摔去蝗虫的翅膀，就那样连头带肚子当饭吃。吃蝗虫的人，都瘦得跟蝗虫一样。但最可怕的还不是天灾，是人祸。我所说的人祸，并不是指当时的掌权人士，也不是后来的所谓地主、富农。在那个时段，皇权行将覆灭，新的政权尚未建立，地方管理几近空白，谈不上权力祸害人。那些后来被戴上所谓地主、富农帽子的人家呢，他们也是农民，也是通过省吃俭用，精打细算，才积累起一点点家业。他们的日子也许比穷人家的日子好过一些，也好不到哪里去，地位上没多少差别。他们并没有形成和穷人对垒的阶层，说不上谁剥夺谁，谁欺压谁，更构不成人祸。那么，我所说的人祸指的是什么呢？一言以蔽之，指的是土匪。穷生贼，乱生匪。那个时候，我们那里的土匪真是太多了，太猖狂了，太厉害了，恐怕比天灾厉害一百倍、一千倍还多。有道是苛政猛于虎，我们那里的土匪比下山的老虎还厉害。挨村庄数数，每一个村庄都受到过土匪的骚扰和侵害，每一个人都谈匪色变。有人正对着墙根撒尿，一泡尿刚尿了一半，一听说土匪来了，剩下的半泡尿就不敢尿了，收起家伙拔腿就跑。有小孩子正在哭闹，大人一声“土匪来了”，小孩子立刻噤声，把头钻进大人怀里。连狗都被横行的土匪吓破了胆，一见有土匪来犯，狗的尾巴就夹了起来。

蝗虫是从土地里生出来的，那么多的土匪是从哪里来的呢？我经过调查，并翻阅一些关于匪患的史料，得知我们那里的土匪主要来源有两个，一是从豫西的鲁山来到我们豫东平原的土匪，土匪头子的名字风传叫老德政，真名叫戴民权。老德政的土匪队伍一路打来，不断发展壮大，已经形成了一定的规模。在武器装备上，老德政的队伍不再是只有长矛、大刀，还有了火铳和快枪。所到之处，他们战无不胜，所向披靡，没有他们攻不开的寨子，没有他们掠不走的财宝，没有他们抢不走的美女。二是本地土生土长的土匪。土一般是相对洋而言，如果用土来命名和衡量的话，他们才是真正的土匪。我们那里有一个耳熟能详的说法，叫“前湖后湖，中间夹一个马楼”，是说那三个村庄是有名的土匪窝子。当土匪成了他们的职业和营生，差不多家家都有土匪。俗话说，有枪便是草头王，他们并没有枪，只需一把杀猪刀，或一把小攮子，就可以杀人越货。本地的土匪一开始多是散兵游勇，他们白天是人，夜间是鬼；明着为民，暗地里为匪，更是让人防不胜防，人人自危。老德政的土匪队伍下山打过来之后，一来是老德政需要招兵买马，不断扩充实力，二来是当地的土匪需要认贼为父，找一个靠山，就投身老德政的土匪队伍里去了。很多事情就怕会合，就怕结合，一结合就不得了。如此一来，本地的土匪与外来的土匪等于结合起来，联合起来，收到的是里应外合的效果，势力就更大了。

离我们村不过二里远的河东，有一个寨子，叫部庄寨。部庄寨以寨墙高、寨池深、众志成城、坚固如铁而出名。土匪打来时，寨子里不光男人出来应战，连女人也披挂上阵，拒土匪于墙外。女人们人人手持一把镬头铲子，登上梯子或桌子，守护在寨墙以里。当看到土匪手扒着寨墙的顶部即将攀上寨墙时，她们手起镬头铲子落，咔嚓一下，就把土匪的几根手指头或手脖子斩断了。是的，镬头铲子是她们平日里干农活时常使用的农具，砍高粱，杀芝麻，都是用镬头铲子，这种农具她们使用着得心应手。当土匪的手指头或手脖子被斩断后，土匪惨叫一声，就坠落到寨墙外护墙的深池里去了，溅起很大的水花。如同瓜秧子爬到墙上结的吊瓜，有瓜秧子系着时，又粗又长、白白胖胖的吊瓜子不会掉下去，风吹雨打都不怕，而一旦从墙头上把瓜秧子斩断呢，吊瓜子无所系，无所依，只能重重地摔下去。要知道，庄稼人种地靠两只手，土匪攻城拔寨、杀人放火也靠两只手，部庄寨里的妇人们把土匪的手斩断了，土匪的战斗力顿失，他们还靠什么战斗呢！就这样，部庄寨里的人把土匪惹毛了，外来的土匪和本地的土匪联合起来，集中优势兵力，向部庄寨发起猛攻，不荡平部庄寨决不罢休。事情坏就坏在本地的土匪身上，是他们向外来的土匪提供了情报，说部庄寨的寨墙有一段是外包青，从里边看都是土坯，那是整圈寨墙的薄弱点。那么好吧，土匪们抬来一杆类似炮筒子的大枪，里面装满自制的枪药和用砸碎的锅铁制成的枪砂，点燃药捻子，向寨墙的薄弱点轰去。这一枪轰得效果立现，青色的墙皮被撕开，里面土黄色的内瓤暴露出来，寨墙顿时被轰开了一个豁口子。悍匪们呐喊着从豁口子冲进去，对部庄寨里的村民进行了一场酣畅淋漓的血洗。中国历史上多次发生过屠城惨案，如扬州、大同、南京等，都遭受过屠城。部庄寨不算屠城，只能算是屠寨。土匪对部庄寨的屠寨太过残忍，这里就不详细说了。比如，为了报复那些妇女，他们从妇女手里夺过镢头铲子，不是砍掉妇女的头，而是斩断妇女的双手和双脚，把妇女变成了一个血轱轮子，通过四肢流血把妇女活活流死。再比如，他们抓住小孩子，把小孩子抓得头朝下，把小孩子的头当碓头往石头碓窑子里舂。他们把小孩子舂死还不算完，还拿真的石头碓头，像砸蒜一样，往小孩子头上砸，把小孩子砸得稀巴烂。关于屠城，历史上都有记载。至于屠寨，可能因为屠寨的事太多了，多得像牛毛一样，就不值得记了。反正关于部庄寨的事，口口相传的只剩下两句话，叫："打开部庄寨，人死二百多。"战乱年代人口稀少，一个寨子能容纳二百多人，就算是大寨了。这么一个寨子，土匪把里面的男男女女、老老少少全都杀光了。不光把人杀光了，鸡也杀光了，狗也杀光了，真正的鸡犬不留。郜庄寨成了空寨子，后来从周边村庄迁去了一些人。姓郜的一个人都没有了，迁到郜庄的有姓房的、姓赵的等，成了杂姓村。

秦始皇搭边墙，老百姓就搭寨墙；国家修长城，村庄只能修短城。那时候，在我们那地方，差不多村村为寨，庄庄为营，到处都是用墙头围起来的寨子。可是，我们刘楼却没有修寨，刘楼只叫刘楼村，历史上从没有叫过刘楼寨。刘楼村四周挖有海子，海子挖得还挺深，只在村南留一个出口。不管海子里的水有多深，是挡不住土匪的，土匪大都会浮水，他们往海子里一扑，就游到村里去了。成群的土匪来了怎么办？刘楼的人只能往村北一里多地的张庄寨跑。原来，刘楼靠自身的能力修不起寨子，便和张庄寨的人协商，两个庄子共同修筑了张庄寨。因刘楼的人付出了财力、物力、人力，张庄寨的大门对刘楼的人始终是敞开的，土匪一来，刘楼的人都可以跑到张庄寨里躲避。起土匪叫起反，躲避土匪叫跑反。听大奶奶和三奶奶多次讲过，过去跑反是常有的事。望风的人把铜盆咣咣咣一敲，喊着起反啦，快跑反哪！听到信号和喊声，刘楼的人不管是正端着饭碗吃饭，还是正蹲在茅房里解手，他们立即把饭碗一推，或是把裤子一提，赶紧往张庄寨跑。他们有的抱着孩子，有的牵着牛，有的追着狗，有的撵着鸡，一时间大呼小叫，鸡飞狗跳，那场面混乱得很。特别是那些妇女，她们的脚都裹得小小的，跑起来很不方便。但逃命要紧，跟土匪赛跑要紧，小脚捣地，她们也得跑。她们捣来捣去，快得像捣蒜一样，小脚好像还是捣不出蒜臼的范围。她们有的跌倒了，爬着也要往前爬。有尿必尿，有反必跑，刘楼的人一共跑了多少次反，恐怕谁都记不清。还好，张庄寨没有被土匪打开，土匪没有在张庄寨杀人放火。据说有一帮土匪也围攻过张庄寨，也曾企图把张庄寨打开，但最终没能打开。土匪有大枪，张庄寨里也有一杆大枪。张庄寨的守寨人曾示威性地往寨墙外轰了一枪，把三里开外梨庄户的梨木枝子都轰掉了不少。土匪大概慑于大枪的威力，没敢强行攻打张庄寨，刘楼的人也没有在张庄寨丧命。

我们村的人摆脱了在寨墙里面丧命的命运，并不等于不遭受土匪的祸害，我的曾祖父，也就是我的老太爷刘万春，就是被万恶的土匪祸害死的。曾祖父这天到镇上赶集，听完了说书的艺人说的评词，正往家里走，有两个人凑上去，向他问路。还没等他说出路怎么走，一个人就抱住了他，另一个人给他戴上了一顶有弹性的“一把捋”棉线帽子，就把他绑架走了。原来土匪是有组织的，也是有分工的，他们当中有战斗员，也有侦察员。村里人回忆说，前两天有个手摇拨浪鼓的货郎，老在我们村里转悠，一边卖点儿针头线脑，一边打听谁家是村里的大户。他大概打听到我的曾祖父是村里有钱的大户，并跟曾祖父对上了号，就暗中对曾祖父盯梢，指使绑架员把曾祖父劫持走了。他们把曾祖父当成了钱，当成了票，绑曾祖父就是绑票。把曾祖父绑走后，他们通过中间人给曾祖母传话，限曾祖母在最多四天之内，交上六百块大洋，外带两匹马。如果超过期限，交不上大洋和马匹，他们就把票撕掉了。撕一个票对他们来说不算什么，跟撕一个蛤蟆差不多，跟撕一张黄表纸差不多。所谓中间人，大概也是土匪组织中的一员，所担负的是说服和经纪人的工作。中间人对曾祖母说，她家男人一直在梁头上吊着，吊得脚朝上，头朝下，只剩下一口气了。他劝曾祖母赶快救救自家男人吧！又说钱算什么，人命关天哪！曾祖母有四个儿子，当时四个儿子已分了家，土地都分给了儿子们。曾祖母只好把儿子们都召集到一起，让他们赶快想办法救救他们的父亲吧！儿子们能有什么办法呢？唯一的办法就是卖地。买地的人借机压价，他们忍痛也得卖。他们通过卖地，才凑够大洋和马匹，把曾祖父赎了回来。在土匪窝子里，曾祖父大概受尽了折磨，也受尽了惊吓，他不但身体垮了，精神也垮了，回到家里，曾祖父恍恍惚惚，再也不能恢复元气，时间不长就去世了。要是不被土匪绑票，曾祖父不会死得那么早。我说曾祖父是被土匪祸害死的，这话一点儿都不虚。刘万春，曾祖父的大名起得多好呀！可惜呀，曾祖父连六十春都没活到，就与所有的春夏秋冬辞别了。

回忆起我们家族的历史，有人曾说，亏得我的曾祖父当年被土匪绑了票，亏得我爷和其他三个爷爷卖了不少地，不然的话，到土地改革时，我们四家都有可能被划成地主或富农成分，有可能被打入另册，长期受歧视，那就惨了。我不同意这样的说法，觉得这不是正确和正义的历史观。土匪一族以祸害人为目的，正义的历史观都认为，土匪是人类的毒瘤和败类，不管在什么时候，都不能原谅他们，更不能感谢他们。

二

土匪对我们家的祸害还在继续。

土匪成群结队袭来时，发现我们村的人已望风而逃，逃到张庄寨躲避起来，他们既杀不到人，又抢不到东西，村子不过是一个空村，未免感到失望，也感到恼火。俗话说贼行不落空，土匪呢，更不愿意落空。既然到刘楼来了一趟，总得干点什么。瞅来瞅去，他们决定烧掉我们家的房子。要知道，我们家的房子是一座明三暗五的楼房，楼前有廊厦，廊下有明柱，进楼需拾级。我们家的楼房，是全村的唯一一栋楼房。刘楼之所以叫刘楼，就是以我们家的房子命名，就是以我们家的楼房为标志。其实我们家的楼房并不高，才是二层楼。但是，因为别人家的房子都是平房，都只有一层，就显出我们家的房子高人一等。加上我们家是刘楼的长门，楼房坐镇于村子的正中央，地势又高，楼房就更加显眼。树大了招风，房子大了招匪。土匪的放火目标对准的只能是我们家的楼房。可是，那些土匪像是一群鸡，而我们家的楼房像是一只鹤，那些“鸡”仰着脖子把“鹤”看了一会儿，竟不知道如何对“鹤”下手。有土匪用大刀把明柱砍了一下，不承想明柱不等于鹤的长腿，他不但不能把明柱砍断，还被明柱弹了回去。这时，还是本地的土匪给外地的土匪出的坏主意，让外地的土匪把明柱打圈儿卷上秫秸箔，每一层秫秸箔里都裹上一些易燃的麦秸，只要把麦秸点燃，秫秸箔就会被引着，秫秸箔一起火，木头做成的明柱也会跟着起火。明柱等于楼房的炮捻子，炮捻子一起火，整座楼噼里啪啦，一会儿就得完蛋。外地的土匪认为这主意不错，他们却不动手操作，谁出的主意谁来操作。结果，在外地土匪的监督下，还是本地的土匪把我们家的楼房烧掉了。我曾在一篇叫《瓦非瓦》的散文里描述过我们家的楼房被烧毁的情景。明柱一着，楼板、楼梯和梁檩就都熊熊燃烧起来。在热力和气浪的作用下，楼顶的瓦片所呈现的是飞翔的状态。它们或斜着飞，或平着飞，或直上直下飞，像一群因受惊而炸窝的鸟。不同的是，鸟一飞就飞远了，而瓦一落在地上就摔碎了。从那以后，在几十年甚至上百年时间内，我们村再没有了楼，使刘楼徒有虚名。

我祖父再也盖不成楼，我们家的房子就变成了草房。底座虽说还是青砖，那是烧毁后的楼房剩下的基础。房顶再也盖不起瓦，只能用麦草加以苫盖。说得不好听一点，我们家住的房子就是楼房废墟上的一个屋茬子。我就是在屋茬子里出生的，也是在屋茬子里长大的。门前的三级砖砌台阶还在，小时候我不明白，别人家门前都没有台阶，我们家门前为啥有台阶。门口两侧的两块石头也存在了好长时间，石头下面是方的，上面是圆的，像石方上面放了一面鼓。我见奶奶和婶子们在石头上捶衣服，我也用秤砣在石头上砸过扎蛤蟆的锥子和钓鱼用的鱼钩。偶尔听大人说，这两块石头是明柱墩子。明柱？什么是明柱？因我从未见过明柱，就想象不出明柱和明柱墩子的关系。直到我成人后外出，看到了庙宇和宫殿门前的明柱，并看到了明柱下面的础石，才知道所谓明柱墩子就是明柱下面的础石。以础石为基础，把想象往过去延伸，我想象到了我们家族的楼房时代。把老人们口述的只言片语连缀起来，我知道了我们刘氏家族在清朝康乾时代有过一段大宅三进院、门前车马喧嚣的辉煌时期。同时也知道了，一切建在地面上的物质性的东西毁起来是很容易的。好在土地还在，土地是最大的基础，只要有土地这个基础在，我们的回忆总能找到一些线索。

土匪过来了，我们村的人老是往张庄寨跑，老是唱“空城计”，长此以往，这也不是万全之计呀！跑得了和尚，跑不了庙。土匪到“庙”里如入无人之境，想放火就放火，想糟蹋什么就糟蹋什么，这也不是个事儿呀，显得刘楼的人太好欺负了吧！不行，刘楼不缺男人，不缺汉子，不缺血性，要组织起来，自己保卫自己。于是，他们加入了当地的一个民团组织，叫“红枪会”。在“红枪会”的指导下，我们村专门开辟了一个场所，办起了堂子。村里的青壮男人差不多都加入了“红枪会”，“红枪会”的会员以红缨枪为标志，他们人人手里都有了一杆红缨枪。在堂子里练武术的时候，他们不止于用红缨枪练枪刺，大刀、斧头、三节棍、钢鞭等，什么兵器他们都练。更重要的是，他们在练一种功法，这种功法可以使他们个个都变成铜头铁臂，刀枪不入。我爷爷弟兄四个都加入了“红枪会”，天天晚上去离我们家不远的堂子里练功，一边练刀枪，一边又练刀枪不入。也就是说，他们一方面要把自己变成矛，另一方面又要把自己变成盾。他们肯定没听说过矛盾这个词，每天都演练着进攻与防御的事情。堂子开办了一段时间，堂主或法师又开始给人看病。男人去看病，女人也去看病。男人去看病还好，女人去看病，就容易被看出“毛病”来。于是乎，堂子里就出现了一些风流韵事。这不是什么稀罕事儿。不管什么地方，有阳就有阴，有刚就有柔，出男女之事属于正常现象。关于这方面的事，容易节外生枝，把话说多，我就不多说了。

这期间，在我们家庭内部又发生了一件大事，我的曾祖母喝大烟自杀了。前面说过，我的曾祖父刘万春是被土匪绑票祸害死的，而曾祖母的死跟土匪的祸乱没有直接联系。有确切的证据证明，曾祖母是死于自杀，而不是他杀。其实任何自杀都有原因，有自身原因，也有外部原因。外因通过内因而起作用。从外部原因来说，每一个自杀者几乎都是死于间接的他杀。我们的曾祖母也是如此。亲人自杀，对于她的每一个后代都是痛点。我的爷爷辈的人会说，他们的娘是喝大烟死的。我的叔叔辈的人会讲，他们的奶奶是喝大烟死的。到了我们这一辈，我们习惯把曾祖母叫老太太，我们也知道了，老太太的死不算是好死，不是寿终正寝，是在万般无奈的情况下喝大烟而死。大烟，大烟，大烟，大烟是什么狗东西？后来我才知道了，大烟产生于一种植物，这种植物对于我们来说有一个十分陌生的名字，叫罂粟。什么罂粟不罂粟，我们那里不接受这样虚头巴脑的名字，还是叫它大烟。棵子叫大烟棵子，开的花叫大烟花，结的果叫大烟骨朵，张开并干枯的大烟骨朵叫大烟壳子。后来我还知道了，大烟还叫鸦片，提炼后还叫海洛因，是一种遍布全世界的毒辣的毒品，至今还有一些人类被这种屡禁不止的毒品所毒害。然而，在我的曾祖母所处的那个十分混乱的年代，我们那里种大烟是一种普遍现象。家家只要种小麦，就有可能顺便种一小片大烟。是的，大烟与小麦同时播种，麦苗长出来了，大烟的叶片也发了出来。相比之下，麦苗会显得比较瘦弱，而大烟的叶子又肥又壮，绿汪汪的，白汪汪的，像春笋的叶子一样。大烟是强势植物，善于拔地劲。它长得要比小麦快，开花也比豌豆开花早。在遍地的小麦还绿得不透气时，大烟的花就领先开了。大烟的花朵多是大红的，也有粉红的，橙黄的，还有白色的和紫色的，称得上是五颜六色。在大面积麦田万绿的衬托下，大烟花真是鲜艳，真是好看！只说大烟花鲜艳怕是不够，这里用得着一个妖字，大烟花称得上妖艳。它的妖艳在于它的妖气，也在于它的魅力。反正不管谁看见了大烟花，想闭上眼睛是办不到的，大烟花有能力把你的眼睛掰开，把你的眼睛夺走，并牢牢拴在它身上。我想，大烟花的妖艳跟大烟的毒素是有联系的，它的美是一种假象，一种招徕，是用来迷惑人的。它的毒才是真的，它迷惑你，是为了最终毒害你，甚至吃掉你。一些带有诱杀功能的花朵都是这样，它的美丽下面隐藏的正是陷阱。果然，等大烟花的花瓣张开，花芯正中的果实便露了出来。果实很快长大，有的像棉桃子，有的像小娃娃的拳头。大烟的果实是绿的，还有一点发白，像搽了一层粉。这时候，就可以割大烟了。割大烟的办法，是用一个薄薄的刀片，在大烟果实表面划上三四道浅浅的刀口，让果实里面乳白色的汁液冒出来。割大烟一般是头天傍晚的时候割，第二天一大早下地采集。此时，大烟的汁液经过一夜的浸冒和凝结，变得像一条条小小的蚯蚓一样爬在大烟果实上。采集大烟的人一手端碗，一手拿刀子，把"蚯蚓"轻轻刮到碗里就行了。刚采到碗里的大烟膏子是浅黑色，放上一段时间就变成了深黑色。大烟膏子是宝贵的东西，人们都会把大烟膏子珍藏起来。因为大烟膏子是一种药材，能治多种疾病。比如一个人头疼，或肚子疼，取指甲盖大小的一点点大烟膏子，冲半碗水喝下去，头或肚子就不疼了。当然了，对大烟膏子的使用有一个量的问题，服用少了可以治病，超过一定的量呢，就会要命。我的曾祖母就是因为超量喝了大烟泡的水，毒性集中发作，就把她毒死了。

看到这里，有朋友可能会说，你不是要写你的堂叔刘本成嘛，你绕那么多弯子，说这么多废话干什么！朋友，你说我绕弯子可以，但我所说的可不是废话。水有源，树有根。我要写刘本成，有必要从刘本成的爷爷奶奶和刘本成的爹写起。因为他爷爷奶奶和他爹的命运对他的命运有直接性的影响，或者说是他爷爷奶奶和他爹的命运决定了他的命运走向，构成了他命运的组成部分。还有，如果说刘本成的人生经历是小历史的话，他背后的历史才是大历史。我必须把他背后的大历史写够，小说才具有历史意义。

那么，我的曾祖母，也就是刘本成的奶奶，为啥要喝大烟自杀呢？这就要说到刘本成的爹了。刘本成的爹，是我曾祖父的大儿子，名字叫刘敦品。曾祖父兄弟两个，他弟弟名叫刘万和。我们庆字辈的小弟兄们把曾祖父叫老太爷，把刘万和叫二老太爷。老太爷生了四个儿子，二老太爷只生了一个儿子。有一天，不知是何原因，刘万和把刘敦品打了一顿，也就是叔叔把侄子打了一顿。我问过不少人，他们都说不出叔叔为何要打侄子。也许是原因过于微不足道，大家都没有记住。也许是没有什么原因，叔叔想打侄子，就打了。在我们那里，人打驴子是常有的事，叔叔打侄子呢，也很平常。有道是父为子纲，叔也为侄纲。叔叔打侄子，打了也就打了，侄子不能反抗，更不能还手。侄子倘若反抗，就是违反纲常，大逆不道。然而，刘敦品是家里的长子，是失去父亲后家里需要他顶天立地的人，也是一个血气方刚的人，对于叔叔打他，他大概忍无可忍，就做出了反抗。他的反抗不只是和叔叔对打，还在叔叔胳膊上咬了一口，把叔叔的胳膊咬出了几个牙印子。侄子打叔叔了，亲侄子打亲叔叔了，反了天了，不得了啦！就这样，刘敦品惹下了祸。叔叔刘万和当然咽不下这口气，他要维护自己当叔叔的尊严，也要维护祖祖辈辈侄不犯叔的纲常，必须使刘敦品受到惩罚，让不肖的侄子为自己的鲁莽行为付出代价。村里有一个叫刘万荣的人，以族长的身份，也是以主持道义的名义给刘万和出主意，让刘万和把刘敦品告到县衙里去，走法律途径解决问题，让刘敦品戴枷锁，蹲监狱。刘万和大概有些犹豫，他看了看自己的胳膊。他的胳膊虽被侄子咬过，并留有牙痕，但并没有肿起来，没有构成重伤。他要是去县衙告状的话，恐怕缺少有力的证据。刘万荣看出了刘万和的犹豫，继续给刘万和出主意，他说这好办，你去药铺弄点巴豆（口口相传，都这么说，我不知巴豆为何物），涂在伤口上，你的胳膊明天早上就会肿起来。你架着肿胳膊去告状，保准一告一个赢。应该说刘万荣的主意是一个坏主意，是一个挑拨离间的主意。在土地改革的时候，刘万荣的这个坏主意被村里人揭发出来，构成了刘万荣所犯下的关乎人命的一大罪状。刘万荣家被划成地主成分，并最终死在监狱里，跟这个罪状也是有直接关系的。刘万和听从了刘万荣的主意，在胳膊上涂了巴豆，他的胳膊果然肿了起来，肿得又粗又硬，像桐木做成的牛梭子一样。胳膊肿成了“牛梭子”，刘万和告状的事就可以付诸实施。

刘敦品的母亲听说小叔子要去告她儿子，让她儿子吃官司，蹲监狱，赶紧拦在小叔子刘万和跟前替儿子求情，她说：看在你死去的哥哥的面子上，你就饶了你侄子这一回吧！

小叔子说：那不行，小元儿（刘敦品的小名）这个逆子，你管不了他，我管不了他，只好让官家的人管他。

他叔哇，你侄子要是蹲了监，他丢人，你面子上也不好看哪，你们老刘家的人面子上都不好看哪！

他把我打成这样，已经不好看了，再不好看，还能不好看到哪里去呢！

他叔，你真的要去告你侄子吗？

没办法，不是我想告他，是天理不容他！

他叔，他可是你的亲侄子呀，亲不亲自家人，打断骨头连着筋哪！

小叔子听见了嫂子说的打断骨头，忽略了嫂子说的连着筋，他说：他把我胳膊打肿还不够吗，你还想让他把我的骨头打断吗，你也太狠心了吧！

他叔，你没明白我的意思……我让孩子来给你下跪，给你赔罪，还不行吗！

晚了。少废话。走呀！

你不让俺孩子活，我也没法儿活了，你要告状，我就死给你看！

你不要拿死吓唬人，这个状我是告定了。

嫂子转身回家泡了半碗大烟汤子，一口气喝了下去。她不是头疼，也不是肚子疼，是心疼。她心疼她的儿子。她把大烟汤子泡得有些稠，稠得像半碗稀饭一样。她明知把大烟喝下去就没命了，但她喝得义无反顾，一滴不剩。喝下大烟后，她大义凛然，高调宣布：我喝过大烟了，你们看着办吧！大烟的毒性不可逆转地发作，她很快就死了。这就是我们的曾祖母，这就是刘本成的祖母，这就是刘敦品的母亲，她在某年某月某日喝大烟自尽了。这就是一个母亲的伟大、无私和自我牺牲精神，她为了保全儿子，避免儿子吃官司，受磨难，只好舍掉自己。

人命关天，死有理。曾祖母一死，就占了理，很快化被动为主动。而刘万和本来有理，曾祖母一死，他顿时亏了理，从主动变为被动。曾祖母的娘家是一个大家族，曾祖母的娘家人不干了，他们结队而来，要追究曾祖母的死因，要找刘万和讲理。刘万和不敢提告状的事了，只得服软，只得赔礼，并愿意卖地拿出钱来，为死者举办隆重的葬礼。

至于曾祖母的葬礼隆重到何种程度，没有任何文字性的记载，只有些一辈传一辈的口头传说。因为传说中有一些细节，很容易被人们记住。曾祖母的娘家在马寨，一说马寨的送丧队伍来了几十辆马车，排出去二里多路。马要吃草，就把马放到一块黑豆地里，尽马儿吃。结果一大群马儿把两亩多地的黑豆连角子带秧子都吃光了。二说煮肉的大锅支在露天的院子里，不仅本村的和送葬的亲戚可以吃肉，连外村的人也可以混吃混喝，光大肥猪都吃掉了好几头。

有恩就有怨，恩恩怨怨总是联系在一起。许多家族内部，包括兄弟姐妹之间，几乎都会有一些恩怨。曾祖母喝大烟自杀的事，就构成了我们家和二老太爷家的一段恩怨。老太爷刘万春死后，在我们村正南的地里拔了新茔，埋在了新的坟园里。二老太爷刘万和死后，本应该跟他的哥哥葬在同一个坟园，大概由于恩怨的原因，双方的后人都不同意把他们埋在同一块坟地，刘万和另拔新茔，埋在了另一块坟地。在双方的后人之间，恩怨也悄悄地延续下来。在平常日子里，恩怨并不一定表现出来，彼此还算亲近。而一旦产生了矛盾，他们就会把旧账翻出来。有一回，刘本成和刘万和的后人刘本孝干架，刘本成以复仇的架势旧事重提，绕着村子对刘本孝破口大骂，把刘本孝骂得连一声都不敢吭。

三

接着说我们村办堂子的事。经过一段时间的学习和锻炼，我们村那些“红枪会”会员们的体力、武艺，以及抗击打能力，都大有长进。他们把拳头一攥，胳膊上的肌肉顿时滚成了疙瘩，像小老鼠一样在胳膊上乱窜。百十斤重的石锁，过去他们双手上去都举不起来，现在一只手就能把石锁举起，并舞得呼呼生风。十八般武艺不敢说样样精通吧，至少已有九般武艺在身。他们学会了打箭蹦，一条丈把宽的河沟，他们一个箭蹦就打了过去。他们学会了蹿房越脊，在房坡上健步如飞。他们还学会了蝎子倒爬墙，头朝下，脚朝上，很快就能爬到墙头上。在抗击打方面，他们所练的刀枪不入也见了成效，据说一刀砍在身上，只现一道红印儿，一枪扎在肚皮上，只见一个白点儿。

说到这里，我要说一下我爷爷刘敦义。我爷爷是一个有趣的人，是爷爷辈中的另类，他的爱好和做派类似于文艺青年。他崇尚文，不崇尚武；崇拜诸葛亮，不崇拜张飞。村里那么多青壮男人，包括他的哥哥和两个弟弟，都加入了“红枪会”，都去堂子里练武，只有他自己没有入会，也没有练武。他的想法大概是，有武就得有文，别人都去当武夫，他就当一个文人。有武将就得有军师，谁想当武将让他当去，他就当一个军师算了。听说堂子里练武练得热火朝天，爷爷也去看过。但他始终是一个旁观者，没有加入“红枪会”，也没有参与练武。实际上，堂子里已经有了一个文人，一个军师，他就是堂子里的堂主。堂主是念过私塾的人，是会念唱书的人，也是全村唯一一位手脖子上戴玉石手镯的人。而我爷爷不识字，是一个假文人，当军师根本轮不到他。在刘楼村大兴练武风之际，爷爷是落伍的，被潮流边缘化了。边缘化有时并不是坏事情，在打土匪时，爷爷可以不必冲锋陷阵，避免丧命于匪手。

你有寨墙，我有人墙。我的人墙，就是武功。刘楼的堂子和刘楼的武功在周边村庄有了一些名声，他们都知道，刘楼的人厉害了，过去是绵羊，现在是老虎。连土匪似乎也听说了，刘楼人的头皮现在不太好捏。过去，听说土匪一来，刘楼的人马上就得跑反，跑到张庄寨躲起来。现在刘楼的人有了底气，土匪来了，他们不跑了，个个摩拳擦掌，磨刀擦枪，准备和土匪干一场。然而，土匪没有打刘楼，他们绕过刘楼，打别的村庄去了。过去，当刘楼的人跑反跑成空村时，有的土匪单枪匹马都敢到村子里逛荡。现在别说少量土匪了，连群体性的土匪都不敢再进刘楼。

刀挂在墙上，是为了出鞘。箭搭在弦上，是为了让箭离弦。而人们练武功呢，强身健体是一个方面，更主要的方面还是希望所练的武功能有用武之地。倘若老是没有用武之地，功夫岂不是白练了嘛！刘楼的人有些憋不住劲，甚至有一些烧包。他们以前是害怕土匪来，现在不但不害怕土匪来，好像还有点儿盼望土匪来，能和土匪正面交一交手，方能显示出他们的威力。他们除了在堂子继续练功，下地干活儿时，还把武器带到地里去了。他们以前下地干活儿，带的都是锄头、镰刀、铁锨等农具，现在他们把大刀、钢鞭、杆子（指红缨枪和长矛）也带到地里去了。干活儿之余，愿意把武器耍巴一下。有人对着高粱拦腰就是一刀，把几棵高粱秆子齐刷刷斩断。有人把杆子举起，朝一棵杨树掷去，所掷之处杆子的矛头就扎进树干里去了。还有两个年轻人，各持兵刃在地头对打起来，打得钢铁兵刃直冒火花。他们这么干，是有劲无处使，也有耀武扬威的意思。

好嘛，机会来了。一帮子土匪要去攻打陈庄，并向陈庄下了战表。陈庄的人预料，仅靠本庄的力量敌不过土匪，就到刘楼求援来了。陈庄和刘楼并没有结盟关系，刘楼没有责任出兵去保卫陈庄。可是呢，一来因为两个庄子的人互有亲戚关系，二来因为陈庄也有人加入了“红枪会”，三来因为刘楼的人武艺高强，不畏强敌，所以，陈庄就派出使者到刘楼，请求刘楼的武士们给他们以支援。去不去支援陈庄呢？对刘楼的人来说这是一个问题。他们办堂子练武，为的是自卫。如果外出帮别的村子打土匪，就超出了自卫的范围。听说准备打陈庄的土匪是老德政的一个分支，他们兵强马壮，还持有快枪，不是很好对付。如果和这样的一支土匪队伍对垒，能不能战胜他们，恐怕很难说。说来刘楼的人是仗义的，加上他们士气正旺，愿意与土匪较量一番，展示一下他们的训练成果。于是，他们答应了去帮陈庄的人打土匪。

出征前，他们在村口站成三排，举行了一个仪式。这个仪式不算是誓师，因为没人做动员讲话，也没有举武器喊口号，只是一个带有占卜性质的仪式。此时的刘楼，已经拥有了一支比较先进的武器，那就是快枪。所谓快枪，是相对慢枪而言。慢枪是捻子枪，放枪前须往枪筒子里装火药，囤铁砂，埋捻子，然后用纸煤子点燃捻子，才能把枪放响。这样的枪跟用来打兔子打鸟的枪是一样的，等把枪放响，鸟早就飞了，兔子早就跑了。而快枪是击发式的，枪膛里装的是子弹，打枪时闭上一只眼，瞄准目标，一根指头把扳机一抠，枪嗵的一声就响了，子弹嗖的一下子就出去了。他们的仪式是用快枪放上三枪，如果三枪都响了，意味着他们适合出征，并会旗开得胜。如果有一枪或两枪不响，他们心里就会打一下鼓或两下鼓，出征的积极性会打点儿折扣。要是三枪都不响呢，那就不可出征，出征必吃败仗。那天他们对天放了三枪，响了几枪呢？响了两枪，有一枪没响。三枪没有全响，不是什么好兆头。有人膝盖一抖，想打退堂鼓。但是刘万荣不干，刘万荣发了脾气，骂了人，要求刘楼的人不能失信，必须出战。我在前面提到过刘万荣，刘万荣当时是全刘楼的人头，也就是刘楼人的大脑，村里有事，都由他出头，也都是他说了算。在刘万荣的督促下，刘楼的人只好鼓足勇气去打土匪。刘万荣自己没有去参战，他对去参战的人说：我等着你们的好消息，你们得胜归来后，我为你们庆功，请你们喝酒。

陈庄在我们刘楼的西北部，离刘楼只有三四里路。刘楼的人沿着田间小路，斜插着赶到陈庄，很快就和攻打陈庄的土匪干上了。至于刘楼的人和土匪打仗的过程，我一点儿都不知道，场景不知道，情节不知道，细节更不知道。我靠想象编织故事，人们一般认为我是具有一定想象力的人。我要是奋力展开想象，并借鉴一些在别的书里和影视里看到的战斗场面，也许能把战斗过程写得很热闹，很刺激。可是，世间不是任何事情都可以想象，有些事情可以想象，还有一些事情不可以想象。此事关乎刘楼的历史，也关乎刘楼人的尊严，我必须严肃对待，绝不可不负责任地胡编乱造。我三爷刘敦轩是那场战斗的参战者之一，在三爷生前，我有很多机会可以请教三爷，让他以亲历者的身份讲一讲那场战斗的经过。我想三爷一定愿意讲，而且会讲得具体，详细。可惜呀，我把机会错过了。等我对那段历史发生兴趣的时候，那段历史的见证人已下世去了。我们的好多懊悔都是这样，在该珍惜的时候想不起珍惜，等到想珍惜的时候，机会已经错过去了，懊悔已经晚了。反正我只知道那场战斗的结果，结果是，刘楼的人被土匪打得落花流水，惨败而归。他们没得到任何胜利果实，只抢回了五具尸体。他们出征时去了三十来人，回来时只剩下二十多人，有六分之一的人丢了性命。死去的五个人没有实现刀枪不入，他们是刀也入，枪也入，身体都不太完整。唯一的一杆快枪归一个叫皮钱的人使用，因为他当过兵，受过打枪训练，对快枪使用得比较有效率。参加那次支援陈庄的战斗，皮钱不但自己丢了命，快枪也被土匪缴走了。

刘楼建村几百年，经过的事情不算少了。而只有这件事，才称得上是刘楼历史上的重大事件，或者说是刘楼历史上的惨案。倘若村里一天生了五个孩子，人们都不会当回事，都记不住。而村里一天死了五个人，大家震惊之余，都记住了。倘若村里死的是一些上岁数的人，死了也就死了，属于自然规律。而村里死的五个人都是二三十岁、能打能冲的青壮男人，这就让人觉得太突然，有些接受不了。倘若死的人都是好死，是正常死亡，人们受刺激不会那么大。而集体所死的青壮男人都是恶死，个个开肠破肚，死不瞑目，那就太可怕了，给人们留下的印象太深刻了。加上被打死的人上有父母，中有兄弟姐妹，下有妻子儿女，死一个人就牵涉一大片，死五个人把全村的男女老少都震动了。一时间，整个刘楼像是天也塌了，地也陷了，人人流泪，处处哀痛，连树也垂下了头，井也闭上了眼。按一般的价值观判断，刘楼的人帮助外村人打土匪，是一种见义勇为的行动，体现的是了不起的自我牺牲精神，应该受到表彰、奖励、宣传和抚慰，可是，在那兵荒马乱的年月，在那民不聊生的时代，刘楼人的义举举也就举了，人死了也就死了，连一点肯定的声音都听不到，这怎能不使刘楼的人痛上加痛，悲上加悲。

好记性不如烂笔头。是说人的记性再好，都禁不起时间的销蚀，时间一长，记忆就模糊了，走样了。而不管笔头子有多烂，只要拿起笔来，把事情记在纸上，不管过去多长时间，都有迹可寻，都有可能在旧迹中让事情复活。在那宗史无前例的惨案发生时，刘楼村是有识字人的，有的人可以动笔。要是识字的人稍稍动动笔，把那件惨案简单记载一下就好了。后人如我辈看到记载，才能认定惨案的确凿性，想象起来才会有不容置疑的基础。起码来说，惨案发生的年、月、日、时，以及季节，应该有记载。参战究竟去了多少人，死去的是哪几位，也应该有记载。因为没有记载，现在谁都说不清楚惨案发生的具体时间，别说具体到年月日时的时间了，连是哪个朝代的大概时间都说不清楚。朋友可能注意到了，在写这件事情时，我也没写具体时间，我不敢写。别看时间是流动的，但一分一秒都有刻度。别的事情可以编造，唯有时间不可以编造。因为没有明确的时间，我写到这件事情时也不算记载。别说时间了，对被土匪打死的五个人的名字，村里人都记不住了，说起来都是以谁谁的爹或谁谁的爷代替。更有甚者，村里不少年轻人不知道刘楼的历史上发生过这样的事。当老一辈的人向他们提及这件事时，他们一点儿都不感兴趣，他们问：土匪？土匪是什么？

四

我的大爷爷刘敦品，是被土匪打死的五个人之一。刘敦品死得很惨，他身上挨了快枪，还挨了红缨枪，两种枪对他造成的伤害几乎都是穿透性的。这还不算完，土匪还把他的尸体扔进点燃的柴草堆里去了，要把他化为灰烬。是三爷刘敦轩把他大哥从火堆里抢出来，并背到我们村西边的地里去的。

三爷个子不高，但长得很结实。他的小名叫铁蛋，可谓名副其实。三爷除了身体像铁一样结实，他的脑瓜子也很机灵。在和土匪的殊死搏斗中，三爷不但一点伤都没受，还把大哥的尸体背了回来。你道怎的，三爷在和土匪交战时，不只使用了体力，还使用了智力。他发现土匪的左胳膊上都系着一条白毛巾，便很快得出判断，那条毛巾是土匪的暗号，也是土匪的标记。土匪没有统一服装，穿着跟普通老百姓差不多，如果没有标记，等混战一起，就分不清谁跟谁是一伙儿了。为避免自己人杀自己人，所以土匪都系了白毛巾，做了标记。三爷看准了这一点，就从一个被打死的土匪身上解下白毛巾，系在自己胳膊上。三爷不惜把自己混同一个土匪，一是他认清了当前的形势，看出土匪的强大，他们根本不是土匪的对手，一交手就显出了劣势。二是他看到自己的大哥已经被土匪打死了，他不能再被土匪打死。他要是也被土匪打死，就没人把大哥背回家。三爷本来已经处于九死一生的危险境地，是他的智慧和随机应变挽救了他，使他躲过了九死，捡回了一生。这说明人不管是干活，还是干仗，光靠蛮力是不行的，还必须使用脑力。比起蛮力来，使用脑力效果才更好。系上白毛巾的三爷，一路畅行无阻，把他的大哥背到了我们村西边的土地。人说死沉死沉，死和沉联系在一起，人一死就显得格外沉重。三爷一路小跑，把他大哥背到一块地里后，累得盔歪甲斜，气喘吁吁，再也跑不动了。他头一晕，眼一黑，脚下一软，一下子趴在地上。当他背着大哥奔跑时，大哥的头在他一侧的肩膀上像湿葫芦一样耷拉着，大哥的两只胳膊像两条沙袋一样在他胸前垂着，仿佛在对他说：好，好，你干得不错！他摔倒在地上时，大哥才从他背上下来了。大哥和他同时倒地，是他把大哥摔下来的。他以为自己也死了。喘了几口气后，他睁开眼看看，觉得天在旋，地在转，自己并没有死。他坐起来又看了看，发现他摔倒的地方原来是大哥家的一片土地。他突然明白过来，摔倒在这里是大哥的意思，也是大哥的选择。大哥的死是恶死，恶死的人是不能回家的，回家会吓着老婆、孩子。同样，恶死的人也不能进老坟地，只能埋在另一个地方。大哥从他身上摔下来时，不是脸着地，是侧着身。大哥肯定是不会说话了，但大哥的眼睛还睁着，好像还是会说话的样子。大哥仿佛在对他说：老三，可以了，就把我埋在这里吧！

三爷回家喊来了人，在老大倒地的地方就地挖了一个长方形的大坑，用一领秫秸箔把死者的尸体一卷，就埋掉了。我们家的老坟地在村南，那是从我曾祖父那一辈开辟的。至今，老坟地里已经埋了不少坟。只有我大爷爷刘敦品的坟没能加入老坟地，孤零零地埋在了西地里。从道义上说，大爷爷为打土匪而牺牲，称得上是一个英雄。可是，大爷爷不但没享受到英雄的待遇，连普通人的待遇都没有，一个人成了西地的孤魂。去给大爷爷送葬的人很少，没形成送葬的队伍，也没有什么仪式，一切从简。村里一下子死了那么多人，各家的人哭各家的人，各家的人埋各家的人，把注意力都分散了。大奶奶自然哭得很厉害，她披头散发，泪水横飞，一次又一次瘫倒在地。她才三十多岁，但还不到四十岁，丈夫就这么突然间弃她而去，她看天天黑，看夜夜长，今后的日子可怎么过呀！她老是喊天哪，天哪，我的老天爷呀，我的老天爷呀，你咋恁狠心哩，我没法活了。在哭喊中，她把自家男人和老天爷混在了一起，把自家男人当成了天，把老天爷也当成了天。男人死了，等于她的天塌了，老天爷的那块天也塌了，她承受的是双重的天塌，加倍的灾难，怎不让她悲痛欲绝！跟大奶奶一块大哭的还有一位少年。少年头上戴了生白布缝的孝帽子，身上穿了孝衣，腰里系了麻披子，肩上扛了柳幡，手里拄了哀杖，按一个孝子的规格被全副“武装”起来。比起大奶奶的悲痛，少年更多的是恐惧。被打死的是少年的爹，在爹被土匪打死之前，他对死亡还没有什么概念，对爹的死亡，他更是一点心理准备都没有。他以为爹会永远活着，永远都不会死。他还没长大呢，爹的头发还没白呢，爹的腰还没弯呢，怎么会死呢！爹的死对他来说有些突然，爹好像是一棵树，被狂风一吹，咔嚓一声就断了。感觉突然之后是恐惧，他害怕得全身哆嗦，像大风中的小树一样。小树虽没被大风折断，但“小树”不能让风停下来，只能在大风中抖索。少年的情感还不够成熟和丰富，他痛哭的能力也不够强大，见娘哭，他也跟着哭，他的哭是娘带动起来的。要是娘不哭的话，他不一定会自发地哭。他的想象力还不能远行，想象不到爹的死亡会给他的生活带来多么严重的后果。他哪里知道，娘的悲痛是为了他爹，也是为了他。娘尝遍了尘世上的苦辣酸甜，已经有了成熟的情感、丰富的经验和深远的想象力。娘一定想到了，他爹死后，他们的生活就变成了孤儿寡母的生活，爹是指望不上了，今后的生活就指望他了，指望他这个孤儿能快快长大，撑起这个家。小小年纪就没了爹，娘的痛哭里有一部分是可怜他，心疼他，还有一部分是理性的东西。娘是通过自己的哭，给他做一个榜样，让他也哭起来。同时，使他变得懂事起来。娘一定知道，大人总是爱教孩子笑，一次又一次让孩子笑一个，笑一个。其实笑并起不到对孩子进行教育的作用，而只有不反对孩子哭，只有让孩子流泪，才能收到对孩子教育的效果。孩子成长的过程总是伴随着哭的过程，孩子正是通过一次又一次的哭，才一点一点接近懂事，成熟。也许可以这样说，是少年的爹的突然死亡，构成了他人生的一个转折。是爹死后他在艰难的日子里一次又一次伤心落泪，才磨炼了意志，增长了才干，逐步成长为一个顶天立地的汉子，并成为一个乡的乡长。

这个少年就是刘本成。在下面的篇幅里，我要把笔墨的焦点对准刘本成，集中写一写他的故事，从他的少年写到他的青年，从他的青年写到他的老年，从他的老年写到他从容赴死。

写到刘本成这位堂叔，我是从宏观的地方着手，一步一步走到了微观。我是从远的地方写起，一段一段写到了近的地方。我是先写群象，后写具象。写到这里，刘本成才正式出场了。刘本成是从农村的土壤里走出来的，他是中国农民的典型代表。刘本成是从中国的历史深处走过来的，他本身就是一段活生生的历史。

刘本成姐弟三个，他上面有一个姐姐，下面有一个妹妹，家里只有他一个男孩儿。他爹要是不死的话，说不定娘会继续生孩子，再生一个男孩儿到两个男孩儿。因为按当地人生孩子的习惯和算计，只生一个男孩儿不会打住，要生两三个男孩儿才可以。一生二,二生三,三生万物。这样的观念不知从哪里来的，但人们一辈一辈传下来，在他们脑子里根深蒂固。刘本成的娘虽说是生了三个孩子，可其中两个是女孩子。女孩子是不算数的，打女孩子一出生，家里就把女孩子外出去了，他们一贯的说法是，女孩子是别人家的人。刘本成的出生是夹在两个女孩子中间，他一出生就是一个娇孩子。娇孩子的标志之一是在头发上做文章，第一次剃胎毛时，要让剃头匠在孩子头顶前面留一个“茶壶盖儿”，在后脑勺上留一个“后拽尾儿”。这样一来，娇孩子的命就被盖住了，也被拽住了，不至于夭折。刘本成是从小留有“茶壶盖儿”和“后拽尾儿”的孩子，不管他到哪里玩，人们一眼就看出他是一个娇孩子。既然是娇孩子，家里就重点培养他，送他去上私塾，学习背诵《三字经》《百家姓》等。要是刘本成的爹还活着的话，他也许会有一个弟弟到两个弟弟，同时，他上私塾也会继续上下去，上成一个有一定学问的人。然而他爹一被土匪打死，他的命运像是来了一个一百八十度的大转弯，一下子发生了改变。第一，他肯定不会再有弟弟，只能是他们家的独子。第二，他上私塾上不成了。不光他一个人上不成了，村里所有上私塾的学生都上不成了，因为私塾停办了。土匪打死五个人的惨案发生后，村里人受到打击，好像没有了心劲，私塾就办不下去了。教私塾的先生名叫汪玉成，他是刘本成的姑父，也是我的姑爷。我的好几个堂叔，包括我父亲，都跟着汪先生读过私塾。汪先生活着时我多次见过他，他长得白白净净，说话慢条斯理，的确像一位老派的私塾先生的样子。汪先生家住十几里外的山庄，私塾一停办，他就回到山庄去了。与私塾一起停办的还有堂子。实践业已表明，在堂子里练的刀枪不入的功法是无效的。倘若不是这项功法，使刘楼的人有恃无恐，冒险行事，刘楼也许不会死那么多人。功法只能自欺，并不能欺人，所以才导致了惨案的发生。第三，刘本成很快剃掉了“茶壶盖儿”和“后拽尾儿”，还是一个少年，就开始学种地。他家里有好几亩地，还有一头牛。以前，家里的牛都是由爹使唤，地都是由爹来耕种。没有了爹，赶牛种地的事只能由他来继承。他娘的脚裹得小小的，在锅前锅后做做饭还可以，不可能下地用鞭子打牛腿，她的步伐跟不上牛的步伐。姐姐和妹妹也在裹脚，正在把好好的脚往小的方向裹，往变态的方向裹，往残废的方向裹，也不可能承担起下地种地的责任。

刘本成对读书和种地都不感兴趣，只喜欢玩。春天，他喜欢到田野里放地滚子风筝。夏天，他喜欢在水里打砰砰儿。秋天，他喜欢到处摘野果子吃。冬天，他喜欢玩雪，愿意用热尿在新雪上滋出一个黄色的窟窿。不去上私塾了，他一点儿都没有不高兴，反而很高兴。不在私塾里受约束了，不用在先生的监督下天天背书了，他正好可以撒开丫子玩个痛快。可是呢，娘现在却要他学种地。好比他还是一头小牛，娘就要给小牛穿上牛鼻圈，戴上夹板子，让牛学犁地，学种地。种地一点儿都不好玩儿，他才不想种地呢！娘给他讲不学种地的后果，说如果不学种地，他长大后没有谁家闺女愿意嫁给他，他就找不到老婆。这样的后果吓不住刘本成，他对老婆还没什么概念，像不喜欢种地一样不喜欢老婆。他说：找不着老婆就不找！

娘说：要是找不着老婆，就没法生孩子。要是不生孩子，咱们家这一支子就得绝后，等于你爹白活了，我白活了，你也白活了。到时候连到你爹坟前点张纸的都没有。

刘本成脖子一梗，说没法生孩子就不生，绝后就绝后。

刘本成的话让娘很是吃惊，娘像不认识自己的儿子似的把刘本成从头到脚看了一遍，扭头乱找顺手的家伙，很想把刘本成痛揍一顿。娘说：你这孩子这样说话太不懂事，你不要以为没有你爹了，就没人管得住你。你还有三个叔呢，我让你二叔、三叔、四叔管你。你要知道，你四叔打起人来可是很厉害的。

我就是不想种地！

要是你爹还活着，他说啥也舍不得让你这么小就去学种地。让你去种地，娘也心疼得慌，可娘是没办法呀！娘的眼窝子湿了，用两个手掌擦眼泪，擦了右眼擦左眼，把手上擦得都是眼泪。娘说：你想想看，咱家的地要是没人种，地里就长不出粮食。人靠粮食活着，没粮食吃人就得饿死。你现在天天有馍吃，有稀饭喝，觉不出粮食主贵。让你三天不吃饭试试，恐怕你就爬不动了。要是十天不吃饭，你娘饿死了，你姐饿死了，你妹妹饿死了，你也饿死了，一家子人都得死光。娘这样一边说，一边往悲里想象，好像一家人真的都饿死了，她的眼泪流得更汹涌。她一下子把儿子抱住了，哭着说谁都可以没有，就是她的亲疙瘩儿子不能没有啊！

娘跟刘本成说到娶老婆、生孩子、绝后和白活这一类话题时，刘本成还不能切近地加以理解，既不能联系实际，也不能联系自己，觉得那些事情有些远，有些虚，跟他并没有必然的联系。人的认识跟着人的年龄长，也是跟着人的经历长，所谓实践出真知，说的就是这个道理。农村人说不出真知这样高深的、带有哲理性的话，农村人说的是，不当家不知柴米贵，不养儿不知父母恩，里面所包含的意思是一样的。娘说不吃饭就会饿肚子，这一点刘本成比较能理解，因为他天天都吃饭，一天三顿都要吃，对吃饭有切近的体会。别说三天或十天不让他吃饭了，一顿或一天不让他吃饭，他都觉得肚子饿。特别是娘哭着一下子抱着了他，才使刘本成真正受到了触动。当娘的跟儿子的心是连着的，当儿子的跟娘的心也是连着的，哪个当儿子的都害怕娘哭，看见娘哭心里都受不了。刘本成也哭了，他的眼泪从眼里流了出来，还从鼻子里流了出来，他说：娘，娘，我听你的话，我去学种地还不行吗！

五

有人说，庄稼活儿不用学，人家咋着咱咋着。其实什么活儿都得学，不学就不会做。所谓人家咋着咱咋着，也是看的过程，学的过程，照着做的过程。比如套牛，如果你以前没学过套牛，就不一定会给牛戴牛梭子，不一定能把犁地的黄牛套进一整套牛套里去。再比如犁地，如果你以前没扶过犁把，没举过长鞭子，牛不一定会听你使唤，犁头也不一定能吃到土里去。刘本成跟谁学种地呢？要是雇一个长工行不行呢？

要是雇一个长工，他当然可以跟着长工学种地。可是不行，从他家的经济情况看，他家雇不起长工。他家雇一个短工行不行呢？农忙时让短工来，农闲时让短工走，刘本成跟着短工也可以学种地。刘本成的娘也不同意雇短工。村里有一个妇女，也是早早死了丈夫，也是孤儿寡母。寡母为了找一个人帮助家里种地，就雇了一个短工。短工在农忙时除了每天下地干活，还吃在她家，住在她家，日日夜夜在她家里进进出出。短工精力充沛，寡妇也还年轻，不知怎么搞的，也不知哪个主动，哪个被动，反正两个搞到一块儿去了。如果只是私下里搞搞，别人也看不出什么。不料寡母怀上了短工的孩子，这就不好了。纸里包不住火，肚子里也包不住孩子。寡母把短工赶走了，她肚子里的孩子却赶不走，越来越大。直到把孩子生下来，她才把孩子弄死了。这件事传得村里地里、坑里水里都是，弄得那位寡母名声扫地，成天耷拉着眼皮。她别说再雇短工了，连那个短字似乎都有所忌讳，好像一提短字就揭了她的短似的。拍到簸箩米动弹，一个妇女有了那样的教训，村里别的妇女都得小心。因此上，刘本成的娘对雇短工的事绝不考虑。一个人活到世上，顾嘴活命是一个方面，脸面也很重要。树要皮，人要脸。树没皮得死，人没脸恐怕也活不出好儿来。特别是一个当娘的相对自己的儿子而言，自己活得有头有脸，儿子就有头有脸，自己没脸没皮呢，儿子也不会好到哪里去。

好在刘本成有三个叔叔，每个叔叔都是种地的人，他可以跟着叔叔们学种地。一龙九种，种种有别。虽说他的三个叔叔都是种地之人，人与人之间也有区别。有的叔叔喜欢种地，有的叔叔不喜欢种地；有的叔叔种地种得好，有的叔叔种得很一般。比如他的二叔（捂嘴，小声告诉，就是我爷爷），就不喜欢种地。二叔喜欢听小戏，喜欢别人给他念唱书。别人出门都是挎一个粪筐，准备拾粪。二叔怀里揣一本跟别人借来的书，准备找识字的人给他念书听。他不稀罕粪，视粪为粪土。他最稀罕书，把书看得比金子都宝贵。这样的二叔，连他自家的地都种不好，所打的粮食连他自家的人都不够吃，哪能指望他教刘本成种地呢！再说四叔，四叔也是一个性情古怪的人，对种地也不热心，没有当地主的志向。四叔的爱好是社交，最爱交朋友。他认为，一个人在世上混得怎样，就看你有没有朋友，有朋友就有价值，没朋友就没价值。有一个当兵的，勾引人家的女人投奔他，他视人家为朋友，让朋友在他家里住。有一个朋友，因赌博欠了一屁股债。为了替朋友还债，他竟然卖自家的地。想想看，一个重友轻地的人，他哪里有心思教别人种地呢！三个叔叔中，能指望教刘本成学种地的只有三叔。三叔兄弟四人分家时，把土地、房子、牲口、农具等所有家产分成四等份，要得好，大让小，让小弟先挑，四弟第一个挑，三弟第二个挑。家产是搭配着分的，土地多的搭配的是草房，土地少的搭配的是瓦房。轮到三叔挑时，三叔把土地放在第一位，宁可住草房，也要多分土地。三叔明白，对于庄稼人来说，土地是最重要的，草由土生，粮由土生，木由土生，金由土生，一切的一切，都是土地里生出来。只要有地，就不愁没有钱。只要有钱，就不愁盖不起瓦房。别说瓦房了，说不定还要盖楼呢！这就是三叔，三叔和二叔、四叔的爱好不同，志向不同，三叔热爱种地，并立志以地置地，把别人家的土地也兼并到他的名下，重振祖业，当一个像刘万荣那样的财主。三叔还有一个得力的内助，那就是三婶子。三婶子岁数比三叔大，个子比三叔高，脾气比三叔暴，人送外号“蹦断裹脚”。这外号的意思是，三婶子一旦发起脾气来会连蹦带跳，以致把脚上的裹脚布蹦断。三婶子跟三叔的努力方向是一致的，只是分工有所不同。如果说三叔是一个在外面搂钱的筢子，三婶子就是一个在家里攒钱的匣子。把钱攒够一定的数量，就把钱拿出来买地。同时，三婶子还是三叔最有力度的监督者，三婶子绝不允许三叔犯一点儿懒，哪怕是下雨天，三婶子也不让三叔在家里睡懒觉，让三叔穿上蓑衣，戴上斗笠，也要到外面去拾粪。夫妻的共同努力是有效的，老三家的土地、财富和日子眼看着与其他两个哥哥和一个弟弟家拉开了距离。拉开距离最充分的证据是，在后来的土地改革中，其他三家都是贫农成分，只有老三刘敦轩家被划成了中农成分。当年，已当上乡里干部的刘本成参与了村里划成分的工作，谁家该划贫农成分，谁家该划地主成分，刘本成的意见所起的作用几乎是决定性的。在刘本成的主持下，他的三叔被划成了中农成分。刚划成中农成分时，三叔还不服气呢，刘万荣家划成了地主，他家怎么才划成了中农成分呢。在我们那里，说谁家富裕，谁家的日子过得好，习惯用一个字形容，那就是轩。说那家可轩，轩着哩，就是说那家有钱，日子过得如意。刘敦轩的名字带一个“轩”字，轩即代表着他所追求的目标，也可评价他家的日子。他觉得他家的日子够轩的，就算评不上地主，评一个富农总该可以吧。只给他家评了一个中农，让他不够满意。随着阶级斗争的不断升级和深入，他才知道通过划成分把人分成多个阶级的利害。倘若他家被划成富农成分，不知他要挨多少斗呢，要遭多少罪呢！他还知道了，他的在村里当家主事的侄子刘本成只给他家划了一个中农成分，并不是看不起他，而是暗中在保护他。这都是后话。

接着前边的话说。刘本成的娘，带上刘本成，到刘本成的三叔家求助去了。娘不是空着手去的，她特意蒸了一锅子麦面馍，还煮了好几个咸鸭蛋，盛了满满一篮子，挓着到了三叔家。晚上刚吃过晚饭，三叔和三婶子都在家。三婶子说：都在一个院儿里住着，大嫂跟孩子来就来了，还拤东西干什么！

娘说：亏得他三叔把孩子他爹从死人堆里背回来，不然的话，孩子连他爹的尸首都见不着啊！这个话题是沉重的，娘一提这个话题眼眶就湿了。

三婶子说：那是哩，胳膊肘子都是朝里拐，都是各家的人背各家的人，他不背他大哥谁背哩！

三叔也说那是哩，要是他死，不是大哥死，大哥也会把他背回来。

娘说：也没啥稀罕东西，馍是用今年的新麦磨成的面蒸的，鸭蛋是自家喂的扁嘴子繁的；馍是新麦面蒸的第一锅，咸鸭蛋也是刚开坛子，让他三叔和三婶子尝尝。

三叔说：都是自家人，大嫂有啥事只管说。门口子对着门口子，一拃没有四指近，谁让我跟大哥是亲兄弟呢！

娘说：孩子他爹不在了，对孩子的管教以后就交给他三叔了。孩子没使过牲口，也不会犁地耙地，摇耧撒种，他三叔以后多指教他。他要是不听话，该骂你只管骂，该打你只管打。

三婶子这才明白了大嫂给他家送东西的意思，她说：大嫂，我知道你有难处。有一句话，我不知道当说不当说？俺自家的地你三弟还忙不过来呢，他哪有工夫再帮你家种地哩！

这个我知道，咱这几家，数你们家地最多。我也不敢让他三叔帮着种地，他三叔抽空教教孩子就行了。

三婶子给大嫂推荐了一个人，推荐时她嘴角儿就流露出些许笑意，她说：你咋不去找孩子他二叔教孩子种地哩，我看他二叔怀里揣着唱本子，成天找人给他念唱书，怪闲得慌。三婶子的笑意没能忍住，还是笑了出来。她笑得有些得意，充满了对二哥的讥讽之意。

刘本成的娘听得出来，这是他三婶子在笑话他二叔，笑话他二叔成天价装斯文，不务正业。她说：他三婶子真会说笑话，他二叔连自家的地都种不好，房顶八下里漏雨都没有麦秸莛子苫补，他哪里会有心教孩子种地哩！

三叔说：种地没啥学头儿，犁地把牛套上，拿鞭子抽牛就是了。抽一鞭不走，就抽第二鞭。抽第二鞭不走，就抽第三鞭。牛生来就是挨鞭子的，你把它身上抽得起鞭子，它就走了。

刘本成在一边站着，一句话都没说。他不是一个多嘴的人，不说话一点儿都不着急。他头上还戴着白色的孝帽子，脚上还穿着鞋脸子上缝了一块白布的孝鞋。他看不到自己头上戴的孝帽子，但一低头就把鞋脸子上缝的那一块白布看到了。白布是一片粗布，粗布沾土沾泥，已经有些发黄。布是用粗针脚缝上去的，与鞋脸子贴得不是很紧，边缘有些卷曲。孝鞋对刘本成有着提醒作用，一看到孝鞋，他心里沉了一下。他不想让娘给三叔和三婶子送东西，也不想让娘在学种地的事情上求三叔。求人是低搭事，开口求人总是很难。刘本成听出来了，不管是三婶子还是三叔，都不想管他们家的事，差不多都是推托的态度。这让敏感的少年刘本成心里有些凉，在心凉的同时心灵有所成长。他真想拔腿就走，让娘也走。但他忍了忍，总算没有走。别看他才是一个十几岁的少年，他的个子差不多赶上了三叔。他在心里咬牙，通过咬牙给自己增加自信。他相信，只要三叔能打的牛，他也能打。只要三叔能犁的地，他也能犁。

刘本成家在村西有一块地，地里种的是豆子。豆子摇铃割，是说秋风一吹，豆粒子在豆荚子里一开始哗啷哗啷摇铃，就可以割了。割去豆子，把地犁好，耙好，整得又细又软，紧接着就种冬小麦。收豆子时，刘本成的娘、姐和妹妹都下地了，是全家齐上阵。待套上黄牛犁地时，只有家里的男丁刘本成出场。刘本成第一次犁地前，三叔先犁了一圈，为他做了一遍示范动作。三叔一手扶着犁把子，一手扬鞭驱牛前行。刘本成在旁边跟着，三叔走一步，他跟一步。黄黄的秋阳在头顶照着，黄牛四蹄抓地，拉犁拉得老老实实。犁头和犁铧把豆茬地翻起，不断地发出细碎的切切割割的声音。土是千年万年的旧土，每次翻开都是新土，犹如翻开一本新书。翻开的土壤是褐色，被犁头切断的豆子的根须是姜黄色。好比褐色的是书页，写在书页上的文字是姜黄色。刚翻开的土壤有一种新鲜的气息，总是很好闻。刘本成闻出来了，土壤里冒出的新鲜气息是豆子的气息，既有豆根的气息，也有豆秆、豆叶、豆花和豆角的气息。气息是浓郁的，也是丰富的，像是一直扑进人的肺腑。刘本成想到了，地里上一茬种过什么庄稼，土壤里留存的就是什么庄稼的气息。种过豆子是豆子的气息，那么，种过红薯就是红薯的气息，种过小麦就是小麦的气息。也就是说，土壤的气息和味道是万有的，人需要什么气息和味道，都可以通过种庄稼或种蔬菜在土壤里获取。还有一些喜鹊，在新翻开的土壤上面翻飞，它们大概在拣吃被翻出来的虫蛹子。三叔边犁地边对刘本成说：看见了吧，就这样犁，犁地没什么难的。犁到地头，三叔吁住黄牛，把鞭子和犁把都交给刘本成，让刘本成犁一下试试吧。

刘本成刚接过鞭子和犁把，让刘本成意想不到的事情发生了，他还没发出喔、喔让牛开走的口令，更没有用鞭子抽牛，牛脖子一梗，腰一弓，就拉起犁子开走。牛不像三叔扶犁时那样四平八稳匀速走，而是一上来就走得很快，像小跑一样。咦，这是怎么回事？犁头本来是吃在土里，牛一快走，犁头就从土里飘了出来，在地的表面只划破一点地皮。

刘本成在水塘边玩过打水漂，他取一片瓦片，奋力向水面撇去，瓦片划过水面，在水面噌噌噌跳跃，能跳跃好几下都不下沉。牛这样拉犁，跟他打水漂有什么两样呢！他想吁住牛，连吁了好几声，牛都不听他的。情急之中，他往牛身上抽了一鞭子。这一抽不要紧，牛跑得更快了。

三叔看到了这一幕，冲刘本成喊道：拽住，摁住，把犁头吃进土里去！

刘本成也想把犁把子摁住，让犁头吃进土里去，通过土地的阻力，阻挡犁头在地面滑行。可是，牛就是牛，牛有四条腿，他只有两条腿，他的力量哪里敌得过牛的力量呢！犁把子摇摇晃晃，东倒西歪，他扶不正犁把子，更谈不上让犁头吃进土里去。这样下去是危险的，犁头子要是犁到他的脚就不好了。他只好撒了手，看牛能把犁把子拉到哪里去，难道能把犁子拉到天边不成！

牛没有把犁子拉到天边，刘本成一把犁子扔掉，牛就停下了。天蓝蓝的，一群大雁正往南飞。牛的大眼睛像镜子一样，把天上地上的东西都映在眼里。牛的嘴也很大，但它的嘴不会笑。要是牛的嘴也会笑的话，不知它会笑成什么样呢！它仿佛在对刘本成说：你一个小毛孩子，还想使唤我，没那么容易！

三叔把烟袋锅子挖进烟布袋子里，装了一锅子烟，刚要点火吸，见刘本成把犁子扔了，他不吸烟了，把碎烟倒回烟布袋，把缚烟布袋口的线绳缠巴缠巴缠到烟袋杆上，把烟袋别回腰间，向刘本成走去。三叔的样子像是生气了，对刘本成说：你怎么把犁子扔了？连个犁子都扶不住，你怎么这样笨呢！把鞭给我！刘本成把鞭子交还给三叔，三叔说：你再敢扔掉犁子，我就抽你。说着把鞭子对刘本成扬了一下。刘本成吓得闭了一下眼，不由得往后退了一步。三叔把犁子和牛拉回地头，将犁头吃进土里，再次犁给刘本成看。黄牛一到三叔手里，又变得乖起来，它四蹄抓地，拉犁拉得老老实实。犁头和犁铧把豆茬地翻起，不断发出细碎的切切割割的声音。黄牛仿佛在说：老家伙使唤我，这还差不多。三叔对刘本成说：就这样犁，这不是很简单嘛！你全身的劲都要往下压，手不要往上提。好了，你接着犁吧。

刘本成再次从三叔手里接过鞭子和犁把时，黄牛拉犁拉得还可以，是均匀的速度。可是，当牛拉到地头需要往回拐时，黄牛又开始调皮捣蛋，趁刘本成扎犁未稳，它又加快速度跑起来。不要以为只有马会跑，牛不会跑。也不要以为马的特点是快（马被称为快牲口），牛的特点是慢。其实牛也会跑，牛跑起来速度也够快的。这一次，不管牛怎样跑，也不管犁头怎样在地面划，刘本成拽住犁把子，就是不松手。按照三叔的要求，他双手摁住犁把，使劲往下压。双手仍不能使犁头深入土地，他的整个身体几乎都压了上去。如此一来，他的身体失去了平衡，压得犁把子倒在地上。随着犁子倒地，他也倒在地上。尽管刘本成趴倒在地，他的手仍没有松开犁把子。他的一种劲头上来了，这种劲头在别的地方叫倔劲，或是犟劲，在我们那里叫别（读四声）劲。有别劲的人也叫别筋头。刘本成就是一个别筋头。他的别劲是他的脾气，也是他的性格，别劲一上来可不得了。是牛的牛脾气把他的别脾气惹了出来，他死死抓住犁子，好像是要和犁子共存亡的意思。黄牛拖着倒地的犁子和倒地的刘本成又跑了一阵，大概觉得玩得差不多了，遂停了下来。黄牛的样子有些得意，它仿佛在说：天高云淡，今天的天气不错！

三叔想吸烟又没有吸成，他恼了，骂了刘本成的娘。他跑过去，抄起了刘本成扔在地上的鞭子。抄起鞭子后，他没有抽牛，没有惩罚调皮捣蛋的牛，却朝刘本成身上抽去。刘本成刚从地上起身，刚把犁把子扶正，三叔手中的鞭子就朝他抽过来，抽得他劈头盖脸。鞭杆是用整棵的细节竹子做成的，韧性弹性都很好。鞭子是用生麻搓成的，在鞭鞘那里加进了熟牛皮条。加了熟牛皮条之后的鞭子跟皮鞭差不多，不仅使鞭子能打得更响亮，杀伤力也更强。这条鞭子是刘本成的爹传下来的，如今这鞭子却被三叔抽在了他爹的儿子身上。人皮没有牛皮厚，在世界上所有的动物中，人的皮是最薄的。有的人为了保护自己，为了御寒，就借来其他动物的皮，包在自己身上。刘本成没钱向牛呀羊呀狐狸呀老鼠呀等动物借皮，自己穿的衣服也很薄。加之他的脖子和脸都裸露着，鞭子抽在他身上是很疼的，很疼很疼的，疼得火烧火燎一般。刘本成长这么大，是第一次挨鞭子，这给他留下的印象太深了，以致终生难忘。鞭子抽在身上疼痛难忍是一个方面，让刘本成更加难忘的是，他的身子一激灵，竟尿了一裤子。几十年后，刘本成和三叔吵架时旧事重提，说三叔都把他抽尿了。当时，刘本成在忍无可忍的情况下，并没有失去理智，并没有夺下三叔手中的鞭子，和三叔对着干。他不会忘记，就是因为他的爹打了爹的叔叔，才导致了爹的娘喝大烟自杀。他只是冲三叔大喊了一声：别抽了！

三叔没想到刘本成会尿裤子，也没想到刘本成会对他大声喊叫，他没有再继续抽他的侄子，把鞭子扔在了地上。

接下来怎么办呢？刘本成会不会哭着回家，让娘看他脸上和脖子上的鞭痕呢？会不会向自己的亲娘诉苦呢？没有。刘本成要是那样做的话，就不是刘本成了。刘本成的别劲又上来了，他就那么穿着湿裤子，把眼泪使劲一抹，从地上捡起鞭子，接着犁起地来。

人有人心，牛有牛心。牛把刚才发生的一切都看到了，既看到了刘本成的三叔用鞭子抽刘本成，也看到刘本成尿了裤子，还听到了刘本成对三叔大吼，它大概动了恻隐之心，同时知道刘本成也是有脾气的，再拉起犁子时，步步循规蹈矩，没有再搞游戏。

六

刘本成犁地犁到太阳落了才回家。太阳变红时，三叔让他收犁吧，他不说话，只管继续犁。太阳变大快要触地时，三叔又让他收犁吧，他还是不说话，只管驱着牛往前走。三叔看出他在犯别，在赌气，说你不走我走了。三叔走后，刘本成又犁了一圈，直到太阳落下，西天铺上了红霞，他才把犁子放到拖车上，让牛拉起拖车回家。等刘本成回到家，天已经黑了，他家的灶屋里已点起了油灯。他家的油灯是一盏铁灯，铁灯敞着口子，里面添的是香油。油里浸泡的是一根细细的灯草，灯草的上端搭在铁灯边沿，只出那么一点点头。点燃后的油灯灯头小小的，小如黄豆，亮度也跟黄豆差不多。刘本成之所以等天黑了才回家，是不想让娘看见他的裤子是湿的，更不想让娘看见他脸上和脖子里的鞭痕。要是娘看见了，一定会心疼他，一定又会哭。他不想让娘心疼他，更不想让娘哭。他觉得自己已经长大了，什么样的事情都可以自己承担。

娘倒是没发现他的裤子是湿的，但娘还是看见了他脸上的几道红印子，娘有些吃惊，说咦，你脸上这是咋弄的？娘伸手要往他脸上摸，试试那些红印子是不是浸血。

他伸手挡了一下，没让娘摸到他的脸。他往后退了两步，退到油灯的灯光照不到的黑影里，说没事儿。

我看着咋像鞭印子哩？是不是你三叔打你了？

刘本成说没有。

打孩子不能用鞭子，鞭子是抽牲口用的。打孩子更不能往脸上打，孩子长大了还要成家。娘的喉咙有些发哽，眼看就要哭出来。

刘本成不会承认三叔用鞭子抽了他，他装作生气的样子说：我说没有，就是没有。你咋不相信我哩，真是的！我用鞭子抽牛，一不小心，鞭鞘子一拐弯，就抽到我自己身上了。好了，吃饭吧！

吃了晚饭，刘本成早早地就睡了。他自己睡一张小床。他家的堂屋是两间瓦屋，两间屋子用箔篱子隔成里间屋和外间屋。娘和姐姐、妹妹睡里间，他一个人睡在外间屋。睡觉时，他把自己的裤子折叠了一下，放进自己的被窝里。自己尿湿的裤子，他要自己暖干。自己遭下的罪，他要自己受。

睡到半夜，他听到有抽泣声。他醒了一下，在黑暗里睁开一点眼缝看见，是娘站在他床头哭泣。跟娘站在一起的，好像还有大姐。刘本成心里一酸，也想哭。但他咬住牙，不让自己哭出来，只在心里哭。他翻了一个身，翻得脸朝里。即使在黑夜里，他也不想让娘看见他的脸。

第二天一大早，窗外的公鸡刚叫头一遍，刘本成就起床了，套上牛，踏着如霜的月光去犁地。此前，刘本成是个爱睡懒觉的人，都是娘反复喊他几次他才起床。这天，娘一遍都没喊他，他就起床了。刘本成没想到，娘比他起得更早，在他起床时，娘已经把牛喂饱。我们那里的人习惯早上不吃饭就下地干活，而牛呢，习惯在夜间进食，必须在夜间把牛喂饱。娘问他怎么起这么早？

他说不早。

娘问他用不用跟他三叔说一声。

他说不用。

娘问他已经学会犁地了吗？

他没有回答。他把犁子放到拖车上，赶着牛，走出了院子。

地里一片明，那不是天明，是月明。地上下了一层霜，月光照在霜上有些反光，分不清是月光还是霜光。周围村庄的公鸡还在叫，人们还没有下地。刘本成是第一个下地的人。月光照着他的身影，也照着牛的身影。他的身影和牛的身影都有些黑，像是月光照在霜地上的皮影。他作为赶牛人的“皮影”，身子矮矮的，看去有些孤单。扛在“皮影”肩头的鞭子细细的，细得似乎有些时断时续。他往四下里看了看，看到了地里鼓着的一些坟包，包括他爹的坟包。霜天是清冷的，他有些可怜自己，鼻子抽了抽，差一点哭了。但他没有哭，他在心里对自己说：我叫刘本成，我就是要这样，我就不信我学不会种地！他就这样和自己赌气，也是和自己较劲。他分不清啥是赌气，啥是志气。也许在他看来，赌气和志气是一回事，都是和自己较劲，都是自己跟自己过不去。只有和自己过不去，好多事情才能过得去。就这样，一个才十几岁的少年，硬是把豆茬地犁起来了，硬是用带铁齿子的耙把地耕细了，并耩上了小麦。其间，三叔曾指导过他，但再也没对他发脾气。三叔对他娘说：这孩子心劲大，将来种地比我强。

有十几岁的少年就成为庄稼把式的吗？有的，我的堂叔刘本成就是一个。有道是，穷人的孩子早当家。刘本成的情况是，失去爹的孩子早会种庄稼。冬天来了，天下着大雪，刘本成还要到地里察看。雪下得越大，他越是要到地里去。俗话说，麦盖三层被，头枕白馍睡。三层被指的是雪，刘本成要看看他家的麦子盖的“被子”厚不厚。春天来了，柳树的芽子刚冒码儿，他就开始秧红薯母子。栽春红薯是重要的，一年红薯半年粮啊！而要栽红薯，必须先有红薯秧子。挑有模有样的红薯母子，埋在掺了土的牛粪里，等红薯发芽子，长秧子。等秧子长到一定长度，就用剪子剪下来，栽到春地里去。把红薯母子埋好后，他担心嘴馋眼尖的老鸹啄红薯母子吃，就一天到晚在秧红薯母子的池子边守着，几乎把自己变成了一个不说话也不动弹的稻草人。一群老鸹大概真的把他当成了一个稻草人，飞过来几乎落在他身上。这时他才挥动胳膊，大叫一声，把老鸹赶跑了。夏天来了，夏天总是雨多，一片云，一声雷，或一阵风，就能引来一场雨。这地方远古时是海，近古时是湖，现在虽说成了平原，但仍然地势低洼，雨一大就容易淹庄稼。刘本成担心他种下的庄稼被雨水淹没，所以一下雨他就往地里跑。他没有雨伞，布伞纸伞都没有。冒雨下地，他都是头戴斗笠，身披蓑衣。蓑衣是他自己采集的蓑子草勒制的，披在身上像一只奓毛的刺猬一样，使他的身体顿时扩大了许多。在雨中看他的背影，他不再像一个少年人，而是像一个成熟的顶天立地的成年人。是的，他就是这样在磨难和风霜雨雪中很快成长起来，庄稼活儿样样精通。读书有童子功，练武有童子功，他是在种庄稼方面有童子功。不喜种庄稼的二叔一再夸奖他，说种庄稼也能考状元的话，刘本成一定能中状元。

前面我忘了说，在刘本成的爹被土匪打死不久，刘本成的娘就给刘本成找了一个童养媳。那时养童养媳是当地的普遍现象，不光富人家养童养媳，穷人家也养。你们家不是穷吗，我们家比你们家更穷。反正女孩子终究是别人家的人，不如从小送给别人家养。多一口人就多一口吃食，把女孩子送给人家养，自家省下这口吃食，可以养大自家的男孩子。比如我家够穷的吧，穷得几乎吃了上顿没下顿，我奶奶还是为我父亲养了一个童养媳。我父亲在少年时代，在一个被逼无奈的情况下，跑到外地当兵去了，父亲的童养媳受尽了我奶奶的虐待。养童养媳是普遍现象，婆婆视童养媳为猪狗，虐待童养媳也是普遍现象。我的大奶奶，也就是刘本成的娘，对童养媳也很苛刻。刘本成的童养媳比刘本成大三岁，名字叫桂荣。刘本成的娘不许桂荣在堂屋里睡觉，只让她睡在灶屋锅门口的地上。到了寒冬腊月，家里也拿不出多余的棉被给桂荣盖，桂荣只能在锅门口的地上铺一些自己拾回来的柴草，和衣睡在柴草窝里。夜里窗外下大雪，桂荣冻得缩成一团，哆哆嗦嗦，无处钻，无处躲。既然锅门口有柴草，她偷偷生一点火，借火取暖不行吗？不行啊，一个人生火万万使不得，万一让婆婆知道了，婆婆不扒下她的棉袄用棉柴抽她的皮才怪。冻得实在受不了，桂荣只能连鞋带脚伸进灶膛，利用灶膛里面柴草灰的余温暖一暖脚。灶膛里同时伸不进两只脚，她就一替一只脚，暖了左脚暖右脚。还有，她觉出来了，自己的嘴里哈出来的气是热的。人只要还活着，总得一口一口出气。她哈出的每一口气都是热的。可是，气在嘴里时还是热的，一旦哈出来，一旦遇到冷空气，就变成了一团雪霰似的白雾。桂荣可不愿意把嘴里哈出来的热气白白浪费掉，她的办法是，把手缩进棉袄的袖筒子里，而把口鼻罩在袖口处，这样一来，从口鼻里呼出来的热气就可以进入她的袖筒子里，用自己的热气暖自己的手，实现自我采暖，自我利用。雪粒子敲窗沙沙沙，窗外天地一片白。桂荣一觉醒来，头发上就结了一层白霜，像白了头一样。

对于童养媳，刘本成心理上还没有准备，不知童养媳为何物。他不喜欢童养媳，甚至对童养媳有些排斥。他不许童养媳看他，童养媳多看他一眼他都不干。他动不动就让童养媳滚，滚得越远越好。童养媳往哪里滚呢，童养媳也是媳，既然成了谁家的媳妇，就是谁家的人，她成天眼泪巴巴，无处可滚。直到有一天跑反，刘本成不小心被什么东西绊倒了，疼得趴在地上一时爬不起来。他的童养媳本来跑到前面去了，见他摔倒在地，马上拐回去，一把将他拉了起来。拉起来后，他的腿一瘸一拐，仍不能跑。这时，只见他的童养媳用胳膊把他一夹，像夹一个生猪娃子一样就把他夹到寨门里边去了。刘本成由此知道，他的童养媳不是吃闲饭的，童养媳的身材不仅比他高，力气好像也比他大。要是两个人打起架来，他不一定打得过童养媳。刘本成还知道了，他的童养媳对他是在意的，他没把童养媳当媳妇，童养媳却把他当成了男人，一直在观察他，并在暗中保护他。

到了刘本成虚岁才十七那一年，他娘就决定给他圆房。刘本成早就听说过圆房，圆房，他并不知道圆房的实际内容是什么。房子都是方的，鸡窝才是圆的，圆房是什么意思呢？等到给他圆房，他才明白了，原来圆房的意思是让他正式结婚，正式给他娶老婆。他有一个童养媳，在圆房之前，童养媳还不算是他的老婆，他一跟童养媳圆了房，童养媳就变成他老婆了。好比他是房子的一半，童养媳是房子的另一半，两个人一结婚，两半的房子对到了一起，房子就圆满了。圆房是一个仪式，也是一个转折，圆房对刘本成，特别是对桂荣，待遇一下子大大提高。娘把堂屋腾出来了，布置成了新房，让儿子和儿媳住。娘搬到灶屋去住。娘把家里祖传下来的一张大床也让给儿子和儿媳睡，自己睡那张小床。圆房就圆房吧，刘本成没有表示反对。头年结了婚，第二年他就得了儿子。刘本成的儿子，是我们刘家庆字辈的第一个男丁，全村人都很重视。刘本成不敢随便给自己的儿子起名，他认为二叔在起名方面比较讲究，就让二叔给他的儿子起名字。二叔手捻胡须，颇费斟酌，给他儿子取的名字叫端，取庆字辈开端之意。

早早有了孙子，刘本成的娘也很高兴。她悄悄到丈夫坟前，对丈夫说：我把你这一支子给你传下来了。有一个孙子当然不够，娘接着给刘本成布置任务，说刘本成这一辈子是单传，下一辈不能再单传了，刘本成最少要生三个儿子，生五个儿子更好。

刘本成没辜负娘的希望，过了两年，老婆又给他生了第二个儿子。刘本成对老婆是满意的。在童养媳阶段，他对童养媳不是很满意，老觉得童养媳是一个外来人。童养媳变成老婆后，他觉得老婆还可以。起码，老婆在生孩子方面是可以的。他对老婆的价值判断是实用性的，跟判断猪羊的价值差不多。养母猪嘛，是为了让母猪生猪娃子；养水羊嘛，是为了让水羊生羊羔子，娶女人嘛，是为了让女人生孩子。女人只要能生孩子，能一个接一个生，还有什么不满意的呢！在这个时候，刘本成没有什么高远的目标，他不知道什么叫革命，什么叫阶级斗争，更没想过他将来要入党，要当干部，不仅要主导刘楼村的变革，还要主持一个乡政府的工作。作为一个农民的后代，有地种，有粮食吃，有老婆为他生孩子，生了孩子就可以传宗接代，一代一代传下去，这就不错了，相当不错了，别的还求什么呢！刘本成不跟别人比，只跟他爹比。他认为他爹活得时间太短了，他争取活得时间长一些。他认为他爹帮助外村人打土匪，是不会保护自己，他要学会保护自己。爹的死不是好死，死后连老坟都不能进，他老了要好好地死。

七

然而，在一天夜间，有一个陌生人登门找刘本成来了。陌生人上来就拉住刘本成的手，把刘本成叫作刘本成同志。

同志？啥是同志？刘本成没听说过。刘本成见来人身上斜背着一个木头盒子，盒子装的像是传说中的盒子枪，他难免吓了一跳，身上直打哆嗦，嘴唇直打哆嗦，说不出话来。

陌生人自我介绍说，他是上级派来的土改工作队员，姓国，叫国世成，以后叫他老国同志就行了。老国同志拉着刘本成同志的手仍没有松开，他说：我一摸你的手，就知道你是劳动人民，是穷苦人，是受压迫、受剥削的人，正是革命的依靠对象。以后咱们就是站在同一条革命路线的战友，你不要紧张嘛！

刘本成吭哧了一会儿，才说出话来，他说他不是坏人，他什么坏事都没干过。

老国说：你当然不是坏人，而是一个很好的革命同志。这一点我们已经调查过了，知道你从小就被土匪打死了父亲，从小就代替你父亲下地干活儿，吃了不少苦，受了不少累，仍然吃不饱，穿不暖。我来找你的目的，是让你跟我们一起参加革命，投入土地改革运动。

刘本成把自己的手从老国手里抽了回来，说：我别的啥都不会，只会种地，我把地种好就行了。

哎，只会种地是不行的，革命需要你，你就要起来参加革命。老国同志拉开架势，开始给刘本成讲革命的道理。老国讲得很长，很有耐心，讲了很多主义。刘本成习惯早睡，他困得早就顶不住了，打了一个哈欠，又一个哈欠，可老国的主义还没讲完。其间，门外响了一下，老国迅速拔出枪来，一个箭步跳到门外，厉声问：谁？干什么的？

外面的黑夜静悄悄的，什么东西都没有。

刘本成也出来了，他说：可能是一只黄鼠狼从墙头上跳下来了。

黄鼠狼，你敢肯定吗？

我二叔家的鸡卧在窗台上，昨天夜里就被黄鼠狼咬死了一只。

阶级敌人不甘心失败，阶级斗争是很复杂的，我们一定要提高警惕。老国没有把枪装回枪盒子里，问刘本成打过枪吗？

刘本成说没有。

没打过没关系，以后我教你。等条件成熟后，争取给你也配一把枪。枪杆子里面出政权，这也是革命的道理。

他们又回到屋里，油灯却熄灭了，屋里一团漆黑，空气里弥漫着一股子麻油的焦香气味。刘本成说，可能是灯油熬干了，他去灶屋加点儿油。老国说不用了，他该走了。老国说了该走了，仍不走，继续跟刘本成说话。在黑暗中说话，使他们的谈话更具有秘密性质。老国向刘本成打听，在村里像刘本成这样苦大仇深的人还有谁？

苦大仇深，这对刘本成来说又是一个新说法。他以前并不知道自己受的苦有多大，也不知道和别人的仇有多深，苦大仇深从哪里说起呢！他摇头说：不知道。

老国提示他：你就说被土匪打死亲爹的还有谁吧？我听说你们村被土匪打死的人一共有五个。

这个刘本成是知道的，他掰着手指头，把被土匪打死的五个人都数了出来。这五个人中，四个人有儿子，其中一个人没有结婚，没有后代。

老国问：其他三个人的儿子是不是都是穷苦人？

这个，这个……

你就说他们三个人的家跟你家是不是一样穷吧？

差不多。

那就没问题了。这样吧，你通知他们明天上午到你们家来开会。

老国在刘本成家连续开过几次会后，以刘本成等几个年轻人为骨干力量，刘楼村的阶级斗争就开展起来了，同时，轰轰烈烈的土地改革运动也开展起来了。斗争像打架一样，开打之前得分拨儿，分得你一拨儿，我一拨儿。要是不分开拨儿，形不起对垒，架就打不起来。阶级斗争比打架要严肃得多，正规得多，它不说分拨儿，说分阶级。要把阶级分开，事先得划家庭成分。成分分好多种，从地主、富农、小土地出租，再到富裕中农、上中农、中农、下中农、贫农、雇农等，八九十来种吧。划成分其实就是分阶级，这么多阶级最终一分为二，大约用两种阶级概括，一种叫剥削阶级，另一种叫被剥削阶级。一切斗争就在剥削阶级和被剥削阶级之间展开。从力量的对比来看，被剥削阶级是大多数，人多势众，而剥削阶级分子是少数，寡不敌众。在刘本成的主持下，村里每次开斗争大会，少数剥削阶级分子都被斗得够呛。斗争大会有一项重要内容，是申冤和诉苦，有冤申冤，有苦诉苦。剥削阶级低头哈腰，连大气都不敢出。被剥削阶级高举着拳头，群情激昂。通过被剥削阶级向剥削阶级申冤和诉苦，以调动和增加阶级之间的阶级仇恨，使阶级斗争开展得更加广泛，更加深入。在没搞阶级斗争之前，一些事情并没有和阶级斗争挂起钩来。一旦搞起阶级斗争来，他们像是突然明白，原来很多事情都跟阶级不同有关系，都可以用阶级斗争的观点加以分析。比如刘楼村被土匪打死五个人那件事，在没搞阶级斗争之前，村里人不知向谁申冤，向谁诉苦，不知把仇恨记在谁的头上。时间一长，他们很少提那件事。偶尔提起来，骂一骂土匪就完了。可阶级斗争一来呢，村里的刘万荣一被划成地主分子呢，冤就有了头，债就有了主，那五条人命的被剥夺一下子就从阶级上找到了原因。人们申冤说，那次帮陈庄打土匪，本来村里人都不愿意去，都是因为大地主刘万荣发了疯，骂了人，逼着村里的人去，才白白丢了五条人命。人们诉苦说，由于刘万荣的压迫，才使当娘的失去了儿子，当儿子的失去了爹，他们受的苦三天三夜都说不完啊！血债要用血来还，于是人们有些愤怒，拥上去对刘万荣一阵拳打脚踢。刘本成带头喊口号：打倒刘万荣！打倒万恶的地主分子刘万荣！

刘万荣作为我们村的头号阶级敌人，一点儿反抗都没有，一下子松垮下来。人们一斗他，他好像也觉得，村里一下子死了那么多人，他的确是有责任的。他说：我有罪，我该死！在此之前，刘万荣有钱有势，有车有马，威风凛凛，堪称是刘楼村的人头，谁都对他惧怕三分。加上他个子高，身体壮，力气大，出门又爱带一只长着两个大犄角、爱抵人的公羊，人们躲避他唯恐不及。另外，刘万荣还喜欢做一个游戏，那就是用他宽大有力的手把男孩子的头皮，某个男孩子的头皮一旦被他把到，就会疼得嘴歪眼斜，鬼哭狼嚎。而刘万荣却从中得到了游戏的快乐。革命一来，刘万荣威风扫地，彻底完蛋。我们那里的土地改革进行得比较晚，等我们那里开始大面积进行土地改革时，中华人民共和国已经在北京的天安门城楼宣告成立，新的政权在全中国已形成压倒性优势。也就是说，我们那里没进行过什么拉锯战，更没有什么还乡团，地主、富农分子一下子就被打倒了。自从他们被划成剥削阶级成分，他们还懵懵懂懂，没有缓过神来，就被打翻在地，再也没有翻过身来。还以刘万荣为例，他大概感觉到了革命的强大力量，知道自己的大势已去，气数已尽，在挨斗中表现得老老实实，相当顺从。有人别出心裁，给刘万荣的嘴上戴上牛马所戴的笼嘴子，笼嘴子里还塞上麦糠，意思是把刘万荣变成一头牲口，借此羞辱当年不可一世的刘万荣。这还不算完，贫农协会的会员还让刘万荣的儿子牵着笼嘴子，在刘楼村的村街上游街。在游街期间，不管村里的大人孩子，谁想打刘万荣几下都可以。在村里游完了街，刘万荣又被拉到乡里去游街，之后就把他关到监狱里去了。以前天天追随着刘万荣的那只公羊早就不见了，不知变成了谁的盘中肉。随后刘万荣也在监狱里死掉了。

我们村还有两户姓范的地主，他们在我们村置了地，雇了长工，就被划成了地主。他们本来就是外姓人，是外来户，在我们刘姓人面前从来不敢滋毛，巴结刘姓人唯恐不及。而我们刘姓人视他们为入侵者，早就想把他们赶走。革命的浪潮一来，正好可以借机整他们。那两个姓范的地主都识字，他们能看报纸，对外界的信息也比较关注。他们觉出来了，也悟出来了，除了一朝天子一朝臣，还有一朝天子一朝民，他们是前朝的遗民，被抛弃是应该的。他们像是甘愿被打倒，甘愿被抛弃，跟斗争他们的人配合得很好。斗争者命他们低头就低头，命他们弯腰就弯腰；斗争者要他们说什么，他们就说什么，让他们交什么，他们就交什么。因为两个姓范的地主分子表现得比较乖，民愤不是很大，斗争者就没给他戴笼嘴子，没让他们游街，他们也没像刘万荣那样很快死去。

刘本成对革命的贡献还在后头，让刘楼村的贫下中农欢欣鼓舞的事情也在后头。随着阶级斗争和土地改革运动的兴起，分田地的好事也来了。有一个口号是：打土豪，分田地。这两件事情是连在一起的，是互为因果的关系。打土豪的目的，是分田地。有了分田地的利益，打起土豪来才有动力。地主、富农家的土地不是多嘛，把他们的土地没收，分给贫下中农和雇农就是了。土生万物，地生万物，土地是农民赖以生存的东西，能有什么东西比土地更宝贵呢，恐怕没有吧！有的人一辈子都想拥有一块属于自己的土地，可苦拼苦挣，一辈子都挣不到一块土地，只能为别人种地。现在好了，千年万年的土地一经改革，有的雇农就分到了土地，这怎能不让人高兴呢，怎么能不让人感激呢！除了分土地，地主、富农家的许多东西都被挖出来，分给了贫下中农。那些东西包括房屋、农具、牲口、粮食，还包括箱子、柜子、桌子、椅子、衣服、首饰等等，甚至连地主家的一坛子咸鸭蛋，或一坛子豆腐乳，都可以被搬走。那些天，村里差不多天天都在分东西，人们真是比过大年还高兴啊！

我们家是贫农成分，当然也可以分地主家的东西。我不知道我们家分到过什么别的小东西，只知道分到过地主刘万荣家的两间东屋。那两间东屋并不是什么瓦屋，而是坯座草顶的趴趴屋。别看只是两间不起眼的小屋，我爷爷奶奶、父亲母亲也很高兴。因为在以前那毕竟是刘万荣家的屋子，谁想踏进一步都不容易。革命一来，它就成了我们家的屋子。宅基地随着屋子走，既然屋子属于我们家，宅基地也属于我们家。我们家人口多，房子少，养的一头牛正没地方拴。分到两间屋子后，父亲就把那两间屋当成养牛的牲口屋用。后来抗美援朝归来的叔叔要结婚，那两间屋就成了叔叔和婶子的洞房。

在上述一系列革命活动中，处处都有刘本成的身影，不管是斗争会，还是分田地，他都是刘楼村主导性的力量。他已经创造了刘楼村的好几个第一，他是第一个入党，第一个成了村里的党小组组长，并第一个担负起了村长的行政职务。不管村里有多少人，只能有一个人主持，第一是很重要的。有了这么多的第一，村里的大小事情都是由刘本成说了算。比如开斗争会，刘本成决定斗谁就斗谁，他说把谁押上来，就把谁押上来；他宣布开始就开始，他说结束才能结束。再比如分地主、富农家的东西，他让会计先把东西登记，造册，争取把一些东西分给最需要的人。他老婆看中了一件地主老婆所穿过的红缎子棉袄，很希望能把棉袄分给她。当家主事的刘本成坚决不同意，坚持把棉袄分给了别的女人。刘本成的做法赢得了村民的好评，使他在村里的威信进一步得到提高。人人都需要得到肯定和尊重，人人都有荣誉心，人人都希望确立在社会群体中的地位，刘本成也不例外。大家的积极评价激发了刘本成的革命热情，使他得到了革命的乐趣，不错，革命挺不错的，比只种地强多了。他工作的积极性更加高涨，几乎把种地的事放到了脑后。地里的豆子熟了，他顾不上去割，只能由娘和妻子去割。地里的红薯该出了，该把红薯削成红薯片子了，他还是顾不上干那些小活儿，只能由娘和妻子去干。他连生活习惯都改变了，再也不早早睡觉。革命除了革人的命，他还要革日头的命，天天和日头对着干。日头落下去了，他不但不睡觉，好像更加活跃，几乎天天夜里开会。一场斗争结束了，他们再谋划下一场斗争。而早上呢，他也决不睡懒觉，日头还没起床，他就起了床，披星戴月在村子里巡查。有狗对他叫，他只把脚一跺，打了一个痰腔，狗就不敢叫了，悄悄躲到了一边。有时他不大相信这一切是真的，一切像做梦一样。他站下来问过自己：我这是在梦游吗？问过之后，他抬头看天，低头看地；往前看树，往后看狗。看天天高，看地地实；看树树在，看狗狗走，一切参照物都证明着他不是在梦游，作为刘楼村的刘村长，他在履行他的职责，他的公事。

我们那里的人遇到升官发财之类的好事，一般都不从自己身上找原因，也不从时势上找原因，还是习惯从坟地里找原因，说是祖坟占到了风水，或是父亲坟上长出了一棵蒿子。刘本成打算抽空到西地看一看，他父亲坟上是不是真的长了东西。刘本成忙得还没来得及到他父亲坟上查看，他接着又升了官，竟然升到乡里当乡长去了。村里没有政府，乡里却有乡政府。乡政府没有设在我们刘楼，设在离我们村五里之外的张彭庄，叫张彭庄乡。张彭庄乡不算大，所辖只有七八十来个村庄。可小乡也是乡啊，也算是一级人民政府啊，也有大印啊，也可以批准抓人啊，甚至有权批准枪毙人啊！在刘本成当乡长期间，可以说是他一生的鼎盛期。

八

刚当上乡长的刘本成，在穿戴上并没有什么改变。他身上穿的还是撅肚子棉袄，腰里系的还是黑粗布大带子，头上戴的还是一把捋棉线帽子。走在农民堆里，他跟一个普通农民没什么两样。工作员老国建议他做一件中山装，买一顶带帽檐的帽子，说当干部要有当干部的样子。刘本成没有做中山装，倒是买了一顶带帽檐的蓝洋布帽子。这样的帽子，在我们那里叫兵帽。戴上兵帽的刘本成，露出了两只红红的耳朵，显得精神抖擞，年轻多了。老国没有如诺给刘本成配发盒子枪，而是为刘本成配了一个通信员，也是警卫员，警卫员背的是一杆长枪。因为工作需要，刘本成经常走夜路。为了保证刘乡长的人身安全，乡里就为他配了一名警卫员。刘本成是一个不怕鬼的人，是一个胆大的人，他一开始不同意乡里给他配警卫员，他走到哪里，警卫员跟到哪里，他觉得不习惯，也不自在。后来邻乡发生了一桩命案，刘本成才接受了警卫员对他的警卫。那桩命案是，一个从外地来的土改工作队员，夜间在一座小桥上被人打了闷棍，抛尸于小桥下面的干坑里。这桩命案的发生，使当地的气氛顿时紧张起来。事实证明，阶级斗争不但确实存在，而且是你死我活，非常尖锐，非常严酷。正如老国以前提醒过刘本成的那样，他们一定要擦亮眼睛，竖起耳朵，百倍提高警惕，严防阶级敌人的报复和袭击。刘本成的警卫员是张彭庄乡一个年轻的基干民兵，姓张，刘本成叫他小张。小张的个子比刘本成高不少，显得机灵，精干。小张与刘本成形影不离，也构成了刘本成当乡长期间的坚强背景，使刘本成的威风增加了不少。

那个时期，是我的堂叔刘本成一生中最辉煌的时期，他的名字与乡长的职位绑在一起，使他的知名度大大提升。试想，他的名字要不是和乡长联系起来，谁会知道刘本成是谁呢。乡长才是一块明亮的招牌，有这块招牌挂在刘本成的名字上，一下子就把刘本成照亮了。乡长刘本成，刘本成乡长，一时间，刘本成的大名在全乡家喻户晓。刘本成的家在刘楼，连刘楼都沾了刘本成的光。一说刘楼，有人会说，刘楼出了个刘本成，刘本成仿佛成了刘楼的代名词。用鞭子抽过刘本成的三叔，没想到刘家的后代会出一个乡长，要是想到刘本成以后会当乡长，他也许不会用鞭子抽刘本成。三叔以刘本成为骄傲，有人说到乡长刘本成时，他对人家说，刘本成是他的侄子，亲侄子。又说，刘本成是他大哥的儿子。同时，刘本成对权力的使用也达到了一种巅峰状态，抓一个人，或杀一个人，对他来说不过是一句话的事儿。后来，在我们家院子门口的饭场子里，我亲耳听刘本成讲过一件他当年行使权力的事。那时为了深入群众，跟群众打成一片，身为乡长的刘本成都是到贫下中农家吃派饭，并和贫下中农一起，端着饭碗，到饭场子里去吃饭。饭场子是用嘴的地方，既用嘴吃饭，也用嘴说话。饭场子不是会场子，但有时说起话来也很热闹，跟开会的会场子差不多。刘本成通过在饭场子吃饭，可以听取民意，搜集信息。这天早上，刘本成在某庄的一个饭场子里吃早饭，早饭很简单，也就是蒸红薯、红薯面稀饭和辣椒泥儿。这样简单得甚至有些简陋的饭是按刘本成的要求做的，贫下中农家平常吃什么，他也跟着吃什么，绝不搞半点特殊。他绝不允许人家给他烙油馍，炒鸡蛋，那样他就没法到外面的饭场子里吃饭了，就听不到群众的意见了。这天正吃着早饭，两个男人抬起杠来。抬杠是当地的说法，它不是用木头杠子抬土，或抬粪，指的是人与人之间的争执，吵架。两个人抬杠不知从哪里抬起来的，只是越抬越多，越抬越恼，越抬声音越大。正在蘸着辣椒泥儿吃红薯的刘本成并不制止他们，他并不认为别人当着他的面抬杠是不给他面子，相反，他觉得这样挺好的，是群众没把他当外人。只听一个男人对另一个男人说：你别当我不知道，你以前还当过土匪呢！这个信息被刘本成捕捉到了，他顿时警惕起来，认为这个信息很重要。对某些信息的灵敏度，跟一个人的出身、经历有关，也跟这个人脑子里所储存的信息有关。刘本成的爹就是被土匪打死的，不用说，他对所有有关土匪的信息是敏感的。土匪是坏东西，在“剿匪反霸”斗争中，土匪属于被剿灭的阶级敌人，对阶级敌人不能有任何手软。刘本成的表情变得严肃起来，他停止了吃红薯，也停止了喝稀饭，把筷子架到了碗沿上。吃饭的人注意到了刘本成的表情和动作，他们好像这才意识到，在饭场里吃饭的还有一个握有实权的重要人物，那就是乡长刘本成。他们都看着刘本成，看得有些目不转睛。刘本成发话了，他说：你们都看着我干什么，还不把他给我逮起来！

警卫员小张一直背着枪，连吃饭的时候仍把步枪背在背上。听到乡长的指示，他迅即把饭碗放在地上，把枪取下来，端在手里。他拉了一下枪栓，把子弹推上膛，枪口对准了那个被指当过土匪的中年男人。

其他人不敢怠慢，也放下饭碗和筷子，向那个土匪嫌疑人包围过去。

风云突变，气氛陡然紧张起来，饭场似乎变成了战场。季节进入冬天，天阴得厉害，有零星雪花飘落。空中没有了飞鸟，连老鸹都看不见了。饭场一角有一棵枣树，树上的叶子早已落光，只剩下一些枝枝杈杈。倘若在平常，倘若没有乡长刘本成在场，饭场子里的两个人抬抬杠也许就过去了，之后该怎样还怎样，不耽误吃饭，也不耽误干活儿。然而，有刘本成在场就不一样了，刘本成是一个干事认真的人，也是一个勇于负责的人，他不能让被指当过土匪的坏人在眼皮底下溜掉。那个中年男人脸色大变，他说：刘乡长，你不要听他瞎说，他是诬赖我，我从来没当过土匪。他从墙根站起来了，手里端着一只黑色的瓦碗，碗里还盛着半碗稀饭，稀饭里有煮烂的红薯，还有煮胖的黄豆。稀饭是无心喝了，他的眼睛左右瞅了一下，像是在找退路。

刘本成说：你跟我们到乡里走一趟，你到底当没当过土匪，我们调查一下再说。

有人拦腰抱住了中年男人的腰，还有围过去的人动手扭中年男人的胳膊。他开始跳脚，扭动，挣扎，要求放开他，放开他！他没有放弃他的饭碗，将饭碗死死抓在手里。好像他只要抓住饭碗，今后还有饭吃，要是抓不住饭碗，就不一定有饭吃了。然而当扭他的人把他的胳膊扭到身后时，他手中的饭碗不可避免地落在了地上。饭碗不堪一摔，一落在地上就摔成了几瓣子，里面的稀饭摊得一塌糊涂。中年男人似乎有些绝望，他把那个刚才跟他抬杠的人喊大哥，说大哥大哥，快救救我，以后我再也不敢跟大哥抬杠了。

大哥吓得脸色发白，对刘乡长说：刘乡长，我是跟他打镲子哩，闹着玩儿哩，你饶了他吧！

刘乡长把脸子一拉，继续显示他应有的权威，说：你说你跟他闹着玩儿，我不这么认为。你一会儿也要跟我们走，好好配合我们的调查。

经过调查，那个中年男人果然有过枪支，当过土匪，还参与了攻打陈庄寨。既然查有实据，刘乡长就在他的黑名字上打了一个红钩，把他拉到一个河坡里枪毙了。

那天吃过午饭在饭场子里说闲话，有人说到了土匪的事儿，刘本成才偶然举到这个例子。他掌握的例子或许很多，从肚子里随便往外一掏就是一把。大概是英雄不提当年勇，刘本成很少对我们讲他过去的辉煌业绩，更很少讲他当乡长期间的具体故事。但这个例子以一当十，的确有着震撼人心的效果，我一听就记住了。我想，他举这个例子的意思，并不是显示他当年的权力有多大，而是想说明，当年干事有很大的随机性。许多事情像开玩笑似的，像做儿戏似的，或者说像喝一口稀饭似的，就决定了一个人的命运。

刘本成当乡长时间不长，只有两年多时间。土地改革一结束，他当乡长的使命也随之结束。他没犯什么错误，不再让他当乡长不算撤职。因为乡政府调整、合并，把比较小的张彭庄乡合并到了李楼乡，李楼乡已经有了乡长，一个乡不能有二长，就不让他当乡长了。按道理说，两个乡合并成一个乡，应该对刘本成的职务有适当安排，就算不让他当乡长了，当副乡长应该可以吧，不让他当一把手了，当个二把手，或三把手、四把手，应该没问题吧。然而，当时对干部的选择和任命好像也有很大的随机性，说不让你干，就不让你干了。

不让刘本成继续当乡长，也不能说一点理由都没有。理由是刘本成的能力不行，缺乏继续领导一个大乡的素质。这话笼统，刘本成在张彭庄干得好好的，能力怎么不行呢？他身体好，能吃苦，对党忠诚，工作认认真真，不多吃多占，不乱搞女人，难道还不够吗？他还识字，能看文件，能读报纸，签自己的名字签得也很流利，一个从农民中成长起来的干部，这就很难得了，还能对他有什么过高的要求呢！噢，说他不会写文章。会写文章当然好，可以把官越做越大。可是，在乡里当乡长的，会写文章的能有几个呢？要求一个当乡长的会写文章，这样的要求是不是有点过分呢！还有说法，这种说法还比较普遍，说刘本成不会讲话。当乡长嘛，就要开会。开会嘛，就要讲话。一个当乡长的，不会讲话怎么说得过去呢！听说每次开会都是老国主持，老国说：让我们热烈欢迎刘乡长讲话！说完带头鼓掌。刘本成被推上了前台，万众瞩目，他必须讲。刘本成讲话前，先有一个肢体语言，那就是往前鼓肚子，肚子一鼓再鼓，仿佛在说：我要讲话了。他这样的肢体语言和青蛙有些类似，青蛙在鸣叫的时候也是鼓肚子。刘本成和青蛙不同的是，青蛙在鼓肚子的同时已经在鸣叫，鼓肚子和鸣叫是同步状态。而刘本成的肚子鼓了几鼓，话还没有讲出来。听他讲话的人都急了，急得连自己的肚子似乎都鼓了起来。刘本成讲话这样费劲，被人们形容成在茶壶里煮饺子，有货倒不出。是呀，饺子又大又胖，茶壶嘴又细又小，饺子不可能从茶壶的嘴里倒出来。“饺子”似乎已经煮熟了，在“茶壶”里漂了起来，互相有些拥挤，并有些冲撞，仿佛在喊：我要出来，放我出来！“饺子”越拥挤，越是出不来，“茶壶”嘴里冒出来的只能是一些气体。这个这个，那个那个。他一开口老是这样讲。这个不是“饺子”，那个也不是“饺子”，什么实质性的内容都没有，只能用气体来形容。他接着讲：这个这个啥哩！那个那个啥哩！还是啥都不啥。这个那个吭哧了半天，他终于讲到要听谁的话了，终于讲到要斗争谁了，却很快刹住了车，讲完了。每个会都是有一定长度的，达不到一定长度，就不算一个会。每个领导的讲话，也要有一定的长度，长度不够，分量就不够。总不能刚宣布开会就宣布散会吧？好在刘本成后面还站着一个老国，每次都有老国出来救场。老国说：刚才刘乡长讲得很好，很重要，我们一定要认真领会，坚决执行。下面我再做一点补充，一点小小的补充。老国谦虚，说是小小的，但他一补充就是大大的，长长的，比刘本成讲的话要长好多好多倍。这样说起来，刘本成当乡长不过是一个招牌，真正当乡长的人是老国。如果刘本成是木偶，老国就是木偶的牵线人。

在讲话方面，对刘本成的心灵造成了伤害，并影响到刘本成仕途的，是一句民谣。民谣是一种民间的评价，也是一种广泛的舆论，在誉人和毁人上，总是能够产生让人意想不到的历史性的效果。民谣的首创者肯定是一个人，但这个人从来不署名，谁都不知道创作者是谁。

好比有风刮过来，人人都感觉到了风的力量，但谁都说不清风的起点在哪里。人们通常像理解风一样理解民谣，愿意跟风把民谣理解成一种天意。民谣说什么呢？“天不怕，地不怕，就怕刘本成来讲话。”毁，这就完了。民谣无孔不入，肯定会传到刘本成的耳朵眼里，对刘本成造成的打击可想而知。直接的后果是，刘本成更加不敢讲话，也更加讲不成话。他还在那里鼓肚子呢，就有人在会场里念民谣，念得大家哄堂大笑。刘本成处在这样一个被动和难堪的局面里，他的乡长还怎么当呢？没法当了。于是，趁两个乡合并成一个乡的时候，上级就不再让刘本成当乡长了。上级给了刘本成一个台阶，说不是撤他的职，是正常调整。上级还给了刘本成另外一个台阶，让他带领一批抽调过来的民工，到甘肃的兰州修铁路去了。堂叔刘本成的遭遇让我想到，一个人讲话的能力，对一个人的一生是很重要的。特别是对一个当领导的人来说，讲话的能力就是领导的能力，缺乏讲话的能力就不能当领导。有一句话说是写小说就是写语言，把这句话套用一下，也可以说当领导就是讲话。嘴的主要功能有两个，一种是吃饭，另一种是讲话。吃饭可以维持生命，讲话可以使生命焕发光彩。刘本成吃亏吃在不善讲话上。

九

刘本成从兰州回家后，一直在生产队里当干部，不是当队长，就是当副队长。不管他当什么，我从没有听他在社员大会上讲过话。我初中毕业后，在生产队里当过农民，也当过学习毛主席著作的辅导员。刘本成鼓励我在会上讲话，可他自己从来不讲。他不仅不在大会上讲话，平日在饭场上，在院子里，在家里，他也很少讲话。在我的印象里，刘本成后半生变成了一个只听别人说话的人。比如过年时从县城里回来一个当老师的人，村里许多人都去老师家里吸烟，说话。像刘本成这样曾当过乡长的人，去老师家应该坐椅子，或坐凳子。可刘本成啥都不坐，只那么靠着门往门口一蹲。不管当老师的人一再让他往上坐，他都摆摆手，不说话，坚持蹲在门口。一屋子人吸烟吸得烟雾腾腾，像在灶屋烧锅一样。只有刘本成一个人不吸烟。是的，刘本成是独特的，他从来不吸烟，不管是土烟还是洋烟，大烟还是小烟，他一概不吸。在吸烟方面，足可以看出他个性的固执，不管别人怎么热情地请他吸烟，他坚决不吸。作为一个农民，作为一个从小就被烟雾包围的农民，作为一个被烟熏大的农民，他为什么坚持不吸烟呢？到底是什么原因呢？是生理原因还是心理原因呢？我问过一些人，他们好像也记得刘本成从来不吸烟，至于刘本成为什么不吸烟，谁都说不清楚。每个人的一辈子都会有一些谜，刘本成一辈子不吸烟也是一个谜，这个谜恐怕再也解不开了。除了不吸烟，他还不说话。一屋子人说话说得很热闹，一个人还没说完，另一个人就把话接了过去，有时两三个人同时说，热闹得也像烧锅一样，“柴火”炸得噼啪乱响。只有刘本成一个人不插言，不说话。他对上的是两只耳朵，别人说话，他在听。对有些话，他会有所反应。他的反应是眼在动，嘴在动，胳膊也在动，似乎要发言了，要讲话了，要纠正什么了。然而，他什么都没说出来，自己在肚子里就给自己的话打灭了灯。有时他看着门外，眼神迷离，像是有些走神儿。连他自己都不知道走神儿走到哪里去了。

生产队里有一只用生铁铸成的大口径的铁铃，铁铃的腔子里有一根下垂的铡钉似的铃棒，铃棒下端有一个鼻子，鼻子里拴一根长长的绳子。将铁铃固定在村子中央一棵高高的洋槐树的树杈上，站在树下拉动绳子，就可以把铃敲响。社员们上工、下工或开会，都是通过铃声发号施令。那么敲铃人是谁呢？答：是刘本成。刘本成平日里不怎么说话了，是铃的阔嘴巴代替了他的嘴巴，是铃棒代替了他的舌头，在替他说话，每天都在替他说话。不管是阴雨绵绵的秋季，还是大雪飘飘的冬天，一大早天还黑着，刘本成都会通过铃声准时发话。上工铃是拉两遍，第一遍是起床，第二遍就是上工。下工铃只拉一遍就行了。居高声自远，因铁铃吊得高，叮叮的铃声传播得很远，社员们在东西南北哪块地里干活儿都听得见。不光刘楼生产队的社员听得见，连四周村庄在地里干活儿的社员也能听见。夏天的一个下午，社员们在地里栽晚红薯。所谓晚红薯，是刚收完麦子后栽的麦茬红薯。正栽着红薯，天下起了雨。下雨好呀！在没下雨之前，他们栽红薯须预先在地里挖坑，在坑里浇上水，把红薯秧子插进被水洇湿的泥土里，然后再封上土。而他们浇的水得从地头的水塘里一担一担往地里挑。天一下雨就好了，从天而降的雨水像是自来水，很快就把地浇湿了。这样一来，他们就不用费劲巴力地去水塘挑水了，可以直接把红薯秧子埋进地里。可是，雨越下越大，雨柱子垂直着往脸上砸，一点儿都不带斜的，简直像瓢泼一样。社员们都没有雨衣可穿，他们的衣服很快就湿透了，湿得像绳索一样绑在身上。有人虽然戴着草帽子，但草帽子遮雨的效果是有限的，草帽子很快变成了水帽子，雨水照样顺着脖子啦啦往下流。远村近树水蒙蒙，人的眼睛也水蒙蒙。为了能把红薯秧子埋进泥水里，人们只好用手抹拉脸上和眼上的雨水。雨下得如此之大，应该提前收工才是呀！大雨滂沱之中，人们的眼睛都在找刘本成，看他是不是准备回村打收工铃。没有，刘本成没有任何回村打收工铃的迹象，他闭着嘴，闷着头，该怎么干还怎么干。他的行动仿佛在说：这是老天爷在帮助我们呢，你们不抓紧大好时机栽红薯，还等什么！既然打铃的大权掌握在刘本成手里，既然他不回村打铃，大家只好硬着头皮顶着大雨继续劳动。类似的情况出现得多了，又有人给刘本成编了一个新民谣。前一个民谣是说怕刘本成讲话，后一个民谣反过来了，是怕刘本成不发话。民谣说：天不怕，地不怕，就怕刘本成不发话。不发话指的是不打收工铃。

除了打铁铃，刘本成在特定的情况下还敲铜盆，那是下大雨、发大水、需要召集村里的青壮男劳力去东河打堤的时候。那样的情况往往是发生在半夜里，人们正在睡梦的风雨中飘摇，敲铜盆的声音突然就响了起来。刘本成定是冒着如注的大雨到东河查看过了，见河水陡涨，眼看就要漫过大堤，他才紧急地敲起了铜盆。他没有拉响铁铃，在大雨中，铁家伙仿佛也会被打湿，发出的响声也不响亮。加之雷声轰鸣，很容易把铃声淹没。在这种情况下，刘本成只有敲铜盆。村里没有铜锣，只有一只铜盆。铜盆原是地主家的，后来就收归公有，成了夜半打堤防洪时召集民众的公器。铜盆的面积和响声也不小，比一面铜锣并不差。刘本成把铜盆从村西敲到村东，从村北敲到村南，妇女和孩子们听来有些恐惧。我小时候不止一次听见刘本成在风雨交加的夜晚敲铜盆，仿佛洪水马上就要卷来，我们马上就会陷入灭顶之灾，吓得我直打哆嗦，赶紧用被子蒙上头。我父亲闻声而动，抄起铁锨，一头钻进漆黑的雨地里去了。筑堤御洪关乎粮食、财产、生命的安全，也关乎每个青壮男人的责任和道德，谁都不敢有半点迟疑。

讷于言的人不见得一定敏于行，有的人嘴笨身也懒，行动慢得像蜗牛一样。而刘本成干什么事都是口未到，身先到，属于典型的口讷行敏的人。人说话也需要力气，因他说话少，似乎把说话的力气也攒了下来，都用到勤奋劳动上去了。在烈日下锄地，有时他一整天都不说一句话，只用锄头和土地说话。扶着犁子犁地，他极少吆喝牛。牛不说话，他也不说话，仿佛把自己也变成了一头牛。他不仅寡语勤劳，还是一个敢于拼命的人，在危险面前奋不顾身的人。请允许我举两个小例子。第一个例子。涨水季节用大网去东河堵鱼，需要用木桩将大网的网纲固定在两岸的河堤上，往河堤上打木桩时，要用榨油用的大油锤使劲向下砸木桩。这岸的木桩砸下去了，还要把木桩和油锤送到对岸去砸。河水满槽，水流湍急，要踩水才能把东西送到对岸去。木桩比较好办，木桩有浮力，抱着木桩下水，顺水推舟似的就把木桩送到对岸去了。难办的是油锤，油锤是实心的铁疙瘩，一只油锤重达几十斤，抱着油锤踩水过河，那可不是开玩笑的，弄不好油锤沉底，人也会沉底。刘本成当仁不让，他二话不说，掂起沉重的油锤就下了水。人可以举着自己的衣服踩水，不可能举着油锤踩水。油锤又不怕湿水，把油锤放进水里，至少可以借一些水的浮力。然而，可能是因为油锤太重了，他刚下河时还露着头，一游到河中央的中流，大概因为水太深，流太急，他的人头就没入水中，看不见了。参与捕鱼的人焦急万分，连刘本成带去的一条黑狗也急得上蹿下跳，汪汪乱叫。我父亲刚跳进河中去救刘本成，刘本成通过潜水，已潜到了岸边露出头来。他水淋淋地爬上岸，同时把同样水淋淋的油锤拖了上去。第二个例子。初春的一天，几个社员正推着一架水车给小麦浇返青水，不知怎么搞的，水车链子的某个环节突然断了，整条一二十米长的铁链子，包括铁链子上若干个皮碗子，都哗啦一声掉进水里去了。水车链子好比是机器上的传送带，整架水车的运转全靠水车链子传动，传动装置没有了，水车不上水，就成了旱车，死车。那天推水车的是四个妇女，她们推着推着，觉得水车突然变得轻快起来。她们一看，怪不得呢，原来水车链子没有了，水车上只剩下空转的齿轮。水车在提水时是很沉的，四个女劳力上去才推得动。而水车空转轻松是轻松了，大齿轮磕小齿轮发出的声音也很好听，可推水车又不是做游戏，水车提不上水来又有什么实际意义呢！负责修理水车的技术员过来了，指责妇女们怎么搞的！妇女们辩解说，她们什么都没搞，水车链子就断了。技术员找来一根长长的绳子，在绳子末端拴上一只三齿钉耙，探进井里捞水车链子，企图用钉耙的齿子把水车链子钩上来。可他趴在井沿捞了半天，像猴子捞月亮一样，也没能把水车链子捞上来。情况汇报到队干部那里，队里本来打算去买一挂新的水车链子给水车配上，让水车重新运转起来。可一挂水车链子上百块，队里当时没有钱。一分钱难坏好汉，会计那里暂时没钱，谁都没办法。麦苗急着喝返青水，不给它们浇水就会影响它们起身，返青，这可怎么办呢？这时刘本成站出来了，表示要下井去把水车链子捞上来。听说刘本成要下井捞水车链子，干部们不由得都倒吸了一口凉气。他们都知道，那口井是用大锅锥钻成的，被称为机井，机井很深很深，深得差不多通到了龙王爷住的龙宫，人下去怎么能探到底呢！加之季节刚过春分，天气还没有转暖，井下的水瓦凉瓦凉，像冰水一样，用手一抄就冰得起一身鸡皮疙瘩，人下到水里怎么受得了呢！干部们都说不中不中，比起水车链子来，人命更重要，不能玩那个命。刘本成当时任生产队里主抓生产的副队长，他的别脾气上来了，说你们都不要拦我，为了生产队里的集体财产不受损失，我死了也没什么！当时史无前例的“文化大革命”已经开始，全国人民都在学习毛主席著作，背诵毛主席语录。有一条毛主席语录是：下定决心，不怕牺牲，排除万难，去争取胜利。这条毛主席语录刘本成还没背熟，但其中的意思他已经领会了，他要按照毛主席的教导去做。他脱掉衣服，只穿一条裤衩，带一根长绳子，硬是顺着水车筒子潜入井底，把绳子一头拴住水车链子，又攀着水车筒子爬了上来。等他爬出井口时，嘴唇乌青，脸色黑紫，浑身哆嗦，几乎站立不住。他回到家里，老婆喂了他两碗姜汤，他蒙上被子睡了半天，身体才有所恢复。

这件事情构成了刘本成的一个事迹。不是什么事情都能构成事迹。一件事情像风吹树叶一样过去了，没在人的心上留下什么痕迹，只有事，没有迹，就不算什么事迹。一件事情有难度，有风险，别的人都不想干，不敢干，只有一个人愿意干，而且干得效果还不错，给人们留下了难忘的印象，这才能构成事迹。刘本成舍生忘死下机井打捞水车链子的事情无疑构成了一个事迹，一时间全村的大多数人都很佩服，都在传播这个事迹。也有个别人在私下里撇嘴，说为捞一挂水车链子要是搭上一条命，那就太亏了，这样的傻事他才不干呢！这样反面的看法无损于刘本成所创下的事迹的价值，反而更增加了事迹的价值。大队里也知道了刘本成的事迹，希望我能写一篇稿子，把刘本成表扬一下。因为我是学习毛主席著作的辅导员，公社驻大队干部要求我写稿子时最好能和毛主席的教导挂起钩儿来。这个容易，一切好人好事都归功于光焰无际的毛泽东思想嘛！我不惜虚构，写得有些夸张，说刘本成是一直念着铿锵有力的毛主席语录才下到冰冷的深井里去的。稿子写完后，没有投给县里和公社的广播站，只由另一个学习毛主席著作的辅导员在全大队的社员大会上念了一遍。那个辅导员没说稿子是我写的，给人的感觉好像是他写的。但我的堂叔刘本成知道是我写的，大队里表扬了他，他就夸奖了我，从此对我高看一眼。他对我母亲说，我将来有可能会到公社里当一个干事。他自己当过乡长，他没说我有可能当乡长，因为乡的区划名称早就取消了，统统变成了人民公社。

十

在十年“文化大革命”中，刘本成没有挨过斗。因为他不是走资本主义道路的当权派，没什么值得斗的。但他也没在革命的风头上重新崛起，没什么可兴奋的。他已经知道了，不管什么革命，什么运动，都得有一张好嘴才行，舌头的力量上不去，其他活儿干得再好也是白搭。在学习毛主席著作运动中，我听他一再提起我爷爷。他把我爷爷叫二爹，说二爹要是还活着就好了，二爹爱听戏，记性好，在学习毛主席著作方面一定是好样的，说不定还能当上学习毛主席著作积极分子呢，说不定还能在全大队的社员大会上讲用呢！我对他的说法有点不以为然。我知道，爷爷爱听书不假，但爷爷爱听的是一些传奇、侠义、带有故事性的书，对于一些抽象性的只讲革命道理的书，爷爷不一定爱听。另外，爷爷的好记性也有一定的选择性和方向性，他只愿意记他感兴趣的人物、情节和细节，对于他提不起兴趣的东西，想让他记住也难。这些想法我没有对刘本成说出来，对于一个我所尊敬的堂叔，我只能附和他，说对，我爷爷要是活着就好了。

春夏秋冬，刘本成还是早早地按时打铃，以铃声召唤社员上工。打完了铃，他一般都是第一个来到地头，开始劳动。每天打完了收工铃，他自己并不收工，还要返回地里，或是把别人干的活儿检查一下，或是自己再干上一会儿，才回家。当时有一个口号，叫抓革命，促生产。刘本成不负责抓革命，只负责促生产。他觉得革命是虚的，一抓一手瞎，而生产是实的，抓锄是锄，抓镰是镰，一抓就是一把。刘本成历来认为，是人就要吃粮食，粮食从哪里来，只能从地里来，从生产中来。作为农民，说一千，道一万，种好庄稼才是第一位。

为庄稼上的事，刘本成曾和一个公社驻队干部干了一架。那个驻队干部姓汤，是个农业技术员，长期待在我们村。我们那里把红薯栽上后，在红薯生长期间，至少要把长长的红薯秧子翻上两遍。红薯秧子贴地行走，边走边扎下根须。如果不及时把根须扯断，有的根须会结一些红薯。那些红薯都很小，像刚出生的没挓毛的粉皮小老鼠一样。如果任凭红薯秧子乱结“小老鼠”，就会分走红薯主根上的养分，主根上的红薯就长不大。所以必须通过及时翻红薯秧子把根须扯断，以保证土地里的养分都集中在红薯的根基上。可是，在一次全生产队的社员大会上，老汤讲道，新的科学实验表明，翻红薯秧子是徒劳无功，完全没有必要。他以说笑话的口气打了一个比方，说红薯在生长期间好比妇女怀孕，妇女一旦怀了孕就不能再动她，倘若动了胎气，就可能影响胎儿的生长。讲完之后，他做出决定性的指示，以后队里不要再安排社员翻红薯秧了。刘本成提出了不同意见，他说那不行，红薯秧子该翻还得翻。他的根据是，祖祖辈辈栽红薯都要翻红薯秧子，怎么能说不翻就不翻呢！在会上说这番话时，他梗着脖子，拧着头，急得脸都红了。他还说：不翻红薯秧子，要是今年的红薯减产了怎么办？谁负责？老汤大包大揽，说当然是他负责。刘本成说：你负责也不行，到时候收不下粮食，饿的还是刘楼的人。刘楼的人再也不能过六〇年（三年大饥荒中的1960年）那样的日子了！作为专门学过农业的公社干部，老汤的话不容置疑，老汤的权威不容挑战，他发怒了，在大会上把矛头对准刘本成，把刘本成猛批一通。他否认刘本成是什么老革命，一连给刘本成扣了三顶帽子，每顶帽子都带一个老字。第一顶是老保守，第二顶是老顽固，第三顶是老落后。老汤以口才好著称，与刘本成的拙嘴笨腮形成了鲜明对比。老汤抛出的三顶连珠炮似的带“老”字号的帽子，把刘本成彻底打蒙了，刘本成气得浑身哆嗦，却说不出话来。要是换了别的人，刘本成也许会骂人，也许会扑上去与给他扣帽子的人打一架。但他忍住了，他毕竟是一位受教育多年的老干部，对下级服从上级的组织原则还是知道的。刘本成表示不满的办法是不参加会了，一个人退出了会场。会场上那么多人，黑压压坐了一大片，没有一个人帮刘本成说话，没有一个人站出来挽留一下刘本成，就那么眼睁睁地看着刘本成走了。社员大会的会场在村子的中央，刘本成的家在村子的后部，往家里走时，他需要走过一条东西长的村街。由东向西，刘本成踽踽独行，身影似乎越来越小。转过一个墙角，人们就看不见他了。如果说会场是一个历史舞台的话，是刘本成自己退出了历史舞台。

关于老保守、老顽固、老落后这三顶帽子，对刘本成所造成的心理压力是很大的，压得他几乎喘不过气来。不爱说话的人爱琢磨，刘本成把每一顶帽子都琢磨来，琢磨去。他这样琢磨，好像是试着把每顶帽子往头上戴。可他戴一顶，又戴一顶，都觉得不合适。特别老落后那一顶，让他一点儿都不能接受。在刘楼村，他第一个参加革命，第一个入党，第一个带头斗地主分田地，怎么能说他是老落后呢！性情别的人爱钻牛角尖，他这样自我试帽子，等于钻牛角尖。三顶帽子好比三只牛角尖，他把三只牛角尖都钻到了。然而牛角尖是封闭的，每一只牛角尖都是越钻越尖，越钻空间越狭小，他不可能钻得出来。

随后发生的一件事有些反常，正是因为反常，我认为值得一记。这件反常的事有可能代表着刘本成内心的反思、反弹和反抗。我在老家的时候，经常看到一些逃荒的人到我们村里要饭。那些要饭的人，我们称他们是北乡人。在我的印象里，那些要饭的北乡人多是从太康县和杞县过来的。杞县和太康两县，历史上曾被称为金杞县、银太康，应该丰衣足食才对，不知他们那里怎么出了那么多要饭的。要饭的行动如流水，一般来说，他们一边要饭，一边向南走，路过一个村子，他们进村要一次饭就流走了。也有个别不走的，他们找一个地方栖下身来，天天在村子里挨家挨户讨饭吃。他们或是睡在村外的麦秸垛头，或是住在废弃的砖瓦窑洞子里，还有的被暂时收留到村里的一户人家，以能保住一条活命为目的。从太康过来一个要饭的老头，姓常，后来村里叫他常老头。常老头要饭经过我们村时，不知怎么和刘本成搭上了话，并和刘本成认识了，刘本成就把他留下了，安排他住在生产队饲养室盛牲口草的草屋里。要不是刘本成安排，饲养员不会同意要饭的人住在草屋里。草屋里堆满了铡好的麦草，麦草是牲口的口粮，别人在口粮上睡，把口粮弄脏就不好了。可因为刘本成还当着队里的干部，饲养员归他管，牲口也归他管，饲养员就不好说什么。刘本成不是把常老头安排在草屋里就完了，他还时常到草屋里看一下，问问常老头要到饭没有。倘若常老头哪天没要到饭，他就让常老头跟他走，到他家去吃饭。遇到下雪天，结冰路滑，刘本成想到常老头外出要饭不方便，就让孩子去喊常老头到他家吃饭。孩子不愿意去喊常老头，他就自己去。他不是让常老头吃剩饭，吃冷饭，而是让常老头跟他家的人一样吃新做的饭，吃热乎饭。家里人喝红薯稀饭，他就让婶子给常老头盛红薯稀饭；家里人吃豆芽面条，他就让婶子给常老头盛豆芽面条。这样一来，常老头好像不是一个要饭的，好像成了他们家的一口人。常老头自然是感激涕零，一再夸刘本成的心肠真是好哇，真是一个见不得穷人受苦的善良人哪，像刘本成这样的善良人，天底下都找不出第二个啊！

村里别的人冷眼旁观，看出常老头似乎有一些问题。要知道，在那阶级斗争年年讲、月月讲、天天讲的年代，人们的阶级觉悟和警惕性都很高，都是以阶级斗争的眼光看问题。他们看出来了，常老头说话文绉绉的，像是一个识字的人。像常老头这样的年纪，什么样的人家才上得起学呢，什么样的人才能识字呢，只能是有钱的富人家。既然是富人家，不是地主就是富农。这样判断下来，问题就严重了，常老头很可能是一个假借要饭为名到处流窜的阶级敌人。不要说别人了，我大姐、二姐就看出常老头有些不对劲。我们那里都是把女孩子说成小妮儿，或闺女，而常老头却把女孩子说成姑娘。我大姐就是大姑娘，二姐就是二姑娘。只有戏台上的人才把女孩子叫姑娘，只有大家子家的人才把女孩子叫姑娘。常老头把女孩子叫姑娘，可见他家的成分可能比较高。听了大姐、二姐背后的议论，我也觉得刘本成叔的阶级斗争观念有些淡薄。有心提醒他一下，我是晚辈，他是叔辈，我怕他面子上下不来，就算了。

还要知道，那时处处戒备森严，不许人口随便流动。随便流动就是盲目流动，盲目流动简称盲流。哪里见到不带介绍信的盲流就要抓起来，就要遣送回原籍。我们村有一个姓范的地主家的孩子，因为在村里挨了斗逃跑了，就被人家当成盲流抓起来，并五花大绑地送回我们公社。有人私下里问，不知常老头身上带没带能证明他身份的介绍信。要是没带介绍信的话，是不是应该审查他一下。或是把情况报告给公社革委会，请公社革委会派人审查他。对于这些怀疑和建议，刘本成统统给以坚决拒绝。他像是恢复了当年当乡长时的权威，把手一挥说：你们谁都不要管，常老头的事由我负责！他以自己的资格和地位，还有说一不二的别脾气，充当了常老头的保护伞，把常老头保护了起来。在闲谈中，他听常老头说自己会扎针，特别善于治疗小孩子的惊风，如果哪家的小孩子得了惊风，常老头可以去扎针。当有一家的小孩子得了惊风时，刘本成就让那家的大人去请常老头扎一针试试。常老头并没有自带针灸用的银针，使用的是那家妇女做针线用的钢针，他一针下去，就把小孩子的惊风扎好了。这样针到病除的好事总是一传十，十传百。此后，凡是谁家的小孩子得了惊风，都是请常老头去扎针，常老头一扎就能扎好。如此一来，刘本成对常老头更是高看一眼，常老头几乎成了刘本成家的座上宾。刘本成家只要做了好吃的，就请常老头到他家去吃。有一次，刘本成备了酒，让婶子炒了鸡蛋和血豆腐，喊我过去陪常老头吃了一顿。我在心里几乎已经认定，常老头的出身肯定有问题，至少不是贫下中农。但我肚里正缺油水，有好吃的我也爱吃，至于常老头是敌人还是朋友，我没必要管那么多。渐渐有些不耐烦的是婶子。婶子做了好吃的，她自己不能吃，她的孩子也捞不到吃，一个从外乡来的要饭的老头却吃得很香，这算怎么回事！当刘本成又一次请常老头吃好吃的时，婶子大概忍无可忍，就发了牢骚说：人家都说常老头儿是地主，你老是对他这么好干什么！我看你当这么多年干部瞎搭了，阶级阵线一点儿都分不清！刘本成听了勃然大怒：住嘴，一个臭娘儿们，你懂什么！土地早就充公了，哪里来的那么多地主！你再胡说八道我揍你！

十一

很多变化都是用一转眼来说。一转眼，太阳升起来了，又一转眼，太阳落下去了。一转眼，杏花开了，又一转眼，杏花谢了。一转眼，一年过去了，两年过去了，又一转眼，二十年、三十年也过去了。同样地，一转眼，人民公社解散了，恢复了乡的编制，又一转眼，土地又分到各家各户。刘本成的三个儿子都结了婚，成了家，有了孩子，一个家变成了四个家。他这个家只剩下他和婶子老两口。他不用天天打铃了，铃已不灵，变成了一块锈疙瘩，不知扔到哪里去了。他也不用安排别人干活了，只种好他和婶子名下的那一二亩地就行了。他又操起了鞭子，扶好了犁子，驱动黄牛，一个人犁自己家的地。在他的要求下，埋葬有他父亲的那块地分给了他。那块地以前是他家的，现在地归原主，重新回到了他手中。关于土地的事情，仿佛转了一个圈子，绕了一个弯子，如今又到了原点。他的人生轨迹也是如此，转来转去，起伏跌宕，以为已经脱离了原来的轨道，走得很远很远了。回头一看，他又回来了，似乎又回到了原来的出发点。犁地是来回犁，犁到地头再拐回来。好比不管他是犁过去，还是犁回来，都要经过父亲的坟，他也绕不过自己带有宿命性的命运。太阳还是原来的太阳，天空还是原来的天空，土地翻开的气息还是原来的气息，恍惚之中，他像是又回到了少年时代。那个少年的父亲刚刚离世，少年的头上还戴着孝帽子，就开始跟着三叔学犁地。不知少年吃了多少苦，受了多少累，才成长为一个样样精通的庄稼把式。他以为自己会一直种庄稼，不料革命来了，他走上了革命道路，并当上了干部。他以为自己会一直当干部呢。是呀，跟他一起当干部的那一拨人，有的当上了公社的干部，还有的当上了县里的干部。他呢，只当了一阵子干部，人家就不让他当了。他没觉得这有什么不好，走到哪一步都很好。大家一块儿种地很好，热闹。各家种各家的地也很好，清净。比起集体种地，个人种地要自由一些。他想早下地，就早下地，想晚下地，就晚下地。在地里想种什么，就种什么。想种小麦，就种小麦，想种玉米，就种玉米。让我万万没想到的是，刘本成，他他他，竟然在地里种了一片大烟。他种大烟种得很少，也就是席面子大的一小片。他把大烟种在了父亲的坟前。父亲坟前留出了一小片空地，是留着给父亲烧纸用的。如今他却在那片空地上种上了大烟。大烟是有毒的，这一点刘本成肯定是知道的，因为他的奶奶就是喝大烟毒死的。奶奶喝大烟自杀时，刘本成已经记事，他不会忘记。大烟是国家明令禁种的毒品，刘本成肯定也知道，在整个人民公社化时期，生产队里连一棵大烟都没种过，我们从来没见过大烟是什么样子。然而一分田到户，一种植自主，不知刘本成从哪里搞来的大烟种子，就在父亲坟前种上了。大烟跟小麦一块儿种，小麦发芽，大烟也发芽；小麦长苗，大烟也长叶；小麦的叶子是绿的，大烟的叶子也是绿的。由于大面积小麦的遮蔽，人们一般不大容易发现大烟的存在。可是一到大烟开花就不行了，大烟的红花、白花、黄花开得那么大，那么鲜艳，颇有万绿丛中一片花的意思，人们远远地就看见了。刘本成的父亲被土匪打死几十年了，每年的清明节，他都会为父亲上坟。但他从没有为父亲送过花圈。坟前盛开的一片大烟花，仿佛是他送给父亲的一个用鲜花做成的花圈。

村里有人看见了刘本成坟前种的大烟，因刘本成的资格、地位和脾气在，别人也不好说什么。大烟的花儿谢了，花儿中间的大烟骨朵举了起来。大烟骨朵是青色的，还有一点儿发白，像搽了粉一样。这时候，刘本成就用特制的小刀划开大烟的骨朵，放出里面蕴藏的白色汁液。第二天早上，当白色的汁液变色凝固时，他就轻轻采集下来，放进一只小酒盅里。被放进小酒盅里的东西，被称为大烟膏子。从刘本成盛大烟膏子的容器来看，他收获的成品很少很少。是的，这与他种大烟的初衷是吻合的，他认为大烟是一种药材，而且是一种不错的药材，家里有人头疼或肚子疼，取一点儿大烟膏子化水，喝下去就好了。他采集的大烟膏子是自产自用，或是用来做好事，以解人之困。他从没有想着把大烟膏子变成商品，拿商品去和别人做交易。

有一年秋天我回老家探亲，到刘本成家去看望叔叔。叔叔在老宅的房子扒掉了，盖成了四间新房，由他的三儿子居住。他的大儿子在村东新的宅基地上盖了房子，他和婶子暂时住在大儿子家里。我去看望本成叔是必须的，他一直关注着我的成长，是打心眼儿里对我好。有一年，我因恋爱的事挨了一阵子整，在老家传得十个八个。本成叔听说了，专程到矿区去看我。他从老家坐车几百里到郑州，从郑州下了车，就没有再坐车，步行几十里到矿区去找我。找到我，见我没什么事，他就放心了。他没向我打听什么情况，也没有说什么放心了和安慰我的话，跟我在一块儿待了不到半个小时，就走了。我想让他住一晚再走，他不住。我想请他吃顿饭，他也不吃，说走就走。我对本成叔有些不舍，难免想起我父亲。父亲早早去世了，本成叔一直在默默地关心着我，希望我能有点儿出息。我有些眼湿，就那么站在路边，目送本成叔远去。他是步行从郑州来的，还是步行向郑州走去。他就那么迈开大步，躲着公路上不断奔驰的拉货的汽车，冒着路边腾起的煤尘，一直向前走。走热了，他会解开扎在腰间的大带子，敞开衣服抖一抖风，再接着往前走。从矿区调到北京后，有一年我从北京回老家探亲。本成叔见我回来了，叔侄间只打了个招呼，他就迈开大步向老城走去。我们村离老城十八里路，他还是走着去，走着回。他干啥去了呢？特意为我买回了一兜子十几个顾家蒸馍。顾家蒸馍是我们沈丘县老城有名的特产，据说已传承了几百年。顾家蒸馍的形状像面塑的宝葫芦一样，中间掐腰，上面点红点，工艺品一样美观。更难得的是，顾家蒸馍一旦出锅，不管放多长时间，都光滑如玉，不会开裂，不会霉变。本成叔知道我喜欢顾家蒸馍，就专程去老城给我买顾家蒸馍去了。这位堂叔就是这样，他总是行动大于语言，甚至是用行动代替语言。心里对谁好，他不善于说出来，而是善于用行动表达。我去村东本成叔的大儿子家找到本成叔，还没说两句话，他就要送给我一样东西。他的样子有些神秘，东西藏得也比较严密，是藏在一个墙洞子里，墙洞子外面还堵着半块砖。他先把砖抽开，才拿出了那样东西。他大概把那样东西看得比较宝贵，舍不得送给别人，打算送给我。我一看，那是盛在一盏瓦制酒盅里的黑色的膏状物，像是糊在膏药布上的膏药。我问：这是什么？

叔叔说：大烟膏子。

我未免有些吃惊。大烟膏子我以前从没看见过，但我听说过。我的曾祖母就是喝大烟膏子化水死的。我没想到本成叔竟藏有大烟膏子。我说我不要。

本成叔说，这是他自己种的，只收了很少一点点。大烟膏子是好东西，家里可以放一点备用。家里人有个头疼肚子疼的小毛病，挖黑豆大那么一点泡水，喝下去就好了。他说我婶子有头疼的毛病，头一疼就喝这个，喝了马上见效。

我让他还是给婶子留着吧，我们家的人不需要这个。有些话不便明说，我心说：大烟是国家明令禁止的毒品，我怎么能往北京带毒品呢！万一被人发现，那不是自找麻烦嘛！

本成叔见我态度坚决，只好又把大烟膏子放回到墙洞子里。他看了看我，像是要对我说点什么，却没有说。他低下眉，神情有些落寞。

我后来听说，分田到户后，在地里种大烟的不止本成叔一个，不少人家都在自家田里偷偷种起了大烟。我有一个堂弟，还把大烟种进了自家的院子。我去他家串门，见他家楼前的小菜园里种了不少菜。有一种菜的菜叶生得肥肥的，白汪汪的，我以前没看见过，既不像油菜，也不像笋。我问堂弟：这是什么菜？

堂弟还没回答，弟媳把话接了过去，说这是笋哪，大哥没见过笋吗？

不对吧，你不要蒙你大哥。

弟媳这才神秘地笑了。

她一笑我就明白了，他们在院子里种的是大烟。

说起大烟来，他们称赞有加，说大烟的全过程都是宝，全身都是宝。大烟一长叶，就可以当菜吃，炒着吃，煮着吃，都好吃，别有一番风味。大烟的花，那是相当好看，恐怕比木槿花、蔷薇花、凤仙花、鸡冠花等，更能吸引人的眼球，人们一看见大烟花，脚下就有些走不动。大烟膏子的药用功能就不用说了，连干枯的大烟壳子和大烟棵子，都是可以用来炖肉的作料，加上此种作料，炖出的肉格外提味，吃了让人还想吃。他们对大烟的好处津津乐道，往往忽略了大烟的本质，忘记了大烟是一种毒品，是一种对全人类的生命都有害的毒性物质。

我对本成叔是尊重的，但我对他种大烟极不赞成。就算种得很少，也不应该种。因为他开了一个不好的头，对其他人造成了不好的影响。

本成叔吃饭的时候喉咙那里有些噎，他怀疑自己得了噎食病，也就是食道癌。不知他喝了大烟水没有，也许喝了，但没起作用，吃饭还是不得劲。婶子和他的大儿子让他去医院看一下，他拖了几天，还是到医院去了。他的目标很明确，上来就让医生看看他是不是得了食道癌。村里有人因食道癌而死，他知道食道癌的厉害。食道癌好比是一只魔爪，专掐人的脖子，不让人往肚里咽东西，活活把人饿死。去医院前他就打算好了，要是确诊得了食道癌，他就不治了，因为治也治不好，只能是白花钱，白受罪。医生检查之后，跟他说的不是明确的话，是两来子话，说不排除患食道癌的可能性。什么又是不排除，又是可能性，这样曲里拐弯、不明不白的话让本成叔顿时心生烦恼，喉咙那里好像真的长了肿瘤一样。见他脸生寒意，医生给他的建议是，最好做进一步的检查。做进一步的检查，当然要花进一步的钱，本成叔不说话。医生劝他不要紧张嘛，就算万一确诊为食道癌，还可以做手术嘛！通过手术把食道上的肿瘤切掉，就可以恢复饮食正常，至少再存活五年没问题。骗鬼去吧，我才不会开肠破肚做什么手术呢！本成叔二话不说，扭头走掉了。

秋天来了，树叶黄了，有的树叶飘飘零零开始下落。上午下了半天雨，院子里低洼的地方积了一些水。黄黄的树叶落在黄黄的积水里，似乎有些沉重，一落进水里就不动了，一片树叶只露出半片。没有积水的地方泥有些烂，那是被鸡脚和鸭脚踩的。鸡脚踩了鸭脚踩，尖脚踩了蹼脚踩，就把湿泥巴踩烂了，看去有些稀，还有些脏。下午，本成叔拿起一张铁锨，开始整理院子。他从养牛的牲口屋弄出留存的干土，把有积水的地方垫平了，垫成了干地。他从灶屋里弄出草木灰，撒在被鸡脚、鸭脚踩烂的污泥上，自己的脚上去踩，踩得结结实实。他把整个院子的边边角角都整到，不仅整理得干干爽爽，平平整整，还铲去了鸡粪鸭粪，捡走了树叶，弄得清清净净。婶子几次劝他，别弄了，弄那么干净干什么，歇会儿吧！他不说话也不歇，该弄还是弄。大儿子见他脸色不大对劲，要替他干一会儿，让他进屋喝口茶吧，他抓紧铁锨不放，也不进屋喝茶。连大儿媳妇也劝他说：爹，现在正是树落叶的时候，白天捡完了，夜里还会落，你捡它干啥哩！他不听劝，有树叶子落下时，他还是要把树叶子捡起来。厚墩墩的杨树叶子落地时会啪的一声响。他捡树叶时一声不响。本成叔这样干，像是在搭一个戏台，搭好了戏台，戏班子就可以登台演戏。他又像是在为下乡玩杂技的人打场子，打好了场子，玩杂技的人就可以在宽敞的场子里玩起来。

演戏的当然不会在他家的院子里演，玩杂技的也不会在他家的院子里玩，这一切都是他为自己准备的。当天夜里，等家人都睡下，他就喝药死了。死的时候，他没到床上去睡，只铺了一领席子，头冲外，睡在堂屋当门的门口。临死时，他也没穿什么像样的衣服，整理院子时穿什么衣服，还是穿什么衣服。半夜里起了风，风吹得什么东西呜呜响，像是冬天的风。家里人没听见本成叔挣扎，折腾，出声，一如他平日的沉默，他走得非常安静，非常非常安静。

第二天早上，当家里人起床时，发现本成叔的脸已经冰凉，身子已经僵硬，他的魂迈开大步，大约已经走得很远。见本成叔死了，家里人才忽然明白他在昨天下午的雨后为啥要整理院子。本成叔一定想到了，他死后，他的孩子们会披麻戴孝跪在院子里哭。为了避免孩子们跪在水洼子里，为了避免孩子们跪一腿泥，所以他才提前把院子里的地整理一下。这表明本成叔已经计划好了，他当天夜里就要赴死。他的死是决绝的，也是从容的。这还表明，在临死之前，本成叔还在替孩子们着想，替别人着想。明白了本成叔的心思后，本成叔的儿子们、儿媳们，还有闺女，都哭得悲声大放，格外痛心。

安葬本成叔时，我大姐、二姐和妹妹都回到娘家，加入了为本成叔送葬的队伍。我没有接到报丧的通知，没能赶回去为本成叔送葬。我想要是接到通知的话，我会赶回老家为本成叔哭一场的。

最后的问题是，本成叔是喝什么药死的？对于这个问题，村里人，包括本成叔的家里人，都说不清。一般的说法是，可能是吃老鼠药死的。而我的疑问是：本成叔是不是喝大烟死的？提出这样的疑问，我是有根据的，我的根据是亲眼看见本成叔藏有大烟膏子。但没有人对我的疑问做出肯定的答复。本成叔的大儿子，我的堂兄刘庆云说，有一点他可以肯定，自从本成叔死后，本成叔所藏的大烟膏子再也找不到了。

本成叔去世时，才六十二岁。

第十一章

小聪明

有一段时间，我的大姐二姐天天下地薅草。父亲在1960年夏天去世了，爷爷老得干不动活儿了，能在生产队里干活儿挣工分的只有母亲一个人。母亲不让大姐二姐再上学，生产队却嫌她们年龄还小，够不上挣工分的资格，也不让她们跟女劳力一块儿干活儿。那么大姐二姐干什么呢？她们只能自己找活儿干，下地薅草。农村人只有种庄稼的，没有种草的。但草与庄稼伴生伴长，凡有庄稼的地方必有草，不种庄稼的地方也长草。因草是野生野长，没有主家，谁想薅都可以。每天一大早，大姐二姐拿上镰刀或铲子，扛上筐子，筐里放着捆草的绳子，就下地薅草去了。我们庄周边的草不多了，她们就到外庄去薅。去外庄薅草时，为了节省时间多薅草，她们连午饭都不回家吃，只带两个红薯面锅饼子，或两块蒸红薯，饿了啃口干粮，渴了到河边用手捧着喝点河水，就把自己打发了。要知道，庄稼快速生长的时候是在盛夏，野草疯长的时候也在盛夏。盛夏复盛夏，庄稼地里是很热的，每块庄稼地都热得像蒸笼一样。大姐二姐就那么每天在“蒸笼”里蒸，蒸得似乎连头发辫子都湿了。每天傍晚太阳落地时，她们就背着小山一样的草捆从地平线上升起来了，远远看去，只见“小山”不见人。

草又不是粮食，又不能当饭吃，大姐二姐薅那么多草干什么呢？虽说我们家喂的有吃草的猪和羊，猪和羊的嘴岔子都很大，食量也不小，但它们也吃不了这么多草呀！原来大姐二姐薅的草主要是用来卖钱的。李楼公社的收购站大量收购干草，每斤干草可以卖两分钱呢！大姐二姐薅回的草种类很多，有茅草、牛草、马鞭草、竹节草、葡萄秧子草，还有什么疙疤草，多得让我数都数不清，记都记不住。不管什么草，新鲜的湿草收购站是不收的，只收晒去水分的干草。于是，大姐二姐一背回湿草，就摊在我们家的院子里晾晒。院子里晒不下了，就摊到我们家宅子后面的空地上去晒。那段时间，我们家的房子像是被草包围了，家里一天到晚弥漫着浓浓的草腥气。如同人的身体里主要是水分，鲜草里的水分更多，大约五斤鲜草才能晒出一斤干草。一把鲜草晒蔫，晒干，干得能闻出香味来，大姐二姐把干草打捆，用杠子抬到四五里外的公社收购站去卖。

在收购站负责掌秤称干草的是我的一个堂叔，他的名字叫刘本周。刘本周一出现，故事随之就来了。说是掌秤，刘本周执掌的已不是那种长长的镶金属星子的木杆子秤，而是放在地上的带轱辘的铁磅。用木杆子秤称体积大的东西比较麻烦，往往需要两个人分别站在高凳子上，才能把要称的东西抬离地面。用铁磅称就简单了，不管多么大、多么重的东西，把东西往磅的铁铸平板上一放就得了。铁板晃晃悠悠，是活动的，据说下面安得有弹簧。东西把弹簧压下去，分量就上来了，反映在从磅的空腔竖杆子里横出来的铜色标尺上。刘本周从标尺上看出斤两，大声报出来，顺手写在一张窄窄的纸条上，签上自己的名字，并按上自己的戳儿（手章），卖草的人拿着纸条就可以到会计那里领钱。人们说，刘本周可不得了，他的嘴皮子一吧嗒就是钱哪！

这天下午去收购站卖草的人很多，排成了长队。太阳在头顶照着，在露天草场排队的有女的，也有男的；有像我大姐二姐这样的小孩子，也有上岁数的老奶奶和老爷爷。有个老爷爷带去的干草很少，只有三四斤的样子。别人笑话他，说他带的干草像老鸹垒窝衔的草一样少。老爷爷却不嫌少，他说就算是四斤草吧，也可以卖八分钱。洋火两分钱一盒，八分钱能买四盒洋火呢！大姐和二姐抬去的干草捆子当然很大，看上去像老牛腰一样粗，估计没有一百斤，也有八九十斤。太阳西斜，终于轮到上磅称大姐二姐抬去的干草了。上面有太阳烤着，她们一直守着的干草捆子里冒出的也是燥热的阳光的气息，使她们觉得有些干渴。但渴一点没什么，她们能忍，等卖完了草，她们回到家再从水缸里舀水喝也不晚。一件让大姐二姐难忘的事情发生了，站在铁磅旁边的刘本周问她们：这两个小闺女儿，你们是哪庄哩耶？

咦，这话问得稀罕！刘本周是她们的堂叔，虽说她们家在村北，堂叔家在村南，但毕竟都姓着一个刘字，毕竟低头不见抬头见，这个堂叔怎么会不认识她们呢？难道刘本周一当上掌秤的人，掌权的人，鼻子就高了，眼皮子就朝上翻了？大姐二姐有所不知，刘本周这样问话，话里是藏有玄机的，他装作不认识大姐二姐，是想对大姐二姐有所照顾，如果大姐二姐的干草有九十多斤，他有可能报出一百多斤，让大姐二姐多领一些钱。反正标尺上的刻度卖草的人都看不清，只有刘本周一个人说了算，他说多少斤就是多少斤。而刘本周要是表现得和大姐二姐很熟呢，表示出大姐二姐是他的侄女呢，当着那么多卖草的人，他就不好在斤数上打马虎眼照顾大姐二姐了。只是大姐二姐那时候还小，心眼还不够多，她们哪里懂得大人之间的人情世故呢，哪里听得出刘本周的话里所藏的玄机呢！大姐的样子有些生气，气得脸都红了，她回答说：哪庄哩？刘楼哩！你不认识俺是咋着耶？你不认识俺，俺可认识你！

你看这事弄的，聪明人碰见不谙世事的小闺女儿，事情就岔劈了。刘本周一时有些尴尬，他只好说好好好，知道知道，把草抬上来吧。

当然了，那天刘本周没在干草的斤数上照顾大姐二姐，原本是多少斤，只能是多少斤。那天大姐二姐所卖的干草是九十七斤，按二分钱一斤来乘，二九一块八，二七一毛四，一共是一块九毛零四分。大姐从会计那里领到的块票和毛票有些皱巴，四个分钱却是新的，个个闪着银色的光亮。草换成了钱，大姐二姐都很高兴。收购站旁边有卖茶水的，一分钱就可以买到一大碗。有些发黄的竹叶茶水不热不凉，一口气就能把水喝下去。可是，大姐二姐才舍不得花一分钱买一碗水喝呢！薅草时她们不惜抛洒汗水，汗水流多少都可以，但她们从没把汗水和茶水联系起来，因为汗水和茶水之间隔的是钱，又像隔的是障碍，这个障碍是不能随便越过的。大姐把所有的钱都紧紧攥在手里，一回到家，就全部交给了母亲。

刘本周下班后，在村口看见了我大姐，把大姐埋怨了一顿：你这闺女，不是我说你，你太老实了，老实得一点儿气都不透。

我怎么了？大姐不理解。

我问你是哪庄的，你没理解我的意思。你要是说你是张庄的，李庄的，我至少给你多报二十斤。

我要说我是外庄的，那不是编瞎话吗！我不会编瞎话咋办哩！

那就看你聪明不聪明了，聪明人都会编瞎话，不会编瞎话就得吃亏。

吃亏就吃亏！

经常在人民公社机关所在地行走，刘本周就与村里人拉开了距离，使他在乡下人面前显得优越许多。别的且不说，仅从他的穿戴和随身带的东西上，就可以看出他的优越来。别的男人夏天多是光着膀子，被太阳晒得黑不溜秋。他上身穿的是针织圆领的白汗衣，太阳刚照到他身上，汗衣的雪白就把阳光反走了。别的男人头上戴的多是用高粱篾子编的粗糙的帽壳子，他头上戴的是一顶用机器轧的细密的草帽，宽展的草帽檐上还印有红五星。别的男人出门，一般都会带上铁锨和粪筐，时刻准备着拾粪。他呢，一出门胳膊底下必夹着一只算盘，像是随时准备打算盘算账。据村里人私下里说，他的算盘打得并不好，抠算盘珠子慢得像从老鳖肚子里抠砂姜一样。别管算盘打得怎样，有算盘带在身上做道具，他就跟拾粪的人区别开了。还有，他一出门手里必提着一只蓝布兜子。那时出门背挎包的人很少，能提个洋布兜子就算时髦。刘本周的蓝布兜子用圆滚滚的花色机器绳缚口，他一提绳子，布兜子的口子就缚上了，缚得像牛的屁眼子一样。我多次看见过刘本周所提的蓝布兜子，但从不知道往下垂着的兜子里装的是什么，我猜，兜子里应该有账本，有笔，有钱，说不定还有好吃的东西。刘本周的个子比较低，而缚兜子的机器绳比较长，他提着兜子走路时，兜子的底部差不多碰到了地上。我们那里评价一个物件或一个人，往往习惯把大和傻联系起来，说傻大傻大。同时呢，也习惯把小和精联系起来，说小精小精。因刘本周长得比较小，村里人就说他是个小精人儿，也有人说他是个小能人儿。能到什么程度呢，说他的头发都是空心儿的，随便拔下一根头发就可以当小叫吹儿（用泥捏的小鸡小狗，可以吹响）吹。

这天吃过晚饭，小能人儿刘本周到齐家去了。他手里还是提着那只蓝布兜子，胳膊下面还是夹着算盘。按说这是他下班后的业余时间，出门串门不必带这两样东西，可他还是带上了，不带好像就不是他了，别人也不知道他是谁了。夏天天黑得晚，乡下人吃饭也晚。等吃过晚饭，星星闪烁，人们收拾一下，就该睡觉了。齐点了一把用来熏蚊子的艾蒿，正准备睡觉，见刘本周来了，他就不能睡了。刘本周现在是有头有脸的人物，心眼子又小，他对刘本周可不敢有半点儿不恭。他以开玩笑的口气对刘本周说：本周老弟，你是来找我算账吗？

开玩笑，我找你算什么账！

不算账，那你带着算盘干什么？

噢，我出来带算盘带惯了，不知不觉就带上了。刘本周笑了一下。

你打算盘现在打得怎么样？

还凑合吧。反正不管我噼里啪啦打得再快，算盘珠子都不会掉下来。

那是哩，算盘珠子在算盘柱子上穿着，扎上翅膀都难飞。齐知道，村里解放后在办扫盲班时，刘本周才学会了打算盘，并认识了一些字。

刘本周不想跟齐说话，或者说他对齐有些烦。他来齐家的目的，是冲着齐家老婆来的。在他的心目中，齐家老婆是很好看的。他长到这么大岁数，好看的女人也见过一些。但那些女人跟齐家老婆一比，就不算什么了，恐怕给齐家老婆提鞋齐家老婆都不要。齐刚结婚的时候，当齐掀开新娘子头上的红盖头的那一刹那，就把挤在人群里等着看新娘子的刘本周惊呆了，不知齐的感觉如何，反正是把刘本周惊到了，惊得他差点尿了裤子。天哪，我的天哪，天底下竟然还有这么好看的女人！刘本周看过画在画上的女人，也看过在戏台上演戏的女人，那些女人都是从女人堆里挑出来的，也很漂亮。可齐家老婆比那些女人还要漂亮一百倍。就算刘本周以前也经常做梦，做梦梦见漂亮女人的时候也不少，因做梦所参照的形象基础有限，他连做梦都没梦见过像齐家老婆这般好看的女人。齐家老婆好看得不可言说，不可形容，哪儿哪儿都挑不出半点儿毛病。且不说别的，仅仅是齐家老婆的一双眉眼，就足以把刘本周迷得神魂颠倒。齐家老婆的眉是笑眉，眼是笑眼，起眼动眉，带出的是自来的笑意。吃惊之后，刘本周反观自身，像是有些自惭形秽，又像是受到了打击，低头耷脑，悄悄地走了。是呀，当时村里还没有搞土地改革，还没有划成分，分阶级，大家都是农民。刘本周知道，齐家是富裕人家，家里地多，房多，钱多，正像儿歌唱的那样：还有楼，还有瓦；还有车，还有马；还有树，还有花；还有鱼，还有虾，应有尽有。富裕人家娶佳人，齐娶漂亮女人是应该的，这没办法。相比之下，他家的地又少又薄，打的粮食年吃年干，能保住活命就不错。全家人既然连顾嘴都困难，哪里还有钱买布做衣服呢！刘本周穿得破衣拉撒，千补丁万衲，恐怕跟要饭的差不多。看到齐娶漂亮老婆，他难免想到自身。他只比齐小两三岁，过个一两年也该娶老婆了。可是，他家里穷成那样，谁家的闺女愿意给他当老婆呢，这一辈子他能不能娶到老婆都很难说。好了，风云突变，革命来了。在革命中，刘本周家被划成了贫农，而齐家被划成了地主。刘本周不仅分得了齐家的土地、牲口，还分得了齐家的衣服。齐举行婚礼时穿的那件呢子长款礼服，就分给了刘本周。这样一来，齐家的家境一落千丈，就成了破落户。既然如此，按刘本周的设想，齐家老婆就不应该跟齐继续过下去了，应该跟齐离婚，走人。然而，齐家老婆没有跟齐分手，该跟齐怎么过还一如既往地跟齐怎么过。

齐家老婆虽说已经生了孩子，但风韵不减，还是那么好看。这就让刘本周心里甚是不平衡。当上贫农后，虽说他的地位大大提高，虽说他也娶到了老婆，但他老婆死眉死眼，死板得三锥子扎不出一个屁来，跟齐家老婆根本没法比。他暗暗下定决心，一定要和齐家老婆好一好。就算齐家老婆不能像分衣服一样分给他，他私下里把齐家老婆搞一搞，总应该可以吧。特别是他到公社收购站当上掌秤收草的工作人员之后，这种念头更加强烈，时不我待，此时不搞，更待何时！他把齐家老婆叫嫂子，说嫂子，咱庄不少人都到公社收购站卖草，我怎么没见你去卖过草呢？

见刘本周来了，嫂子出于礼貌，也没有去睡觉，就着煤油灯的灯光在纳鞋底子。虽说嫂子成了地主家的儿媳妇，她并没有自弃，日常生活还是很讲究，头发照样梳得一丝不乱，脑后的发髻还是盘得规规矩矩。她纳鞋底子用的是一根钢针，灯头的那一朵小小的火光既映在她的眼睛里，也映在细细的钢针上。每纳两针，她就把针尖在鬓角那里抿一下，再纳。当她把钢针在鬓角那里抿时，似乎把那朵有些发红的火光也带到鬓角那里去了，又似乎要在鬓角那里别一朵花儿。

嫂子还没答话，齐先把话接了过去：你嫂子天天在队里干活儿，哪有时间去薅草！

刘本周的样子有些不以为然，问嫂子一天挣几分？

这一次是嫂子回答：七分。

刘本周马上替嫂子算了一笔账，他没用算盘算，是用口算，说一个工分的分值是两分钱，二七一十四，干一天活儿才挣一毛四分钱，太不划算。要是去薅草呢，一天至少能挣两毛多钱。他替嫂子出主意：出工的时候没空儿薅草，嫂子可以趁放工以后去薅嘛！不管你薅多薅少，薅草就等于薅钱，薅到手里就是钱。关键的问题是，有我在那里掌秤开条，我不会让嫂子吃亏的，明白吧！

不知嫂子明白不明白，嫂子笑了一下，扭脸看着齐。

也不知道齐明白不明白刘本周的话，只见齐摇了头，说：放了工，你嫂子还得回家做饭哩。

刘本周不高兴了，拿出了阶级上的优势，同时摆出了地位上的优越架势，脸一沉，嘴一撇，对齐说：我看你的心眼儿太小了，管嫂子管得太严了，你只管放手让嫂子干嘛，怕什么！刘本周还说到了一个政治术语，提到了压迫二字，说有些阶级成分高的人不能在外边压迫别人了，也不能压迫自己家里的人。

这话严肃了，也严重了。齐一听刘本周把话提到了阶级压迫的高度，顿时吓得噤若寒蝉，半句话都不敢说了。

此后，在好天好地的日子，刘本周天天盼着嫂子到公社收购站卖草。按他的设想，如果嫂子到收购站卖草，如果嫂子卖的草是三十斤，他至少要给嫂子开九十斤的条子，让嫂子知道知道他的权力，同时让嫂子知道知道他对嫂子的一片心意。嫂子卖完了草，他不会让嫂子马上走，得让旁边卖茶水的人端一碗茶水给嫂子解渴。趁嫂子喝茶的工夫，他得把心里话以开玩笑的口气跟嫂子说一说。别人不注意的时候，说不定他还要把嫂子的手心摸一摸，为下一步和嫂子进行那个先发一个信号。鲜花谁都想采，鲜桃谁都想吃。刘本周注意到了，村里别的干部也在打齐家老婆的主意，那些干部包括队长、会计、保管员什么的。先下手为强，他一定争取先把齐家老婆搞到手。如果让别的干部抢先一步搞成，他再搞意思就不大了。他不时地往卖草人排的队伍里看，对嫂子颇有些望眼欲穿的意思。可他看了一遍又一遍，老也看不见嫂子前来卖草。有一天下午，他远远看见有一个排队的妇女腰身有点儿像嫂子，心里不由得激动起来，心说：乖娘子耶，你总算来了，看来你也知道钱是好东西啊！他不惜暂时离开工作岗位，装作检查卖草的队伍是否整齐，竟向那个妇女走去。快走近那个妇女他才看清了，那个妇女根本不是他昼思夜想的嫂子。那个妇女除了腰身还比较顺溜，脸不白，鼻子不高，眉眼也不带自来笑，还是一个麻子，别提刘本周有多失望了。

季节到了秋天，庄稼成熟了，草也成熟了，天却下起了大雨。不刮风，也不打雷了，只是哗哗地下雨。雨不仅下得大，下得时间还长，一下就是两三天。既然老天爷不让农人下地干活儿了，他们就趁机在家里歇一下。天连着下雨，人们没法儿薅草，没法儿晒草，刘本周就没法儿收草。无草可收，他不必到公社收购站去上班。这天上午，无所事事的刘本周穿上雨靴，打上雨伞，去队长家说闲话去了。这次出门，他总算没带算盘，但还是把蓝布兜子提上了，另外还带了一包香烟。他本来想去齐家，犹豫了一下没有去。他想到了，天下着雨，齐那个烦人的家伙肯定哪儿都不去，寸步不离地守着老婆。齐知道自己的老婆长得好，容易招人，他就把自己的老婆看得很紧。齐要是也趁一个蓝布兜子的话，说不定会天天把自己的老婆装进兜子里。不好，齐的表现很不好。齐家既然划成了地主成分，齐既然是地主家的儿子，就应该老实一些，把自己的老婆看那么紧干什么！不行，哪天他得找个机会，把齐整治一下。队长欢迎刘本周到他家里去，因为刘本周可以给他家带来实实在在的利益。有一次，刘本周在队长家里就给队长写了一张收到若干斤干草的条子，队长的老婆拿着条子，只象征性地排一会儿队，卖一点儿干草，就领到了比所卖干草价值多好几倍的钱。反正干草一过秤就拢了大堆，多几斤少几斤无所谓，谁都看不出来。反正收购干草的钱是公家的，给谁花都是花，何必不给自己有用的人花呢！除了给队长写条子，他利用职务之便，给自己的老婆、娘、妹妹、婶子、妗子、表姑、表姨等，都写过条子。他这么干像开有银行一样，一些和他沾亲带故的人都可以到他所开的“银行”占便宜领钱。队长吸着他带去的烟卷，夸奖他说：本周老弟可以呀，说抖就抖起来了！

刘本周有些得意，说多抖也说不上，一般般吧。我的观点是，人不能太自私，能给大家谋点儿福利就谋点儿。

我比你大几岁，我劝你还是小心一些，稳当一些，一步一步往上升，争取先把收购站站长这个位置拿下来。

这一点大哥放心，你老弟办事相当稳当，三条腿的凳子我都不坐，要坐就坐四条腿的椅子。

雨还在下，村子里的地已泡得像稻田一样，老天爷没完没了，仍继续往“稻田”里注水。看着队长家屋檐上的水成匹子往下掉，刘本周打了一个比方：我日他娘，这水块子掉得跟母牛撒尿一样。

刚说到牛，队里的一个饲养员披着一件刺猬皮一样的蓑衣找队长来了，说一头牛生病了，不吃草，不倒沫，肚子胀得跟鼓一样，让队长派一个人，陪他把牛牵到兽医站看看。雨天派活儿，柿子专拣软的捏，一般都是派地主分子去，这样既不用给地主分子记工分，还带有对阶级敌人惩罚的性质。队长指派的是齐的爹，说让他去吧。

听了队长的指派，刘本周肚子里一明，意识到整治齐的机会来了，他让饲养员等等，遂对队长说：大哥，我建议你派齐去，我发现那小子很不老实，说个话拧头拧脑的，一点儿都不随和。虽说他只是地主家的儿子，我看他跟地主分子也差不多。

队长笑了一下，像是犹豫了一下，还是采纳了刘本周的建议，他对饲养员说：我看可以，就按公社干部的意见办！但他又对饲养员说：你对齐说，就说是我让他去的，他爹岁数大了，蹚泥巴腿脚不方便。

饲养员走后，刘本周心不在焉地又和队长扯了一会儿闲篇，估摸着饲养员已经把齐叫走了，就起身告辞，说他该走了，该回家吃饭了。

他没有回家，拐到齐家去了。他没有吃饭，去“吃”齐家老婆去了。他没有给齐家老婆写关于多少斤干草的条子，而是直截了当地给他垂涎已久的美妇人塞了现金。塞干草不如塞条子，塞条子不如塞现金，有钱能买鬼推磨，现金见效最快。塞现金和鬼推磨的过程是不易想象的，反正刘本周得手了，成功了，把齐家老婆“吃”到了。除了拿钱开道，刘本周也许恩威并重，同时还施加了别的手段，比如提到阶级斗争什么的。九九归一吧，刘本周终于如愿以偿。他美得不行，说这一辈子就不亏了。

搞到了齐家老婆的事，要是刘本周自己不说，村里人不一定会知道。天下着雨，地上泥巴那么深，没人去齐家串门，不会有人撞上纠缠在一起的他们。可刘本周有些把不住劲，是他自己把秘密说了出来。好比有人穿上了新衣服，总愿意到街上走一走。还好比有人吃了好吃的东西，总愿意在人前吧唧吧唧嘴。刘本周与齐家老婆做下了那么好的好事，他心里怎么会藏得住呢！一说起来，他老是哎呀，说哎呀，女人跟女人就是不一样啊！不光脸面不一样，哪儿哪儿都不一样啊！他之所以敢说出来，敢于自我显摆，除了得意忘形，还自恃有阶级地位上的优势。怎么着，他搞的是地主家的儿媳妇，是在同地主家的儿媳妇进行斗争，从政治意义上讲，他不但没犯错误，还是正确的呢！至于齐的感受如何，他才不管呢，谁让齐那么在意自己的老婆呢，谁让齐把自己的老婆看得那么严呢！他就是要通过搞齐的老婆把齐打击一下，让齐知道马王爷有几只眼，帮齐认清当前的形势。

刘本周的行为对齐的打击当然很大，他像被人抽去了脊梁骨一样，变得蔫蔫巴巴，可怜巴巴。他的身体状况本来就不好，哮喘得很厉害。刘本周和他老婆好上之后，动不动就往他家跑，促使他喘得更厉害了。他的两个肩膀头子一天比一天高上去，脑袋却一天比一天缩下来，使他的头和肩看上去像一个山字形的笔架。

第二年夏天，公社收购站不收干草了，改收桑籽儿。那么我的大姐二姐就不薅草了，转向采桑籽儿，卖桑籽儿。桑籽儿包在桑葚子里，桑葚籽结在高高的桑树上，要弄到桑籽儿可不是一件容易事。大姐二姐爬到树上，使劲摇晃树枝，把枝头已经成熟的桑葚子摇得落在地上，再捡到竹篮子里，然后到水塘边去淘洗。淘洗桑籽儿时，大姐二姐不能用竹篮子，用的是罗面用的丝底罗。因为丝底罗编织细密，不会把桑籽儿漏下去。大姐二姐淘洗桑籽儿的办法，是把桑葚子搦烂，搦碎。葚果一旦搦碎，葚肉就漂在上面，便于淘洗，而桑籽儿比较沉一些，就淀在了罗底。桑籽儿是金黄色，像碎金子一样。我没见过淘金，只见过大姐二姐在水边淘桑籽儿。可不知为什么，一想到大姐二姐当年在水边淘桑籽儿，我就想到了淘金。紫红色的桑葚子极易染色，那段时间，大姐二姐的双手都被染成了紫色，怎么洗都洗不掉，像“紫手党”一样。

大姐二姐把淘净晒干的桑籽儿拿到公社收购站去卖，掌秤的不是我们的堂叔刘本周了，换成了一个陌生人。怎么的呢，原来刘本周弄虚作假、假公济私的事到底没能包住，还是被有心的明眼人发现了，结果，公社收购站就不让他干了，把他打回了老家。

刘本周装作无所谓，他出门不带算盘了，也不提蓝布兜子，养了一只虫艺儿（鹌鹑），无事时就把虫艺儿把在手里玩。他还是贫农成分，阶级优势继续存在。他跟齐家老婆照好不误，好的过程还是愿意跟人炫耀。

齐生病死后，刘本周以为他和齐家老婆好起来更方便了，想什么时候好都行，想好多长时间随他的便，想把齐家老婆独占起来也可以。

不料，齐家老婆拒绝再和他好，拒绝得很坚决。

齐家老婆跟别人说，齐死后，她老是梦见齐。在梦里，齐老是跟她哭……

第十二章

各有所好

写到这一篇，叔辈的故事中、短篇系列小说我已经写了十二篇。十二为一打，一年也不超过十二个月，这个系列我打算写够十二篇就算了。遗憾的是，还有一些堂叔也值得书写，但我没有写。怎么办呢？我的办法是在这篇收尾的小说里多写几位堂叔，至少写三位吧。在一篇数字有限的短篇小说里要写三位堂叔，恐怕对每一位堂叔都不能展开来写，只能是挂一漏万，写得比较简略。不过，哪怕再简略，也比直接画只有六个点儿的省略号好一些。

在没有写到的众多堂叔中，我也是挑来挑去，才最后选中了这么三位。我挑选的条件是，他们须是有情趣的人，是热爱生活的人。虽然个性各异，但又有一些共同点。有了共同点，我才能安排他们“坐”到一块儿，让他们在我的小说里互相展示一下自己的才艺。至于有什么共同点，不用我说，朋友们看了就知道了。

爱将

第一个出场的是刘本同。

刘本同手下有一名爱将，名字叫黄郎。好比周仓武艺高强，对关云长忠心耿耿，那是被国人奉为神明的主仆关系。黄郎对刘本同也是如此，刘本同走到哪里，黄郎如影随形，不离其左右。刘本同让黄郎干什么，黄郎就干什么。在必要的时候，黄郎替刘本同赴死都是可以的。黄郎不是一个人，是刘本同豢养的一条狗。农村人养鸡，会撒给鸡一把米。农村人喂猪，会倒给猪一瓢糠。农村人养狗呢，一般来说不给狗喂什么东西，让狗自己在外面找吃的。是呀，养鸡是为了吃鸡蛋，喂猪是为了吃猪肉，狗能给人做什么贡献呢？嘴上说养狗是为了看家护院，家里穷得当当的，院子里穷得空空的，有什么可看可护呢！然而，刘本同养狗与别人不同些，有时他自己宁可少吃一口，少喝一口，也愿意掰给黄郎一口馍，或留给黄郎半碗剩面条汤。他掰给黄郎馍时，不是把馍扔在地上，而是抛在空中。趁馍还在空中运行，黄郎跃起身子，伸嘴就把馍叼住了。给黄郎喂面条时，他也不把面条汤倒进脏污的猪食盆子里，让黄郎跟他共用一只碗，就在他的碗里喝。黄郎不仅喝得很香，还用它的长舌头，把碗舔得干干净净。

刘本同这样给黄郎一些特殊待遇，是在培养黄郎，希望黄郎不要变成一个每天无所事事，只知到处闲逛的二流子，要发挥一点作用才好。一开始，他把黄郎带到开阔的河坡里，训练黄郎撵兔子。他手持一根梢头绑了红布条的长竹竿，把隐藏在枯草丛中的野兔哄出来，唆使黄郎去追。河坡里野生野长的野兔不少，不说多吧，倘若黄郎每天能捉到一只兔子，刘本同家就有兔子肉可吃。而野兔因为经常奔跑，经常锻炼，比家兔的肉吃起来更筋道，更有嚼头。让刘本同有些失望的是，黄郎老是追不上兔子，他哄出一只兔子，又哄出一只兔子，最后都让兔子逃掉了。不能说黄郎的态度不认真，追得不卖力。实在说来，刘本同每哄出一只兔子，黄郎一见，就像看见敌人一样红了眼睛，杀心顿起，奋勇向兔子追去。黄郎伸直了脖子，伸长了腿，几乎把整个身子拉成了一条直线。黄郎的爆发力和奔跑速度彻底释放出来，快得简直像飞一样。黄郎跑得是够快的，不料兔子跑得更快。别看兔子的身子、腿和尾巴都比不上黄郎长，黄郎却追不上兔子。兔子飞奔起来像腾空而起，腾得如一片黄云，又像一团黄雾，跑得腾云驾雾一般。另外，兔子的小小身段要比黄郎灵活得多，也敏捷得多，每当黄郎要逼近兔子时，兔子突然打一个转折，就与黄郎拉开了距离。黄郎每每空嘴而归时，都有些懊丧，甚至有些不好意思，仿佛在对刘本同说：主人啊，对不起，我太笨了，我怎么这么笨呢！有一次，黄郎又没追上兔子，它卧在河堤的堤面上不回来了，好像再也没脸面见主人似的。刘本同只好走过去，蹲下身子摸摸黄郎的脑袋，安慰黄郎说：没事儿没事儿，这不能怨你。不是你跑得不快，是兔子个丈人跑得太快了。

黄郎的腿和嘴在追兔子和咬兔子方面收不到实效，刘本同转向利用黄郎的鼻子，发挥黄郎嗅觉的作用。刘本同知道，狗的鼻子是很灵的，要比人的鼻子灵几十倍。人的鼻子和狗的鼻子比起来，跟瞎鼻子差不多。把一样有气味的东西埋进土里，人的鼻子怎么闻都闻不到，而狗把鼻子一伸就闻到了，会很快把东西扒出来。刘本同利用黄郎的灵敏嗅觉，去黄鼠狼的洞穴门口闻黄鼠狼，发现黄鼠狼的存在，利用黄郎的爪子扒黄鼠狼的窝。黄鼠狼的家大都建在坟地里，它们似乎愿意和坟里的死人在一起。这样一来，黄鼠狼家族就有了一些鬼魅色彩。黄鼠狼像鼠又像狼，所以被称为黄鼠狼。黄鼠狼既有鼠的敏捷，又有狼的凶狠。在一般情况下，黄鼠狼在野地里生活，很少进村。它们主要以田鼠和野兔为食，有时也捕蛇吃。只有在大雪纷飞的冬季，它们在野地里找不到吃的了，才会悄悄摸到村里觅食。它们进村的主要目的也是抓老鼠，实在抓不到老鼠了，才会偷人类养的鸡。人类是自私的，不管黄鼠狼吃了多少老鼠，为人类除了多少害，人类跟看不见一样，绝不会对黄鼠狼进行表彰。而哪怕黄鼠狼只吃过一次鸡呢，人类就不干了，只把黄鼠狼的生平与偷鸡的劣迹联系起来，必把黄鼠狼千方百计除之而后快。

我小时候，有一次目睹了刘本同利用黄郎捕捉黄鼠狼的全过程。那是秋后一个星期天的下午，我看见刘本同带着黄郎和他的小弟弟馗往西地里走，知道他们可能有新的捕猎行动，就远远地尾随在他们后面，也向西地走去。我听人说过，刘本同在利用黄郎捕黄鼠狼时不想让村里人看见，更不愿意让更多的人围观。我不知道他心里是怎么想的，也许他认为这是一种技艺，他不想让别的人也学会这种技艺。他也许认为，他的行为像提笼架鸟、遛猫斗狗一样，有一些流气，怕被人看不起。不管他怎么想，作为一个小孩子，反正我对用狗逮黄鼠狼的事很感兴趣，人耍活猴儿我可以不看，看黄郎耍黄鼠狼的机会我可不想错过。好在我有一个有利条件，馗是我上小学的同班同学，他对我一直很友好，就算他哥哥不想让我看他们的捕猎行动，馗大概也不会拒绝我。加上我是班里的班长，馗要是胆敢不带他的班长去玩的话，回到班里我会报复他，给他颜色瞧。馗表现不错，他回头看见我跟在后面，就冲我招招手，让我赶快追上他们。我追上他们后，馗对我提了一个要求，说只许看，不许说话。我点点头，表示能做到。

黄鼠狼是夜行动物，它们只在夜间出来活动，白天待在地下的洞穴里睡大觉。要找到它们藏身的洞穴，必须先让黄郎做侦察工作。刘本同领着黄郎在一片坟地里转来转去，看见疑似洞口的地方，就示意黄郎用鼻子去闻。黄郎只闻到第二个地方，耳朵一竖，尾巴一举，突然就兴奋起来，仿佛在向刘本同报告说：我闻出来了，这个洞子下面就有黄鼠狼！黄郎当了侦察员，还要当战斗员，它立即投入战斗，开始用爪子刨洞口。刘本同及时制止了黄郎热切的战斗，带领黄郎寻找黄鼠狼洞穴的另一个洞口。刘本同这样做，表现出的是人类的大脑比狗类的大脑发达的地方，他知道，黄鼠狼是狡猾的，它的洞穴一般会开有两个口，一个进口，一个出口，两个口可以互换，都可进出。它这样做的目的，是为自己留下逃路，当其中一个洞口来了敌人时，可以从另一个洞口逃遁。黄郎找到另一个洞口后，比黄鼠狼更狡猾的刘本同，卸下一直背在肩上的捕鱼用的提网，把洞口罩了起来。完成这个布控，刘本同才同意黄郎继续刨所发现的第一个洞口。在黄郎刨洞口时，刘本同让馗在罩有鱼网的那个洞口守着，一旦黄鼠狼投到网子里，就赶快把黄鼠狼摁住。我想看黄郎刨洞子，但馗拉住了我，让我跟他一块儿守在罩了鱼网的地方。好在黄郎刨洞子的地方离我们并不远，我的很好使的眼睛照样可以把黄郎刨洞子的过程看得清清楚楚。黄黄的秋阳照在黄郎身上，黄郎刨得十分卖力。它的两只前爪一起上，把有些湿润的黄土刨得呼呼的。随着它刨出的土越来越多，不一会儿，它的狗头和狗嘴就探进了洞子里。好玩儿的是，黄郎一边刨土，还一边噗噗地往洞子里吹气。它这样做，像是在对黄鼠狼示威，又像在对黄鼠狼喊话：黄鼠狼，我看见你了，赶快出来吧，缴枪不杀！

黄郎的战略战术奏效，果然，一只黄鼠狼从我和尳守候的洞口蹿了出来，一头扎进网子里。当黄鼠狼蹿出来的一刹那，可把我吓坏了，我的第一感觉，蹿出来的不是一个动物，而是从坟里蹿出来的一个鬼，还是一个黄鬼。当我看清不是鬼而是黄鼠狼时，我仍然很害怕。黄鼠狼的眼神是恐怖的，绝望的，同时它面目狰狞，凶相毕露，在网子里吱吱叫着，拼命挣扎，并不断施放臭气，像是要拼个鱼死网破。亏得我和尳的脚都踩在网圈上，黄鼠狼才没能把网子顶开，才没有逃脱。尳好像也很害怕，他喊着：哥，哥，快，快，出来了，黄鼠狼出来了！

你咋呼什么！刘本同和黄郎迅速赶了过来。

看黄郎的架势，它要扑上去，一口咬住黄鼠狼，置黄鼠狼于死地。

这时，刘本同对他的爱将态度有些粗暴，竟一脚把黄郎蹬开了，让黄郎滚一边去！他自己上去，先用脚踩住黄鼠狼的后背，接着用手掐住黄鼠狼的脖子，一股劲掐得黄鼠狼鼓了眼珠，断了呼吸。

后来我才知道，刘本同利用狗的嗅觉捕捉黄鼠狼，并不是为民除害的意思，他看重的是黄鼠狼的毛皮价值。他把黄鼠狼的毛皮完整地剥下来，挂在墙上晾干，拿到镇上可以卖钱。黄鼠狼尾巴上的毛也很宝贵，有一种叫小狼毫的毛笔，就是用黄鼠狼尾巴上的毛制成的。刘本同之所以不让黄郎咬黄鼠狼，是避免黄郎尖利的牙齿把黄鼠狼的毛皮咬破，要是把毛皮咬破的话，毛皮就不完美了，不值钱了。

第二天上午去学校上学时，馗挺神秘地递给我一块用废纸包着的东西，让我到教室外面去吃，别让老师和别的同学看见。我问他是什么东西，他小声告诉我说，是黄鼠狼肉。我那时嘴馋得很，什么肉都爱吃。我想，我跟馗他们一块儿去逮黄鼠狼，这大概是馗给我的报酬吧。我装作去解手，躲到厕所外面的一个墙角，很快地把煮熟的黄鼠狼肉吃完了。哎呀，黄鼠狼的肉可真香啊，可惜馗给我带的肉太少了，我一点儿都没吃够。那是我第一次吃黄鼠狼肉，也是最后一次，从那以后，我再也没有吃过黄鼠狼肉。

刘本同不光捕捉黄鼠狼，他还带着黄郎，打田鼠的主意。他带领黄郎奔田鼠而去，目标却不是田鼠本身，而是田鼠在地下的粮仓里所储存的粮食。见哪块地里的大豆刚刚收割完了，他就和黄郎一块儿到那块儿地里去了。当黄郎嗅出了田鼠的洞穴，他不再让黄郎用爪子扒土，而是自己用铁锨顺着洞口往下刨，再顺着地下通道的方向往前刨。刨着刨着，他眼前哗地一亮，在黑色的土壤里，一堆白白胖胖的大豆就出现了。刘本同明白，这是刨到田鼠的仓库了。没有看到守护仓库的田鼠，田鼠可能从另一个出口逃走了。刘本同把豆子一把一把抓到篮子里，抓得一粒不剩。抓完了豆子，刘本同刚要走，他的爱将咬咬他的裤脚，不让他走。刘本同猜想，这窝田鼠可能还有另外一个仓库，于是，他接着往前刨。刨了一段，他真的又刨出了一堆豆子。仅从这一窝田鼠的两个粮仓里，刘本同就收获了半竹篮豆子。在黄郎的协助下，一个秋季下来，刘本同能刨到好几十斤豆子。别的社员要等生产队里把豆子在场院里打下来，才能分到豆子吃。刘本同一家不必等着分配豆子，他们把田鼠储藏的豆子抢过来，可以提前吃到豆子。他们把豆子清洗一下，既可以下到锅里煮着吃，也可以把豆子晒干，磨成面粉擀面条吃。可怜的是那些田鼠，它们攀上豆棵子，把豆角一角一角咬下来，又把豆角嗑开，把里面豆粒一粒一粒取出来。它们取出豆粒后，把两个腮帮子当布袋，一粒一粒装进“布袋”里。等把两只“布袋”装得鼓鼓囊囊，它们才把豆子运到地下的仓库里储存起来。把豆粒装进腮帮子的同时，它们像是为豆粒涂上了一层保鲜或防腐的东西，豆子不会霉变，也不会发芽儿，够它们吃一冬一春的。作为父母的田鼠如果吃不完，它们还可以给它们的子女吃。现在刘本同和他的爱将把田鼠们的粮食夺走了，抢光了，田鼠们吃什么呢？它们的日子怎么过呢！

我对黄郎产生了不好的印象，是因为姓黄的狗东西把我们家的猫咬死了。我们家的猫咬死了刘本同家新生的兔羔子，为了报复，刘本同就唆使黄郎咬死了我们家的猫。我和二姐各抬着死猫的一条腿，去地里向正干活儿的我们的母亲报告。母亲很生气，把二姐和我吵了一顿。我们剥下猫皮，以一只铁盆当锅，把猫煮煮吃掉了。

四十多年后，有一次我回老家，在地里碰见了刘本同。我叫他本同叔，问他现在还养狗吗？还抓黄鼠狼吗？他一概否认，说：哪有哇？没有。

爱器

第二个出场的是刘本省。

看，刘本省向我们走来了。刘本省头上戴的是高粱篾子编的帽壳，身上穿的是粗布衣，脚上穿的是尖口鞋，跟普通农民似乎没什么两样。值得注意的是他肩头扛着的一张铁锨。铁锨是用镔铁制成的，锨的正面和背面都闪着镜子一样的光亮。这样的铁锨，仿佛对树能照见鸟，对水能照见鱼；白天能照见太阳，夜间能照见月亮。别的下地干活儿的社员，肩上扛的也有铁锨，他们的铁锨上面不是沾了泥，就是沾了土，铁锨的正面和背面都灰秃秃的，一点儿光亮都没有。这样一对比，就看出刘本省和别的社员的区别了，也看出刘本省的爱好和特点来了。所谓爱器，并不是他喜欢什么器皿，他也不搞什么收藏，只是愿意打磨他日常用的劳动工具而已。那么他与众不同的特点呢，就是在干活儿之前保持他的工具一尘不染，一锈不生，闪闪发光。在干完活儿之后，仍要保持他的工具发光闪闪。我不止一次听这位堂叔以炫耀的口气夸耀他的铁锨：明晃晃，亮堂堂，一摇一摆像太阳。每当听见他以顺口溜的形式显摆自己的铁锨，把铁锨和太阳相提并论，我都禁不住想笑，不就是一把用来在土里刨食的铁锨嘛，又不是关云长手里的青龙偃月刀，有什么值得显摆的呢！

这天午后，刘本省所干的活儿是下地撒粪。豆子收割完了，生产队里要把豆茬地犁起来，耙起来，准备播种冬小麦。在犁地耙地之前，须先往地里施一层粪肥，施肥后一犁一耙，肥料就埋进土壤下面去了，成为小麦生长的底肥。社员们已经用架子车把沤好的粪肥拉到地里去了，在地里堆成一堆一堆。刘本省和其他社员的任务，是用铁锨把成堆的粪撒开，撒均匀，以便于下两步的犁地和耙地。黄黄的秋阳普照着秋天的田野，豆茬地里还弥漫着豆子和豆叶的香味，刘本省走进地里，开始撒粪。烂糟糟的粪肥是很脏的，里面还充满了微生物和毒素，刘本省手中的铁锨那么干净，亮堂，他怎么舍得把铁锨插进粪堆里去呢？这个不用替刘本省发愁，他懂得，磨刀是为了砍柴，把刀磨快，是为了砍更多的柴。他把铁锨整得如此光亮，当然也不是为了当摆设，而是为了撒粪撒得更快，更利索，更均匀。他把铁锨贴着地皮铲进粪堆里去了，一铲就是满满一锨。他像在场院里打豆子、扬豆子时做的那样，把粪扬到空中，哗地扬成一个扇面，让粪均匀地落在地上。他又像用撒网在鱼塘里撒鱼做的那样，铲在铁锨里的粪肥好比是缩在一起的渔网，长长的铁锨把好比是网纲，他把“网纲”一抡，纲举目张，“渔网”就张圆了，罩在地面上。在没有撒粪之前，土地是黄色的。撒过粪之后呢，地上就有了一朵一朵的黑色。这样一来，他撒粪又像是撒花，金色的土地上很快开满了黑色的花。

那天我也在地里撒粪，我撒粪的水平和撒粪的效果比刘本省差远了，简直是天壤之别。不光是我的力气没有刘本省大，劳动的积极性没有刘本省高，我手中的家伙也不好使。我的铁锨锈迹斑斑，铁锨把也有些粗糙，撒起粪来拖泥带水，撒得既不快，也不均匀。好在队长对我的要求不高，不指望我撒粪撒得有多好。因为我当时的身份是队里的学习毛主席著作辅导员，带领社员们把学习搞好就行了，撒粪不撒粪都没关系。我下地劳动的主要任务是，把红旗插到地头，开工前先让社员们办三件事：一是敬祝伟大领袖毛主席万寿无疆；二是背诵一段毛主席语录；三是唱一支革命歌曲。工间休息时，我还要为大家读毛主席著作。

在我读毛主席著作时，秋虫在不知名的地方鸣叫。它们或许是藏在某片干枯的豆叶下面，或许是躲在不远处的红薯地里。天气越来越凉，秋虫的鸣叫断断续续，听起来有些凄凉，像是最后的挽歌。社员们有的在吸烟，有的在走神儿，只有刘本省在擦拭他的铁锨。他擦铁锨用的是一块干坷垃头子，低着头，擦得十分专注。因他的铁锨本来就光滑如镜，上面沾的粪泥并不多。一点点粪泥他也要擦，擦了正面擦反面，连锨裤子都擦到。我不知道他听到我念的毛主席的《愚公移山》没有，他擦铁锨擦得轻轻的，几乎没有声音，我也不好制止他。

一个副队长对刘本省说：刘本省，大家都在听毛主席的著作，你老是摆弄你的铁锨干什么！

我听着哩，不耽误听，不信你看看我的耳朵。

别的社员看他的耳朵，副队长也看他的耳朵，都没看出他的耳朵和别人的耳朵有什么区别。副队长问：你的耳朵怎么了？

我擦铁锨用的是坷垃头子，又没用我的耳朵，我的耳朵支棱着哩，在向愚公学习。咱们这里没有山，要是有山的话，我也去移山。

那你一会儿还撒不撒粪？

撒呀，当然撒啦！

既然还要撒粪，那你擦铁锨干什么！你刚把铁锨擦干净，一会儿不又沾上粪了嘛！

你这样说我不能同意。吃完每顿饭都要刷碗，不能因为晚上还要吃饭，中午吃完饭就不刷碗了，对不对？

你铁锨里盛的是粪，又不是饭，铁锨怎么能和饭碗相比呢！

说铁锨里盛的是饭，也不是不可以。粪变成庄稼，庄稼变成粮食，粮食再一变，不就变成饭了嘛！

听他们抬杠挺有意思，不知不觉间，我就把读毛主席著作的事停顿下来。

政治队长不干了，对他们说：你们不要再抬杠了，不许耽误政治学习！

刘本省干活儿使用铁锨，还使用铁锹。铁锨是用机器轧制而成，锨面软宽。铁锹是本地铁匠在烘炉上锻打出来的，锹面较窄。铁锹比铁锨的分量重一些，锹刃也比较锋利，剁斩力很强，主要用于刨坚硬的土地，斩难斩的东西。比如刨地时遇到在地下延展的竹鞭或树根，锹起锹落那么一斩，竹鞭或树根就迎刃而断。打什么样的眼儿，用什么样的钻。干什么样的活儿，用什么样的家伙。这天刘本省要干的活儿是下到坑塘里刨塘泥，他要用铁锨还是用铁锹呢？有朋友抢答，说用铁锹。回答正确，加十分！虽说塘泥并不是很硬，跟粪泥差不多，但塘泥黏性比较大，塘泥下面走的还有坚韧的苇根，用铁锹刨塘泥比较合适。刘本省下到已经干涸的塘底去了，开始用他的铁锹刨塘泥，往岸上甩塘泥。他踩着锹肩往下一蹬，铁锹就顺利地吃进塘泥里去了。他把塘泥斩成一个方块，光滑的锹板上像抹了油一样，嗖的一下子就把塘泥甩到岸上去了。有的社员手中的铁锹不好使，甩塘泥老是甩不远，甩到坑塘的半坡就算不错。而刘本省甩出的塘泥像一只飞鸟一样，总是能飞到高高的塘岸上。他的铁锹有时难免会遇到苇根，但苇根一点儿都不能对他的铁锹构成阻挡，只听苇根发出裂帛一样的细响，就被他的利器斩断了。乌黑的塘泥，连同羊脂玉一样的苇根，被他一起甩到岸上去了。

这天发生的一件事情，让我进一步领略到刘本省对工具的爱护。一个拖拉机手，开着一辆手扶拖拉机，在塘边的地里犁地。他见刨塘泥的社员在工间休息，他也停犁休息。犁停了，他并没有把拖拉机上面的小型柴油机熄火，柴油机仍嗒嗒地响着，敞着口子、冒着热气的水箱被震动得不断有热水溅出来。政治学习还没有开始，拖拉机手沿着坑塘边溜达。他看见一棵老树的树洞旁拖着一条长长的蛇皮，断定蜕去皮的蛇就藏在树洞子里，想把蛇从树洞子里驱赶出来。他的办法是从拖拉机的水箱里舀来热水，往树洞子里灌。水箱里的热水温度相当高，高得可以煮熟鸡蛋。而蛇是冷血动物，最怕热水烫，遇到热水一定会从树洞里爬出来。拖拉机手这么干，无疑是在搞一场恶作剧，我们都对恶作剧抱有兴趣，马上跑过去围观。果然，当搞恶作剧的人刚把热水灌进树洞子里，一条色彩斑斓的枣花蛇就钻了出来。当长长的枣花蛇脱洞而出的那一刹那，人们似乎有些害怕，不禁惊呼起来。蛇出了树洞，就蜿蜒着向塘底逃去。

有人喊：打死它！

有人喊：斩了它！

刘本省也过来了，拳不离手似的提着他的铁锨。

拖拉机手把手向刘本省一伸说：把铁锨给我！

刘本省拒绝了：不行！你用别人的铁锨吧！

就用你的铁锨，因为你的铁锨最利。拖拉机手说着，抓住了刘本省手中的铁锨的锨把子，欲把铁锨从刘本省手中夺走。

刘本省态度坚决，死死地抓住锨把子不放，声明他的铁锨不能沾血！

扯淡，沾血怎么了，斩长虫又不是斩人。关老爷的大刀就是用来沾血的，沾血越多越有灵气。

谁想沾血谁沾血，反正我的铁锹不能沾血，一沾血就再也洗不干净了！

拖拉机手只好从别人手中接过一把铁锹，追到塘底，把那条蛇的蛇头斩掉了。

刘本省对自己工具的爱护近乎神圣，别说用他的铁锹斩蛇了，连一条泥鳅都不愿意斩。塘泥表面是硬的，中层是软的，下面是稀的。在稀的那一层里，藏有一些泥鳅。那些泥鳅暂时在泥巴窝里睡大觉，等雨水到来，坑塘里充满了水，它们会重新活跃起来。刘本省在刨塘泥时，难免会刨到泥鳅。每发现泥鳅时，他绝不会用铁锹把泥鳅斩断，也不会连同塘泥把泥鳅甩到干岸上去，而是任凭泥鳅往稀泥的深处钻，继续存活。

除了铁锨和铁锹，刘本省使用的农具还有好多种，如锄头、镰刀、钉耙、铲子等等，可说是应有尽有，一样都不缺。到了冬天，大雪封地，地里没啥活儿可干了，被称为挂锄的季节。锄头用不着了，好多农具也都被闲置起来。说是挂锄，其实好多人家并不是真的把农具挂起来，而是随便把农具往墙角里、屋檐下或茅房里一扔，就拉倒了。一冬过去，潮袭水浸，农具往往锈得不成样子。刘本省的挂锄，是真正的挂锄。他在西间屋的山墙上钉了一排木头橛子，把十八般农具都并排挂在橛子上。他不是把农具高高挂起就完了，而是经常性地对他的农具进行检视，如果发现哪样农具有生锈的迹象，他会立即把那样农具取下来，进行擦拭。在家里，他擦拭农具用的是干草。他把干草攥成一团，在农具上擦呀擦呀，直到擦出亮光为止。有一年春节，我去他家拜年时，看到了他挂在墙上的农具，所有农具都闪闪发光，交相辉映。给我的感觉，他好像在举办农具展览，把西间屋变成了农具展览馆。

喜爱毛笔的人，大都喜爱书法；喜爱钢笔的人，大都喜爱写作。刘本省如此喜爱农具，是因为他喜爱劳动，喜爱种庄稼。更为难得的是，刘本省的喜爱始终如一，从来没有变化，没有转移。村里分田到户以后，许多人不再安于种地，纷纷丢下农具，拿起工具，到城里打工去了。刘本省哪里都没去，还是使用自己得心应手的农具，坚持在田地里种庄稼。有的人在种庄稼时善于跟风，见种玉米产量高，卖钱多，就一窝蜂地种玉米。刘本省从不跟风，在有限的田地里，庄稼的品种一点都不单一，还是多样化。到他的地头看看，除了种玉米，他还种高粱；除了栽红薯，他还撒芝麻；除了种黄豆，他还种绿豆；等等。因为绿豆产量低，人们基本上不种绿豆了，只有刘本省还在种。刘本省不从产量上考虑，却从颜色上加以解释。他说豆子有多种颜色，有黑豆、白豆、黄豆、红豆，还有绿豆，花豆，最好哪一种颜色都不要断种，缺少哪一种豆子都不好。

2018 年秋后的一天上午，我从北京回到老家，到坟园里为母亲“送寒衣”。从村里往村外走时，我在村口遇见了干活儿归来的刘本省。刘本省虽然已是年近八旬的人，但他腰板挺直，步履稳健，不显任何老态。我特别注意到他肩头所扛的一把铁锨，锨面还是锃亮锃亮，一尘不染。我热情地向本省叔问好，称赞他的铁锨还是那么明亮，并背出了他的顺口溜：明晃晃，亮堂堂，一摇一摆像太阳。

本省叔一听就笑了，说：你这孩子就是记性好！

我想起老子在《道德经》里写过：慎终如始，则无败事。刘本省就是一个慎终如始的人，我由衷地对他充满敬意。

爱技

最后一个出场的是刘本彦。

刘本彦是我四爷的儿子，是四爷唯一的一个儿子。四爷是生肾病死的，死得很早。四爷死的时候，刘本彦才一两岁，刚刚断奶。这时村里回来了一个从部队退伍的人，叫刘文章。刘文章先是在国民党的军队里当兵，后来被共产党领导的人民解放军俘虏，就投诚成了解放军的一员。据说刘文章在解放军攻打开封城时表现英勇，就入了党。回到村里，刘文章身背长枪，成了土地改革的骨干力量。他以治安巡查的名义在村里走一走，就走到四奶奶家里去了。走到四奶奶家，他就不走了，把上了火的枪往床头上一靠，就睡到四奶奶的床上去了。四奶奶和四爷有一个闺女，一个儿子。闺女是大的，叫季荣，儿子是小的，乳名叫海堂，大名叫刘本彦。带有武装的刘文章到四奶奶家去得多了，四奶奶不好拒绝他，就顺水推舟，答应改嫁给与四爷同辈的刘文章。

刘本彦是四爷留下的独根独苗，三爷三奶奶不愿让四奶奶把刘本彦带走，只让四奶奶把闺女带走了，把刘本彦留下了。三爷三奶奶的意思，刘本彦由他们替四爷抚养。三爷三奶奶有三个亲生儿子，刘本彦毕竟不是他们的直系血亲，抚养了一段时间，他们就失去了耐心。刘本彦尿床了，他们打刘本彦；刘本彦掉到粪窑子里去了，他们还是打刘本彦，动不动就把刘本彦吵得打得嗷嗷叫。有一次刘本彦哭着哭着，就找他的亲娘去了。到底还是亲娘跟儿子连心，亲娘见刘本彦哭得可怜，就把刘本彦留下了，没让儿子再回到三爷三奶奶那里去。三爷三奶奶大概也体会到了不是亲子不好养，熟皮贴不到生皮上，不再坚持把刘本彦要回来。

我们看不起刘文章，对于四奶奶成了刘文章的老婆，我们家族不愿意承认，还是以四爷为根据，仍把四奶奶叫成四奶奶。四奶奶的闺女掉进一座小桥下的水里淹死了，四奶奶改嫁给刘文章后，一直处在怀孕和生孩子的状态，孩子生了一个又一个。像刘本彦这样是亲娘不是亲爹的情况，被我们那里的人说成是“带犊子”。作为四爷的“犊子”，刘本彦拒绝把刘文章喊爹，刘文章对刘本彦也有些排斥。加上四奶奶接连不断地生孩子，奶孩子，也分不出心和手来对刘本彦进行特殊照顾。小孩子就是这样，在家里有人疼，有人爱，到外面一般来说也不会受欺负。在家里受冷落呢，在外面处境也不会好。拿我来说吧，由于在家里有祖父、父亲和母亲宠着我，村里人看我家大人的面子，对我也很好。刘本彦的情况和我正相反，家里人对他不好，外面的人变本加厉，对他更差劲。可以毫不夸张地说，刘本彦是在挨打受气中长大的。在我的印象里，他脸上经常性地分布着一道道被人抓破的血口子。旧的血口子尚未平复，新的血口子又出现了。直到进入老年，若就近仔细看，还可以看出刘本彦脸上留下的一道道伤痕。刘本彦是我的同班同学，他学习也不好，只上到小学四年级就不上了。

一只鸟两个翅膀，天下没有饿死的家雀。刘本彦的突出特点是手巧，喜欢鼓捣东西。有一户人家的门锁扣上了，开锁的钥匙却找不到了。铁锁没有了钥匙，就成了一块没用的铁疙瘩，人家把铁疙瘩扔掉了。刘本彦把铁疙瘩捡回去了，他鼓捣来、鼓捣去，竟把锁打开了。他接着鼓捣来、鼓捣去，给锁配上了新的钥匙，使锁起死回生，重新恢复了锁门的功能。刘本彦为了显示技能，把锁和钥匙一并还给了那户人家。惊奇之余，人家没忘记为刘本彦扬名。村里人很快就传开了，刘本彦会修锁，会配钥匙。此后，谁家的锁坏了，或是钥匙丢了，都是找刘本彦去修，去配钥匙。很快，刘本彦家就放了不少大大小小的锁，他几乎变成了一个修锁匠，他家几乎变成了一个修锁铺。

这时有一件事，我不能不记一笔。一家国有煤矿到我们公社招工，每个大队只有一个名额。因我得到消息比较早，就买了一盒香烟，午后去找大队的支书和大队长，要求去当工人。我递给支书一根烟，说了我的要求，支书同意了。我又找到大队长，大队长点着我递给他的烟后，却没有马上答应我的要求，他说他想让刘本彦去当工人。他说出的理由是，我比较好找老婆，刘本彦不好找老婆。刘本彦要是当上工人，挣上工资，吃上商品粮，找老婆就比较容易了。这么一个改变自己命运的好机会，我可不愿意错过。至于刘本彦能不能找到老婆，我可不管那么多。我对大队长说：支书已经同意了，还是让我去吧！大队长没有再说什么。我当上工人后，确实实现了我个人命运的转折。一个人一辈子要走很多路，但关键的路只有那么几步。能外出当煤矿工人，可以说是我人生路途中至关重要的一步。下井挖煤说是往下走，对我来说是一步一步往上走。人说挖煤的人是往暗处走，对我来说是走向光明的大路。回想起来，也许是我把刘本彦改变命运的机会抢走了。

我们公社所在地的镇上有一家缝纫铺，铺子是夫妻铺，丈夫姓唐，不知妻子姓什么。丈夫负责用剪子裁衣服，妻子负责用缝纫机砸衣服。刘本彦在逢集时去镇上赶集，常常是不买也不卖，最感兴趣的是到缝纫铺子里看人家裁衣服和砸衣服。他看得很用心，一边看，一边偷偷地往心里记。他这种办法是偷艺，在人家不防备的情况下，他通过两只眼睛看，就把人家夫妻的技艺偷走了。有一次，他趁唐师傅的妻子临时外出，竟擅自坐到缝纫机的怀里踏起缝纫机来，他一踏就把缝纫机踏得"砸砸砸"地转动起来。唐师傅还以为是自己的妻子在砸衣服呢，扭脸一看是个男的，就把刘本彦吵了一顿，吵走了。

刘本彦的手开始痒痒，一心想裁衣服，砸衣服。他找到大队长，说他会裁衣服，砸衣服，队里要是给他买一台缝纫机的话，他可以给村里的人砸衣服。以前村里人穿衣服大都靠手工缝制，一针一线不仅缝得慢，缝出来的衣服也不好看。要是能用机器给村里人砸衣服，那当然很好。可是，一台缝纫机价值一二百块，生产队里哪里有钱买呢！大队长把刘本彦的想法跟大队支书说了，支书对刘本彦的想法表示支持，让大队出钱买一台缝纫机，在大队部旁边开一个缝纫店，为社员们砸衣服。说来刘本彦在缝纫方面真是心灵，也真是手巧，心灵和手巧真是结合得好，他一出手就把一件衣服做得有领有袖，有模有样。我们的大队叫部庄大队，一个大队下辖五个村，也就是五个生产小队。在刘本彦开缝纫店之前，全大队连一台缝纫机都没有，是刘本彦的缝纫店，开创了该大队用机器做衣服的历史。大队里有了缝纫店，社员们就不必再到镇上的唐姓缝纫铺做衣服了，纷纷到刘本彦的缝纫店里做衣服。如果说唐姓的缝纫铺是一台戏的话，刘姓的缝纫店成了新的一台戏，刘本彦和唐师傅唱开了对台戏。刘本彦像是终于找准了自己的爱好，并终于找到了属于自己的人生舞台，他“唱”得乐此不疲。除了白天“唱”，晚上挑灯继续“唱”。一个人喜欢干什么，干起来就不觉得累。刘本彦就是这样，他喜欢砸衣服，越砸越来劲。刘本彦打了一个比方：说过年时人们拿着纸张请会写大字的人写春联，写春联的人正好可以练练书法；而他呢，人家愿意拿着买来的布让他做衣服，他正好可以练手艺。刘本彦勤学苦练，缝纫技术长进很快，名气直线上升，找他做衣服的人越来越多。因他做衣服要价比较低，几乎就是成本价，连原来一些在镇上做衣服的人，也转向让刘本彦做。

然而，改革来了，分田到户了，大队解体了，刘本彦的生活道路面临新的抉择。此时，他的制衣技艺已日臻成熟，成了一位名副其实的好裁缝。时代的转折使他如鱼得水，正好可以到宽阔的大海里畅游。大队以低廉的价格把缝纫机卖给了他，他把缝纫机和缝纫店同时搬回了家。如果刘本彦为人做衣服收钱也算经商的话，他在我们刘楼是第一个经商者。相对国营和集体经营而言，他是个体经营，也是第一个个体户。天下的女人大都喜欢身怀技艺的男人，刘本彦的裁缝身份，使他再也不必发愁找不到老婆。邻村有一个闺女，因为喜欢他做的衣服，同时喜欢上了他，就嫁给他，成了缝纫店的压店夫人。他尽快把缝纫技术教给夫人，两口子合作得很好，一个裁，一个缝，堪称天衣无缝。镇上的缝纫铺是夫妻铺，刘本彦的缝纫店复制夫妻铺的模式，成了夫妻店。

在刘本彦缝纫店刚成立的头几年，生意那是相当的兴隆。人们抱着花花绿绿的布料找刘本彦来了，像是争相为刘本彦师傅献花。刘本彦把“花”接过，对献“花”的人一律表示欢迎。过了几天，人们把做好的衣服取走了，就把钱留下了。每天都有人取衣服，等于每天都有人给刘本彦送钱。村里有人跟刘本彦开玩笑，说他开的哪是缝纫店，简直就是银行呀！刘本彦俨然一副老板的派头，说哪里哪里！

刘本彦对缝纫技艺的热爱，还在于他能够不断学习和接受新事物，善于追赶时代潮流。有一段时间，街上流行蝙蝠衫和喇叭裤，有的年轻人找到刘本彦，问刘本彦会不会做，刘本彦说会呀！他到街上看了看，就把这两样衣服的样式记住了，果然加工出了蝙蝠衫和喇叭裤。女孩子穿上他做的蝙蝠衫，把两只胳膊一扬，果然像蝙蝠的翅膀。小伙子穿上他做的喇叭裤，两条腿真的像是吹开了喇叭。

我大姐和我母亲也在刘本彦的缝纫店里做过衣服。母亲对刘本彦有些看法，一是他给我母亲做衣服时间拖得比较长，本打算夏天穿的汗褂子，拖到秋凉时才做出来。二是他作为母亲的堂弟，还收了母亲的钱。我从北京回老家看望母亲时，母亲说，刘本彦现在六亲不认，只认钱，真是一头钻进钱眼里去了。我劝母亲说，刘本彦做的是生意，生意就得靠钱养着。找他做衣服的人，差不多都认识他，沾亲带故的也不少，要是都不给他钱，他的生意还怎么做！

在探亲期间，我去刘本彦的缝纫店里看过，只见两间屋的店铺里，布料和成衣放得一堆又一堆，几乎把他们两口子都埋住了。别的人再进去，几乎没有了插脚的余地。刘本彦正忙着低头裁衣服，我跟他说话，他有些顾不上搭理，对我一点儿都不热情。我让他歇一会儿抽支烟时，他才说了一句让我记得很清的话，他说：我自己不吸烟，也不许别人在这里吸烟！我想起来了，缝纫店里放的都是易燃的东西，在里面点火吸烟是危险的。我把已经抽出的烟又放回烟盒里。

刘本彦缝纫店的生意逐渐衰落，是因为街上卖的成品衣服一年比一年增多。每到逢集，一街两行的绳子上挂满了衣服，那些衣服样式齐全，色彩丰富，应有尽有。人们想穿什么衣服，立马就可以买到，立马就可以脱下旧衣服，换上新衣服。买现成的衣服既然如此省时，省事，又不见得多花多少钱，人们何必再到刘本彦的缝纫店里做衣服呢！

缝纫店关张之日，刘本彦不得不再次顺应历史潮流，到城里去打工。在打工期间，他得了一次脑梗，落下了后遗症。他的后遗症的表现是，半边身子发木，发僵，发硬，一只手和一只脚都不再灵活，不再好好听他使唤。

他裁衣服的剪刀还在，砸衣服用的缝纫机也没有卖掉，可惜呀，他的手再也拿不住剪刀了，他的脚再也蹬不转缝纫机了。

2018 年 8 月 31 日至 2019 年 4 月 25 日

于北京和平里

图书在版编目（CIP）数据

堂叔堂／刘庆邦著. -- 北京：北京十月文艺出版社，2021.1
ISBN 978-7-5302-2052-8

Ⅰ. ①堂… Ⅱ. ①刘… Ⅲ. ①长篇小说－中国－当代
Ⅳ. ①I247.5

中国版本图书馆 CIP 数据核字（2020）第 091168 号

堂叔堂
TANGSHUTANG
刘庆邦 著

出　　版　北 京 出 版 集 团
　　　　　北京十月文艺出版社
地　　址　北京北三环中路 6 号
邮　　编　100120
网　　址　www.bph.com.cn
发　　行　新经典发行有限公司
　　　　　电话（010）68423599
经　　销　新华书店
印　　刷　北京盛通印刷股份有限公司
版　　次　2021 年 1 月第 1 版
　　　　　2021 年 1 月第 1 次印刷
开　　本　880 毫米 ×1230 毫米　1/32
印　　张　13.5
字　　数　260 千字
书　　号　ISBN 978-7-5302-2052-8
定　　价　59.00 元
质量监督电话　010-58572393
如有印装质量问题，由本社负责调换